国家出版基金项目
NATIONAL PUBLICATION FOUNDATION

·十三五”国家重点图书出版规划
·2017年度国家出版基金项目

照金往事

和谷 著

陕西新华出版
陕西人民教育出版社
·西安·

图书在版编目(CIP)数据

照金往事 / 和谷著. — 西安 ：陕西人民教育出版社，2019.1(2024.8 重印)
ISBN 978-7-5450-6425-4

Ⅰ.①照… Ⅱ.①和… Ⅲ.①纪实文学—中国—当代 Ⅳ.①I25

中国版本图书馆 CIP 数据核字(2018)第 254896 号

ZHAOJIN WANGSHI

照金往事

和　谷　著

出版发行　陕西人民教育出版社
地　　址　西安市丈八五路 58 号
经　　销　各地新华书店
印　　刷　中煤地西安地图制印有限公司
开　　本　787 mm×1092 mm　1/16
印　　张　22.25
字　　数　400 千字
版　　次　2019 年 1 月第 1 版
印　　次　2024 年 8 月第 2 次印刷
书　　号　ISBN 978-7-5450-6425-4
定　　价　49.00 元(平装)

目　录

引　言

照金，位于陕西省铜川市西北部。因隋炀帝曾率金戈铁马巡边至此，叹曰“日照锦衣，遍地似金”，从此，这块具有丹霞地貌特征的地方，便被称为照金。

照金周边风景秀美、层峦叠嶂。桥山山脉绵延至此，悬崖峭壁林立，其中箭穿崖拔地而起，最为险峻。传说薛刚反唐时曾以箭穿崖为中心修建山寨屯兵，因此后世称之为薛家寨。薛家寨形似葫芦，东南西三面为悬崖绝壁，军事上易守难攻，为天险之地。据考证，北宋大画家范宽的《溪山行旅图》描摹的就是薛家寨风貌。

这里独特的山川地貌与关隘天险，成为历代兵家必争之地，在华夏文明的形成历程中，经历了无数战争的洗礼。

自秦朝扶苏、蒙恬驻塞，到北宋范仲淹守边；从前秦苻坚与姚苌屯兵，到黄巢起义军、李自成起义军安营扎寨，无论是忠臣良将护佑天子都城，还是农民起义军剑指长安，此地都留下了他们的传奇。

20 世纪初，神州大地苦难动荡、战火纷飞。1921 年 7 月，代表工人阶级的政党——中国共产党在上海成立。中国共产党自成立之初就肩负起挽救民族危亡的重任，并为之而不懈努力。1927 年，第一次国共合作破裂，蒋介石开始全面“清党反共”，并随即开始了“围剿”共产党武装力量的反革命活动。1931年6月21日，蒋介石亲任总司令，赶赴南昌指挥，并请德、日、英军事顾问参与战事筹划，以国民党军三十万兵力，对在江西中央苏区的红军发起第三次“围剿”。

与此同时，陕甘边一带的革命武装活动，亦以星火燎原之势蓬勃开展起来。由刘志丹任南梁游击队总指挥的西北第一支革命武装，为了粉碎国民党反动派的“围剿”，在陇东一带开展游击战。

继之，刘志丹、谢子长率领革命武装越过陕甘边界，南下照金，开辟红色根据地，与习仲勋等一批年轻的中国共产党人，用血与火的鏖战，为后人留下了一部惊世骇俗的传奇。

20世纪30年代，在照金，真实发生过的历历往事，是中国近代历史的细胞切片，亦是众多中国共产党人为实现伟大崇高的理想浴血奋战、为中国新民主主义革命的成功谱写出的一篇催人奋进的华章。

“红军来了！陕甘红军从北边下来了！”

起先，这个声音是一个吆骡子贩瓷器的脚客从北地传过来的……

第一章

腥风血雨

1925年春天，陕北保安县金丁镇芦子沟二十二岁的共产党人刘志丹，前往广州黄埔军校四期步兵科学习军事，由此揭开了其革命生涯的序幕。次年毕业后，他被派往国民军联军冯玉祥部担任共产党代表。

其时，西北军杨虎城和李虎臣部，被隶属军阀吴佩孚的刘镇华十万大军围困在西安已达八个月之久。西安城内粮食匮乏，守城兵士和民众，没有吃的，战死饿死了几万人。宁夏军阀马鸿逵虽然已经归顺冯玉祥的第三集团军，但依然暗中勾结吴佩孚，迟迟不肯出兵西安救援。为此，冯玉祥紧急命令刘志丹去策动马鸿逵东进以解西安之围。刘志丹抓住马鸿逵的心理弱点，一语道破他一心二用的伎俩，顺利说服马鸿逵出兵西安。马鸿逵骑兵先到，冯玉祥的部队也随后赶来，西安解围了。

1927年4月12日，“四一二”反革命政变爆发，蒋介石开始拘捕及屠杀中国共产党党员及工会领袖。6月，冯玉祥配合蒋介石进行大规模“清党”。冯玉祥欣赏刘志丹，许以高官厚禄想将他留在身边，前提是要他退出共产党。遭到刘志丹的严词拒绝后，冯玉祥便将刘志丹等数十人扣押在开封，准备送往武汉。途中，刘志丹等人趁押解的军警送饭的机会得以逃脱，随后赶到武汉与中共组织接上了头。

1927年8月1日，周恩来、朱德、叶挺、贺龙、刘伯承等同志发动了南昌起义，打响了武装反抗国民党反动派的第一枪，揭开了中国共产党独立领导武装斗争和创建革命军队的序幕。9月9日，毛泽东同志领导了震动全国的秋收起义，并率部向井冈山进军，开创了建立革命根据地和中国工农红军的伟大革命实践，为中国革命指出了一条正确的道路。在南昌起义和秋收起义的影响与带动下，全国有许多地方都在共产党的领导下举行了武装起义。刘志丹从武汉辗转到达上海，接受党组织安排，回陕西开展建立革命武装的工作。

1928年5月，中共陕西省委发动渭华起义。5月8日，西北工农革命军在关中东部高塘镇成立，主力为国民革命军第二集团军许权中部，刘志丹任军委主席，唐澍任总司令，许权中任总顾问。同时，中共陕西省委又任命刘志丹为领导起义的军委书记，直接对省委负责。起义部队共编为五个大队，包括一个手枪队和一个骑兵队。日后与刘志丹并肩战斗并结下深厚革命友谊的谢子长是第二大队的队长。

起义迅速扩大到东起少华山、西至临潼、南靠秦岭、北到西潼公路的广大地区，起义军力量迅速壮大，在五十多个村庄建立了苏维埃政权，形成了两百多平方公里的红色区域。

半个月后，冯玉祥以五倍兵力包围起义军。经过数次激战，起义军终因寡不敌众，退入秦岭山区，总指挥唐澍在战斗中牺牲，渭华起义失败了。刘志丹被国民党当局通缉，他装扮成商人进入西安，向中共陕西省委汇报了起义情况。

1928年秋，刘志丹秘密回到家乡陕北保安县，与曹力如、王子宜建立了陕北地区第一个党支部。为了更好地开展革命工作，刘志丹通过选举取得了保安县民团的领导权，此后，他便利用保安县民团团总的身份做掩护，发展武装力量，开展武装斗争。

为了发展壮大武装力量，刘志丹和谢子长巧妙地打入隶属冯玉祥的苏雨生部，并在苏雨生部取得合法身份，他们以此为掩护，开始培养自己的武装力量。不久，他们取得了陇东民团总司令谭世麟的信任，便以帮助谭世麟训练队伍为名，暗中发展革命武装。正当刘志丹、谢子长发展革命武装力量的计划顺利进行的时候，意外发生了：一直想扩充自己势力的小军阀张廷芝率骑兵夜袭刘志丹、谢子长驻地，双方在三道川展开激战，刘、谢失利，他们辛辛苦苦发展起来的武装被打散了。

三道川事件后，刘志丹意识到，依附军阀不是长久之计，闹革命必须有自己的队伍，当务之急是需要一批武器补给。

1930 年秋，刘志丹在陕甘边界组织领导武装起义。当时陇东民团军第二十四营驻扎在合水县太白镇，刘志丹以陇东民团直辖第三团骑兵第六营营长的身份，带领队伍开进了太白镇，处决了陇东民团第二十四营营长黄毓麟，缴获了大批武器弹药，为自己的队伍补充了武器装备。之后，刘志丹一边带领聚集的武装力量在保安县一带开展游击战争，一边打土豪、分田地，成了当地百姓口口相传的英雄。

刘志丹劫富济贫的传奇，在陕甘边区广为流传，老百姓都知道了刘志丹的部队是为百姓做事的，他的部队很快就扩大到四百多人。

不久，中共陕西省委指示，要求刘志丹把部队带到陕西旬邑一带，再次到苏雨生部队挂钩搞兵运活动，以便把苏雨生拉过来，组织一次大暴动。由于有过与苏雨生合作的经历，刘志丹接到中共陕西省委指示后，立即率部来到彬县苏雨生部任补充团团长，驻守旬邑职田镇。苏雨生老奸巨猾，虽口头答应收编，实际上戒心很重，也不给刘志丹的部队发给养，企图分化瓦解刘志丹的武装力量。刘志丹一方面训练部队准备起义，一方面动员当地群众分地主老财的钱粮，这引起当地一些豪绅的强烈抵触和忌恨，尤其是大地主刘日新拒绝把粮食拿出来分给群众，在此情况下，愤怒的群众冲进 了刘日新的庄院，打开了粮仓，挖出刘家埋在地下的大量金银财宝。刘日新又气又怕，上吊自杀了。

刘日新的自杀，使当地豪绅惊恐万状，他们联名写状子到西安诬告刘志丹，说“渭华暴乱的匪首”又在旬邑作乱。在国民党陕西省党部的指示下，反复无常的苏雨生借机逮捕了刘志丹，并给他戴上了十二斤重的铁镣，押入大牢。

刘志丹的被捕，引起了中共陕西省委的高度重视，中共陕西省委立即想方设法组织营救，并派人赶到彬县探望。时任陕西省政府秘书长的共产党员南汉宸，和杨虎城的高级参议杜斌丞，亲自找杨虎城说情，请求杨虎城命令苏雨生放人。随后，苏雨生迫不得已释放了刘志丹。刘志丹在榆林中学上学时任校长的杜斌丞，带着杨虎城的手令到彬县接他出狱。

随后，刘志丹打进了冯玉祥手下的平凉甘军新编十三师陈珪璋部，寻机发动兵变。

陈珪璋是个开油坊起家的小军阀，出身于陇东豪门，早年是甘肃义勇军首领。陈珪璋虽然驻守平凉，统领陇东十四县，但与周边军阀交恶，处境不利，急需帮助。他想利用刘志丹来给自己招兵买马，便委任刘志丹为十一旅旅长。

此时，杨虎城与苏雨生火并，苏雨生战败北逃，陈珪璋命令部下高广仁、刘志丹相继堵截。在行动中，刘志丹的十一旅寻机兵变，却在与陈珪璋冲突中被打散。陈珪璋令五旅旅长蒋云台率部追击，刘志丹连夜带着副官冒雨离开了平凉，跑到了结拜兄弟贾生财那里。

贾生财是合水一个小民团的团总，手下也有百十号人，他把刘志丹藏了起来。

兵变失败了，得以脱险的刘志丹，只身来到了南梁堡，下决心建立由共产党独立领导的革命武装和革命根据地，发展壮大革命力量，挽救苦难中国之命运。

第 二 章

陕甘游击队

接连几次的兵运失利使刘志丹更加坚定了依靠群众、发动群众创建革命根据地的信念。经过广泛考察，刘志丹认为南梁地处陕甘两省边界，山高林密，地形险要，反动力量薄弱，是建立革命根据地的理想之地。

1931 年秋，刘志丹与保安同乡芦子沟村人马锡五等，在合水固城川与赵连璧、杨培盛、贾生财等带领的农民武装会合，在太白镇倒水湾进行整编，建立起一支由中国共产党领导的工农革命武装——南梁游击队，亦称陕甘边境游击队。南梁游击队成立之初有三百余人，编为三个大队，刘志丹任总指挥。

游击队建立后，首战二将川，消灭了张廷芝一个骑兵连，缴获枪二十多支、战马四十多匹，之后又击溃了合水民团的进攻。南梁游击队在南梁、东华池一带组织发动群众抗粮抗税，袭击地方武装，队伍逐渐壮大，率先在西北地区开辟了红色武装割据的道路。

此年 8 至 9 月，位于江西的红军第一方面军三万多人，在毛泽东指挥下，采取诱敌深入的方针，避敌主力，取得了第三次反“围剿”胜利。

同一时期，阎红彦等领导的红军晋西游击队西渡黄河，一路转战到陕甘交界的林锦庙，找到了刘志丹，与南梁游击队会合。

阎红彦，陕北安定瓦窑堡人，因生活所迫，不满十五岁就到陕北军阀石谦团的李象九连当勤务兵，参加了谢子长、李象九组织的清涧起义。后到山西太原，与拓克宽、吴岱峰、黄子文、杨重远组建红军晋西游击队，遭敌人重兵围击后，被迫西进。仅剩三十余人的晋西游击队，乘羊皮筏子渡过黄河天险，进入陕北，遇到以师储杰为首的陕北商贩队保运武装，一同前往南梁林锦庙与南梁游击队会合。

与晋西游击队及陕北商贩队保运武装会合后，南梁游击队实力大增，成为中共陕西省委领导的一支重要武装力量。

这时，谢子长等受中共陕西省委委派来到了南梁，向南梁游击队传达了省委指示，成立了新的队委会，由谢子长任书记，刘志丹、阎红彦、杨重远等为委员。

1931 年 9 月 18 日夜，日本悍然制造了震惊中外的“九一八”事变，发动了侵占东北三省并妄图侵占全中国的侵略战争。为了抗击日本侵略者，中共陕西省委派荣子卿来到南梁游击队，传达省委关于成立西北反帝同盟军的决定。

1932 年 1 月初，按照中共陕西省委“会师部队应改编为西北反帝同盟军，南下关中地区，创建根据地”的指示，部队在甘肃正宁县北柴桥子村改编为西北反帝同盟军，谢子长任总指挥，刘志丹任副总指挥，杨重远任参谋长。西北反帝同盟军下设两个支队，师储杰任一支队队长，刘志丹兼任二支队队长。

新成立的西北反帝同盟军来到甘肃正宁县三嘉原进行整编，有人认为二支队成分不纯，系土匪杂合而成。按照事先安排，在队伍集合后，二支队的武装被解除，二支队第一大队队长和第三大队副队长被开枪打死，二支队解散，刘志丹胞弟刘景范被开除。混乱中，一支队队长师储杰带着一百多名游击队员脱逃，投奔了杨虎城部。

三嘉原事件后，中共陕西省委派军委书记李杰夫来到部队驻地锦章村，主持西北反帝同盟军整编工作。

1932年2月12日，根据中共陕西省委指示，西北反帝同盟军改编为中国工农红军陕甘游击队，由谢子长任总指挥，李杰夫任政委兼队委会书记，杨重远任参谋长，黄子文任政治主任。陕甘游击队下辖三个步兵大队和一个警卫大队、一个骑兵大队。阎红彦任第一大队队长，吴岱峰任第二大队队长，杨重远兼任政委。雷恩钧任第三大队大队长、陈玉清任政委，白锡林任警卫大队队长、胡廷俊任政委，强龙光任骑兵大队队长、杨琪任副队长、杨森任政委。

之后，陕甘游击队成立了中共陕甘游击队委员会，书记李杰夫，委员有谢子长、杨重远、阎红彦、雷恩钧、胡廷俊、吴岱锋、陈玉清、白锡林等人。

陕甘游击队明确规定，以后部队行军、打仗和干部调动等重大问题，都要由队委会决定。这一组织的建立，显示了工农红军与旧军队的本质区别。

三嘉原事件后，刘志丹从大局出发，离开西北反帝同盟军，前往西安向中共陕西省委汇报了情况，之后就到渭北地区开展农运工作。不久，他接到省委指示，回到陕甘游击队主持工作。

1932年2月14日，根据中共陕西省委的决定，改编后的中国工农红军陕甘游击队一路南下，进入陕西境内。老百姓称他们为陕甘红军或红军。

杨虎城部任军械处处长的地下党员史维然，通过地下党的隐秘战线，给陕甘游击队送来了一大卡车弹药。陕甘游击队的战士们每人分到两袋子弹，顿时士气高涨。

第二天，这支锐不可当的新生武装，从三嘉原直捣旬邑职田镇，歼灭守镇民团，捣毁了区公所，镇压了唐碧武等八个民愤极大的土豪地主。

在杨虎城部任营长的中共地下党员李明轩从张洪镇驻地派人给谢子长、刘志丹送来一封敌军反扑的军情信：明天拂晓，我奉命攻打你们，请做好准备，选择有利地形好好打。

当晚，部队在阳坡头一块乱葬坟地隐蔽起来，待李明轩率该营和旬邑县反动民团进入伏击圈，战斗打响了。李明轩扔下部队掉头就走，陕甘游击队很顺利地全歼了这股敌军，毙俘五百多人，首战告捷。

从此，陕甘游击队威名大震。

首战告捷后，陕甘游击队避开前来“进剿”的强敌，迅速南下转移至耀县照金山区，向敌人兵力薄弱的同官（今铜川市王益区、印台区）、宜君一带行动，开辟新的革命根据地。

耀县古称耀州，耀州窑和耀州瓷历史悠久，享誉国内外。古往今来，行走在照金一带贩卖耀州瓷器的脚客、驮户川流不息。照金地区山高林密，曾经是狩猎游牧之地，处于关中传统农耕经济地带北部边缘，土地贫瘠，人口稀少。

1929年前后，中国北方大面积连年灾荒，来自关中及山东、河南、山西等省的大量灾民，涌入照金山区，昔日地广人稀的照金变得人多地少。当时耀县大部分土地的所有权集中在李卜客等大地主和香山寺院名下，失地的农民占人口总数的百分之六十以上，他们多半靠租地为生。因生产工具原始，耕作方法落后，薄田每亩仅能收二至三斗，肥田每亩也只能收四至五斗。农民种地的收获微薄，地主佃租繁重，按常规农民要将收成的三分之一或一半缴租，缴租后农民所剩无几，挣扎于死亡线上。

作为权力机构的国民党耀县政府，在照金建立了严密的保甲民团系统，以后沟寨、坟滩村、照金村为界，设立武装民团，由当地劣绅张彦宁任团长。

民团恣意横行，征调民工建造碉堡、营修山寨，强行摊派枪支弹药费用，私设监狱，滥施淫威。各种捐税名目繁多庞杂，每逢夏割秋收，民团保甲逐户催征，甚至坐场追索。照金没有集市贸易，农民手中货币奇缺，一般以粮食、猪、羊等实物交纳捐税，民团、保甲、官绅往往趁机压低品级，克扣民财，以饱私囊，腐败透顶。

照金山区沟深林密，素为土匪潜伏肆虐之处。国民党陕西省政府的一位官员在这里视察社情时曾惊呼“查逊年地方不靖，伏莽滋多”，足见匪祸之重。照金地区无村不受匪害，房上村、芋园村很多人家财物被土匪抢劫一空，房屋窑洞被土匪焚烧夷平，庄稼被毁。为避匪害，许多年仅十二三岁的少女不得不提早出嫁。当地军阀常以剿匪为名义到照金骚扰百姓，残害无辜，邀功请赏。每当军阀将至，百姓四处躲避，十室九空。

由于土地所有权高度集中，民团保甲横行，苛捐杂税层出不穷，匪患兵祸交相为害，照金地区广大农民与官府形成对抗情绪，社会矛盾异常尖锐，人民群众改变生存状况的愿望尤为强烈。

这时候的照金，就像冬天里一堆焦枯的干柴，一旦有星火引燃，便会成熊熊燎原之势，足以烧毁一个病入膏肓的旧世界。

发生在照金这片土地上的轰轰烈烈的革命故事，正在拉开序幕。

第 三 章

奇袭照金

刚过大年，苦度春荒的乞讨人群，衣衫褴褛，面容憔悴，聚集在照金小镇街市上。

一大早，在街东开有一间铁匠铺的郑其来帮母亲料理完骡马店的生意后，刚进他的铁匠铺，就听见了外边的吆喝声。

照金民团张彦宁的亲信团丁孙效礼敲着破锣，扯着破嗓子沿街高喊："今年张团总体恤大家，为了来年五谷丰登，准备表演社火，请各家各户有钱的出钱，有人的出人。"

八保保长刘德才帮腔说："标准是出大洋的一人一元，出工的一家两人。"

郑其来刚捅开炉火，街邻老季和老张就凑了过来，每人点上一锅旱烟，气氛很沉闷。

孙效礼和刘德才收了锣，钻进了郑其来的铁匠铺，说："老郑，你家有店铺，这次要社火，团总让你拿二十元，限你明天交清。"

"应该的，你说，是吧？"刘德才看着为难的老郑说。

见没人吭声，两个狗腿子恶狠狠地扫视了大家一眼，孙效礼顺手牵羊地拿了郑其来的一包旱烟，气势汹汹地扬长而去。几位街坊邻居叹息了一声，随即散了。

时近晌午，郑其来的铁匠铺突然来了一位客人。这个人将旧帽檐压得很低，问道：“老板可以给刨子的刀刃淬火吗?”

“当然，你到十里八乡打听打听，我淬火的手艺，那是没得说。”

来人放下了刨刀：“听说你们民团十五要耍社火，一定挺热闹的。”

郑其来有点口无遮拦：“别提啦，这年头，老百姓都难吃上一顿饱饭，而民团那帮人今天打寨墙，明天交钱粮，整天在村上拉丁抓差，搜刮民财，这不，又要闹社火，搞得老百姓鸡犬不宁。我这小本生意，还不知道上哪儿搞那二十元去。”

“谢子长和刘志丹你知道吗?”来人又警觉地看了一下门外。

“只听说是穷人的部队，为老百姓打天下，听说在陕甘一带，离照金不远。”

“看来老兄也是一个受苦人，我也不瞒你了。”来人给郑其来神秘地耳语了一会儿，又朝门外望了一下，就离开了。

这个不速之客走后，郑其来东借西凑交了那摊派的份子钱，也没有干什么活，心里七上八下的，似乎是在等待着什么事情发生。

1932 年 2 月 20 日，正月十五。郑其来起了个大早，打扫了门前的卫生，准备在上午干点儿活，下午就关门看社火。这几天天气好，想着那个神秘人的话，他心里还真有点暖融融的。

吃过中午饭，街上就来了张彦宁的几个团丁，吆喝着清理街道两旁。不一会儿，社火队伍就浩浩荡荡地开过来了。十里八乡的老百姓，也陆陆续续来到了街上，人头攒动，还真有点节日的味道。

大约三点钟，张彦宁在孙效礼和杜二虎的簇拥下来到街东头，后面跟着八保保长刘德才和九保保长马泾海，一副狐假虎威的傲慢神情。张彦宁在几个保长的百般奉承中，向全体乡邻训话。他大谈如何让大家来年多挣钱的空话，人群里一片嘘声。

突然，他把话题一转，厉声警告大家：“今年局势动荡，陕甘边界多处闹红，搅得四邻不安，县团总雷天一告诫大家，这里与桥山山脉相连，应该是‘红匪’出没的必经之地，要大家严防死守，以后凡是发现和‘红匪’勾结的，一律格杀勿论。”

听到这话，郑其来心里有点莫名其妙的紧张，他判断着那天那个人的一举一动，难道他真是这伙人说的“红匪”？

郑其来心里嘀咕着，又听见了张彦宁的吼叫声：“县党部为我团配备了机枪和足够的弹药，足以对付‘红匪’的挑衅，请各位乡邻放心观看社火。”

郑其来听见张彦宁这番吹嘘，心里一紧，不由得对那个请他给刨刀淬火的人的话产生了一些怀疑。在一帮狗腿子零星的掌声中，社火表演开始了。先是踩高跷的方队，由张彦宁的民团组成，全副武装，一副耀武扬威的模样。

高跷队走过，各家各户及店铺都要献上一些点心和肉类，孙效礼忙前忙后贪婪地清点着“献礼”。紧接着是九保马泾海组织的秧歌表演队，由男男女女几十人组成，马泾海在前面收受“进贡”。八保保长刘德才的亭子表演队，紧随其后。

张彦宁坐在财主丁老大的店里，被几家地主簇拥着，一面洋洋得意地品茶，一面在为社火表演助威。表演持续了半晌工夫，才在狗腿子们的吆喝声中结束。几家大地主正忙着请张彦宁的民团吃饭，张彦宁叫孙效礼只留下两名团丁守护后沟寨子，其余团丁全部到街上饮酒狂欢。

看着还没什么动静，郑其来心里有点失望，他快快地回到店里。正当他准备点灯时，门外突然闪进一个黑影，郑其来正要出声询问，嘴巴便被一只大手紧紧地捂住。

来人在黑暗中对着他的耳朵悄声说：“我们是陕甘游击队，部队正在从杨柳坪下来，照金南面及西边通往尖坪的道路已被封锁，大部队已经包围了张彦宁要社火的民团，并占领了北面到兔儿梁及暗门的通道，只是对东面的坟滩和后沟寨子一带的情况不明。”

从声音里，郑其来判断出这就是那个请他淬刨刀的人，内心一阵兴奋，连忙说：“这一带我很熟悉，我给你们带路，可能寨子上没有几个人。”

“我叫李妙斋，是陕甘游击队的，队伍正隐蔽在堡子山的侧面，我们准备迅速占领照金的东面。这样一来，游击队也堵住了敌人东边的去路。”

张彦宁的民团正喝到了兴头上，猜拳行令，东倒西歪，一片狼藉，孙效礼等几个亲信团丁早已喝得酩酊大醉。狡猾的张彦宁只是在一旁吃菜，谢绝了一切敬酒。

这时候，一声清脆的枪声划破了夜空。

在惊愕中，张彦宁知道出了大事，他看了看这些毫无准备的团丁，拔出双枪就向东逃去。

一时枪声大作，在游击队出其不意的袭击下，其余团丁顿时就成了瓮中之鳖。

当谢子长神奇地出现在敌人的酒席上时，这些平日里不可一世的团丁都乖乖做了俘虏，几个大地主也浑身颤抖地瑟缩在几张八仙桌下。

总指挥谢子长命各大队打扫了战场，一举歼灭了张彦宁反动民团，抓住了反动保长刘德才和马泾海。

在游击队和民团拼杀时，政治部主任黄子文注意到群众对红军不太了解，便带领战士高呼口号：“红军是共产党的队伍！”“红军是穷人的队伍！”“红军为穷人办事！”“打土豪，分田地！”呐喊声此起彼伏。

红军到来的消息很快在群众中流传开来，准备逃难的老百姓也安定下来。

打扫完战场，关押了孙效礼、刘德才、马泾海等反动分子，李妙斋也突破了后沟寨子，押了两个团丁回到街上。此时，大家才发现民团团总张彦宁逃跑了。

李妙斋正欲带部队去追，谢子长挥了挥手说：“算了吧，现在天寒路滑，又伸手不见五指，这次便宜了这个坏蛋。”

张彦宁是地头蛇，他对路径熟悉，在游击队进攻后沟寨子时，他从暗道溜走了。

李妙斋把郑其来介绍给谢子长："就是这位老乡帮我们领路攻打张彦宁的老巢后沟寨子的，我想把他发展成地下交通员，你看行吗？"

谢子长点点头，紧紧握住郑其来的手说："你要注意隐蔽，和游击队保持联络。"

从此，郑其来以铁匠铺为依托，成了陕甘游击队的一名地下交通员。

谢子长带领陕甘游击队奇袭了照金民团，缴枪三十余支，并在人群密集的地方，宣传党的主张及红军专为穷人打天下的革命道理。

夹杂在人群中的雇农周冬至，看在眼里，记在心头。他回家后，就把见闻兴奋地告诉给家人和周围乡亲们，说世事就要变了。

第二天，谢子长向被俘团丁讲话，教育他们以后不要与人民为敌，然后将他们全部释放。

陕甘游击队深入村庄后不仅召开了群众大会，讲解了革命道理，还广泛地发动了群众，并且在村庄张贴了"抗捐，抗租，抗税！""打土豪，分田地！""穷人要翻身，快来当红军！""建立农民联合会！""建立苏维埃政府！"等标语，对革命做了广泛的宣传。

第四章

主力北上

寺坪村后的山峰为照金山，因每年春天悬崖上开满山桃花，当地人也称之为桃堡。环照金山有两条几公里长的深沟——寨子沟和老君庵沟，沟顶直通兔儿梁。沟里有两股小溪，环照金山流出，汇入了清澈的田峪河。西面的沟，通向山梁，在沟底形成了一个天然山寨，被称为后沟寨子，仅有一条小道通向山外，距后沟村约十里。

后沟寨子始建于明清时期，是大户豪绅和老百姓为防御战乱修建的。民国时期，成为防御马鸿逵武装烧杀抢掠的避难所。张彦宁统领的照金民团，在这里夯筑寨墙，设置天堑，修筑暗堡，寨内可容纳四百余人，可囤积充裕的粮食，并有溪流供饮水之用。

陕甘游击队攻占照金后，趁乱逃脱的张彦宁聚集民团散勇龟缩于寨中，与国民党正规军和反动民团遥相呼应，伺机反扑。

张彦宁是民国时期照金地区一个出了名的人物。他出生在照金坟滩村一个较为富裕的大户人家，生性暴烈，稍通文墨的父亲也管不住他。张彦宁不爱读书，喜好舞拳弄棒，练就了一身武艺，整日游手好闲，横行乡里。

1912 年后，照金各县乡发展民团和联保，县里称民团，乡里的协同组织称联，头目称联头，主要任务是防御马鸿逵骑兵、军阀和土匪对百姓的劫掠。张彦宁武艺高强，能双手握枪，而且几近百发百中，被县民团团总看中，当了照金联的联头。年轻气盛的张彦宁，也曾率领联保痛击军阀刘镇华部张治功带领的二百人的劫掠，也杀死过几个打家劫舍的土匪，还抗击过马家军的多次烧杀抢掠，保护了当地百姓免遭涂炭。耀县保卫团成立后，照金成立地方民团，属小丘区团，张彦宁当上了团长。凭借曾经的战绩，他在照金自然成了呼风唤雨的人物，为国民党反动派效劳。

张彦宁极力维护保甲体系，和国民党第八十六师第五一一团紧密配合，与耀县保卫团遥相呼应，为反动派通风报信，与陕甘游击队为敌，在陕甘游击队和国民党部队的多次交锋中，见缝插针，充当帮凶。这支顽固不化的反动武装，利用后沟寨子的险要地势，与照金根据地军民长期对峙，俨然成了地主豪绅的保护神。当地的地主豪绅在紧急时，便携粮食及贵重物品潜入寨中，在松懈时又逍遥家中。陕甘游击队几次想拔掉这个楔入照金苏区的钉子，却因其地势险固，寨内有吃有喝有住，无法破袭。

陕甘游击队主力撤离照金后北上，准备袭击三合镇，但后来因走错路导致战斗失利。

这一时期，中共陕西省委密切关注着陕甘游击队的革命活动，并多次发出具体指示，指导这支新生革命武装力量的成长。

1932 年 3 月 6 日，中共陕西省委《关于红军陕甘游击队决议》认为：陕甘游击队目前在政治上犯了许多严重的错误，执行了右倾机会主义路线。必须加紧两条战线的斗争，与右倾机会主义、“左”倾立三路线和口是心非的两面派做坚决斗争。目前最明显的右倾机会主义的表现为不执行土地革命政策，不扩大红军苏维埃运动，对客观形势估计不足，关住门整顿改造。只执行部分的游击战争纲领，不利用一切机会向敌人进攻，只是退守让步。在实际工作中消极怠工，散漫不紧张，不相信自己的力量。右倾机会主义，实是目前最严重的敌人，必须集中火力去反对。

随后,中共陕西省委在《关于游击队新胜利与冲破敌人“围剿”的主要策略决议》中提出:游击队必须坚决地执行进攻的路线,必须坚决执行省委对游击队的决议,进行彻底改造,加强游击队在政治上与战斗上的力量。

3月21日,中共陕西省委在向中共中央汇报陕甘游击队情况的信中提出:陕甘游击队应迅速回三原发展,配合三千农民武装、城市中的革命兵变、广大贫民,夺取陕西政治经济最中心的三原,马上建立苏维埃政权。为执行这个迫切的任务,省委决定组织渭北特委,负全责去领导,派励君(杜衡)任书记。

信中还提出要成立正式红军,请中央规定编制和番号。

4月5日,中共陕西省委给陕甘游击队发来指示信,继续批判游击队“现在还坠在右倾机会主义的泥坑里,对于你们的错误还没有根本了解”。

与此同时,在当地赤卫队和农民一千余人的配合下,陕甘游击队再袭三合镇,驻西峰之敌前来增援。谢子长指挥陕甘游击队集中力量打退敌援兵,歼敌二百余人。

旬邑县地下党组织向陕甘游击队报告,旬邑城内只有敌警卫团两个连及民团一部驻防,谢子长决定突袭旬邑。

在攻打阳坡头、三合镇、旬邑县城等战斗期间,陕甘游击队政委李杰夫与总指挥谢子长发生了严重意见分歧。中共陕西省委决定派李杰夫去渭北巡视,由省委常委李艮接任陕甘游击队政委兼队委会书记。然而,李艮因故并未到职,陕西省委书记杜衡以省委特派员的名义前来部队视察。

1932年4月中旬,杜衡代表陕西省委,和刘志丹、黄子文一道,来到陕甘游击队的驻地旬邑马家堡。

在当晚召开的队委会上,杜衡宣布了省委的决定:撤销陕甘游击队总指挥部,谢子长调往甘肃从事兵运工作。将游击队原来的四个大队编为第三、第五两个支队,并独立开展活动。刘志丹任第三支队支队长、李杰夫任政委、吴岱峰任参谋长,阎红彦任第五支队支队长、黄子文任政委、杨重远任参谋长。

刘志丹率第三支队二百余人,从寺村原出发,次日拂晓全歼守敌,打下旬邑县城,处决了反动县长。之后兵分两路西进,一路骑兵四五十人,从彬县过泾河,直驱永寿地区,一举攻克永寿县城监军镇,歼敌二十余人,继续向五峰山前进。另一路步兵一百四十余人,从彬县骞家河渡口过泾河直至五峰山,与骑兵会合,袭击了永寿县常宁镇民团,缴枪五十余支。

阎红彦率领的第五支队从旬邑马家堡出发,到达三原县武字区,在文龙堡火烧庙召开群众大会,参加会议的有中共陕西省委代表和五支队干部战士以及各界群众,与会者达三千余人。大会决定成立武字区革命委员会,颁布苏维埃政府法令和决议,在接近照金的耀县西原和三原心字区开展分粮斗争。为避敌重兵袭击,第五支队随后转移到照金与旬邑交界地带。

接着,第三支队分兵出击礼泉县北山南坊和叱干镇,步兵迂回到五峰山南麓攻打南坊和乾县民团及土匪;骑兵由刘志丹率领攻打叱干镇民团。

1932 年 5 月,刘志丹任陕甘游击队总指挥,杨重远协助刘志丹指挥游击队,在半个月内挺进数百里,经过大小九次战役,八次获胜,歼敌一千四百余人,缴获长短枪一千二百余支,粉碎了敌人对陕甘游击队发动的“进剿”。

部队在永寿时,刘志丹曾奉陕西省委之命执行一项重要任务:迎接并掩护由刘林圃、习仲勋率领的两当起义部队。因起义部队中途被土匪武装袭击打散而失败,刘志丹随之转入礼泉、乾县,而后北上。

第五章

两当兵变

1930年初春，陕西富平淡村习家庄年仅十六岁的青年习仲勋，“带着改变中国农民悲惨命运、实现人类共同幸福的美好憧憬”，离开家乡，投身于滚滚的革命洪流之中。经过几天的长途跋涉，习仲勋找到驻扎在长武县的西北民军第一师王德修支队，当上了一名见习官。七月，习仲勋随二连移驻长武县以东的亭口镇，结识了骡马店店主王子轩，后来常以王子轩的骡马店为开会接头地点。

习仲勋利用军务之便，又与亭北村开明绅士刘士荣、亭口小学校长刘警天结为挚友，经常在一起谈古论今。在亭口镇骡马店，习仲勋与潜伏于驻军的中共党员李秉荣、李特生秘密联络，接上组织关系。之后，在长武县城外北坛的药王洞庙内召开的党员会议上，推举李秉荣为党小组长，秘密发展党员。

王德修支队是由宜君、三原、乾县、礼泉、旬邑和彬县等地的饥民组织起来的一支队伍，成分复杂。这支队伍最初无依无靠，先是投靠军阀毕梅轩，为其下属的一个支队，后又投至甘肃军阀苏雨生麾下，杨虎城进攻苏雨生部时，又投靠了西北民军麟游人甄士仁的土匪队伍，后被杨虎城收编。王德修部被改编为陕西警备第三旅第二团第一营（简称警三旅二团一营)，旅长唐嗣桐，二团团长曹润华，营长王德修。这支部队上下级从军的目的大相径庭，因而为兵变的实施提供了可能性。

中共党员李秉荣最早到王德修部开展工作，任机枪连连长。陕西省委又先后派李特生、习仲勋、张子敬、刘书林、李艮、陈云樵、孙一君等党员加入了这支部队，后又发展了许天洁、高祥生、吴进财、左文辉等入党。利用李秉荣任机枪连长、李特生任文书、习仲勋任见习官等合法职务的便利条件，经中共陕西省委同意，秘密建立了营党委，李秉荣、李特生、习仲勋先后任书记。

经过中共陕西省委的周密安排，警三旅二团一营各连都有了共产党的骨干分子，排长和班长大都是共产党员，少数不是党员的，也是革命的同情者。同时，党组织又从这个旧军队的实际出发，严明军纪，并对其进行了必要的改造，使兵变拥有了有利的群众基础。

1931 年秋，中共陕西省委就曾派主持省委日常工作兼管西安市委的陕北定安人焦维炽，前往王德修部巡视，商量举行兵变，但习仲勋等从实际出发，根据部队布防及人员的状况，否决了这一主张。

初冬，警三旅二团一营驻防凤翔县，中共陕西省委又派李杰夫前往巡视，又一次力主兵变，但习仲勋等认为条件尚不具备，又一次否决了这个意见。

1932 年 3 月，警三旅要求驻防陕西凤县和甘肃两当县的二团一营与驻防甘肃徽县、成县的二团二营换防。时值早春，陕西西部山区冰雪未化，寒气逼人，士兵们裤单衣薄，又长期被拖欠军饷，加之徽县和成县离家乡陕西更远，条件更加艰苦，士兵怨声载道，人心浮动。十八岁的习仲勋秘密召集地下党组织开会，与会人员考虑到如果部队换防到甘肃徽县再发动兵变，离陕西省委指示的与刘志丹领导的陕甘游击队会合的地方太远，于是决定利用眼下有利时机，等到距陕甘最近的甘肃两当县城时发动兵变，拉出一支武装北上与刘志丹会合。

营党委认为，实施兵变的条件已经成熟，于是派时任营部文书的共产党员刘书林，经宝鸡前往西安，向中共陕西省委汇报请示。

3月下旬，中共陕西省委派军委秘书刘林圃为特派员，赶赴凤县领导兵变。刘林圃到了一营驻地双石铺，与营委书记习仲勋接上头后，在二连驻地丰禾山上紧急召开营党委会议，传达了省委关于举行兵变的指示。

刘林圃，陕西耀县下高埝乡刘家河村（今铜川市新区新城村）人，读高小时因闹学潮被开除，随后到油坊打工，之后去国民军第二军当兵并任营部军需官，1927年初考入黄埔军校长沙分校，在校期间加入中国共产党。

会议决定，由刘林圃领导营委发动兵变，择机确定兵变时间及兵变后的行军路线，并决定兵变后带领队伍北上旬邑，与刘志丹所领导的中国工农红军陕甘游击队会合。

会后，刘林圃隐藏在丰禾庙里，趁次日部队从双石铺经过时悄悄插入行军队列，秘密指挥队伍行动。

4月1日，营长王德修带着一连、机枪连及营部经凤县出发，经过双石铺，又带上二连，行约九十里，于当晚到达两当县城。与三连会合后，部队当晚宿营两当县城。

当天晚上，王德修布置一连住在两当县城北街的南头并警戒东门，二连住在南街一带，三连住在县政府和西街上，机枪连住在北街并警戒北门，而营部住在县政府西边的一个地主家，准备第二天一早向徽县和成县一带开拔。

刘林圃、习仲勋及营党委立即决定，在县城北门外一个骡马大店秘密召开营委扩大会议，布置兵变的相关事宜。会议决定抓住有利时机，趁敌人立足未稳，马上在两当举行兵变。

会议决定，由刘林圃任军事指挥，一连由吕剑人指挥并负责解决机枪连，二连由高祥生指挥并负责组织部队转移，三连由许天洁和左文辉指挥并负责解决县政府和营部。

午夜 12 点，响亮的枪声划破小山城寂静的夜空，“两当兵变”打响了。

各连起义战士按计划纷纷行动起来。吕剑人率一连战士和机枪连对峙。由于李秉荣此时已调离了机枪连，机枪连没有党员，起义军遇到了激烈的反抗。起义军猛烈回击，但因为对方火力太强，始终未能解除其武装。三连攻占了县政府，但狡猾的营长王德修却带着警卫班从后门逃脱了。

鸡鸣时，集合号响起，一营三个步兵连三百多人，在各连负责人率领下迅速撤出两当县城，到北门外会合，部队向太阳寺方向进发。

第二天中午，营党委召开会议，讨论了部队改编、干部任命及后续行军路线等问题。

兵变部队改编为中国工农红军陕甘游击队第五支队，改编后的队伍约二百人。推选许天洁为支队长，刘林圃为支队政治委员，习仲勋为支队队委书记。任命吕剑人为一连连长，高祥生为二连连长，许天洁兼任三连连长、左文辉为副连长。各连也同时任命了排长。

之后，刘林圃和习仲勋号召大家不准抢劫，不准侮辱妇女，要遵守红军纪律，打仗要勇敢，要服从命令听从指挥。行军路线是渡过渭河和泾河北上，要齐心协力消灭沿途阻击的敌人。

刘林圃、习仲勋、许天洁领导两当兵变部队，一路北上，行程数百里，作战十余次，击溃了沿途民团，先后取得了通洞、赤沙、香泉、高崖、花花庙等战斗的胜利。

在攻击蔡家河东梁上围追堵截的敌正规军时，由于敌人占据制高点居高临下，半日未能攻克，部队伤亡和脱逃严重。

刘林圃召集支队党委成员，在沟底蔡家河堡子召开紧急会议。会议决定停止攻击蔡家河东梁，绕道麟游北部的页岭东进，习仲勋和左文辉利用旧关系去亭口一带寻找渡泾河的船只，刘林圃和吕剑人找社会关系，同敌正规军刘文伯谈判，佯装接受改编，以争取做好渡河准备。部队由许天洁、李特生带领,经页岭、崔木,抵达岳御寺一带待命。

当部队行至麟游和永寿交界的岳御寺一带时,被盘踞在这一地区的土匪头子王结子包围后伏击。刚刚诞生的中国工农红军陕甘游击队第五支队被打散,弹尽粮绝,除少数人滚沟跑出外,包括许天洁在内的全部士兵被俘。

至此,两当兵变宣告失败。

第六章

返回亭口

两当兵变失败，队伍失散，去长武县亭口一带寻找渡泾河船只的习仲勋，作为两当兵变的领导人之一，倍感沮丧，痛苦不已，徒步经麟游邵寨返回亭口镇。因心力交瘁，身患重病，为躲避反动当局的搜捕，他暂且藏身于王子轩骡马店的拐窑里。

习仲勋在养病期间，白天在饭馆干活，探听游击队的消息，晚上和朋友们谈论时事消息和斗争形式。等到他基本恢复健康，王子轩等人筹措银圆给他做盘缠，让他去找刘志丹。

离开亭口前，习仲勋叮咛王子轩，注意接待北边红区来的自己人，并动员有志青年去陕北参加革命。

两当兵变失败后，刘林圃由乾县辗转回到西安，向陕西省委详细汇报了兵变经过和失败教训。

两当兵变虽经过充分准备，但最终还是失败了，原因主要有以下几点：

首先，虽然安排了很多党员骨干充实了兵变部队，但相对重要的机枪连却是一个空白。李秉荣原是机枪连长，后被调任团部机械官，在部队中具有很高的威望，兵变时应设法让其控制机枪连并参与兵变的领导工作，由于没注意到这一点，致使机枪连在兵变时游离在外，成为最主要的对立面。

其次，没能和中国工农红军陕甘游击队取得实质意义的联系，也没有详细而周密地制订出有效的策应计划，致使兵变后行军的路线不明确，对兵变后部队行进过程中的敌情不明了，没有搞清楚敌正规军和土匪的分布状况，致使部队多次陷于不利的状态。如被土匪头子王结子误以为部队是国民党正规军，而被不明不白地包围伏击。

再则，在战斗中缺乏灵活性。如兵变后一路都是和民团打仗，在蔡家河村遇到国民党正规军以后，就应分析麟游山区是否有敌军阻击，或者改变行动计划，在蔡家河西面选择一条向北边山区行进的路线，在陕甘交界处渡泾河，从而寻求与刘志丹领导的陕甘游击队会合。

两当兵变的失败，使中国工农红军陕甘游击队第五支队覆没于襁褓之中。兵变虽然失败了，但仍然是一次具有重要政治、军事和历史意义的革命暴动，打乱了国民党反动派的部署，牵制了敌人的有生力量，在分化反动势力、扩大红色区域、策应开辟陕甘边新苏区的斗争中，产生了重大影响。

1932年5月，谢子长去甘肃组织了靖远兵变，成立了中国工农红军陕甘游击队第三支队，谢子长任总指挥，焦维炽任政委。

不久，陕甘游击队第三支队在水泉堡战斗中失利，谢子长返回西安。

此时，刘志丹已率领中国工农红军陕甘游击队从礼泉、乾县一带北上。

1932年麦收时节，暂时无处安身的习仲勋，只好从亭口镇秘密回到了自己的家乡富平淡村。

生他养他的家乡，给他留下了太多童年和少年时代的记忆，那么刻骨铭心。

渭河自西向东，流过西安城北，在接纳石川河后不远处，汇入南下的黄河，一起折向东去，奔流入海。石川河南岸土塬上的习家庄，是一个只有两户人家的小庄子。一条古驿道由县城横跨石川河，从习家庄东侧穿过，通至三原，南抵省城西安。

二十世纪初，这条驿道已成为人往车来、物粮运转、信邮传递的交通大道。这块钟灵毓秀的土地，名胜古迹众多，创造了颇具特色的文化传说，形成了淳朴的民风民俗，培育了众多有功于社会进步的杰出人物。

习家庄近在咫尺，是习仲勋日夜思念的热土，他却因被通缉，不能露面回去看一眼年幼的弟妹们，只能躲藏在线家原表姐家，栖身于堆放麦衣子的破土窑里，心如油煎。

通过亲戚和幼年伙伴，习仲勋与地下党员胡振清等取得了联系，冒险前往富平县城与党组织接头。

眼下，街道墙壁贴出印有习仲勋头像的国民党西安市政府告示，上写：赤匪习仲勋，年十九岁（实际不满十九岁），陕西省富平县人，参与指挥了两当兵变。谁若抓住习匪赏洋一千元，报信者赏洋五百元。

习仲勋刚到县城南关，便被一群士兵带走。在他的老师——县教育局局长石仲伟保护下，幸得释放。

习仲勋在家乡东躲西藏，一边养病，一边托人打听刘志丹的行踪。他决心去寻找陕甘游击队，继续搞武装革命。

他不能继续在家乡待下去了，不只是因为眼前的危险处境，而是他从懂事起心中涌动的一个愈来愈强烈的愿望，即投身中国共产党领导的民族解放事业。他坚定地认为，如果没有一番作为，就枉为一个男子汉，无颜见家乡父老。

第七章

找到红军

数日后，习仲勋找到了中共陕西省委视察员程建文，并在武字区与三原共产党员唐玉怀接上了头，程建文要他到耀县北边的照金去找陕甘游击队。

这时候，他通过同村贫苦农民周老四，打听到了去照金可以投靠一个人，这人叫周冬至。

周冬至，又名冬生，出身于淡村中合村一户贫苦农民家庭，父母均为勤劳憨厚的农民。周冬至在都村小学读书时，便与高年级学生习仲勋等结为好友。在富平地下党组织派员到都村小学宣传马克思主义并发动声讨蒋介石背叛革命罪行的学潮时，他手打小纸旗，加入游行队伍，高呼口号，走村串巷，张贴标语，散发传单。

周冬至听到习仲勋有关“交农”运动和清涧、渭华等地武装起义的消息后，初步懂得了为什么要革命、怎样革命的道理。

1929年年馑，饿殍遍地。为了求生，周冬至父亲外出借粮，饿死异乡。全家人生活无着，母亲只好带着五个子女背井离乡，沿街乞讨。在逃荒途中，这位善良的女人忍痛割爱，先将冬至的大姐送给户县一户人家，只求活命，分文不取。随后又将他的小妹送给华县某户。冬至看到亲姐妹一个个四处分离，泣不成声。对此，一个穷孩子又有什么办法呢？周冬至只得跟随母亲要饭来到耀县照金山区，投奔到其父结拜弟兄王明发家中。

王家也很清苦，冬至母亲不愿给他家添麻烦，便托人将十四岁的小女儿周麦花送人做童养媳，又让长子周炳生外出拉长工、打短工。就这样，一家人在当地安子坡的几间简陋草房里栖居生活。

盘山路上，习仲勋在周老四的引领下，推着运盐的独轮车，辗转数十里山路，来到了照金老爷岭，在周冬至家住了下来。

习仲勋和周冬至互相诉说家乡的苦难，并希望尽快前往陕甘游击队拜见他们向往已久的领路人刘志丹。

1932 年 4 月 20 日，中共中央做出了《关于陕甘边游击队的工作及创造陕甘边新苏区的决议》，分析了陕西在空前的灾荒下，农民反抗捐税、反对高利贷、反对国民党统治，争取土地、灾民分粮抢粮的斗争形势和陕甘游击队在斗争中日益壮大起来的实际情况，向陕西省委提出了在积极开展当地的游击运动中，创立新的红军队伍及陕甘边苏维埃新区的任务。

中央决定，按红军编制法，成立中国工农红军第二十六军，责成陕西省委从自己的常委中选派一人担任红二十六军政委。决议要求，在陕甘游击队行动的区域中，必须立即组织领导农民群众，没收一切地主绅士、祠堂庙宇及帮助反革命政权的富农的土地，彻底摧毁当地反革命的政权机关，组织苏维埃的政权机关，解除边区内一切反革命的武装，广泛进行武装工人、雇农、贫农和中农的任务，以便建立巩固的陕甘边革命根据地。

4 月 27 日，中共陕西省委在写给中央的报告中说，陕西经过了空前浩大的灾荒，农村经济凋敝。整个灾区百分之九十以上的人，粮食维持不到麦收，以致有些区域，将豪绅地主富农的粮食完全分配以后，还不够群众的需要。广大劳苦大众或破产或失业，而未被裁员的工人工资减少，工作时间增加。城市贫民无饭吃，无衣穿。农民大批饿死，尤其是承受苛捐杂税且无生产工具、无田种的广大灾民，上天无路，入地无门。渭北一带的农民，已由普遍的抗粮抗租上升到武装冲突。

中共北方各省代表联席会议通过一份文件，认为国民经济的总崩溃与劳动群众生活的极端恶化在北方各省更加锐利而猛烈，军阀混战从未间断，即将组建的红二十六军会成为北方革命运动的主要力量。

5月上旬，陕甘两省国民党驻军合水，向陕甘游击队第三、第五支队展开大规模“进剿”。危急时刻，陕甘游击队第三、第五支队集结于旬邑清水原。中共陕西省委为便于统一指挥，决定恢复陕甘游击队总指挥部，并任命刘志丹为总指挥，李杰夫为政委，杨重远为参谋长，黄子文为政治部主任。

陕甘游击队总指挥部分析敌情态势后认为，井岳秀部八十六师分驻中部（今黄陵）、宜君、富县（原鄜县）、洛川地区，兵力分散，且距西安、延安较远，不易增援。加之这些地区群众基础较好，沟壑纵横，台塬相间，山高林密，有利于开展游击斗争。游击队遂决定甩掉敌人，向中部、洛川地区挺进，寻机歼敌。

同年7月间，照金安子坡贫苦农民周冬至，为两当兵变失败后从家乡富平来这里的习仲勋带路，经长坳一路探访，辗转来到了照金。在杨柳坪的地母庙，习仲勋找到陕甘游击队，见到了谢子长。

8月的一天，在照金的金刚庙，习仲勋第一次见到了刘志丹，没想到，大伙都亲切地叫他“老刘”。一见面，刘志丹就紧紧握住了习仲勋的手。

当时，习仲勋因两当兵变失败，心情一直很沉重，不知说什么好。刘志丹很理解习仲勋的心情，亲切地鼓励他说：“干革命不能怕失败，几年来，陕甘地区先后举行过大大小小七十多次兵变，都失败了。最根本的原因就是军事运动没有同农民运动结合起来，没有建立起革命根据地。如果我们像毛泽东同志那样，以井冈山为依托，搞武装斗争，建立根据地，逐步发展扩大游击区，即使严重局面到来，我们也有站脚的地方和回旋的余地。现在最根本的一条，是要有根据地。”

刘志丹的谈话，使习仲勋茅塞顿开，也给他指明了今后革命的方向。

过去的几年间，刘志丹走遍陕甘边区，身经百战，屡败屡战，下决心要搞一块红色根据地，可由于“左”倾机会主义的错误领导，这个愿望未能实现。但是无论他走到哪里，就会把建立根据地的道理讲到哪里，教育和影响着他见到的每一个人。

从此，习仲勋就成了刘志丹“必须建立红色根据地”思想的最积极的执行者。

按照刘志丹的指示，习仲勋以打短工的名义，深入照金的小崖子和柳林，白天打零工，晚上秘密传播革命道理。

习仲勋在小崖子认识了于德水一家，在陈家坡认识了王满堂一家，在柳林认识了郑四哥。正是这一时期的秘密革命活动，使他熟悉了照金的山山水水，和照金根据地的群众建立了鱼水般的深厚情谊。这一切，都为创建照金红色政权打下了牢固的基础。

第八章

转战陕甘

1932 年 5 月 15 日晚，陕甘游击队总指挥部率部北移至宜君县马栏镇(今属旬邑)，一举歼灭井岳秀八十六师两个连及民团，缴获长短枪二百余支。

陕甘游击队在北上南梁二将川后继续北上，扬言打安定，实则打保安，但因敌援军赶到，未能攻克。部队撤回二将川，经墩儿梁转移到八卦寺、油坊头一带。

紧接着，陕甘游击队攻打宜川的临镇，驻镇军是井岳秀部张瑞楼营。陕甘游击队共四个大队，两个骑兵连，一个警卫连。按兵力，游击队五倍于敌，消灭张瑞楼营毫无压力。

刘志丹在临镇南原指挥所，命二大队迂回包围敌人，待二大队枪响后，部队发起总攻。阎红彦率五支队正面主攻，二大队占领该镇东山，掩护主力。

晚上，各大队分别在自己的位置上做好了攻击准备，单等二大队的信号枪声。但一直等到日上三竿，仍无动静。

原来是敌人发觉了陕甘游击队的计划，随后立即组织突围。由于敌人进攻猛烈，二大队未能守住东山，仅有十余人撤出了战斗。其他三个大队在东、西、南三面追之不及，让敌人跑掉了。二大队在敌人的猛烈冲击下，一撤再撤，一直撤到了保安县的狗头山与永宁山之间，贻误了战机，使本来已成瓮中之鳖的敌人逃掉了。

在临镇失守后，二大队收拾残部，一边战斗一边寻找大部队。

二大队在寻找大部队的途中与高朗亭所率领的红军西北先锋队会合并联合行动，两支部队整合成三个中队，准备一起南下与大部队会合。

高朗亭等率部队从临镇以南往下赶了几天，高双成派两个营又追来，部队决定经南泥湾、延安南三十铺、高桥川绕过安条岭到保安瓦子川，再到合水去盘克原找刘志丹。途中，高朗亭因枪伤未愈，决定留在延安城南三十铺红市沟养伤。部队经过延安城南川三十五里的马步踏河，翻越杜甫川到达延安西川的高桥镇，一路上打击地主民团，抓土豪劣绅，开仓放粮，筹措经费，并缴获十来支枪和八十多匹骡马，平均每人一匹马。知道刘志丹想成立骑兵连，他们就处处留心，沿路带马回去。不巧的是，敌人在延安的驻军二五六旅得知了部队的行踪，立即派一个营追了上来。保安县民团也集中一百五十余人，在安条岭布设了埋伏。当部队进到安条岭的深腰，山岭上的县民团首先开枪，马怕枪，往后便跑，冲散了尾随之敌，部队趁机躲进树林隐蔽撤退。至此，部队又被打散了。

而这时刘志丹率领陕甘游击队在半个月内先后于凤凰山、五里镇、焦坪连打了三个胜仗，歼敌五百余人，缴枪五百余支。然后转战于中部、宜君、富县、洛川地区，作战九次，八次获胜，歼敌一千四百余众。

中国工农红军陕甘游击队成立以来，因遭到“左”倾错误的干扰而屡换总指挥，严重影响部队的发展壮大。中共中央和陕西省委多次提出，在陕甘游击队的基础上建立正规红军。

1932 年 6 月 1 日，中共陕西省委《关于创建陕甘边新苏区与游击队的工作决议》（以下简称《决议》）指出，创建新苏区与开展游击战争，是陕西全党的一个中心任务。《决议》决定在陕甘边地区组建农民游击队，开展游击战争，进行土地革命，在各地的游击战争中抽出一部分最精锐的部队，编为一团，征调西安的工人和三原、富平、蒲城的农民参加红军。《决议》决定派得力同志去组织边区特委，在旬邑地区以最大限度的力量去建立党组织。在根据地与游击区域中，应当最大限度地发展党的组织，吸收雇农、贫农及良好的中农入党。

6 月 26 日，中共中央在上海召开北方各省委代表联席会议，通过了《开展游击运动与创造北方苏区的决议》（以下简称《决议》）。《决议》强调，创建并巩固发展陕甘边新的苏区，是北方党的基本任务与工作；要求在边区应当首先发动广大劳苦群众，深入开展群众斗争，摧毁与肃清边区一切反动势力；武装广大劳苦群众，实施苏维埃中央政府的一切法令，中国工农红军陕甘游击队应锻炼成为强有力的红军，巩固与发展陕甘边苏区。

此时，刘志丹率领陕甘游击队南下黄龙，转入韩城县境，打算在这一带建立革命根据地。部队经过芝川，绕韩城插到了禹门山口的西原村。这里是国民党部队旅长杨相芝的家乡。红军收了民团的一些枪支弹药，分了杨家的粮食给当地贫苦农民。

韩城位于关中和陕北交界，是进出潼关的要道，历来为兵家必争之地。就战略选择而言，落脚此地建立根据地并非上策，敌人绝不容许在此战略要地形成革命根据地，否则必然会疯狂地对其进行“围剿”。

6 月下旬，敌人派出重兵，向陕甘游击队据守的禹山阵地发起了进攻。陕甘游击队在刘志丹的率领下顽强奋战，但因寡不敌众，损失过半，被迫放弃阵地，退入桥山一带。在敌人炮火轰击下，十头驮武器的骡子先后受惊，掉进了山沟里，把缴获来的武器全都弄丢了。

经过两天两夜的急行军，陕甘游击队到达甘肃合水的塔儿原。稍事休息，便北上二打保安，但仍未攻克。随后部队又撤至保安以北的顺宁川，再南下洛河到瓦子川，在墩儿梁打了一仗后，转移到了八卦寺。

这时，谢子长也负伤了。由于连续作战，陕甘游击队伤亡消耗很大，再加上补给不及时，一时陷入枪无弹药、人无衣食、马无草料、伤无医药的困难境地。当时又流行伤寒病,很多人病倒了,外加阴雨连绵的天气,真是苦不堪言。最糟糕的是游击队在转移途中又遭敌人拦截,部队被打散,及至退到正宁县梁家堡时,全队只剩下二百余人。

此时陕甘游击队士气低落,领导之间也产生了严重的意见分歧。有的主张南下三原,坚守渭北革命根据地;有的主张北入桥山,建立陕甘边革命根据地。

6 月底,陕甘游击队和队委会先后在宁县麻子掌和梁掌堡召开会议。会上,经过激烈争论,大多数人主张就地坚持,以正宁为中心,依托桥山,创建陕甘边革命根据地。会议还对游击队的领导机构进行了改选,推举阎红彦接替刘志丹任总指挥。游击队编为两个大队和一个骑兵队:高山保任第一大队队长、黄子文任政委,刘志丹任第二大队队长兼政委、吴岱峰任副大队长,强龙光任骑兵队队长。

阎红彦率骑兵大队行至耀县小丘镇,遭遇杨虎城部一营兵力的进攻。由于兵力不足,骑兵队只得退却,但敌人又穷追不舍。骑兵大队在翻了几座山后才摆脱敌人,回到了照金革命根据地。

行至石窑村,阎红彦当夜召开会议研究行动计划,会议通过了西进的决定。于是部队连夜进发,直奔马栏方向。部队上了老爷岭后,在山上的石佛爷庙休息。偶然间,隐隐约约听见了脚户驮队过山铃铛的声音,脚夫唱着山歌,打着响鞭正催马上山。

说话间,这个驮队就到了跟前,竟有四十多头骡子,每头骡子都驮着四个箱子。经检查发现箱子内装着值钱的物品,还夹杂有大量的烟土。这个驮队是当地军阀和商人合伙办的,部队缴获了这个驮队的全部物品。

队伍继续前进,经杨家店子到达中部县的建庄。这里驻有一个地方民团,团总叫何世兴。刘约三向阎红彦建议,送给何世兴一些货物,一则可以顺利通过,二则可以补充部队给养。阎红彦同意后,刘约三以阎红彦的名义给何世兴写了一封信,大意是:鄙军行军至此,多有叨扰,略备小礼。我们缺少枪弹、西药等用品，如方便的话，请予帮助。何世兴接信后，果然给骑兵队送来了枪弹、猪肉、豆腐。

骑兵队在此休息一个星期后，又行进到小石崖。照前面的办法，送了小石崖另一个团总罗连城一些东西，换取了一千多发子弹和西药、布匹、手电筒等物。

骑兵队经过几天休息，士气高涨。一些伤病员也被分别安排在罗连城、何世兴两处休养。之后，部队返回根据地，驻在甘肃合水县古城塔儿原一带。骑兵队缴获驮队的一批物资，帮助红军渡过了暂时困难，并给部队换回了一些急需的军用物资，还顺便分了一些给地下党组织。

刘志丹对此高兴地说："骑兵大队为部队做了一件好事。"

随即，刘志丹给骑兵队调了四十个老战士，并将神府苏区派来的王兆相等二十四名战士交给骑兵大队。

第九章

西华池起义

1932年春，杨林、贺晋年、张秀山等人跟随谢子长到国民党杂牌军队王子元旅做兵运工作。谢子长组织领导的靖远兵变失败后，杨林、高昆山、郝维新等经海原、固原来到平凉，找到在杨虎城部下杨子恒旅当兵的王世泰，又遇见高照璧等，他们商议后决定到兰州参加孙蔚如部的教导团。

杨林一行经过和尚铺，翻越六盘山，到了隆德县城，碰上从兰州过来的谢子长，说兰州暂不宜去，还是到陇东为好。杨林等人遂掉转方向返抵平凉，路上又遇见要去兰州的苏杰儒，随后他们同行。

在平凉东关，杨林一行看到了悬赏通缉谢子长、刘志丹的告示。在小饭馆休息吃饭时，谢子长叫杨林买来一张《西京日报》，报上登载着吹嘘国民党军队在陕甘边“围剿”谢子长、刘志丹“共匪”的新闻。饭后，他们继续赶路，走了五十里后到了白水镇，并在客店住了下来。

当晚，谢子长和杨林等几人一起商议，究竟是到西安杨虎城部去还是回红军部队去，抑或到陇东国民党部队去。经仔细分析，权衡利弊，谢子长给在十一旅工作的地下党员李树林、高鹏飞各写了一封信并交给杨林、苏杰儒，让杨林到庆阳国民党第十一旅去活动。谢子长到西安给省委汇报后返回陕甘游击队。

杨林到庆阳后，当即到十一旅旅部去找参谋主任王子庄，了解一些基本情况后，苏杰儒和高照璧带上谢子长给高鹏飞的信，到十一旅特务营驻地西华池镇去联系，杨林和郝维新带上谢子长给李树林的信，到十一旅第一团驻地合水老县城去联系。

杨林和郝维新到合水老县城后，见到了第一连连长李树林，他也是杨林当年在教导队的老同学，在同一个党支部待过一年多。李树林看信后说："十一旅旅长石英秀对部队进行了一次严格的整肃，许多共产党人和进步的官兵被清洗了，换成了他的亲信人员。"

杨林按原计划，急速赶到了西华池，见到了高鹏飞。高也是杨林在教导队时的老同学，又是特务营的党支部书记。杨林详细地谈了靖远兵变、谢子长的意见和合水老县城的情况，高鹏飞也介绍了特务营的情况以及陕甘游击队的消息，表示同意举行兵变。

西华池是拥有二三百户人家的镇子，商户三四十家，是庆阳至陕西道路上的一个驿站。此地距离红军活动区的盘克原一带数十里，且拥有沟壑纵横的地形，对举行兵变极为有利。虽然三面驻有敌人，但相距较远，兵变后可以把部队拉到红军游击区去。

特务营有三个连，营长曹又参和第三连驻庆阳县城内，营部和第一连、第二连由营附（营副官）潘立廷率领驻西华池。在高鹏飞的第一连，班长以上和连部的勤务员多数是共产党员。杨林和高鹏飞分析了敌我力量，认为依靠第一连就可以控制局势。

高鹏飞派了一名党员班长宋廷璧，持信到红军活动区找刘志丹联络。三天后，宋廷璧带回了刘志丹和阎红彦的回信："欢迎举行兵变，三天内陕甘游击队不离开盘克原，准备接应兵变部队，如果条件不成熟，不可轻举妄动，以免暴露力量而遭不幸。"

高鹏飞当即召开党支部委员会，参会人员有杨林、苏杰儒、二排长曹胜荣以及司务长。高鹏飞阐述了举行兵变的意义。会议部署了行动计划和分工，决定了兵变时间。

第二天，时值农历五月中旬，正是当地群众搭镰割麦的时候。刚吃过早饭，正要开始部署行动时，忽然潘立廷派人邀请高鹏飞去打麻将，高鹏飞说："你先回去，我随后就到。"

高鹏飞急切地问杨林："怎么办？"

杨林说："你去吧，一切照计划办，由我们负责。在打麻将时，你的勤务兵朱万才带枪进入营部，你就动手。若不带枪，千万不要行动。"

曹胜荣负责准备武器弹药和军事行动前的部署，杨林和苏杰儒负责写标语口号。司务长到街上订购了几百斤大饼，买了大批手电筒、电池、红绿纸张、笔墨颜料、针线等物。

下午饭后，照例到操场出操，第一连有意推迟了半小时，曹胜荣、苏杰儒把全连集合在一个大房子里，向士兵讲解了举行兵变后参加红军的意义，宣布了行动计划，并得到了全连士兵的拥护。

接着，曹胜荣和司务长在前，苏杰儒、高照璧在后，率领全连冲出营房。这时，二连已操演完毕，把枪支架在操场一边，大刀放在地上，正在投弹打拳。一连迅速冲上去，收缴了二连的所有武器，并命令二连全体官兵集合待命。

杨林和郝维新率领勤务兵朱万才、号兵康健民，以及连部其他士兵十余人，飞奔营部。朱万才持枪闯入，高鹏飞知道起义已经成功，忽地站起来，推倒麻将桌，掏出手枪对准潘营附，喊道："不许动！"

潘立廷以及一起打麻将的营部副官、军需等人，吓得不知所措，束手就擒。杨林和其他起义士兵迅速出击，解除了他们的武装，收缴了营部所有枪支弹药。

高鹏飞立即集合队伍，郑重宣布："特务营第一、二连全体官兵，武装起义胜利了。"

接着，他历数了国民党反共卖国的罪行，揭露了贪官污吏土豪劣绅压迫剥削人民以及反动军阀压迫士兵、克扣军饷、不顾士兵死活的黑暗统治，宣传了共产党的革命宗旨和投奔红军闹革命的意义。他最后宣布了几条军纪：“我们从现在起是革命的军队，要纪律严明，不准扰害老百姓。”

高鹏飞的讲话，得到全体官兵一致拥护，大家鼓掌欢呼。一些早先不明情况的士兵，顿时打消了疑虑，个个喜形于色，拍手称快。

一时间，兵变的消息传遍全镇。镇上贴满了标语：“打倒国民党反动派！”“打倒军阀官僚！”“打倒贪官污吏！”“打倒土豪劣绅！”起义部队把剩余的粮食等物，全部分给当地贫苦农民，群众十分高兴，感激不尽。

天黑后，部队进行了临时整编，在焚烧了所有的文件和印信后，开始朝着宁县盘克原方向疾速行进。

部队整整走了一夜，天亮时到达盘克原，在一个村庄附近就地休息，埋锅造饭。高鹏飞同杨林商议，派苏杰儒和宋廷璧骑两匹快马，前去同陕甘游击队联系。饭后，部队继续行进，大约走了二十里，忽然看见远处尘土飞扬，一队骑兵飞奔而来，一杆绣着铁锤镰刀的红旗，迎风飘扬。大家不约而同地欢呼：“红军来了，红军来了！”

高鹏飞下令：“列队道旁，等候欢迎！”

陕甘游击队骑兵很快来到他们跟前，一齐下了马。高鹏飞喊了声“立正”，跑步向前敬礼，两队官兵蜂拥向前，相互握手拥抱，盘克原上欢声雷动，“欢迎新战友”“中国共产党万岁”“中国工农红军万岁”的口号声响彻云霄。

前来迎接起义部队的是陕甘游击队骑兵大队。大队长强龙光是杨林的同乡、同学和老朋友，只见他穿一身蓝色便服，手提马尾刷，两把盒子枪交叉挂在身上，骑一匹枣红色大马。副大队长杨琪，戴一顶瓜皮帽，留着八字胡须，穿一身商人衣服，骑一匹大黄马。政委杨森穿一身学生服，其余官兵都是老百姓的装扮，有的还穿着和尚道士衣服。他们共同的特征是每个人脖子上都挂着一个红绸带子。

在骑兵大队引导下，起义部队继续朝北前进。当晚，与陕甘游击队正式会合。谢子长和刘志丹外出执行任务未归，总指挥由阎红彦代理，政委由李杰夫代理，参谋长是杨重远。

第二天，起义部队同陕甘游击队继续前进，第三天到达正宁县湫头原，并召开全军大会欢迎起义军。当地的赤卫队、农会敲锣打鼓，欢迎仪式隆重而热烈。

代理政委李杰夫做了热情洋溢的讲话，高鹏飞和战士代表也先后讲了话。代总指挥阎红彦，给起义军每人发了一条红绸带子，并亲切地嘱咐说："参加中国共产党领导的红军后，要树立为革命不怕流血牺牲，彻底革命的精神。"

接着，部队进行改编，第一大队、第二大队和骑兵大队干部及编制不变，起义部队抽出一小部分补充骑兵大队，其余全部编入第三大队，任命高鹏飞为第三大队队长，阎润平为政委。原第三大队余部编为第一中队，路文昌任中队长。编入第三大队的起义人员，分编为第二、第三中队。第二中队队长曹胜荣，第三中队队长金天华。

这时，王世泰也由平凉赶来，被分配在第一中队担任班长。全军共有官兵千余人，军威大振。支队最高领导组织是支队党委会，在宁县南柴桥子党委会议上，高鹏飞和杨林被吸收为党委委员。

刘志丹、谢子长转战归来，会见了高鹏飞，并对他在红军极为困难的时候率部起义参加红军的行为进行了赞扬。正是因为高鹏飞西华池起义的成功，才使一直处于困境中的陕甘游击队有了一些喘息休整的机会。

西华池兵变，是中国共产党人早期在国民党军队内部举行的唯一成功的兵变，它不仅壮大了革命武装力量，扩大了革命影响，也使日后的军事斗争逐渐由弱变强。

第十章

集结照金

1932年7月23日，陕西省委书记杜衡派李艮到陕甘游击队巡视，并令其担任政委。

李艮，陕西长安人，1926年加入中国共产党，后任长安县五楼区委书记、长安县委组织部长，领导了三桥农民暴动，被捕后越狱，先后任渭南县委书记、西安市委书记、陕甘游击队政委。

李艮一上任，就不切实际地认为革命高潮即将来临，他让陕甘游击队在正宁县北端湫头原的一个小村庄五顷原分地，还命令陕甘游击队进攻防守坚固的王郎坡寨子。

战斗失利后，李艮又坚持"不让敌人铁蹄踏进五顷原一寸土地"的冒险主义口号，强令陕甘游击队打平原战、阵地战，陕甘游击队被甘肃军阀鲁大昌的两个步兵团和一个骑兵团包围，形势对游击队非常不利。游击队被迫转入反"围剿"，李艮却要部队严防死守，死守不成后又拼命进攻。虽然李艮身先士卒，英勇作战，但由于战略战术指导思想错误，结果导致游击队在强攻王郎坡寨子、死守五顷原和三嘉原突围三次战斗中均告失败，伤亡惨重，等部队撤到马栏镇时，只剩下二百多人。

在陕甘游击队指战员的强烈反对下，李艮不得不离开部队，回到西安。

李艮调回省委后，在陇东邓宝珊部策动了蒿店兵变，后被派到陕南巡视，参与创建红二十九军，任政委，并创建了马儿岩游击根据地。后遭敌包围被捕，在磨子坪英勇就义，年仅二十五岁。一起牺牲的陈浅伦，年仅二十七岁。

五顷原一战，游击队中参加过西华池起义的士兵逃跑了很多，陕甘游击队又陷入了十分困难的境地。随后，由谢子长带领二三十个伤员到葫芦河边民团团总陆学贵处养伤，刘志丹等带八十多名先锋队和四十多名老战士在合水段家庄附近梢山活动，阎红彦、杨重远带四十八个骑兵去渭北、三原一带向省委汇报情况。

1932 年 8 月 1 日，中共中央给陕西省委发出指示信，重申了中央关于创立正式红军和陕甘边新苏区的决定，要求陕西省委必须十倍百倍地加紧这一工作，必须坚决地没收地主阶级与祠堂庙宇及土豪劣绅的土地，按照劳动力与人口，平均分配给雇农、贫农以及中农；必须组织雇农工会、贫农团，立刻成立红军一团，开始有计划的游击斗争，加强边区党的工作。

8 月 25 日，中共陕西省委召开扩大会议，传达贯彻中央指示和北方各省委代表联席会议精神，通过了《关于帝国主义国民党四次“围剿”，创造陕甘边新苏区及红二十六军决议案》，提出必须按照现在游击队的力量，立刻编成红军一团，在最近期间实现编制一师的任务，二十六军成立后必须坚决执行省委的军事计划，以实现创造新苏区的任务。要求红二十六军和陕甘边党组织，动员群众起来去参加分配土地的运动，建立和巩固革命委员会的临时革命政权；在边区广泛开展游击斗争，建立赤卫军、游击队、少年先锋队等武装组织。发展和巩固党的组织，是执行以上任务的中心，为了加强边区的工作，立刻成立陕甘边特委，旬邑、淳化地方党部由边区特委领导。

8 月 30 日，中共陕西省委撤销了阎红彦的陕甘游击队总指挥职务，派谢子长重新返回部队担任总指挥，李杰夫为政委，部队随即开赴照金一带活动。

陕甘游击队在这一年间共撤换过四任总指挥。开始撤了谢子长，刘志丹当总指挥；撤了刘志丹后，阎红彦当总指挥；撤了阎红彦后，总指挥又换成谢子长。当时无论谁当总指挥，打胜仗都不说，但打一次败仗就会被撤下来。

这一时期，国民党反动当局加强了对陕甘游击队的"围剿"。一方面，鲁大昌的陇东警备九十七、九十八团，从正宁自西北尾追游击队而来。另一方面，陕西杨虎城命令其警备八十六师二五六旅五一一团孙友仁部，以同官为中心由东向北步步逼近；同时，又电令富平、同官、耀县等三县保卫团成立以胡景铨为总指挥、党谢芳为副总指挥的"剿匪"司令部，从南部向陕甘游击队活动区域一带逼近，企图"围剿"陕甘游击队于照金一带。

谢子长率陕甘游击队向照金以南地带行动，在杨柳坪捕捉了敌人的一个探子。从探子口中得知，富平、同官、耀县民团四百余众，正向照金地区进犯。

为应对探子的消息，在照金杨柳坪临时指挥所，谢子长、刘志丹、阎红彦等在开会，抽着呛人的旱烟，屋子里烟雾缭绕，气氛凝重。

"敌人从四面八方气势汹汹而来，是想把我们困死在这里。"阎红彦此时疲惫不堪，忧心忡忡。

谢子长说："眼下我们的部队受到了很大的损失，从清涧起义和渭华起义以来，'左'倾主义的危害一直紧跟着我们的武装，有时造成的损失，甚至比强敌的围攻更让人痛心疾首。我们要坚定信心，每次陷入困境，我们不是都挺过来了吗？"

刘志丹说："面临困境，重要的是我们要树立克服困难的信心和决心，关键时刻要有一些革命乐观主义精神。各大队要对人员进行整顿，适时休息，以较为饱满的热情来迎接更大更困难的挑战。"

政委李杰夫，虽然对谢子长的看法不以为然，但看到部队目前的困难处境，也表示同意。

在杨柳坪，部队进行了短暂的休整，总指挥谢子长对全体指战员进行了坚定信念的教育，淘汰了那些纪律松散的不坚定分子，游击队面貌有了很大改观。随后，部队向群众基础比较好的照金镇出发。

在照金，陕甘游击队开展了几次小规模分粮斗争，并积极张贴标语，宣传革命道理，队伍又吸收了很多群众。

9 月 12 日清晨，在照金镇街中心的老纪家，谢子长、刘志丹、阎红彦、黄子文等部队领导正面对着地图，研究下一步作战计划和战略部署。

李妙斋突然匆匆走了进来，他说："昨天晚上，郑其来店里来了一个可疑的人，老郑看他鬼鬼祟祟，就及时稳住了他，我立刻对他进行了审讯。他供认，已经和龟缩在后沟寨子的张彦宁取得了联系，敌三县保卫团由副总指挥党谢芳、耀县保卫团团长马希哲、小丘区保卫团团总柴子发带领，约三百人，一大早正从寺坡一带向照金进发。上次便宜了张彦宁这个坏蛋，他也在后沟寨子里蠢蠢欲动，妄想里应外合夹击我们。"

谢子长和刘志丹等对部队的行动计划做了详细周密的部署，并命令部队丢掉一些辎重，迅速向照金西北的尖坪一带转移。同时他们命李妙斋和郑其来等设法将红军败逃的消息透露给盘踞在后沟寨子的张彦宁民团，以迷惑敌人。撤退时，游击队在西梁和野虎沟等地设立了暗哨，以随时监视敌人的动向。

当天下午，当三县保卫团开到照金时，见陕甘游击队丢盔弃甲，落荒而逃，果然上当。张彦宁见红军败走，也十分得意。为了尽地主之谊，张彦宁为三县保卫团跑前跑后，大献殷勤，在他的老巢寺坪、坟滩大宴三县保卫团。这些反动派的狗腿子们，自以为赶走了游击队，又可以为非作歹了，他们在酒席上频频劝酒，对党谢芳、柴子发、马希哲等人唯唯诺诺，极尽巴结之能事。

酒足饭饱之后，所有团丁都被安排在张彦宁家的老宅子里。敌人毫无防备，连警戒都未设，就呼呼入睡。

当晚子夜时分，郑其来传来了敌军人员数目、宿营地点的准确情报。谢子长和刘志丹决定按原计划进行。隐蔽在尖坪一带的陕甘游击队迅速回撤，以迅雷不及掩耳之势，神不知鬼不觉地出现在照金寺坪及坟滩一带。

次日拂晓，酣睡中的敌人还不知道是怎么回事，就成了瓮中之鳖。陕甘游击队在照金的坟滩、寺坪等地，将民团三百余人一举歼灭，击毙了民团头子党谢芳。此战缴获长枪三四百支，其中有一支英国造大机头驳壳枪，它是游击队第一次获得的一支连发武器。

随后，游击队在小丘镇击毙了保安团团长马希哲和柴子发及敌连长康德润。遗憾的是，狡猾的张彦宁警觉性很强，又一次在陕甘游击队的眼皮底下逃脱，龟缩于后沟寨子中，躲过了惩处。

面对强敌压境，陕甘游击队不敢恋战，迅速向西面的安子洼转移。部队进入桥山山脉纵深地带时，准备稍事休整，结果遭到了驻扎在淳化的杨虎城下属何全升部的偷袭，游击队与敌人激战至天黑后，才撤至刘家店子一带。

此时，敌军的警备九十八团又从正面袭来，陕甘游击队各大队相互交叉掩护撤退，直到马栏才摆脱了敌人。

谢子长、刘志丹运筹帷幄，当机立断，以机动灵活的战略战术，在强敌三面围追堵截的情况下，率领陕甘游击队，全歼了富平、同官、耀县三县保卫团。在特殊境况下取得的重大胜利，极大地激发了陕甘游击队的斗志，又一次展示了陕甘游击队的谋略和战斗力，也极大地鼓舞了照金边区群众。

虽然红军军纪严明，但游击队中也不乏败类。叛徒陈克敏、王子祥看到龙家寨易守难攻，便据龙家寨占山为王，与陕甘游击队作对。

9 月 17 日，陕西省委制订了《边区军事计划》，明确提出了创建包括照金在内的陕甘边革命根据地的战略目标，规定了创建根据地的具体方针:边区范围目前以旬邑职田、清水原、土桥原,淳化安子洼、白厢原,耀县照金、马栏一带,正宁之三合北原、盘克原、湫头原、寺村原周围四百里为中心,军事根据地在湫头原。陕西省委决定:首先肃清边区周围的白军和民团武装,肃清豪绅地主富农一切反革命活动;随后立即开始勘测边区中的一切军事要塞,开始建筑防御工程,搜集一切旧式的大炮、火器,配备在这些工程上面;立刻组织照金一带的农民游击队成立一大队,由三原地方党组织和边特委负责,其军事任务是伏击和扰乱从马栏、淳化、彬州来的敌军,肃清这一区域敌人的一切武装力量。此外,对即将正式成立的红二十六军的编制、任务、战略战术,也做了原则规定。

《边区军事计划》形成后,陕西省委选派了一批干部到陕甘游击队,以加强骨干力量。省委决定,由省委常委杜衡担任中国工农红军第二十六军政委,负责陕甘游击队的改编事宜。

陕甘游击队在消灭了富平、同官、耀县三县保卫团后,被敌何全升、高双城部"追剿",损失很大,已减员到约二百人。部队分三路行动,阎红彦、杨重远率其中一路在照金一带活动。

照金民团头目张彦宁,躲藏在后沟寨子的巢穴伺机反扑。陕甘游击队五支队队长阎红彦想出一计,他扮作国民党正规军特务团的一个排长,让下属用轿子抬着他,大摇大摆地来到了张彦宁的老巢坟滩村。对于这位初来乍到的排长,张彦宁十分怀疑,从省党部获得的信息却是,陕甘游击队被陕军的几个正规团和陇军警备九十七、九十八团追赶到了陇东的南梁一带,而且已溃不成军。看着来人的做派,张彦宁渐渐相信了这是自己人。

初夜时分,张彦宁放松了警惕,把一排人全部分散安排在了后沟寨子的各个防守据点。午夜时分,突然几声枪响,陕甘游击队五支队在阎红彦的周密部署下,一举缴了照金民团的械。

这次,狡猾的张彦宁乖乖成了陕甘游击队的俘虏。抓住张彦宁后,游击队把他和几个小头目关在一间民房里,由一老一少两个红军战士看管。

这天午夜，大雨滂沱，伸手不见五指。一起关押的几个民团小头目早被吓破了胆，不敢轻举妄动，而狡猾的张彦宁，却用土炕上的一个盛猫食的破碗的豁口，磨断了捆绑他的绳索。当小红军正在津津有味地听老红军讲战斗故事的时候，张彦宁以要解手为名，骗过了看守的耳目，隐身在了茫茫夜色里。

张彦宁凭借对地形的熟悉，又一次从红军眼皮底下逃脱了。

第十一章

白色恐怖

在1927年的大革命失败后，清涧、渭华武装起义及渭北几县交农运动相继失败，国民党陕西当局向革命力量发动了疯狂的反扑。冯玉祥指令宋哲元出动法西斯组织“铲共团”和大批特务密探，侦察中共陕西各级机关驻址和领导人行踪。西安全城一度宵禁，军警到处搜捕共产党人，恐怖气氛笼罩古城。街上行人不准三五成群，不准交头接耳，违者以军法论处。

此间，中共陕西各地组织屡遭破坏。

1928年3月，陕西省委秘书处被敌人捣毁，李嘉谟、校明济、徐九龄、方鉴昭、任醴被捕并惨遭杀害。

11月28日，陕西省委书记潘自力在不知长安县委已于前一日遭受破坏的情况下，前往太阳庙门主持会议，和七位同志一起被潜伏特务逮捕入狱。

代理省委书记李子洲，从东羊市转移至大皮院，与省委宣传部长蒲克敏一起，在莲湖公园附近继续与敌周旋，指导富平和蒲城党的地下活动。

1929年2月初，由于共青团陕西省委书记马云藩被捕叛变，出卖了李子洲等省委领导，致使多位负责人被捕，党、团陕西省委遭受第一次大破坏。

李子洲，陕西绥德人。早年考入北京大学预科，后入哲学系，五四运动中参加火烧赵家楼等运动，参与《秦钟》《共进》半月刊的创办，经李大钊、刘天章介绍加入中国共产党。李子洲回陕后在三原渭北中学及榆林中学任训育主任、绥德省立第四师范学校校长、代理省委书记。

入狱前，李子洲已积劳成疾。在狱中，国民党新军阀和狱警狱吏对他进行了残酷的折磨，他的胃病加重，后又患伤寒引发肺病。难友们劝他用济难会的经费买些滋补药品，他婉言谢绝。他在写给家乡的妹妹李登岳的信中表示：我不怕死，我一个人牺牲了，还有更多的人活着，将来的社会是光明的，不要为我伤心掉泪。

1929 年 6 月 18 日，李子洲病逝狱中。之后，中共中央西北局和陕甘宁边区政府将绥西县改为子洲县，以志纪念。

1930 年 10 月 8 日，团省委书记薛永寿在西安南院门公开活动时，被国民党密探逮捕，许多党、团干部被捕，党、团陕西临时省委又遭到大破坏。

此后，党团陕北特委合并为陕北行动委员会。之后恢复重建，刘映胜为团省委书记。

破坏与调整中的陕西党、团组织，积极贯彻执行中央和临时中央的指示与任务，组织发动兵变与武装起义，开始创建中国工农红军和革命根据地，建设农村苏维埃政权，并领导开展以在校学生为主、各界市民参加的城市抗日救亡运动。

1932 年 9 月 26 日，两当兵变的主要领导者刘林圃，在西安习武园被国民党反动派杀害。

刘林圃在黄埔军校学习的经历使他积累了比较丰富的军事指挥才能。大革命失败后，他被派往直隶省的滦县和唐山等地，在军阀唐生智部担任军官俱乐部委员，从事兵运工作，之后他又担任了中共天津市军委书记。

在担任中共天津市军委书记期间，刘林圃认识了西北红军和陕甘、陕北革命根据地的创建者之一谢子长,并与其建立了革命情谊。由于领导和组织平津地下党发动了城市暴动和游行示威活动,刘林圃不幸被捕,但他入狱后宁死不屈,且没有暴露自己的共产党员身份。后经友人营救获释,刘林圃回到家乡陕西耀县,在张仲良和杨再泉的介绍下,重新接上了组织关系。

“九一八”事变后,刘林圃愤然写下了三万多字的《满洲问题与中国》一文,分析了国内外形势,阐明了发生侵略的根源,提出了如何解救满洲、消灭侵略者、解救中国的途径,声讨日本帝国主义的侵华暴行和国民党蒋介石的不抵抗政策。

1932年2月,他通过同学关系,冒着严寒来到了西北反帝同盟军的驻地正宁县三嘉原,拜访了总指挥谢子长。

他们在凛冽的寒夜里,曾促膝彻夜长谈,同志间的了解和信任,使他了解到了这支部队的很多情况。他看到谢子长在隆冬季节仍穿着一条单薄的裤子,依偎在火堆旁过夜,便把自己结婚时缝制的新棉裤送给谢子长。他换上了谢子长破旧的单裤子,一路风餐露宿,忍饥受冻,辗转回到耀县。

回到耀县后,刘林圃出于高度的责任感,立即给陕西省委写信,提出西北反帝同盟军的称谓旗帜不够鲜明,而且军队存在着很多旧式军队的不良习惯,建议省委改造这支部队,将名称改为中国工农红军陕甘游击队,以便有效地吸引和号召广大穷苦百姓参加革命。

陕西省委负责人亲赴耀县找刘林圃面谈,赞扬他写的意见书。省委很快接受了他的建议,并将他调到了省委军委任秘书。他以卓越的领导和组织才能,积极协助省委派党员干部去充实陕甘游击队,多次派人为游击队送去文件、情报及物资。

在省委军委任职期间,他热情接待了向省委和军委汇报工作的游击队负责人刘志丹和谢子长等,积极解决了游击队伤病员的医疗困难等问题。

两当兵变失败后,刘林圃由乾县辗转回到西安,向陕西省委详细汇报了兵变的经过和失败的教训，并做了自我批评。

随后，他在省委军委负责组织工作，并协助省委筹划创建陕甘边新苏区和红二十六军的工作，其间，还调派一批党员到驻在陕甘的杨虎城部和民团中开展兵运工作。

1932 年 9 月下旬的一天，刘林圃在西安民众教育馆前的阅报栏看报时，被叛徒发现告密后遭国民党逮捕押往军法处。军法处对刘林圃施以酷刑，要他供出省委的机密，他义正词严地说："要打要杀随你们的便，要我叛党是痴心妄想！"

国民党军警无计可施，为遮人耳目，蒙蔽民众，最后以"山东匪首张庆云"的名义，于 9 月 26 日将时年二十三岁的刘林圃押赴西安习武园杀害。

刑前，他痛斥国民党蒋介石的罪行，不断高呼"打倒国民党蒋介石！""中国共产党万岁！"

郑毅曾与刘林圃一起被关押，刘林圃遇害后，郑毅设法将刘林圃的遗物和未完成的诗稿一同带出，交给了地下党组织。

郑毅，又名郑燕青，陕西神木人，曾在军阀马青宛部从事兵运，担任骑兵连连长。他早年参加革命，并加入中国共产党，担任过渭北特委委员、常委、书记等，后被捕，被关押于西安军法处看守所，因身份未暴露，获释出狱。

谢子长、刘志丹、习仲勋得知刘林圃被害，都非常悲痛。可处境艰难，他们只能化悲痛为力量，带领陕甘游击队继续与敌周旋，努力发展壮大革命力量。

10 月上旬，谢子长率领游击队撤至人烟稀少的合水平正川一带，处境极为艰苦。知道老百姓生活十分困难，游击队尽量不打扰群众。买到粮食运不回来，谢子长和留守人员一起去背。游击队筹得少量衣物，谢子长总是先发给伤病员，自己守在篝火旁过夜。他以坚定的革命信念，等待着黎明前曙光的到来。

第十二章

芋园游击队

同一时期，照金一带的革命活动也开展得有声有色。周冬至、柴国栋等以换帖弟兄名义，互相串联，先后在照金一带进行革命活动，向广大群众宣传“耕者有其田”和反压迫、反剥削、推翻国民党反动统治等革命思想，并将苦大仇深的贫苦农民组织起来，秘密建立农会等组织。

当陕甘游击队和渭北游击队来到照金地区时，成千上万的难民和群众纷纷为红军背送粮食、传递情报、张贴标语、散发传单，配合游击队除暴安良、打击土豪劣绅。他们还组织群众为游击队做鞋袜、磨面粉和加工熟食，并动员妇女儿童装作在地里干活或上山放羊拾柴火，为部队站岗，一有紧急情况，就马上给部队通消息。

1932 年 11 月，陕甘游击队奉陕西省委命令回师陕甘边，向照金地区集结，准备实施省委制订的《边区军事计划》。

谢子长、刘志丹等陕甘游击队领导人，分析了照金地区人民群众缺粮断炊的严重情况，决定从组织群众开展分粮活动入手，进行创建革命根据地的斗争。游击队决定让李妙斋留在照金，深入乡村农户，广泛发动群众，建立农民联合会和芋园游击队。

从绣房沟口前行约三公里，有一条沟壑与田峪川相交错，便是白石崖沟。这条沟西北与薛家寨相连，进入纵深地带，有相隔着的两个小山村，就是前、后芋园村。

这一天，住在前芋园村的山西灾民韩天成家里突然来了一个揽工的木匠。

这年头人们吃不饱穿不暖，哪还有钱打家具。木匠看没有什么活可做，只好帮当地村民干零活糊口。木匠操山西口音，大家以为来人是韩家的老乡，也没有引起其他人的特别注意。

原来，这个木匠就是游击队的一个大队政委，正月十五奇袭照金民团时与郑其来联系过的李妙斋。

李妙斋白天帮村民干活，闲暇时总爱在村子的打麦场上和小孩子们玩。他拿着一副有动物图案的扑克牌，好奇心驱使孩子们总是围着他。通过和这些孩子们沟通交流，他很快就弄清了整个村庄的基本情况。

他发现芋园村隐蔽在一个山坳里，只要在村后的山峦上设岗，就可以掌握周边的一切情况。另外，这里白石崖沟的黑石崖下的万人洞和兰干川的牛窑洞、佛爷洞，都是可隐身的据点，易守难攻。

在这个村子里，村民多为外地逃难来的灾民，对国民党当局的反动统治和无端欺压十分痛恨，向往革命，群众基础较好。

经过李妙斋扎实细致的群众工作，芋园村老百姓的觉悟也很快得到了提高，这里也就成了照金地区最早闹红的地方，成了陕甘游击队休整的营地。

李妙斋广泛发动群众，在广大贫苦群众觉悟不断提高的基础上，秘密发展了邓允乾、邓克勤、王金海、韩天成、潘世珍等人入党，成立了芋园村党支部。

同时，他组织韩天成、韩歪、韩黑子、邓克勤、何乾富、黄登文、田德发等人秘密打造马刀长矛等武器，购买枪械弹药，建立农民武装，成立了芋园游击队。这也是照金地区第一支农民游击队。

芋园游击队刚成立时，由照金白沟村人邓克勤任队长。不久，邓克勤被派往薛家寨帮助修械所修配枪支、配制火药、研制土地雷和麻辫手榴弹等，队长由林万荣担任。不幸的是，邓克勤在后来的一次战斗中牺牲了。

不久，周冬至也参加了芋园游击队，并担任政治保卫队指导员。

芋园游击队在白石崖沟口设计擒获了敌九保保长袁得胜，并袭击敌香山保，引起了敌人的注意。

柳林民团团总杨老十惊恐万分，派出两名密探，以卖货为幌子，潜伏到芋园村侦察，妄图寻找时机一举歼灭芋园游击队。

李妙斋一方面命令大家注意隐蔽行动，另一方面设计让密探慢慢露出了狐狸尾巴。在一个深夜，正当狡猾的密探自以为是、放松警惕时，李妙斋将柳林民团两个密探抓获并秘密处死，使杨老十吃了个哑巴亏，再也不敢对游击队轻举妄动了。

李妙斋经常化装成木匠或其他角色，活动于照金根据地的周边地区，有时夜宿于进步农民家里，但大多时间寄宿在离村庄较远的破庙或麦垛中。

李妙斋曾多次去土桥活动。一次，他在土桥一个麦场上看到一群小孩子在玩，大部分孩子都衣衫褴褛，而一个小孩却穿着绫罗绸缎，显得与众不同。李妙斋拿出那副扑克牌，很快就围上了一群孩子，孩子们总是把那个小孩让在前面，而这个小孩也是一副傲慢自负的神情。从这些小孩的嘴里，李妙斋了解到，原来这是本村方保长的儿子，方保长家存粮溢库，是一个十分有钱的地主。

在一个漆黑的夜晚，芋园农民游击队从天而降，抓了方保长并押往薛家寨。方保长家人给游击队交了很多粮食和银圆，才将人赎了回去。

李妙斋为红军及游击队筹集了大量粮食和物资，有力地保证了后勤供给，也打击了地主反革命分子的嚣张气焰。

第十三章

武　字　区

革命的星星之火在渭北平原上渐成燎原之势，特别是三原县中共组织得到恢复与发展，对耀县及照金地区党组织的恢复与发展产生了积极的影响。

三原地处关中平原腹地，交通便利，商业繁荣，经济、文化发达，是渭北第一个建立党、团组织的县，也是陕西最早建立党、团组织的县份之一。

1927 年 7 月建立的中共三原县委，下辖中共高陵、富平、蒲城、旬邑特支和淳化一高支部及六个直属支部，有党员一百多人。渭华起义和三原两次交农围城斗争失败后，白色恐怖弥漫，县委书记张性初离开三原，县委工作一度停止。

中共陕西临时省委成立后，陆续派员赴各地恢复整顿基层组织。黄子文等前往三原，在党群关系较好的武字区建立了中共三原特别支部，黄子文任书记。随后，基层组织得到恢复，并按照陕西临时省委的指示，领导旬邑、淳化和甘肃正宁等地的中共组织开展活动。

中共三原武字区委（亦称三原区委）成立时，下辖七个支部，直属中共陕西省委领导。

中国工农红军陕甘游击队在正宁县三嘉原成立后，陕西省委指示游击队南下照金开展游击战，执行创建革命根据地的任务。

陕甘游击队在旬邑马家堡休整后，第五支队按上级指示南下武字区。黄子文即派人找区委负责人，商议组织农民联合会，配合五支队消灭马额王茂臣民团事宜。区委委员王曲贤到来后，方知区委已遭敌破坏，书记马先民被捕，而王茂臣带民团逃跑了。黄子文遂与阎红彦率部队进驻马额辖区的文龙堡。

在文龙堡，武字区农民联合会召开欢迎陕甘游击队第五支队大会。

会议决定，由三原中共党组织、陕甘游击队第五支队和武字区农民联合会的代表共七人组成革命委员会，拟在三原、富平、耀县接壤一带开展分粮分地斗争，执行土地革命任务；取消敌区公所，解散民团，由革命委员会向苏维埃中央政府及全国各革命团体发通电。

至此，中国共产党在渭北建立的农民联合会游击队、渭北特委三原中心县委、渭北革命委员会领导人民进行武装斗争，实行土地革命，根据地得以全面发展。

国民党当局得知这一情况，从西安紧急调来三营兵力，又联络富平胡景铨二百人及驻耀县特务团上千人，分三路包围武字区，实施镇压"剿洗"。

针对强敌压境的形势，黄子文等领导部队放弃原计划，挥师北上，既保存了革命实力，又巧妙地甩开了敌人。

刘志丹等以中国工农红军陕甘游击队的名义，向全中国革命民众发出宣言，谴责国民党军队在西安屠杀革命学生造成的"四二六"惨案，号召民众武装起来，推翻国民党统治，建立民众政权，以求中华民族的彻底解放。

陕甘游击队北上途中，遭到驻扎在旬邑马栏的国民党军队两个连的阻拦。战斗打响后，黄子文和阎红彦率第五支队担任主攻，一举将敌全歼，缴获枪械百余支，弹药无数。

因陕甘游击队在韩城转战中失利，人员减少。黄子文根据北方各省委联席会议决议，带一班战士回到三原武字区扩展武装力量。在区委负责武装的黄子祥的协助下，三天内便有八十多名青壮年报名参加革命，新生力量的加入壮大了陕甘游击队的武装力量。

中共陕西省委成立了中共三原县委，任命金理科为书记，并从陕甘游击队调回黄子文担任县委委员。黄子文根据省委的指示精神，决定扩大黄子祥组建起来的武字区游击大队。

黄子文和省委派到武字区工作的金天华一道，在武字区游击大队的基础上，正式成立了渭北游击队，由马志舟任队长，金天华任政委。

中共三原县委指示成立了武字区革命委员会，由黄子祥任主席，唐玉怀任副主席。

至此，武字区游击队活动的区域扩大了，武字区革命委员会组织群众的分粮斗争也开展起来了。

在照金对民团的反包围战斗取得胜利后，陕甘游击队乘胜向南，筹粮筹款，征集冬衣，而后北上安定、保安一带。

在陕甘游击队向南开赴之前，在照金地方上做群众工作的习仲勋，特意赶到金刚庙向刘志丹道别。

刘志丹殷切地嘱咐习仲勋说："你是关中人，还种过庄稼，能跟农民打成一片，你一定要做好根据地的开辟工作。队伍走了，你们会遇上很大困难，只要政策对头，紧紧依靠群众，困难是可以克服的。"

谢子长临行前给习仲勋交代了任务："你留在照金一带做农村工作，建立根据地，并在发展农民运动的基础上，建立陕甘工农游击队第七支队。"

刘志丹将陕甘游击队第二大队的特务队留在照金，让习仲勋参与领导这支武装，安排大队参谋第五伯昌随特务队行动，协助指挥游击斗争。

陕甘游击队第二大队特务队是一支战斗力较强的武装，队长是程双印。

不久，留在照金的特务队中队长陈克敏带队预谋叛变。

陈克敏，又名陈连升，河南泌阳县人。土匪出身，生性凶残，参加陕甘游击队后仍匪性不改，在游击队主力离开后，即以国民党地方民团名义驻扎东坪、龙家寨一带。陈克敏与工农武装为敌，后见机行事，弃暗投明，被红军收编。

特务队队长程双印觉察到陈克敏叛变的预谋后，便带人赶到该中队驻地碌碡坪，欲制止叛乱发生。不料，当程双印刚踏进一孔窑门时，便被隐藏在窑内的叛徒开枪打死，特务队一时出现混乱。

陈克敏叛变事件发生后，第五伯昌找到习仲勋，他们商量后决定由习仲勋任特务队指导员，第五伯昌为代理队长。特务队迅速撤离照金地区，向以武字区、心字区为中心的渭北根据地进发。

在习仲勋、第五伯昌率领下，特务队在敌人统治比较薄弱的照金让牛村一带，打土豪、分粮食、发展党员、组织农会并开展游击斗争。

随后，中共陕西省委军委书记汪锋由西安来到三原，在城内察院巷与党组织接上关系，后到武字区，住在上河堡张五家里。

中共陕西省委决定，由汪锋任渭北特委书记，余海丰负责宣传。周芝轩当时没有明确分工，但有时也参加会议。金天华、薛宝含任渭北特委和陕甘边联系的交通员，李子余、阎润平负责和陕西省委联系。渭北特委管辖三原、富平、泾阳、高陵、耀县、同官及淳化特支。

陕西省委还派刘玉琨任渭北游击队队长，郑彦青任游击队参谋长。之后派刘庚、赵启明、王杰等人到游击队去帮助加强军事训练，提高队员的作战技能。游击队很快发展到七八十人，活跃在渭北的武字区、心字区、马额以及富平淡村、耀县让牛村一带。

接着，陕西省委决定把渭北特委改为三原中心县委，提拔了原本是农民身份的刘林生任中心县委书记，汪锋任中心县委副书记兼组织部部长。

不久，陕西省委通知汪锋去西安开会。会上决定调汪锋去陕北特委，接替赵伯平的特委书记职务，赵伯平由陕北特委调三原中心县委接替汪锋的工作。原因是陕西省委要在陕北建立武装，汪锋曾学过军事，因而派汪锋去陕北。

会后，中共陕西省委临时派汪锋以省委代表的身份去周至，与由鄂豫皖区突围并途经西安附近的红四方面军联系。但因汪锋在周至灵丹庙被土匪王海山抓住而滞留，未能和红四方面军取得联系。

1932年9月22日，渭北革命委员会在武字区举行成立大会。会议通过了立即公布和实施苏维埃土地法，改造与扩大游击队，组织并向周围发展等决议。

渭北革命委员会，是三原、富平、耀县革命委员会的总称，黄子文任革命委员会主席兼党团委员，李冲霄任党团书记。渭北革命委员会还下设土地、军事、财政、肃反、教育等部，马子舟任土地部长，郑彦青任军事部长，孙平章任财政部长，邓万顺、郝祖义、马宗德为委员。

之后，中共陕西省委决定在武字区正式成立渭北特委，李杰夫任书记，李冲霄、黄子文、汪锋、程建文为常委，汪锋任特委军委书记。

根据中共陕西省委命令，习仲勋带领特务队，由于德水带路，从照金让牛村经老牛坡到了三原武字区。因武字区有一个由康尚武带领的前区游击队，因而特务队就编为武字区游击队第二支队，习仲勋任指导员。

武字区游击队第二支队常驻武字区甘涝池一带，共青团渭北特委也在甘涝池宣告成立。刚刚到达渭北地区的习仲勋，担任共青团渭北特委委员。

习仲勋率武字区游击队第二支队到武字区后区周围，开展武装斗争，打豪绅，驱逐催粮要款的差人，使得国民党政府不敢在那里收粮收款。游击队所到之处，地主豪绅闻风丧胆。

黄子文带领游击队，在集市上捉了一个当地民团的保丁，随即向南押去。由于逢集人多，风声很快传到民团团长张德润那里。不一会儿，张德润便带着团部人员和保安队李有余等人，穷凶极恶地从后面追赶上来。可是，他们怎么也没想到，武字区游击队第二支队在淡村西南的老虎沟已给他们设下了口袋。等他们全都进了老虎沟，埋伏在沟两边的游击队员便发起攻击，当场打死了团长张德润、团丁蒋彦奎等二十多人，缴获了全部枪支弹药，计长短枪二十多支，子弹百余发。

在渭北特委和渭北革命委员会的领导下，渭北地区召开了各支部、农民联合会联席会议，决定在有利于贫农、雇农的原则下，立即以农联分会为单位进行土地分配。随后又召开了武字区三十八个村堡代表会议，总结了武字区南原土地分配经验，进一步学习了苏维埃土地法，使全区的土地分配工作掀起了高潮。

从原来的分粮斗争，发展到分地运动，农民的思想认识有了很大的提高。农民普遍反映说，分粮不是根本出路，一定要分土地。上河村给贫雇农分地二百二十亩，口外庄十三户农民分得土地八十三亩，其中常庆绪分得的土地一直种到中华人民共和国成立。

渭北革命委员会按照陕西省委《关于十月革命十五周年纪念节运动的决议》精神，召开了数千人的群众大会，郑彦青直接组织群众游行示威。在西阳镇，还进行了文艺演出活动。

武字区群众游行后的第二天，国民党驻三原部队孙立功营和六县民团纠集在一起，对武字区进行了全面的"围剿"。

此时，金天华、马志舟带领的渭北游击队尚在外地未回，黄子文、习仲勋为掩护特委、革委会等机关和群众转移，带领武字区游击队进行狙击，但终因众寡悬殊而撤离。

敌人进占武字区后，连续进行了三天大搜查。黄子文所住的甘露池村的三十余人被抓走，村民的财物被洗劫一空，连麦场上的碌碡也被推入井中或沟底。

在短短的二十天里，武字区先后遭到六次洗劫。渭北特委、渭北革命委员会的工作受挫，渭北游击队被冲散，黄子文等五户人家的房子被烧毁，五六十名共产党员、共青团员和干部群众牺牲。

第十四章

渭北苏区

三原武字区被敌人占领后，习仲勋和渭北特委书记李杰夫一起，带领武字区游击队第二支队紧急转移到心字区。

很快，心字区也遭到敌人的“清剿”。游击队无法集中活动，习仲勋和李杰夫不得不再次撤往照金山区。

这是习仲勋第二次到照金。这一次，习仲勋在照金严峻的“白色恐怖”下，与敌周旋斗争了二十余天。

习仲勋和李杰夫凭借在照金建立的良好的群众基础，在老百姓的掩护下，多次躲过了国民党军队和地方民团的疯狂搜捕。

三原渭北苏区失陷以后，革命处于极度低潮时期。照金一带的反动势力也伺机而动，渭北游击队由第五伯昌和程国玺带领，为躲开敌人锋芒，不得不向旬邑一带转移。

尽管习仲勋在照金广大群众的配合下和敌人进行了艰苦卓绝的斗争，但由于“白色恐怖”形势严峻，无法开展各项工作，习仲勋和李杰夫也不得不离开了照金，又一次回到了心字区。

习仲勋和李杰夫在一个水冲窟窿里潜藏了十多天后，李杰夫前往西安，习仲勋则前往离习家庄不远的唐家堡，住在幼时的好友岳强明家里。

在唐家堡，习仲勋召集党员姚万忠等成立了中共淡村支部并任书记，组建起农会和淡村游击队。

此时，关中一带的大旱年馑刚过，农民生活极为困难，解决群众的吃饭问题成为燃眉之急。

白天，习仲勋几个人藏在一处隐秘地点休息开会，晚上出去活动，在富平西区开展分粮斗争。尽管习仲勋离家不过几里地，但是为了避免暴露，只能过这样的地下生活。敌人的报纸也列出长长的“土匪”名单，弄得人心恐慌，甚至由耀县通往三原到西安大路上的行人都改走南原。

一个晚上，习仲勋指挥游击队和数百名群众包围了习家庄北面的西刘堡，准备强制收缴和分配大地主刘本初、民团团长刘玉琪囤积的粮食和财物。“二刘”闻讯后逃跑。这两家高墙壁垒，数道门窗已完全堵死，并派有家丁守护，群众便放火烧了两家的门楼，解除了家丁的武装，向附近饥民平分了粮食和财物。

在分粮斗争中，他们还根据群众请求，将民愤极大的恶霸地主田顺子、党玉升等人处死。地主家的房子被烧后，作为报复，他们扬言也要烧习仲勋家的房子。刘玉琪还恶狠狠地叫骂说：“那是个狼，他要在，就要吃人的。”

不到半个月，参加分粮的人就由十几个人扩大到一两千人。他们把富平庄里镇南面大地主贾成芳家的粮食和财产都分给了穷苦人民，在当地影响很大。

习仲勋数日内辗转于富平西区周围的村庄，更勾起了他对脚下土地的无限情思。他常常透过浓浓夜色，遥望着远处熟悉的小农庄和孤单的房舍并陷入深深的遐想之中。他思念长眠在这里早逝的父母，更牵挂几位尚未成年的弟妹。

习仲勋的妹妹——十二岁的习冬英也天天盼着与哥哥重逢，一天家里来了一位陌生人，他对习冬英说：“你大哥回来了，很想见你。”

她无暇多想，跟着来人到了线家原表姐家，在后院一孔放麦衣的窑里，兄妹终于相见。

她对大哥说："我们一起回去吧，咱家缺人。"

习仲勋说："以后再不要说让我回去的话，你们和三叔好好在家里过日子，我要走得很远很远。"

她当时还天真地问大哥："你们怎么把人家刘本初家的房烧了，粮也分了？"

大哥说："地主嘛！"

不久，习仲勋和康尚武带领的武字区第一游击队会合，担任游击队政委。到了殷家堡，成立了富平西区游击队，建立了农民总会，与成立不久活跃在照金一带的红二十六军遥相呼应。

组织上先后调习仲勋任富平西区团委书记、武字区团委书记和共青团三原中心县委书记。对于团中心县委书记的任职，习仲勋开始不大乐意，因为他曾在第三师范因闹学潮而被捕关押，并因此失学，一些当事人还在三原，他觉得不利于开展工作。但是，他还是服从了组织决定，在团中心县委主要搞学运和兵运工作，在省立第三中学和驻三原的王泰吉部发展了一批党员。

其间，赵伯平受中共陕西省委派遣，接替汪锋任中共三原中心县委副书记兼管组织工作，不久任中心县委书记，化名周中开展工作。

赵伯平，陕西蓝田人。1926 年在蓝田、长安一带开展农民运动。次年加入中国共产党，历任蓝田县委书记、陕西临时省委巡视员、陕北特委书记。

对于比自己年轻十多岁的团中心县委书记习仲勋，赵伯平颇为喜欢，并在实际工作中注意听取和吸纳习仲勋的意见和建议。

赵伯平工作很有个性，尤其重视党内同志的理论学习及对他们的思想文化教育。他任职伊始，就经常抽出时间把自己深入学习和具体运用过的中央下发的文件，如《古田会议决议》《井冈山的斗争》《星星之火，可以燎原》等，向党内做传达和宣讲，且逐渐形成了惯例，中共三原县委几乎每天都要抽出一定的时间进行政治理论学习。

他还结合渭北革命斗争的实际，同大家一起学习讨论党在南方领导的中国工农红军游击战术和“敌进我退，敌驻我扰，敌疲我打，敌退我追”的十六字诀，以及“分散以发动群众，集中以应付敌人”工作要领、建立苏维埃政权的简要法规等。

习仲勋对这种学习和讨论有着浓厚的兴趣，因为参加革命斗争以来还没有这样集中时间系统学习过政治理论和军事知识。每次学习和讨论都让他的心头有一种豁然开朗的感觉。

一天下午，赵伯平约习仲勋一起登上了县城东关的城墙。

在春寒料峭的微风中，他们敞开心扉交谈了很久，话题覆盖了从渭北特委时期的工作情形到三原中心县委领导下各地方的经济、政治、军事和党的力量情况，并认真回顾总结了开展游击战争、反封建斗争等多项工作中的经验教训。

赵伯平深有感悟地说道：“总结以往的经验教训，在今后的革命斗争实践中，要注意克服甚至抵制‘左’倾方针、政策的影响，尤其是对武装工作方面的一些干扰。”

赵伯平深刻而富有远见的话语，给习仲勋以深刻的启迪。

1933 年 3 月初，习仲勋接到陕西省委指示，奉调前往西安。

在东关三八旅社，习仲勋见到省委书记孟坚，组织安排他前往照金，到红二十六军工作。

他乘坐一辆畜力车回到三原，第二天徒步来到党家堡，在秘密联络站会见了红二十六军政委杜衡。

到照金后，习仲勋担任了红二十六军第二团少年先锋队指导员。

这期间，金理科、金天华、程建文、黄子文在太和堡整顿改编渭北游击队，准备到照金与红二十六军会合。

黄子文在向省委写的书面汇报中总结了渭北革命根据地遭敌破坏的教训，毫无隐瞒地提出了自己对渭北特委的意见。他认为，特委在创建苏区时，没有应对冲破敌人“围剿”的具体计划和部署。在实行武字区土地革命后，渭北特委没有积极领导其他地区扩大群众的分地斗争，如忽视了耀县群众的分粮斗争，放弃了富平的交农运动，在扩大游击队后不仅不能广泛地开展游击斗争，反而将游击区域缩小来保护武字区。

他接着写道，特委在一个多月当中没有到外县去过，都是集中在武字区，所以武字区不管是党的问题还是群众的问题，特委都是全体且亲自出马的，即使一支枪或者一粒子弹都要去管，完全放弃了特委在政治上的集中领导，完全忽略了三原县委的作用。特委完全成了杂务主任，武字区大小问题使特委手忙脚乱，以至于把一切政治领导都放弃了，这是工作上很大的损失。这些意见曾在特委会议上提出过，但却遭到反对。

省委看了黄子文的书面报告后，先后派省委委员贾拓夫、杜衡到三原，两次改组了渭北特委，撤销了李杰夫的特委书记职务。

此时，黄子文的妻子李盛云，正带着孩子躲在三原县半个城村的破窑里。黄子文同张文华由西安来到三原，将她安顿到张文华家里后，又返回武字区。

黄子文弟弟的妻哥韩文禊来看黄子文，讲起家里房子被烧一事，黄子文劝解道：“你我都是党员，房屋烧了，人走没挂牵，把家当弄光也要革命，革命不成功，再好的家也保不住。”

这期间，苗家祥领导的游击队在泾阳成立，耀县南三堡有张仲良领导的农民游击队。

泾阳苗家祥游击队在秋天的时候才开始筹划，还不成气候。赵启民去泾阳游击队后不久便临近春节，随后他接到三原中心县委通知，泾阳游击队被改为渭北游击队第二游击大队。武字区是一大队，泾阳是二大队。

在习仲勋离开三原后，接任团三原中心县委书记的李尚勤遭敌逮捕。

淡村游击队负责人岳强明由耀县返回唐家窑，正当他在唐开礼家召集会议时，国民党富平县保卫团团长李宏才闻讯带团丁前来搜捕，岳强明与唐开礼一家，仓促躲入地窖。李宏才便将卷着辣椒的被子点燃熏烧，致使岳强明、唐开礼等三人昏迷后被团丁带走，唐开礼妻儿一家四口被活活熏死。

民团团丁还将岳强明家挖地三尺，把财物洗劫一空，还枪杀了岳强明十七岁的小弟岳强隆。

1933 年 7 月，在敌人三面“围剿”之下，渭北苏区失陷了。

三原武字区人民开展的游击战争和创建苏维埃政权的运动波及照金地区。渭北游击队也以照金为回旋和退据之地，在高山槐一带发动群众，成立了农民联合会等群众组织，有力地支援了渭北地区的革命活动。

渭北的武字区、心字区从大革命时期起就一直没有停止过武装斗争。渭北苏区的开辟，为红二十六军的创建、照金和南梁陕甘边革命根据地的创建和发展提供了条件，培养了干部，输送了力量。

第十五章

陕北特委

渭华起义失败后，中共陕西省委派遣领导过清涧起义、渭华起义的谢子长、刘志丹回陕北，参加陕北特委的领导工作。1931 年秋，红军晋西游击队在陕北收编保镖武装，改编为陕北游击支队后，转移到陕甘边与刘志丹会合。

1932 年 2 月，也就在谢子长、刘志丹率红军陕甘游击队南下照金的同时，陕北特委书记赵伯平通过延川县委书记曹必明，派刘善忠、高朗亭组建一支红军游击队。

刘善忠、高朗亭等在清涧淮宁湾雷珠山寨，缴了地主民团的六支步枪之后，于田家川村宣布成立了中国工农红军延川游击队，刘善忠任队长，高朗亭任政委。

延川游击队在延川周边活动，打了留仙嘴的土豪白登高，焚烧了白家契约账簿，筹得银圆二千四百余元，还买到一支冲锋枪和一支步枪。

继之，延川游击队袭击了永坪镇的地主武装民团，活捉了永坪区长兼民团团总刘广汉，焚烧了区公所的税捐档案，缴获步枪十七支。随后延川游击队在镇南畔的戏台上召开群众大会，并树起了预先准备好的军旗，宣布成立红军西北先锋队（简称先锋队），刘善忠任司令员，高朗亭任政委，杨作栋任参谋长，刘益三任经理处长。新成立的先锋队有七十余人，装备除三十多支线膛枪外，其余都是些冷兵器。

这天傍晚，正当先锋队准备集合出发时，一颗子弹突然从东门楼上射来，接着四面都响起了枪声，先锋队遭到袭击。原来是四十里以外的瓦窑堡驻敌骑兵团的两个连赶来，企图消灭刚刚诞生的先锋队。由于遭到突然袭击，部队被冲散了。高朗亭只身逃出，来到三十里外的田家川第五号联络站，同田得雨商量如何集合队伍。

田得雨说："距永坪镇十五里处有座高山叫姐姐圪堆，上面有座真武庙，周围百里的山上都能看到此庙，何不把先锋队的军旗插在庙顶上，附近的游击队员看到红旗就会奔来集合。"

第二天中午，刘善忠来到田家川，高文俊带着军旗赶到了，其他队员在晚上陆续到达。拂晓，他们上了姐姐圪堆山，把军旗插在了真武庙顶上。这一招真灵，失散了的队员们望见军旗陆续奔上山来。

到整队点名时，除了受伤被俘的杨桐未到，还增加了三位新战士。刘善忠检讨了自己在组织指挥方面的失误后，部队在军旗引导下向绥德县田庄方向进发。

当晚部队在安定县东区郝岔峪村宿营，尾追之敌二五六旅一个步兵营赶到并上了南山，但包围不成，在鸣枪后撤走了。

先锋队赶到了绥德县木沟峪，联络站站长康自盛动员全村男女老少为先锋队让房做饭，封锁消息，保护八十多名指战员秘密休整了三天。

先锋队绕清涧县城东的店则沟镇南下，回到延川县青平川、永坪川一带，这时部队已有一百多人。部队计划兵分两路，让刘善忠带几个精干分队北上绥德去田庄镇抓大地主田子厚的孙子做人质筹款，让高朗亭带另外一路队员在延安东北和延川西南一带做群众工作，并准备在此建立根据地。

刘善忠带领小分队去田庄抓人质未获，随后回到延川花家堳，被混进部队里的几个"哥老会"成员暗杀。

闻讯刘善忠被杀，高朗亭遂带队迅速赶到蜘蛛原收拢刘善忠所带分队。

部队随后开到延川城东的玉龙原村，全体指战员一致公推高朗亭任司令员兼政委。这时部队得到消息说，延长县北区农民集合万人准备进县城抗粮抗捐税，部队随即决定昼夜兼程赴延长县境。

当部队到达延川县城北育福里村时却得知进城的几千农民群众已撤出县城了，先锋队只得渡延河南下。晚上，部队宿营于延长县安沟镇二圪台村。

次日凌晨，尾追之敌一个连和民团百余人向先锋队发起进攻，因仓促应战，高中岳、高自立阵亡，党克明、罗文成、郝永祥、钱为人被俘后遭杀害，高朗亭受伤。

正当队员在宿营地给高朗亭包扎伤口时，偶遇陕甘游击队第五支队第二大队的中队长党益三，党益三动员先锋队一道去找刘志丹率领的大部队。

高朗亭因负伤留在红寺村休养。先锋队南下寻找陕甘游击队途中，在安条岭一带遭到民团的夹击，十八个人分枪散伙，余下的人又回到延川一带。

高朗亭伤愈后归队。在田家川联络站，高朗亭报告延川县委准备整顿部队。在田得雨、杨秉权、高文秀、田汝霖、高元亮、田霈霖等协助下，高朗亭将一批坏分子诱入部队缴了枪，处决了为首谋叛的杨作栋和高文清，使这支部队恢复了稳定。

到安定县井儿湾联络站，高朗亭派王保民化装去清涧县城寻找惠世温、惠金瑞、刘国梁、霍建德等党员，要他们协助与陕北特委联系。陕北特委得悉后，经联络站秘密通知先锋队，派人去米脂县镇子湾联络接洽。

抵达镇子湾的高朗亭和王保民，经杜世宏、高庆恩引见，找到了陕北特委书记赵伯平、宣传委员马明方、秘书长崔逢运。

在叶家岔马明方家，高朗亭向特委汇报了先锋队组建以来的情况。

也就在这时，赵伯平、马明方介绍时年十九岁的高朗亭转为正式共产党员。

1932年10月1日，中共陕北特委将中国工农红军西北先锋队改编为中国工农红军陕北游击队第九支队（简称红九支队），在延川县高家圪㙮，毕维舟代表特委正式宣布红九支队成立，并授旗发印章，同时任命高朗亭为支队长，艾龙飞为政委。

赵伯平指示艾龙飞，到职后与中共延川县委取得联系，接通与特委的组织关系。

红九支队的活动地区仍在延川、安定、清涧、绥德、延安、延长等县，延川县永坪区田家川为陕北特委与红九支队的联络点。陕北特委抽调马万里、贺吉祥、栾新春、高庆恩、杜修直等十几位党员加入红九支队，由马万里任红九支队委员会书记，高朗亭、艾龙飞等为委员。

特委命令红九支队积极筹款，寻机打击敌人，巩固扩大根据地，并向杜甫川一带活动，以打土豪、分财物作为主要任务。

红九支队在清涧县城东高杰村抓获大地主兼商业资本家、第二高级小学校长白明杨，在筹得银圆三千六百元，羊毛衣五十套，蓝、黑市布各十五匹后，又释放了白明杨。

延长县的土地革命活动也开展得有声有色。延长县安沟乡阿青村人谭生彬在领导延长数万农民取得围城抗粮抗款斗争胜利后，遭到国民党当局通缉，为躲避抓捕，谭生彬离开他此前任教的皇庆寺小学回到阿青村。

一回村，谭生彬就参加了村里的变工队，经常到外村干活，行踪不定，以防国民党反动派报复抓人。果不其然，县教育局局长、共产党员朱镜清托上段家村肖元吉给谭生彬捎信，进步民主人士刘生馨老先生也亲自上门告知，都说已得到国民党县长王俊杰要抓他的确切消息。谭生彬立即决定离开延长，到西安躲避，刚好在西安上学回来过暑假的高洪笃要返回西安，他们约好结伴同行。

朱镜清以教育局的名义，为谭生彬办好了去西安的通行证，并发给他教学薪水二十六元作为路上的盘缠。加上亲戚给他的一元，谭生彬腰杆子硬了许多。

谭生彬和高洪笃从阿青出发，经宜川过黄河，再经山西河津、运城，从风陵渡过黄河，经潼关、渭南等县到达西安。一路辗转奔波，花费不少，到西安时，谭生彬身上只剩下三毛钱。

到西安后，谭生彬找到在西安一家洗染厂做事的同乡董耀卿，并在那里落了脚。在此后的两个月里，谭生彬因一时找不到工作，囊中枯竭，吃的穿的都靠董耀卿接济，有时他也到高洪笃处蹭饭。

董耀卿通过社会关系，为谭生彬在城关区立第一高小谋到一个职位，担任初级部一、二年级的班主任，每月薪水十二元。任教后，谭生彬与西安各学校间的交往渐多。他通过省立第一师范学生、党组织的负责人康寿山找到了党的关系。康寿山是延长康家沟村人，大革命后期他在甘谷驿二高上学时就已是共产党员。

接上党的关系，就像孩子找到了娘，谭生彬放弃了去张家口投奔抗日同盟军的打算，在康寿山的具体领导下，在西安搞起了地下工作。他积极参加党组织的各种活动，经常利用晚上到街上写标语、散传单。

之后不久，谭生彬提出了想去红二十六军的要求，康寿山欣然同意，并找到陕西省委报告了谭生彬要求参军的情况。随后，陕西省委便给陕甘特委开了介绍谭生彬前去参军的信。此次同去参军的，除谭生彬外还有延川人马德林、佳县人马宜超、保安人曹士荣。

他们让马宜超把介绍信缝在衣服里带着，利用了曹、马二人从榆林到西安的通行证，将二人改为四人。他们商量好如果路上遇到盘问，就说是去西安考学没考上，又改去兰州的。

他们由西安出发，经淳化、土桥到井村，又由秘密联络站转移到陕甘特委所在地薛家寨，整整走了三天。他们到时，正遇上刘志丹率红二十六军主力回到照金。

三天后，四人就被编入部队行动了：曹士荣和马宜超被编在步兵连，谭生彬和马德林被编在骑兵连。谭生彬在第一班，班长贺耀华，副班长李耀华。

贺耀华是谭生彬的延长老乡，在延长县第一高小读书时，谭生彬与他是同班同学，同时入的团。在宜川杨庚五匪部搞兵运时，他们也在一起，谭生彬在四营，他在大刀队。现在，他们又同在红二十六军，而且还在同一连、同一班，成为生死与共的战友，真是缘分。可惜，贺耀华后来在终南山战斗中壮烈牺牲了。

在贺耀华等手把手的帮助下，从没当过兵的谭生彬苦练骑马、刀法和射击本领，很快就掌握了基本的军事技术，成为一名合格的骑兵战士。

在随后的一段时间里，谭生彬跟着部队在苏区外围进行了几个月的游击作战。他参加了金锁关围歼战、咸榆公路伏击战、西凤山公路遭遇战、西峰镇阻击战、段家堡歼灭战等大小十余次战斗。

陕北地区的革命力量不断壮大，1932 年冬天，强世清、史法直等由陕甘游击队回到陕北老家。红九支队派高朗亭经过地下党员刘昌汉，说服二人参加了红九支队。

1933 年开春，红九支队组织九名精干指战员分三路出发：第一路由政委艾龙飞带着杜修直、高庆恩解款一千银圆，第二路是队委书记马万里带着高明有、宜宝财解款五百银圆，第三路经济委员张承忠带着高嘉德、高烈雄解款五百银圆，秘密武装护送给陕北特委两千银圆。这种秘密行动，是防止土匪拦路截款。

地下党组织的赵福祥、薛玉瑞给红九支队送来可靠情报：安定县长刘述明将于正月十五由县城去瓦窑堡。

毕维舟和强世清合计，派强世清等在敌县长必经之道栾家坪进行伏击，并找到史法直和高嘉德等。强世清等带着冲锋枪一挺、自来得枪一支、手枪两支，埋伏在栾家坪秀延河桥的左侧。

当后面跟着两个护兵的县长刘述明骑着白马刚走上桥头，强世清便端起冲锋枪将一夹子枪弹射出去。

刘述明一头栽倒在桥下的冰滩上丧命，两个护兵一个抢先骑了县长的马逃掉了，一个被缴了枪。红九支队将布告张贴在大路旁显眼的地方后便迅速撤离。

红九支队打死县长刘述明的消息不胫而走，对敌军震慑很大，他们曾派出三路人马出城搜捕，但折腾一番后毫无所获，只能扫兴而归。

这期间，高朗亭在一次战斗中再次负伤，陕北特委批准了毕维舟的报告并任命强世清为红九支队副队长，政委艾龙飞因犯了错误被撤职。

第十六章

红二十六军

1932 年 12 月 18 日，中共陕西省委命令中国工农红军陕甘游击队到宜君县杨家店子集结待命。

年初，渭北游击队指导员沈世俊到省委汇报工作，年仅十六岁的黄罗斌代理指导员。沈世俊给黄罗斌发了一把马刀，后来又从自己腰间拔出一把驳壳枪，亲手交给了黄罗斌。

黄罗斌，蒲城县上王乡西苇村人，后历任红三团政委、靖榆横游击司令、神府保安司令、第一河防司令。他在陕北“肃反”中被捕，差一点被活埋。解放战争中，他先后参加过接应中原突围的野战军王震部及榆林、麟游、西府、陇东等战役，率领两个师解放宁夏，历任宁夏军区第一副司令兼第一副政委、政委。1963 年“四清”运动中，黄罗斌遭诬陷被打成“修正主义分子”，被开除党籍，后平反昭雪，1978 年后历任新疆维吾尔自治区区委书记、甘肃省政协主席，1998 年于兰州逝世，享年 82 岁。

严冬到了，渭北游击队因给养困难又转回了三原苏区。

这时候来了一个人，渭北苏区及陕甘游击区，乃至整个关中北部的军事政治形势都因此发生了逆转。此人就是时任中共陕西省委领导人杜衡。

对于这样一个大人物，不仅是新上任的游击队指导员黄罗斌，就连老资格的黄子文、马子舟也是满怀敬畏之心。

杜衡来到三原苏区后，告诉黄子文："我要去找陕甘游击队，传达省委重要决定，让这里的游击队护送我去。"

黄子文立即命令康尚武、黄罗斌带着全体游击队员连夜出发，护送杜衡北上，并且一再嘱咐要保证杜衡的安全。

渭北游击队在康尚武、黄罗斌的带领下，二次北上照金。一路上，二人枪不离手，紧紧护卫在杜衡左右。

次日拂晓，部队到达耀县让牛村，寒风薄雾中，见村口的官道上有持枪的团丁在活动。康队长一声令下，指导员黄罗斌的驳壳枪第一个打响了，十几名游击队员呐喊着冲杀过去，耀县民团顿时作鸟兽散。

经过一夜急行军，游击队员疲惫不堪。黄罗斌本想通知大家休息片刻，但杜衡却说："不行，快走！"

队员们爬过高山槐，又挣扎着走了几十里到了陈家坡，这才停下休息吃饭。尽管很苦很累，黄罗斌还是不敢有丝毫分神。杜衡，多么重要的人物啊！想想当初，自己为找省委两度进西安，还差点送了命。那时自己根本没想过去见什么省委领导，只要找到一个能给自己指条路的人就行了。

可是，杜衡也不知道陕甘游击队在何处活动。几天来，他们在照金转了几个圈，又攀过陡峭的石门关，这才打听到陕甘游击队最近在杨家店子和马栏一带活动。

赶到马栏，却不见游击队的踪影，又听说游击队到了宜君的转角一带，于是他们又马不停蹄地赶到转角。

当刘志丹、谢子长将杜衡迎进陕甘游击队队部时，黄罗斌顿时觉得自己身上的千斤重担落了下来。

康尚武、黄罗斌带着渭北游击队，在转角附近的一个仅有两户人家的庄子里休息待命。

杜衡是带着框框来的。这个框框,代表着省委少数人对以谢子长、刘志丹、阎红彦等浴血苦战创建的陕甘游击队的看法。他们坐镇西安遥控,违背客观实际,多次强迫陕甘游击队做力所不及的事情,十个月内撤换谢子长、刘志丹、阎红彦等四任总指挥,使一支成立不到一年的游击队几经挫折,元气大伤。在少数人的眼里,陕甘游击队是一伙乌合之众,刘志丹、谢子长、阎红彦等均是机会主义分子。

为了排挤谢子长、刘志丹、阎红彦等游击队的创始人,杜衡一到部队便利用新成立的士兵委员会在杨家店子召开会议,发起了持续一个月的"整军运动"。

这个运动名为"整军",实为"整人"。杜衡给谢子长、阎红彦等扣上了"打骂士兵""军阀主义残余"等帽子,还借口他们工作不力,用《苏武牧羊》的曲调编了一首讽刺的歌曲让战士们唱,并煽动部队的极端民主化情绪,主张部队的一切事情都由士兵委员会来决定。杜衡此举其实是为排挤谢子长、刘志丹等对陕甘游击队的领导而制造舆论。

中共陕西省委根据《边区军事计划》,结合照金地区人民群众被动员发动起来的实际情况,研究了将陕甘游击队改编为有正式番号的正规红军并创建陕甘边革命根据地的具体方案。此时已到达陕甘游击队的杜衡向省委报告:照金是旬邑、淳化、耀县、三原、宜君的中心,连接陕甘边,尤其是接近渭北,能与渭北苏区的创建取得最密切的联系,将陕甘游击队改编为正规红军能够有力地推动渭北新苏区的创建。照金地区有十余万灾民,他们对土地革命的要求万分迫切,是创建根据地最有利的条件。根据地成立后有利于动员周围群众参加红军,这样便可以迅速壮大红军力量。

陕西省委据此决定,拟将陕甘游击队改编为中国工农红军第二十六军(简称红二十六军)并以照金地区作为根据地,创建陕甘边新苏区,与渭北新苏区连接起来,打成一片;同时决定,红二十六军暂时编为三个步兵连、一个骑兵连。

12 月 22 日，杜衡以省委领导和即将上任的红二十六军政委为名义召开党员大会。会上，杜衡首先宣布中共中央、陕西省委关于改编陕甘游击队的指令，接着大讲一通全国大好形势，最后声色俱厉地陈述了刘志丹、谢子长、阎红彦等的所谓错误，给他们扣上“梢山主义”“逃跑主义”“右倾机会主义”“反对省委正确路线”等大帽子。杜衡言称，必须彻底改组领导班子，并当场宣布撤销刘、谢、阎的职务，强令他们离队赴上海中央局受训。

对于改编陕甘游击队为正规红军，指战员无不衷心拥护。但是，硬要给刘志丹、谢子长、阎红彦等强加罪名，撤职调离，大家无论如何都想不通。特别是跟随刘志丹、谢子长多年的老战士，他们在艰难岁月里出生入死，患难与共，产生了深厚的感情，也深知刘志丹、谢子长等对党绝无二心。

一时间，全队议论纷纷，不少战士偷偷找刘志丹、谢子长诉说对杜衡的强烈不满。刘志丹、谢子长以共产党人的博大胸怀，顾全大局，对战士们晓之以理，让大伙儿服从党的决定，教育指战员们千万不能闹事，稳定了部队的情绪。

会后，杜衡署名“励君”向陕西省委报告了情况。报告中说：“我已于十八日星夜赶到部队，只与步兵和三原游击队接触到，骑兵还在文王山，昨天我已去信调了。今日上午十二时前将部队完全集合起来，明天即可把改编的问题解决。”

12 月 24 日，陕甘游击队开到宜君县转角镇。

转角镇，是宜君、正宁、旬邑三县交界处的一个古老小镇。前清时代这里还很热闹，是三县边界来往贸易的一个集散之地。经过军阀混战和土匪的抢劫烧杀，这里变得一片荒凉，只散居着二三十户人家。

纷纷扬扬的大雪漫天飞舞，山野和农舍草屋全都覆盖着一层厚厚的白雪。陕甘游击队来了，边界小镇变得热闹起来，到处是军号声、歌声和说笑声。

陕西省委指示游击队在这里整编，正式成立中国工农红军第二十六军。

杜衡主持召开军人大会，民主选举团长，举行改编仪式。选举团长共进行了两次，一次是在党内选举，一次是由军人大会选举。党内选举提名两个候选人，有中队长、连级干部曹胜荣和班长王世泰，选举结果是王世泰当选为团长。

王世泰，1910 年生于陕西洛川县土基乡黄连河村。他在延安第四中学读书时，积极参加爱国学生运动。1929 年加入中国共产党，后任党支部组织委员，次年参加刘志丹领导的组织活动并任党支部委员，后被派到国民党部队做兵运工作，1932 年 6 月参加陕甘游击队，任班长。

接着，杜衡正式宣布，将陕甘游击队改编为中国工农红军第二十六军第二团。同时，杜衡以军政委名义任命了红二团各级领导。

改编后的红二十六军领导组成如下：团长王世泰，团政委由杜衡兼任，参谋长郑毅，参谋处处长杨重远，经理处处长刘约三，管理处处长杨琪，随营学校校长李杰夫、政治委员汪锋，共青团委书记师克寿，骑兵连连长曹胜荣、指导员张秀山，步兵连连长李亚夫、指导员李秉荣，少年先锋队队长王有富、指导员魏武。

这样的领导任命，让游击队的广大指战员忧虑重重，部分战士表示要离开部队回家。刘志丹、谢子长以高度的党性原则，用自己的模范行动为部队其他战士做出表率，表示服从省委的决定。谢子长还从党的利益和部队建设的实际出发，建议把刘志丹留下。

而王世泰则闹得很凶，表示坚决不当团长，还提出两条理由：一是自己虽在军队中干了好几年，一直是个普通的战士、班长，冲锋陷阵打仗可以，但没有指挥大部队作战的本领和经验。二是自己理论水平不高，缺乏掌握全盘、正确贯彻党的方针政策的能力。

杜衡听了大为光火，不容分辩地说："这是党的命令！"

王世泰说："不管党的命令不命令，反正我干不了！"

杜衡给王世泰做思想工作，说："你当团长是党委研究的，民主选举的，不干怎么能行？"

作为一个党员，不执行党的决定，这是党性所不允许的。所以，王世泰最后要求道："要我干也行，得把刘志丹、谢子长这两个老领导留下一个才行。"

杜衡不懂军事指挥，也怕军心不稳影响部队的稳定，思索了一会儿，问王世泰："你看留下谁合适？"

因为谢子长提出过留刘志丹，王世泰说："留志丹。"

杜衡见无法动摇游击队老领导在队伍中的威信，在指战员们的强烈要求下，最后同意把刘志丹留在部队继续工作，但剥夺了刘志丹对部队的指挥权，只给了一个团政治处处长的虚职。

王世泰找到刘志丹说："你了解我，打仗行，带部队我不行。让我当团长，不是那块料。"

自从参加武装斗争以来，王世泰最钦佩、最尊重的便是刘志丹，他们彼此之间也很信任，王世泰一有想不通的问题就去找刘志丹谈，即使挨一顿批评也心甘情愿。

刘志丹笑着说："边干边学嘛！你打了几年仗，总还是个老兵吧。我要不走，会帮你的。"

听了刘志丹的话，信心不足、心中没谱的王世泰好像吃了定心丸。

为了让部队在改编后平稳过渡和稳定发展，刘志丹昼夜不分奋战了好几天，写出了《政治工作训令》《红二十六军简明纪律》《训练方案》《战略战术教材》等，并将其当作部队训练用的教材。

事实上，之后的仗大多都是由刘志丹亲自领导和指挥的，在受排挤的困难条件下坚持工作，表现了共产党人的坦荡胸怀和顾全大局的革命意识。

红二十六军成立后，杜衡把康尚武和黄罗斌叫去，命令渭北游击队护送被革了职并调离部队的谢子长、阎红彦到渭北苏区，然后让他俩再经西安到上海受训。这样，渭北游击队就和红二十六军第二团分手了。

回西安的路上，个头不高的谢子长沉默寡言，一副庄重而干练的模样，行动敏捷，翻沟越坡又轻又快。阎红彦却是个彪形大汉，粗犷威武，说话也是大嗓门。

当一队人马行至马栏山谷时，见山顶有一群野猪正俯身下望。阎红彦伸手从一个战士手中夺过一把步枪，熟练地拉开枪栓推上子弹，一枪便打向了山头。野猪发出一声怪叫后四散而逃，貌似中弹了却没有死。阎红彦"唉"的一声长叹，把枪又扔给了战士。

到了三原寇家庄之后，谢子长、阎红彦在老战友黄子文的安排下，分别化装成教员和商人，离开苏区到西安去了。

临行前，黄罗斌和康尚武去看他们，见到两位受到错误打击的同志，又不知该说些什么。谢子长、阎红彦分别与他们握了握手，说了声"再见"便上路了。

这一趟护送，去时是一个，回来是两个。一个是杜衡走马上任，两个是谢子长、阎红彦落难而去。年轻的黄罗斌解不开其中的玄机，不过，任务总算是顺利完成了。

改编后的红二十六军第二团共计二百余人，枪支弹药齐备。中共陕西省委发出宣言和通电，申明红二十六军第二团的性质、宗旨、任务和纪律，号召群众拥护红军，建立工农民主政权。

省委决定红二团的任务是：积极创建以照金为中心的陕甘边革命根据地，发展壮大红二团和地方游击队，扩大苏区，把照金与渭北苏区连成一片，并等待有利时机向西路地区发展。

王世泰带领的红二团在刘志丹的具体指挥下，坚决执行省委的指示，为拔除照金地区的敌人据点打开新局面，他们首先对周围敌情做了分析。

照金周围的敌人据点除陕甘游击队时期摧毁的以外，尚有焦坪、瑶曲、庙湾、柳林、马栏、照金、香山、高山槐等据点。这些据点中，焦坪、马栏被宜君民团占据，其余皆被外号“夏老幺”的夏玉山民团占据。

要鼓舞士气，就必须打好改编后的第一仗，红二团决定首战焦坪较弱之敌。

焦坪民团害怕红军袭击，平时防范森严，还在红军驻守的杨家店子方向山梁上设有监视哨卡。

刘志丹综观敌情，向王世泰提出采取声东击西的战术，先麻痹敌人，后攻其不备。接着，他们详细地制订了作战计划。

这天下午，部队向马栏川方向进军并佯装攻打马栏，给敌人造成错觉。果然，敌人上当了，还撤走了山梁上的哨卡。而红二团则仅行六十余里，就地宿营。

入夜，红二团突然挥师焦坪，急行军八十余里，于拂晓时分到达焦坪并发起攻击。便衣队先行接火，骑兵连一个冲锋便打得敌人乱了阵脚，敌团总仓皇逃窜。红二团一举将敌全歼，俘敌六十多名，缴枪六十余支。

战斗进行顺利，士气特别高昂，王世泰身边的一名警卫员，也在战斗打响之后冲了上去。当警卫员背着缴获的三支步枪，美滋滋地回到王世泰身边时，王世泰故作严肃地问他：“你的任务是什么？”

警卫员吐了吐舌头说：“以后再不随便离开团长了。”

首战告捷，战士们欢呼雀跃，暂时忘却了几天前的不愉快。但是，战士们哪里晓得，严酷的现实正等待着他们。

王世泰作为一名刚上任的指挥员，深深懂得这一仗要不是刘志丹亲自设计指挥，天晓得后果如何。但是无论怎么说，王世泰总算是接受了考验，从刘志丹身上又学到了新的东西。

接着，红二团南下衣食村，打跑了胡三的反动民团，随后又移师耀县，进驻距离照金不远的香山寺附近。

第十七章

火烧香山寺

香山寺是陕甘两省边界闻名遐迩的古迹，位于耀县西北四十五公里的庙湾镇境内。耀县香山寺又称大香山寺，由龙泉寺、白雀寺、云崖寺等三大古刹群组成，排殿连云，规模宏大。寺内广厦千间，建筑宏伟，雕梁画栋，回廊曲折，幽静古朴。寺庙四周被苍松翠柏覆盖，怪石峭立，山径崎岖蜿蜒，地形险峻。

全国以香山寺为名的寺庙有十多座，耀县香山寺盛名久远，始建于前秦，至南北朝与隋唐时成为佛教圣地。

与耀县香山寺有关的民间传说众多，其中“妙善公主救父”的故事流传甚广。

相传，元朝大书法家赵孟頫的妻子管道升写有《观世音菩萨传略》一书，其中说道：从前有一位叫妙庄王的国王，生有三个女儿。唯三女儿妙善公主不听父命，不愿出嫁，决心出家修行。妙庄王气愤之下将妙善公主贬为庶民，赶出皇宫，从此妙善到香山寺出家修行。后来国王得了重病久治不愈，这时的妙善公主已修行成仙，听闻父王病危，就显化成一个老和尚来为国王治病。

妙善公主诊断后对国王说，只有服用亲人的手和眼，才能治好此病。

国王原以为大女儿和二女儿最孝顺听话，就传旨让她们献出手和眼，但是两个女儿谁也不肯。于是国王派人到香山寺求助仙人。当大臣到了香山寺时，妙善公主就把自己的双眼剜出来，双手剁下来，交给大臣带回给父王服用。国王病愈后到香山寺拜谢神仙，才发现救他的竟是三女儿妙善。当国王见三女儿无手无眼时，悲痛万分地呼喊乞求天地神灵恢复女儿的手和眼。上天深为感动，使妙善公主长出了千手千眼。

明代左龙麓、左佩玄父子尽力经营香山寺，耀州乡绅乔世宁捐建山场，大香山寺从寺产到香火，进入兴盛时期。清朝至民国初年，进入极盛时期。

20 世纪 30 年代香山寺中有和尚千人，寺产达十几万亩之多，跨越陕甘两省的富平、耀县、旬邑、淳化、合水等县。香山寺以收租为大宗收入，藏粮溢囤，存布盈库，积有很多金银财物，仅和尚抽烟用的灰筒就有好几百个。香山寺还养有一百多头牛、一千多只羊，可谓牛羊满圈。寺中和尚深受国民党政府的蛊惑，向来与红军作对，给革命根据地带来很多麻烦。

时值灾年，四方逃难饥民几万人流落此地，数千灾民聚于香山寺下，饥肠辘辘，乞望寺庙开仓救济。适逢红二团路过，众多饥民跪下拦道，同声呼救，哭求红军主持天理，救灾民于水火，开仓放粮。红军指战员们面对这一惨景，无不焦心如焚。

红军通过根据地党组织，派出四名妇女前往香山寺，以进香名义侦察寺院周围及粮食贮藏等情况。四名妇女历经惊险，探明香山寺内存粮三千石左右，还有香客们进供所积存起来的熟食库、布匹库、油库等。

了解寺内情况后，红军决计进驻香山寺，开仓放粮，帮困济贫。在进驻香山寺后一周内，红军便将没收寺院的土地、粮食、牛羊和衣物分给了附近的贫苦农民。

红军在进驻香山寺后召开了群众大会，周围的老百姓都拿着口袋来到这里。在大会上刘志丹说："过去地主压迫我们，现在我们要翻个身，把地主压下去,要把香山寺里的粮食都分给你们,还要把香山寺的土地都分给你们。”

乡亲们听后,欢喜地说:“还是共产党好,红军好!”

刘志丹号召青年人参加红军闹革命,当场就有众多青年报名参军。

为了使更多的贫苦群众参与到分粮斗争中,红军和耀县、正宁、富平、旬邑、淳化等县的各级党组织进行了紧急动员,号召灾民和无粮缺粮的贫苦群众踊跃到香山寺参加分粮斗争。四方群众闻讯纷至,每天都有数万群众到香山寺分粮,前后共约十万人。群众感激地称分到的粮食为救命粮,红军是救命恩人。这些饥民大都在后来的革命斗争中给予了红军有力的支援。

分粮期间,选举贫苦农民组成分粮委员会,由委员会负责过升量斗等具体工作。同时,红军向群众宣传党的土地革命政策和建立苏维埃政权的伟大意义,动员群众建立农会和游击队。

杜衡在给陕西省委的报告中写道:

部队到这一带后,已经分了四天粮,动员了广大的群众,这个过程是很惊人的。第一天只有十几个人,第二天三百多人,第三天有一千二百多人,成年男子八百余人,妇女二百多人,小孩子有二百五十多人。群众到后,临时选出十个分粮委员,各村选出一个代表,共同讨论分粮的办法。同时举行了一个临时群众大会,有三原农联代表、共产党陕西省委代表、青年团代表、二十六军代表,每位代表都有演讲。主要讲的是土地革命,消灭豪绅地主统治,建立苏维埃政权,建立群众武装组织。演讲引起群众热烈拥护,群众在议论中都大声呐喊,掌声如雷,那种热烈的状况到了极点。昨天又召集一次,有两千余人,队伍有二三里长,但离分粮的地方太远,有些群众回去了,组织起来的有八百多人。共七十六个村,每村一个代表,我们抓紧这些代表,开始这里的一切工作。这个区域内有西路各地逃荒的灾民，约略估计有二十余万人，他们对土地革命的要求很迫切。

粮食在这一带最多，红军可以得到充足的给养。

报告还说：征调的人才，以及省委各种文件、红军组织条例、政治工作条例，必须马上送来，一周内骑兵来三原取东西。办事处经费项下，再买两副油印机和一些蜡纸、油墨、墨水、复写纸、练习簿等。

随后，红军和游击队配合地方党组织，派出大批干部和战士深入各地村庄，在更大区域广泛发动和组织群众开展分粮斗争。其方法为：选举成立由贫苦农民负责的分粮小组或委员会。分粮行动中，由红军和游击队趁夜间包围地主庄园，打开粮仓，由分粮小组或委员会给随部队而来的贫苦群众进行分配。分粮后，红军和游击队护送群众返回各村。

据调查统计，照金地区的分粮斗争有三十余次，其中规模较大的是寺坪、西坡头、柳林山西庙、让牛村、陈家坡等村庄的分粮斗争，先后将潘家、张二、杨学宪、梅生玉等财主的数百石粮食分给了贫苦群众和灾民。

照金地区分粮斗争的影响很大，周围地区如断头川、伍房川、瓦房川、马栏川、桃曲原等地的群众纷纷起而效仿，开展了轰轰烈烈的分粮斗争。

杜衡住在香山寺中峰正殿，不知怎么想出了一个火烧香山寺的计划。他认为香山寺满山都是亭台楼阁、庙宇宫殿，要是让敌人驻扎在这里，就会给照金根据地造成威胁，干脆把它烧掉，免得将来麻烦。

刘志丹、王世泰、杨森、杨琪、杨重远、张秀山等红军干部，闻知杜衡要火烧香山寺，都跑来劝阻。

杜衡一见刘志丹和王世泰等，就摆出一副官架子说："你们来得正好，我正要找你们开个会，研究一下火烧香山寺的事。"

王世泰问道："为什么要火烧香山寺？"

杜衡讥讽地说："一个红军的团长，难道连消灭封建迷信都不懂吗？苏区能容许这些泥菩萨存在吗？"

杨森说："烧了香山寺也烧不掉封建迷信啊，我的意见是不能烧。"

张秀山说："这是古代名寺，是文物古迹，是我们国家的财富，我们应当保护，千万不能烧。"

杨重远说："放火烧古代建筑是土匪行为，不是我们红军干的！"

杨琪说："不能烧，要保护古代建筑！"

刘志丹忍了忍，把火气强压下去，劝说道："封建迷信这东西，在人民群众的头脑中是根深蒂固的，怎能靠一把火就能烧掉呢？如果真的把香山寺烧了，一千多名和尚马上就变成了我们的敌人，反动派就会利用他们煽动群众反对咱们。这样造成的影响，是很难挽回的。"

杜衡听了刘志丹的话，眼睛一瞪，斥责道："你真是个老右倾分子，火烧香山寺，不仅是消灭封建迷信，更重要的是烧了香山寺，敌人就不会进驻这里了。如果让敌人驻在这里，那就要给苏区带来危害。香山寺距照金只有三十余里，是照金的要隘，在军事上占有重要位置，一旦被敌人占据，会对根据地造成极大的威胁。"

刘志丹抑制着怒气说："我认为敌人绝对不会到深山里来占领一座古寺，这在军事上、政治上，对敌人都是没有好处的。"

杜衡见大家都不同意火烧香山寺，把手往桌子上一拍，厉声说道："我是政委，我有决定权！"

随即，杜衡在万人饥民大会上征求意见，煽动民意，并以举手表决的形式通过了焚寺的决定。

在杜衡一意孤行的强令之下，战士们到处搜集干柴、席片子、扫把，准备放火烧庙宇宫殿。千名和尚祈祷着，哭喊着，抱着被褥、枕头等什物到处乱跑，说红军是土匪，烧了香山寺，罪有应得，阿弥陀佛！顷刻之间，香山寺到处浓烟滚滚，冲天的大火映红了半边天。一座经过几个朝代修建起来的代表民族宗教文化遗迹的名寺顿时化成了灰烬……

火烧香山寺后，红军向西挺进，将打击重点指向照金地区及其周围的反动民团，以摧毁他们的据点和反动政权为目标，横扫了照金腹地和周围的反动势力，初步廓清了照金苏区的环境。继之红军向南奔袭淳化，连破铁王、通润两镇，进入三原县武字区，与渭北游击队会合作战。

红二团经过二十余天的辗转游击，划出了照金苏区的南北区界。先后协助当地革命武装组建香山、芋园、照金、旬邑、宜君五支游击队，红军和游击队拥有了自己的地盘。

红军离开香山时，刘志丹带二十名战士和一些伤员去了西安，同行者有胡廷俊、杨鼎、强龙光、高鹏飞等。伤员后经省委转送上海治疗，刘志丹则到省委接洽后返回部队。

第十八章

庙湾之战

红二十六军第二团成立后，根据中共陕西省委的具体部署，进一步制订了创建以照金为中心的陕甘边革命根据地的具体计划和步骤。首先，肃清照金腹地及根据地周围地区的反动民团和政权机关，创建新苏区，以开辟苏区周围更加广大的游击区。其次，广泛发动群众，壮大革命武装。

在肃清反动民团的问题上，刘志丹高瞻远瞩，用统一战线的思想提出了对民团应区别对待的正确意见。他认为，凡与我军为敌对抗，我军有力量消灭的，就要坚决消灭之；我军暂时消灭不了的，待我军力量成长壮大，再消灭之。凡向我军示好，愿意保持中立的，我们尽量去争取他们，维持好现存关系，以便我军能集中力量，去消灭最顽固最反动的民团武装。

陕西省委根据刘志丹的意见，派机智灵活的李妙斋作为红军的谈判代表，前往与红军有统战关系的庙湾夏玉山民团谈判。

李妙斋去庙湾谈判时，正值红二团突袭焦坪民团之际。刘志丹及所有红军将领们，都对李妙斋的安全十分担心。夏玉山外号夏老幺，虽然没有与红军直接对抗，但毕竟是一个翻脸无情的土匪头子。

李妙斋沉着机智，夏老幺也想保存实力，因而双方谈得很成功。双方约定：两家继续交朋友，互不侵犯，互通情报，互行方便。

部队消灭了焦坪的民团后回到照金附近，李妙斋也从庙湾镇回来了。

刘志丹见到他后说："我们正准备给你开追悼会，你可算回来了！"

根据李妙斋的报告及了解到的情况，庙湾镇民团的实力比较强，团丁多是惯匪，民团的炮楼上垒了许多枪眼，在窑洞的土墙上挖了许多洞，防御工事坚固，地形险要，宜守不宜攻。而红军力量很弱，又没有重武器，如果攻打庙湾民团，不易成功。

杜衡在根据地逐渐发展的有利形势下，头脑开始发热，又把他那一套"左"倾盲动理论搬出来，大讲利用大好形势打大仗，创造红军的战绩，加快建立根据地的步子，提出集中力量，一鼓作气消灭根据地周围的豪绅地主武装，极力主张红二团攻打庙湾民团。

富有军事经验的刘志丹和杨重远等，主张暂不打庙湾，并提出两条理由：一是庙湾是夏老幺的指挥总部，团丁多是惯匪、地痞出身的亡命之徒，占据着险要的地形和坚固的碉堡，目前红军无力吃掉它。二是夏老幺过去和红军有过来往，曾与游击队保持着互不侵犯、互报敌情的统战关系，他曾卖给红军物资和弹药，如果硬打，势必破坏这种统战关系，给红军活动带来困难，给根据地老百姓带来危害。

但是，杜衡听不进别人的意见，一意孤行，凭借着红军政委的权力，强行下令攻打庙湾，制订的作战计划是步兵从山上往下打，骑兵由河川向上冲，两面夹击，进攻敌人。

1933年1月17日晚，红二团分两路向庙湾行动。由于事先对山路距离估计不足，步兵虽先行出发，拂晓前却未能到达庙湾后山，而骑兵已按时进入阵地。

时至清晨，战斗还未打响，显然已失掉偷袭机会。突然一声清脆的枪声划破了清晨的寂静，骑兵连误认为步兵已与敌接火，立即发起攻击。

红军战士大多都久经战火锤炼，十分勇敢，发起冲锋后便冲到了庙湾街里。骑兵连长曹胜荣、指导员张秀山，更是身先士卒，率骑兵连从河川冲到碉堡的下面，利用街道旁边的小土坡，接近到距敌炮楼只有四五米的地方，直接冲向敌人碉堡。敌人见红军攻势凶猛，立即龟缩进三个碉堡里，居高临下，用猛烈的火力阻击红军。

此时，刘志丹带领主力从山上压下来，投入激战。但是，由于红军没有炮，缺乏攻坚能力，虽经多次强攻，终未奏效，部队伤亡严重。

下午，战斗仍在继续。面对如此险恶的形势，红军本应立即撤出战斗，但团参谋长郑毅不让撤，盲目硬拼，又重新组织突击队进攻。人人肩挂二尺红布头标志的游击队，协助主力红军发起多次强攻。游击队反复冲锋四五次，结果每次都被敌人用手榴弹压了下来。敌人把碉堡的门堵得很死，红军只有一些简陋枪支，没有重武器，碉堡打不开。张秀山就用驳壳枪向敌人炮楼的枪眼里射击。

在激战中，冲在最前面的骑兵连连长曹胜荣，被敌人枪弹击中，英勇牺牲。

敌人的一颗子弹从张秀山的胸部穿过，他前胸后背顿时不断地向外冒血，嘴里也吐着血，当时就昏了过去……

庙湾一战不但没有拔掉夏老幺民团据点，反而使红军伤亡了连长、指导员及战士三十余人。战士们对杜衡、郑毅意见很大，纷纷要求他们检讨失利的原因。战斗失利主要是因为决策者杜衡打倒一切的“左”倾机会主义错误的指导，但他为了平息众怒，采取丢卒保车的伎俩，硬是把错误责任推在参谋长郑毅身上，随即将其撤职。

郑毅曾在冯玉祥部当过营长，喜欢打大仗，不懂游击战术，他错误地高估了红军实力，使部队受到惨重损失，理应负一定的责任。但是，杜衡集错误于参谋长郑毅一人，也实在难以服众。

撤了郑毅之后，其他指战员坚决要求刘志丹出任团参谋长。王世泰也公开表示，如果不任命刘志丹为参谋长，他自己就辞职。杜衡迫于大家的压力,不得不任命刘志丹为团参谋长。

郑毅随即被任命为步兵第一连连长,在之后的一次激烈战斗中,英勇牺牲。

庙湾战斗使部队损失很大。骑兵连连长由强世清接任,张秀山因身负重伤,指导员由杨重远担任。随后,红二团返回照金休整。

照金地区因连年灾荒,群众生活已很艰难,一下子要解决这么多红军的粮草就更困难。红军经过短期休整后,决定留下步兵配合游击队组织发动群众,开始建政的准备工作,骑兵连单独向宜君方向活动,伺机消灭敌人,夺取一些粮食和物资。

骑兵连离开照金向北开拔,夜间宿营衣食村的半山坳里。

半夜,夏老幺带民团突然袭击了这里。枪响之后,红军战士们仓促应战,战马狂奔乱叫,阻击无法展开,只得向后山梁撤退。等部队摆脱敌人的追杀,战马已损失过半。骑兵连绕道宁县、正宁,重新回到照金。骑兵连遭遇夏老幺民团袭击,主要是指挥员麻痹轻敌,选择了不利骑兵战斗的宿营地。如果他们当晚把部队向北再拉出几十里,就完全可以免遭敌人夜袭。

对此,刘志丹和王世泰没有追究他们的责任,只是强调要总结教训。但是,强世清却为此自责内疚,坚决要求辞职离开部队。经再三劝阻无效,最后,刘志丹同意他回安定县老家打游击,骑兵连长由杨琪继任。

红二团连续出击,促使以照金为中心的根据地迅速扩大,地方游击队相继成立,并主动配合红军作战,威胁着国民党在这里的反动统治。敌人先后调动骑兵团、警卫团、特务团配合当地民团,以孙辅诚为总指挥,向红二团发动"围剿"。

面对十倍于红军之敌,究竟应该怎么打,红二团党委存在着意见分歧。以刘志丹为首的一部分人主张避开敌人的锋芒,跳出照金,到外线寻机作战,调动敌人撤离根据地,这样可以争取主动。杜衡的意见是坚守根据地,打防御战。

最后，杜衡否定刘志丹等的正确意见，执意把部队拉到芋园，待敌进攻时实施反击。结果，坐失良机，致使红二团处于被动挨打的境地。

1933年1月28日，在照金大崖子，杜衡给中共陕西省委写信说：

今天我要严重指出，省委对于二十六军的工作，必须用布尔什维克的警觉性加以严重注意，再不派几个得力干部帮助工作转变，只靠我一人的力量是不可能的。我是不能担任这个职务的，因为我在军事上完全不懂，政委在军事上与团长负同样的责任，因为这个问题，这次军事作战中的损失，使我在战斗员中的威信削弱了。

2月2日，省委委员金理科在向省委报告关于红二十六军及边区工作概况时写道：至于部队里的领导，因为励君（杜衡）对军事不懂，所以建议省委很快派遣政治军事人才到部队来，同时建议马上派一批政治和军事上的人才到游击队来，并派得力的同志负责特委的军委工作。

此时，敌骑兵团、特务团各一营协同庙湾民团分三路包围红二团驻地上芋园和下芋园，红二团被迫进行抗击。敌人火力很强，步枪、机枪、迫击炮同时开火，炮弹像雨点似的射来，眼看战士们一个个倒下了，部队决定边打边向山上撤退。

不料后路又被夏老幺民团截断，形势相当危急。幸好，渭北游击队及时赶到阻击了夏老幺民团，这才使红二团跳出了合围。

这次战斗，红军伤亡了一些战士，丢掉了四门榆木大炮，暴露了行踪。不过，敌人抢榆木大炮时，被红军的火力杀伤不少。

榆木大炮是刘志丹发明的。他看部队没有重型武器，震慑不住敌人，让战士用榆木做了四门大炮的炮型，外边用红布套上，行军时由骡子驮运。群众看见后，为红军大造舆论，高兴地说："红军有大炮哩！看民团还猖狂不？"当要攻击据点时，就抬出来支着，迷惑敌人，以助军威，起了一定的作用。

芋园战斗，是杜衡"左"倾机会主义错误的第二次碰壁。这次战斗，不仅使红二团失掉了作战的主动权，而且使根据地蒙受了重大损失。

根据地的人民并没有被敌人的反动气焰所吓倒，他们在当地党组织和游击队的领导下，采取灵活机动的游击战术，骚扰袭击夏老幺民团，搞得夏老幺民团昼夜不宁，不久便撤离根据地返回了驻地。

芋园战斗后，红二团退到党家山一带。敌人又尾追了上来，红二团又北上庆阳、合水一带。

在红二团转入外线作战后，大部分敌军尾追而去，但四县民团和地方民团还在疯狂地搜捕红军伤员。整个照金革命根据地，处于危险之中。李妙斋组织群众，先是把庙湾、芋园之战负伤的红二团战士转移到较为隐蔽的龙家寨，由于严加保密，尽管敌军到处搜查，但都没有找到伤员的下落。

晚上，当敌人撤走以后，群众又协助李妙斋带领的游击队，用骡子把伤员安全地转移到兔儿梁后面的长梁上，安顿在一个烧木炭的破窑中隐藏起来。由于和李妙斋之间建立的良好互信，从四川逃难而来的一家人主动为伤员送饭。虽然为躲避敌人的搜捕伤员转移频繁，但由于群众的精心照料，伤员们恢复得很好。

骑兵连战士温治国是神木县温家川人，在庙湾战斗中腿上负了重伤，红二团走时，把他寄放在老百姓家里养伤。当土桥的民团来清剿搜查时，房东老太太就护在温治国的身上，对民团说："这是我儿子，生了重病，正在发汗，不能掀被子。"

敌人不信，推开了老太太，揭开被子一看，腿上有枪伤，就对老太太说："这是你的什么儿子？明明是红军的伤兵！"说完，就把温治国拉到院子里残忍地枪杀了。

过了几天，李妙斋通过情报得知反动民团要到兔儿梁来搜查，便连夜组织党员和群众积极分子把伤员安全转移到黑田峪村。黑田峪村建立了很强的党和群众组织，伤员们得到了很好的照顾。

一天早晨，庙湾和柳林民团乘着大雾，联合起来到黑田峪村"清剿"。

李妙斋组织群众冒着生命危险，在大雾里搀扶伤员们上山。敌人扑了个空以后，就在群众身上撒气，黑田峪的群众任凭敌人打骂，没有一个人说出伤员隐藏的地方。

庙湾及柳林民团以为赶走了红军便万事大吉了，却不曾防备足智多谋的李妙斋利用这个特殊时期，假借马栏土匪头子杨谋子的名义给柳林民团团总杨老十写了一封信。信中说："红匪"已被赶走，我愿意率部在玉门村接受柳林民团的收编。

杨老十果然上当，当他兴高采烈地率领二十多名团丁马不停蹄地赶到玉门村时，当即便被早已埋伏多时的游击队全部歼灭。游击队这次突袭毙敌二十余人，击毙了反动民团头子杨老十，鼓舞了照金苏区军民的信心。同时，游击队的行动吸引了国民党反动派的注意力，为主力红军机动灵活地进行外围作战赢得了时间并创造了极为有利的条件。

在反"围剿"的日子里，李妙斋率领照金、香山、旬邑、淳化等游击队与反动民团进行了机智顽强的斗争。游击队神出鬼没，机动灵活，对敌人的有生力量造成了极大的杀伤。有时，游击队还深入反动民团的老巢，给敌人以出其不意的痛击，搞得敌人坐卧不宁，相互猜忌，相互埋怨。

随着革命热潮的高涨，反动民团也纷纷逃出照金革命根据地，敌人精心策划的"围剿"阴谋在李妙斋灵活机智的指挥下被根据地的军民粉碎了。

1933年3月3日，红二团从北边返回照金。

第十九章

烽烟四起

1933年4月下旬，陕北特委决定，将红九支队改为中国工农红军陕北游击队第一支队（简称红一支队），强世清任支队长，李成荣任政委。高朗亭伤愈后，被调回特委另行分派工作。

红一支队在强世清领导下进行活动，政委李成荣还未到职，强世清未请示陕北特委，便带了二十余名战士、长短枪五支南下寻找红二团。

红一支队到达红二团驻地后，红二十六军政委杜衡指派杨重远为红一支队政委，并给红一支队补充了一些枪械。

红一支队得到补给后，强世清与杨重远率队返回安定县，部队行经谭家崄时遭遇战斗，杨重远牺牲。

杨重远，陕西绥德人。他三岁丧母，十三岁丧父，1925年在县城一家商号当店员时，进入共青团陕北特别支部创办的省立第四师范学校附设平民夜校学习。是年冬，在共产党员李子洲的帮助下，他打入陕北军阀井岳秀部石谦团任连司务长和文书。1926年，杨重远加入中国共产党，参加了清涧起义。后到河北遵化，他打入国民革命军第四十七军高桂滋部任师部副官长、军部军需官，后任地下军委书记。

之后，杨重远受命与吴岱峰、拓克宽、黄子文、阎红彦、白锡林一起参与筹建红军晋西游击队，任山西特委军委代表兼游击队支部书记。山西特委书记刘天章与陕北特委书记赵伯平约定，接应晋西游击队。渡过黄河后，晋西游击队改编为陕北游击支队，杨重远任政委。晋西游击队后到达南梁与刘志丹会合，杨重远历任西北反帝同盟军和陕甘游击队参谋长、红二十六军二团参谋处处长、陕北游击队第一支队政委。

在安塞、安定交界的董家寺与敌民团遭遇时，杨重远沉着坚定，与支队长强世清一起指挥部队顽强战斗，多次击退敌人的进攻，缴枪二十余支。接着，在谭家崄又遭敌军两个连的袭击，杨重远在战斗中不幸腿部中弹，同志们背着他撤到杨沟村。

这时，敌人又从两面夹击而来。他坚定地命令："不要管我了，撤出去一个就能保存一份革命力量。"

同志们不忍心丢下自己的政委，坚决要求背他一起撤退。他严肃地说："不要因为我连累同志们，给革命造成更大的损失，你们赶快撤，我来掩护。"

他以断墙为掩体，沉着地阻击敌人，掩护大家安全撤退。此时，敌人冲到他的面前，狂叫着"捉活的！"杨重远宁死不当俘虏，把最后一颗子弹留给自己，壮烈牺牲。西北苏区曾设立重远县来纪念他。

在中华人民共和国成立后相当长的一段时间内，杨重远并没有被作为革命烈士对待，他的家人甚至都不知道自己的亲人是共产党人。直到1985年，吴岱峰发表了纪念老战友杨重远的文章——《丹心化碧血，浩气壮千秋》，杨重远在工厂里做工的儿子看到文章后，禁不住失声痛哭！吴岱峰知道情况之后大为震惊，经过他的不懈努力，中组部终于认定杨重远为革命烈士。

1933年7月22日，陕北特委在佳县高祁家洼村召开第四次扩大会议。特委代书记马明方主持会议，参加人员有特委委员马文瑞、王兆卿、毕维舟及各地区代表，约二十人。

会议在秘密的条件下开了六天，马明方做了报告，讨论了开展游击战争和创建陕北革命根据地问题。大家认为，第一支队从先锋队成立至今开展了一年多的活动，证明陕北有开展游击战争和建立革命根据地的条件。会议决定广泛发动群众开展游击战争，组建工农红军；巩固扩大陕北第一支队和延安、延川、安定、清涧等根据地，在清涧、绥德地区组建第二支队，在神府地区组建第三支队。

会议选举崔田夫为书记，马明方为宣传部长，马文瑞兼团委书记，王兆卿任军事委员。

不久，陕北特委机关遭到敌人的突然袭击，红一支队的王兆卿、毕维舟遭敌杀害。

王兆卿，陕西神木县南乡王家后坬村人，于1925年加入中国共产党，先后到甘肃天水国民军联军第十三路军、甄寿珊部、清涧李象九部、准格尔旗石子俊部寻找中共组织。后来他返回家乡担任小学教员，建立了神木南乡第一个中共支部，不久又奉命赴甘肃靖远、平凉参加谢子长等领导的靖远兵变。之后，他任陕北特委军委书记，同毕维舟、高录孝等赴安定整顿陕北游击队第一支队，途经镇川时被捕，与王守义、高庆恩关在一起，不久壮烈牺牲，时年二十五岁，他的遗体被敌人抛进官家湾村旁的无定河。

毕维舟，陕西米脂人，于1927年加入中国共产党，历任米脂县委书记、陕北特委委员。他曾赴平津向中共河北省委汇报工作，并冒险探望被国民党关押在狱中的刘澜涛等。毕维舟之后任第一支队政委，在与特委军委书记王兆卿、交通员高录孝奔赴安定途中被捕，并被杀害于无定河畔，时年二十四岁。

此间，崔田民得到一个消息，清涧县的共产党员王聚德、绥德县共产党员崔正冉两人，已经从冯玉祥部队哗变的士兵手里得到自来得枪三支，这是创建游击队的好条件。

高朗亭随同崔田夫、崔田民去清涧、绥德组建红二支队。他们经绥德县刘家湾联络站，沿无定河顺流而下，经铁茄坪、惠墕里到王家山，找到了王聚德和罗永宽。

崔田民主持在王家山组建了中国工农红军陕北游击队第二支队(简称红二支队),罗永宽任支队长,高朗亭任政委,王聚德任经济委员,队员有崔正冉等十余人。罗永宽因脚受伤,不能随队行动,留在老乡家中秘密休养。

红二支队成立后不久,高朗亭和王聚德在清涧县袁家沟遇到回家探亲的白雪山,请他介绍陕甘边红二十六军武装斗争的经验。白雪山讲了两个晚上,使他们很受启发。他们邀请白雪山参加红二支队工作,白雪山因患肺病需要休养,婉言谢绝了他们的提议。

红二支队召集地下党团员二十多人,由崔世俊做向导,于中秋节夜晚抓获了绥德县薛家峁区区长、地主薛运通,缴获元宝四个,没收了薛家其他一些财产,烧了契约账簿。高朗亭以红二支队的名义起草了一份布告,由崔世俊抄写贴出,将薛运通就地处决。四个元宝上缴陕北特委两个,剩下两个买了两支手枪、一支步枪,余下的作为生活费用。

陕北特委决定,调高朗亭和罗永宽去参加组建神府第三支队,调三支自来得枪给特委,拟组建特务队,红二支队只留下了两支手枪和一支步枪。

1933年9月,高朗亭和罗永宽沿黄河西岸北行,三天后在神木县的贾家沟找到南区区委书记贾怀光。在此以前,神府地区已经组成了神府特务队,王兆相为队长,李成兰任政委。

王兆相曾在红二十六军第二团任警卫班长,在红二团南下渭华失败后回家,适逢马文瑞到神木巡视地下党团,他便动员王兆相参加陕北游击队筹建工作,王兆相很高兴地接受了任务。

贾怀光见到他们后,即让贾汝胜做向导,到高家堡的一个联络站找到了王兆相、李成兰等。他们商定,先筹款给陕北特委解决工作经费和游击队的筹建费。经过努力,特务队筹集到现金数百元和一些物资,给陕北特委和神木南区区委送去部分经费,其余用来筹建第三支队。这时神府特务队已拥有十五个人、九支枪。

1933年11月在神木县尚家峁村松树峰，神府特务队改编为中国工农红军陕北游击队第三支队，下辖两个大队，李成荣制作了镰刀、锤子图案的红锦队旗，贾怀光代表特委授旗，宣布王兆相任支队长，马万里任政委，杨炳文任经济委员，李成兰任第一队队长，温治国任第二队队长。

年底，陕北特委派张毅忱到白家沟联络站传达指示，调王兆相、马万里回陕北特委组建特务队，任命高朗亭为第三支队队长，张毅忱为政委。此后，高朗亭因病休养，待张毅忱调回特委时，高朗亭也病愈，回到陕北特委。王兆相仍继续任队长，杨文谟接任贾怀光任政委。

1933年9月上旬，强世清带了三个分队再次南下陕甘边，在甘肃合水县古城川与红二十六军第四团会合，一起作战。部队先后在旬邑张洪镇、合水县城等地取得了胜利。

不久，强世清所率部队在枣树坪、温家坡、关庄战斗中连续失利。强世清由于掩护其他同志，腿部和胳膊多处负伤，隐藏在群众家休养，组织上派他的弟弟、游击队员强世光负责护理照应他。但由于叛徒出卖，兄弟二人被捕。为了从他们嘴里得到陕北共产党和游击队的活动情况，国民党安塞县县长亲自出面，以高官厚禄相引诱，诱骗不成，又施以酷刑，兄弟俩顽强斗争，敌人始终一无所获。

1934年正月的一天，强世清、强世光兄弟双双挺身走上刑场，英勇就义。

强世清、强世光牺牲后，红一支队受到重创，人员分散，被迫埋枪散伙。

强家的另一个好汉强龙光，为强世清的本家兄弟，从小读私塾，后入瓦窑堡米粮山平民学校读书。他在瓦窑堡沙姓店内当店员时，经谢子长介绍加入中国共产党。谢子长驻防安定县城时，在东门外财神庙前开辟了一个足球场，强龙光和谢子长、白应奎还有一高的学生杨林、杨子蔚等人都是球场上的活跃分子。

一次，县衙差役到强家湾催粮要款，强龙光出面质问："有没有经过农协允许？把同意征收的文书拿来。"

差役说："农协规定是纸上的东西，哪能当真？自古以来，交皇粮国税，天经地义。官家收粮款，岂能有假？"

强龙光据理力争，差役们恼羞成怒，大骂强龙光刁民，抗款抗税，等同造反，气势汹汹地要逮捕他交县衙严惩。性格刚烈的强龙光哪肯罢休，便顺手抄起一把铁锨，把扑上来的一名衙役打得头破血流。

这件事很快在县城不胫而走，大家都知道强家湾出了个好汉叫强龙光，敢和官府拼命。县知事张凤梧知道此事后，便于次日派人把强龙光逮回县里。谢子长知道后，马上给张凤梧写了一张便条，要求把案子交由他处理。张凤梧无奈，只好照办。

谢子长见到强龙光后大笑着说："你真是咱农民协会的一员猛将。要让农民翻身，就要这样干！"

强龙光后来被谢子长任命为第七连连长驻守平罗，实际上是代替谢子长指挥部队。

后来谢子长与刘志丹一起来到庆阳三道川，辗转在谭世麟、苏雨生部挂名从事兵运活动。苏雨生部被马鸿宾击败后，强龙光与谢子长失去联系，只好回家暂住。之后，强龙生与谢子长取得联系，二人分别带领两个小组活动，谢子长带领一组北上米脂镇川堡一带活动，强龙光带领一组留在当地开展武装斗争。

谢子长带人返回安定后，安排侯奉孝等东去联系阎红彦、杨重远、吴岱峰、白锡林等领导的晋西游击队，区委只留下任光盛和杨凤歧两人，谢子长自己则带着薛应昌去了山西。当晋西游击队来到陕北安定李家岔时，强龙光加入了晋西游击队。

陕甘游击队成立后，强龙光担任骑兵大队队长。骑兵大队是西北红军最早的骑兵部队，虽然只有三四十人马，但机动性好，战斗力强。陕甘游击队整编为红二十六军第二团后，强龙光一直担任骑兵队队长，转战在旬邑、正宁、彬县一带。在阳坡头战斗中，敌人一颗子弹紧贴着他的头皮飞过，溜出一道壕，他顿时血流满面。在马佩勋的紧急包扎后他继续向敌人还击。

在死守五顷园子战斗中，强龙光又一次负伤，与同时负伤的另外两名大队长高鹏飞、冯金福离队养伤。此时部队给养不足，为此谢子长决定攻打保安县城，老伤未愈的强龙光又重新加入战斗，不幸的是又一次受伤了。强龙光等伤员靠野菜野果充饥，用草药树根医治伤病，渡过了难关。

随后，谢子长因受到杜衡的排斥，在渭北游击队的黄罗斌等护送下，与阎红彦、强龙光、高鹏飞离开部队。他们从宜君经渭北口外庄子，在西安分手，强龙光去北平给北方局送经费，后追随谢子长参加察哈尔抗日同盟军，被派到许权中部。

在收复多伦的战斗中，强龙光任冲锋队队长，勇敢杀敌，壮烈牺牲。

谢子长在临去北平之前，特地把强龙光的照片留给妻子尤祥斋，要她设法保存好。

之后，在陕北红军取得景武塌战斗胜利转移路过强世清被俘的地方时，谢子长命令部队下马肃立，静默三分钟，为英勇牺牲的强龙光、强世清、强世光弟兄三人和白德胜、任志珍致哀。

1934 年 1 月 22 日，中央北方局驻西北军事特派员谢子长回到陕北，在与陕北特委接洽了解了红一支队的情况后，严肃批评了红一支队埋枪散伙的错误，并决定马上恢复红一支队。陕北特委随即派红二支队的白雪山、崔正冉、王聚德等护送谢子长到安定、延川地区，恢复红一支队。

经过一段时间的努力，他们集中了分散人员，在刘家圪崂恢复了红一支队，李盛唐任支队长，谢绍安任副支队长，刘明山任经济委员，之后谢子长又任命贺晋年为红一支队政委。

红一支队在横山县大庙山、冷窑子等地打了几次胜仗，队伍扩大到五十多人、五十多支枪，赤卫军、少先队也发展到五六千人，成了陕北游击队的一支劲旅。

白雪山等把红一支队借来的十几支枪带回清涧，送给红二支队，陕北特委安排白雪山继任红二支队队长，王怀德继任政委。

1934年腊八节傍晚，清涧县东区的豪绅们正在解家沟镇集会，七嘴八舌争论着征收粮款的办法，红二支队在赤卫队配合下突然冲入会场，抓了高攀等十个豪绅，并张贴了预先准备的布告，列举其罪行后对他们施以严惩。

清涧东区、绥德南区的豪绅再也不敢伸手逼租收税了，当地群众过了个平安的春节。扬眉吐气的群众也开始亲自抓豪绅斗地主，还配合红二支队袭击了店子沟镇的李成善民团，缴枪十余支。红二支队开辟了清涧东区、绥德南区、延川东区等多块地区为革命根据地。

神府的红三支队在年初接到群众的报告，说是当地豪绅地主限群众春节前交齐来年的租税，交不齐的就用铁链拉着游村示众，还要群众在他们所到之处杀猪款待。为了按期交齐租税，有的农民已开始卖农具，甚至卖儿卖女了。地方党组织来信，要求红三支队保护人民群众利益。

红三支队队委派人了解情况后，先后在佳县北区、神木东区、府谷南区惩处豪绅差役九人，还将他们的恶行整理成文张贴在布告上公之于众。

杀一儆百，这些地区地主豪绅的气焰被一扫而光，群众拿起刀斧棍棒，打土豪斗地主，分粮烧账。百日之内，红三支队扩大了两倍人数，根据地也向四周扩大百余里，除沙峁镇和黄河边的盘塘镇还有国民党军和民团驻守外，所有的农村小集镇，都成了人民的天下。

1934年初，陕北特委派马佩勋到吴堡县宋家川和佳县的螅蜊峪一带联络了一些镖客，组成了抗日义勇队，薛俊山任队长，马佩勋任政委，当时仅有两支短枪、十几个人。

一天晚上，义勇队配合地下党团员，组织木头峪暴动成功，缴获步枪六支、银圆二百元、鸦片百余两。

陕北特委委员高长久到达樊家圪坨后集合了队伍，宣布义勇队改为中国工农红军陕北游击队第四支队，薛俊山为队长，马佩勋为政委，后高朗亭和刘子仪先后担任政委。红四支队成立后，经过三个星期的整顿、训练、改造，迅速扩大到五六十人，创建了吴堡、佳县、绥德三县交界的游击根据地。

接着，绥德南区王家沟的地下党组织首先在本村秘密组织了农会、赤卫军、少先队，积极开展了打土豪、斗地主、杀差役豪绅的斗争，并陆续筹款买了九支枪。王家沟的地下党组织在苏家圪坨宣布成立中国工农红军陕北游击队第五支队，郭洪涛代表陕北特委授旗，任命崔正冉为支队长，马万里为政委。红五支队成立初期仅有队员十五人，在绥德的东、南、北区和吴堡的南区进行游击斗争。

佳县县委在樊家圪坨村组建了陕北游击队第六支队，樊文德任支队长，王效曾任政委。红六支队有指战员数十人，装备热冷兵器各半，在佳县北区、神木南区活动，保护地下党组织组建农会、赤卫军、少先队，开辟根据地。

府谷县地下党组织在红三支队帮助下，在麻地沟、孤山地区组建了陕北游击队第七支队，支队长韩峰兼政委，后来由张国济任支队长。红七支队在孤山、哈拉寨、麻地沟、神木北区、内蒙古准格尔旗地区活动，掩护党组织和群众翻身闹革命。

随着游击队的迅速发展壮大和游击战的广泛开展，陕北特委在佳县南区的神堂沟召开了扩大会议。会议决定组建陕北游击队总指挥部，以统一指挥陕北各游击队，同时决定准备在年底创建一个红军师，形成作战主力部队。

1934 年 7 月 8 日，中国工农红军陕北游击队总指挥部在安定县阳道峁组建，谢子长兼总指挥，郭洪涛任政委，贺晋年任参谋长。总指挥部的成立，标志着陕北游击战争进入一个历史新阶段。

1934 年春天起，陕北军阀井岳秀第八十六师纠集各地武装民团共一万五千余人，对陕北根据地发动了第一次“围剿”，井岳秀部以连为单位驻守城镇，以班排为作战单位四处捕杀红军、游击队员。陕北游击队各支队在总指挥部的号召下，投入了反“围剿”斗争。

在清涧县花崖寺，马明方主持组建中共陕北特委机关特务队，队长高朗亭，政委马佩勋。特务队担任机关警卫和筹款工作。其间，参加了石窑湾、张家圪台、河口等战斗。

在安定县李家川村，陕北特委以敌民团中哗变出来的兵运同志为主，补充了一些地下赤卫军队员，组建了红八支队。支队长先后由栾新春、贺吉祥担任。红八支队主要在安定县城区、北区、西区、东区和米脂县西区、清涧县北区一带活动。

1934年7月25日，时任西北军事特派员的谢子长，率红一、红二、红五支队和赤卫军二百余人，南下抵达陕甘边革命根据地。与陕甘边革命军事委员会主席刘志丹会晤，商讨发展壮大游击队、创建革命根据地、粉碎敌人的进攻和反“围剿”等大事。

几支武装力量会合后，随即在南梁堡附近的阎家洼子召开联席会议。会议决定由谢子长兼任红二十六军第四十二师政委，并派红四十二师第三团随谢子长到陕北，粉碎敌人的“围剿”。

谢子长率红三团团长王世泰、政委黄罗斌及其部队，和陕北游击队总指挥部北上，首战安定县景武家塌告捷，全歼敌一个连；再战清涧县张家圪台，全歼敌两个排，击溃敌一个连；三战河口镇，攻坚击溃守敌一个连，解放了河口镇。

在河口战斗中，谢子长不幸胸部受伤。

红军这次北上连续运动作战，歼敌近二百人，缴获长短枪近二百支。陕北其他地区的游击队和陕甘边庆阳游击队纷纷加入战斗，给敌人以沉重的打击，累计歼敌正规军和民团七千余人，缴获敌长短枪近七百支。

敌人随即收缩据点，改作以营连为作战单位出击，以团营为单位严守据点。各据点都深挖沟，高筑寨，断山梁，加强防御。

《上郡日报》1934年8月31日头版载："近日陕北（延河以北）驻军多被'赤匪'缴械俘虏，驻军虽全力'剿除'，唯'匪'出没无常，时而千百成群，时而三五分散，难以奏效。"

在敌人惊呼哀叹、搓手顿脚中，陕北地区第一次反"围剿"胜利了。

第二十章

照 金 苏 区

为统一领导照金地区各游击支队的作战行动，中共陕西省委于1933年3月7日给红二十六军发出指示信。

指示信是写给“励君及团委诸同志”的，励君就是杜衡，团委就是红二团党委。省委指示信是根据渭北游击队政委金天华2月7日《关于武字区及边区和红二十六军情形给三原中心县委报告》的内容而形成的。

陕西省委的指示信提道：

> 适才接到三原报告，知道在耀县、宜君、三水最近产生了五个游击队，省委根据这一形势便提出下面几点意见。省委认为前次关于游击战术及红二十六军编制问题的信仍是正确的。红二十六军应成立一指挥部，指挥边区耀县、宜君一带的游击队积极开展游击战争；在指挥部之下，应有中心部队，作为正式红军骨干的后备力量。在三原、富平另外成立一游击队指挥机关，指挥当地游击战争，这一指挥机关可与红二十六军联合起来，对‘围剿’做有计划的反攻。省委已调天华同志来省委解决渭北游击队的问题。关于组织兵变的耀县游击队，省委不同意三原县委提出的将其改编为红二十六军第三团办法。据县委

报告，他们已经征调了五六十个农民战斗员到这一部队去，现在的办法应该是让这些兵变士兵与当地农民配合起来，成立几个小游击队，开始游击行动，在编制地要注意每一个小队须有几个最坚定的分子做骨干。

1933年3月15日，中共陕西省委另派汪锋任红二十六军代理政委。

杜衡离开红二十六军回了省委机关，汪锋从渭北革命根据地的三原中心县委来到红二十六军。

汪锋，陕西蓝田玉山镇街子村人，1927年冬入党。1931年春节过后，陕西省委书记李杰夫派人通知汪锋到省委报到，指示汪锋前去杨虎城主政的陕西省政府卫士营干部训练班开展兵运，秘密成立了中共支部，汪锋任支部书记，冯世光、李光明任支部委员。卫士营后来扩编为省政府警卫团，约两千官兵，张汉民任团长，阎揆要任三营营长。汪锋回中共陕西省委军委主管组织工作，负责与警卫团中共组织联系。阎红彦率部在南梁与刘志丹会合后，汪锋代表省委军委联络阎揆要、马子敬前往三嘉原慰问，送去枪支弹药、经费和情报。汪锋参与省委决策发动了两当起义和靖远起义。

汪锋和张汉民、阎揆要等，先后在西安市竹笆市街同聚军衣庄、骡马市擀毡作坊、东涝巷韩有录的裕茂兴鞋铺、彬县水帘洞等地建立起秘密联络站，以便警卫团为陕甘游击队提供武器、弹药、军用地图、望远镜和通信器材，隐蔽掩护来往的党内干部和游击队伤病员。他们先后多次掩护过刘志丹、谢子长、阎红彦、杨重远、贾拓夫等人，安排省委负责人秘密开会或接头。李杰夫被调往渭北特委后，由汪锋接任省委军委书记一职，着手正式成立红二十六军。因两当起义主要成员刘林圃、吕剑人、许天洁等被捕，省委书记孟坚紧急通知汪锋转移至三原隐蔽，兼任渭北特委军委书记。

此间，汪锋前往周至县试图与进入秦岭北麓的红四方面军联系，可等汪锋到达时，红四方面军已南越秦岭。之后，由杜润芝接任汪锋省委军委书记之职，汪锋任三原中心县委副书记兼组织部长。在西安东涝巷韩有录裕茂兴鞋铺秘密联络点的阁楼上，中共陕西省委开会研究决定让汪锋去陕北接替赵伯平任陕北特委书记，调赵伯平回渭北任三原县中心县委副书记。汪锋还未成行，省委又决定让汪锋任红二十六军代理政委，并派渭北游击队把汪锋和李杰夫送往驻在照金的红二十六军，随同的还有李秉荣。

几乎同时，习仲勋也于 1933 年 3 月初到达照金。

这是习仲勋第三次来到照金。这一时期是他在创建陕甘边照金革命根据地过程中发挥作用最为显著的时期。

1933 年 3 月 8 日，在红二十六军的帮助下，中共陕甘边区特别委员会在照金兔儿梁成立，隶属中共陕西省委领导，金理科任书记，习仲勋任特委委员、特委军委书记。特委机关驻照金薛家寨，下辖旬邑、耀县两个县委。共青团陕甘边区特委也同时成立，师克寿任书记。

不久，陕西省委给红二十六军下达了重要指示：红二十六军当前的任务是加紧创建以照金为中心的新苏区，组织苏维埃正式机关，分配土地，武装工农。为了统一渭北各游击队的行动，使游击队与红二十六军的行动更加密切地配合起来，省委在渭北成立了游击队总指挥部，即中国工农红军二十六军直辖渭北工农游击队总指挥部，任命刘捷三为总指挥，汪锋为红二十六军代政委，李杰夫负责随营学校工作。

李杰夫，原名高维翰，陕西长安县人，早年在苏联中山大学与蒋经国同窗，曾任中共陕西省委军委书记、省委书记。后来他在江苏被国民党当局逮捕叛变，任国民党外交部东北特派员蒋经国的秘书。中华人民共和国成立前夕李杰夫去了台湾，任国民党党务顾问、台北多所大学客座教授。1995 年 9 月在台北病逝。

接着，陕甘边区游击队总指挥部在照金兔儿梁成立，红二十六军特派员李妙斋任总指挥，习仲勋任政委，下辖耀县、旬邑等十多支游击队武装。之后，红二十六军党委决定改组陕甘边区游击队总指挥部，调整李妙斋的职务，派他负责薛家寨后方基地的建设，由黄子文任总指挥。不久，李妙斋接替黄子文的职务复任总指挥。

得到休整的红二十六军红二团指战员在汪锋、王世泰、刘志丹的率领下，转入外线作战，主动向东出击，攻克同官金锁关，消灭民团三十多人，截断咸榆公路后，进军三原县武字区，与渭北游击队会合。红二团利用游击队熟悉地理的优势，到处活动，捕捉战机。

经侦察了解，心字区北原驻着敌骑兵团一个排，红二团决定将其歼灭。

战前，游击队在心字区北原附近打土豪并佯装溃逃，他们边跑边丢东西，有意让土豪去报告，引诱敌人。早有准备的红二团将一个连的部队埋伏在敌人必经之地西马道两旁，敌人果然上当，一个排被红二团全歼。

陕甘边特委、陕甘边游击队总指挥部在中共陕西省委的指导下，领导根据地内各游击队组织发动群众打土豪、分粮食，为创建根据地民主政权打下了良好的基础。

至此，以照金为中心的陕甘边革命根据地初步创建，实现了陕西省委建立照金新苏区的战略目标。

第二十一章

龙　家　寨

庙湾战斗中负伤的骑兵连政委张秀山及其他几个伤员在照金龙家寨养伤，游击队派了几个人来保护他们。

一天下午，敌军在党家山一带搜捕伤员，到了晚上又从薛家寨下到绣房沟。下山时，敌人每人都拿了一个火把，摇摇晃晃地走着。游击队派来照顾伤员的群众，在龙家寨能清楚地看到对面山上羊肠小道走下来的敌人。为了保护伤员，李妙斋把几个伤员分散到照金周围的乡亲家里。

张秀山和张锦华被转移到七里川焦家村对面阴坡上的一个小庙里，焦家村的乡亲常来送些吃的给他们。有一次敌人来搜山，过来时不断打着枪。张秀山和张锦华都走不动，只能躺在炕上，幸亏敌人没有过来搜这座小庙，他们才幸免于难。敌人走后，焦家村的乡亲拿着木板和绳子，把张秀山和张锦华抬着送到了兔儿梁山上。李妙斋把他们安排在山沟的一个烧木炭的土窑里养伤，后来又将他们转移到黑田峪村对面山坡上农民看庄稼用的草棚里。

有一天，正在睡觉的张秀山被一阵枪声惊醒，他赶紧起来拿上东西上山。山上榆树林里都是雪，天还是雾蒙蒙的，敌人看不见他们。张秀山藏在山顶上，能清楚地听到敌人的说话声，万幸的是敌人没有发现他，这才又脱了险。就靠这样东躲西藏，张秀山逃过了敌人的搜捕。

张秀山的伤是子弹从肺部穿过造成的，一呼吸伤口就往外冒热气，一用力伤口就发出吱吱声，很长时间都好不了。无奈之下，李妙斋请来了一位当地仅能找到的兽医给张秀山治疗。

这位兽医是旬邑县的乡下人，家境贫苦，以走乡串村给骡马牲畜看病为生，有时也给人看看病。因为红军打土豪给穷人分粮分地，所以他很拥护共产党，拥护红军，常常热心地给红军的骡马和一些伤员看病。他来到这里时，身上除了几件给牲畜治病的工具外，再也没有别的什么医疗器械了。

在给张秀山治伤时，他先用烧大烟的铁钎子在张秀山胸部伤口里轻轻拨动，断定里面有碎骨头，原来是子弹把胸部的肋条骨打断了。由于没有镊子，无法取出里面的碎骨，兽医只能另想办法，后来他用一碗开水加上一点大烟搅拌成红颜色的水作为消毒水漱了漱口，用嘴对准张秀山胸上的伤口，用力把伤口里的脓血和碎骨头吸到嘴里，从含在嘴里的脓血中找出碎骨，再把脓血吐到地上，接着再用消毒水漱口，又继续吸，直到没有碎骨头渣为止。之后，他拿出配制好的一种叫八宝生肌散的中药面子放在一张小纸上做成药捻子插到张秀山的伤口里，过了两天取出药捻子后又换了一个新的药捻子放进去。就这样，没过几天，张秀山胸上的伤口竟不再化脓了，一天一天好了起来。由于有这位兽医的医治和群众的掩护，张秀山的伤口逐渐愈合了，又在山里养了三个多月，他慢慢地可以走路了。

经李妙斋筹集路费，部队秘密把张秀山从照金经七里川送到了白区，由西兰公路到了西安。省委安排他住在一家小旅店里吃药养伤。

张秀山痊愈后，省委派他回到红二十六军。

张秀山返回照金后，向照金街上的老百姓打听游击队的情况。

有个老乡说："兔儿梁上就住有游击队，是王队长带的队伍，你找王队长干啥?”

张秀山回答说:“王队长是我哥,我要去看看他。”

张秀山立即离开照金街,直奔兔儿梁山。

在山上的一个院子里有一个女人,张秀山向她打听:“王队长住在这里吗?”

王队长名叫王子祥。听到张秀山的问话,王子祥手下的几个人拿着枪跑出来问他是干什么的。他说是来找王队长的。

这时王子祥走了出来,让张秀山跟着进到屋里。

张秀山说:“我是来找游击队的,是陕西省委派我来找刘志丹、谢子长的。”

王子祥说:“我是从刘志丹部队里跑出来的,现在脱离不干了。你来了也好,就在我这里暂时住下,等老刘、老谢来的时候,你再去找他们吧。”

王子祥是山西人,起初参加了陕甘游击队,后来当了土匪,占了龙家寨,手下有四十多人。

龙家寨与薛家寨隔沟相望。龙家寨上有两处洞穴,一处位于绣房沟西的杨八姐梳妆台下,另一处位于薛家寨三号寨洞正对的石柱下。前者略小,内有小溪,能容纳四五十人,后者略大,可容纳百余人。两个寨洞相距二三里,有一小径相通。龙家寨寨势雄险,易守难攻,寨子后面和兔儿梁相通,隐蔽在绣房沟西的丛林中,陡峭深邃,不易被外面发现。

张秀山来找红二十六军,没想到却进了土匪的寨子里。他怕他们下黑手,就说了一些客气话恭维了一番,他对王子祥说:“去年我还在平凉刘宝堂的部队里当过排长。我不找老刘、老谢也可以,就跟你老哥干吧。”

王子祥说:“那好呀!我在刘宝堂那里还当过连长呢!”

张秀山说:“那好嘛!我们还是老同事呢,都是刘宝堂的部下,我就跟你干吧。”

王子祥说:“黑夜这里不安全,你不要出去,若让周围的民团抓住可不得了。”

随后王子祥便派人将张秀山带到了龙家寨,让他先在寨子里住下。

十几天后,王子祥带着手下的陈克敏等人到淳化一带去抢掠,寨子里只留下五六个人看守。

这时,游击队从黑田峪川里开了过来。张秀山在寨子里看见红军的骑兵队从绣房沟口走过来,紧接着上了兔儿梁山朝龙家寨走来,他非常高兴,认为马上就可以找到大部队了。

可是不一会儿,游击队又转了回去。张秀山心里很着急,这可怎么办?

又过了一会儿,张秀山看见骑兵们下了马,徒步走了过来。守寨子的几个人都慌了,其中有一个河南人,害怕红军打进来,就对他说:“老张,你去和他们说说,只要红军不杀我们,我们都缴枪。”

张秀山说:“那好,我去给他们说说。”

张秀山从寨子里走出来,看见谢子长、贺耀华、阎红彦等好多人都走了过来,就说:“不要打了,里面没有几个人,他们都害怕了。”

谢子长、贺耀华等人和张秀山都认识。贺耀华说:“这不是秀山吗!你怎么到这来了?”

他说:“省委派我来找游击队,没想到找到土匪这里来了。你们不用打了,里面只有五六个人。”

随后,张秀山向寨子里喊话:“红军不杀你们,你们快出来吧!”

有个青年叫雷天昌,先将枪交了出来,其他几个人跟着出来,也交了枪械。

游击队开进寨子,雷天昌参加了红军。在这几个土匪中有个叫宋怀兴的人很坏,游击队第二天就把他枪毙了,其他几个人都放回家去了。

张秀山和谢子长、阎红彦等从龙家寨到了兔儿梁,见到了刘志丹。

这次解放龙家寨,不仅教育和争取了附近群众,还为下一步开辟照金革命根据地扫除了一大障碍。游击队在照金、香山寺一带住下来后，以地势最险要的龙家寨、薛家寨、党家山为中心，修筑防御工事，并着手发动群众，创建根据地。

照金苏区的创建发展，红二十六军的迅速壮大，以及与渭北根据地的紧密呼应，使陕西苏维埃运动得到了迅猛发展，直接威胁到西安国民党政权的安全，这使国民党当局极为惊恐。

对此国民党当局一面调拨大批新式枪炮装备照金周围各县反动民团，一面派遣大批正规军联合反动民团等地方武装，开始全面"围剿"照金苏区。

第二十二章

渭北游击队

1933年初，关中的乾县、麟游、礼泉、永寿一带灾情严重，饥民扶老携幼外出逃荒，耀州、三原一带到处可以看到乞讨的人群。

渭北游击队在大本营休整了一段时间，打了几个小仗后，按照黄子文、马子舟的指示，北上寻找红二十六军。

在香山寺分了粮食，烧了寺院，杜衡带着红二团转移时嘱咐渭北游击队，让他们护送分到粮食的饥民回乾县、礼泉一带，以免路上被人劫去粮食。

将饥民送到方里、小丘一带后，渭北游击队返回高山槐。

游击队返程时进入绣房沟吃午饭，忽见远处尘土飞扬，敌人一个骑兵连朝沟里追来，游击队边打边撤。敌骑兵连见游击队人少枪少，便穷追不舍，欲全歼之而后快。

已有了多次游击战经验的指导员黄罗斌情急之中想出一招，在敌骑兵距游击队百米左右时，他命令全体队员原地卧倒，集中火力向敌人射击，敌骑兵见状连忙翻身下马还击。面对此种状况，黄罗斌又马上命令战士们爬起来向荒草树丛中跑。敌骑兵赶紧上马追赶，眼看快追上了，游击队又卧地以密集的火力还击。就这样反复数次，敌骑兵在一上一下中既耗费了时间精力，又给了游击队撤退的时间。

夕阳西下时，双方已跑了七八十里。在夕阳下，敌骑兵连的马背上驮了十几具自家兄弟的尸体灰溜溜地收兵回营了。

几仗过后，渭北游击队声名鹊起，当地老百姓纷纷主动要求参加游击队。游击队在奇袭洪水镇民团时，又缴了一些枪支。总之，渭北游击队无论是兵力还是武器都大大加强了，连四周的反动势力也不敢轻举妄动了，甚至驻耀县三原的国民党王泰吉骑兵团也不出来“围剿”了。

由于香山寺分粮事件影响很大，当地老百姓见那些持斗分粮的队伍又来了，便纷纷围上来，要求队伍领导他们打土豪、分粮食。指导员黄罗斌和队长康尚武一商量，便带队进入让牛村，分了一家地主的粮食，牵了地主家的两匹大骡子。

游击队牵着骡子，绑着地主向高山槐返回时，黄罗斌突然发现一匹骡子上坐着一个年轻俊俏的女人。

这女人粉面桃腮，双眼顾盼，穿着桃红小棉袄，骑在骡子上，风摆柳似的扭着晃着，惹得过路群众议论纷纷。

黄罗斌问绰号康秃子的康尚武：“那女人是咋回事？”

康秃子满不在乎地说：“她有病，走不动了。我让她骑到骡子上，病好了就让她下来。”

毕竟康秃子是队长，打仗也挺有两下子的，黄罗斌就不好再深究了。

可是接下来康秃子越来越不像话了，他走到骑骡子的女人旁边，边走边说些风情话，战士们直拿斜眼看他。

部队当晚宿在场子村。但队长康尚武却带着抓来的地主和那个仍骑着骡子的女人向沟里的一个小村子走去，身后只跟了一个勤务兵李尚勤。

这一去就是四五天，音讯全无。

后来勤务兵李尚勤一个人回来了。他说：“康队长今晚回来，明早到柳林镇附近去打土豪分粮。”

在场的人都愣住了，怎么要到柳林镇去呢？谁都知道柳林镇敌军力量比游击队多出许多倍，别说打土豪分粮食，就是光打也打不赢的。

指导员黄罗斌冷静地问李尚勤："究竟是怎么回事？康队长这几天都干了些什么？"

李尚勤也是一肚子的火气，愤愤地说："康队长已经把土豪给放了。他让土豪带着咱们上次收缴的大烟、现大洋去柳林镇买子弹。结果子弹没见买来一颗，那土豪反说他带的大烟和现洋让人抢走了。唉，谁知道他们玩的啥把戏？"

李尚勤刚一说完，屋子里立刻炸了锅，队员们七嘴八舌嚷成一片。

"康秃子这小子变心了？"

"我早看出这秃驴不是东西！"

黄罗斌挥手让大家静一下，继续问道："那个女人呢？土豪呢？"

李尚勤气呼呼地说："都让康队长放跑了。"

黄罗斌脑子嗡的一声响，不好，要出事！这里远离苏区，远离党组织，队长一旦出事，我这个指导员怎么办？

游击队果然乱了阵脚。队员们个个义愤填膺，大骂康秃子不是东西，肯定是要叛变。他不仅自己要叛逃，而且还命令全队去打柳林镇，这分明是要把游击队送进虎口，借敌人之手消灭游击队，为自己投敌邀功。

"枪毙了他！"众人吼声四起。

一个老队员望着黄罗斌，冷冷地说，"小黄，你是指导员，又是支书，康队长搞女人，夜不归队，是严重违纪。他又要投敌，又要把部队往敌人嘴里送，这是犯罪。对这样的人该怎么办，大伙等你一句话。"

"有啥好说的，毙他十回都没错！"众人又是大声吼叫。

"大家不要嚷了好不好！"黄罗斌这会儿真的是拿不出个好办法来。枪毙康队长？自己有这个权力吗？可眼下这伙队员个个都急红了眼，众怒难犯啊！何况，晚上康队长来，硬要把部队拉走，那场面又该怎么收拾？

“这样吧，”黄罗斌沉吟了一下，说道，“现在大家都在，咱们开个军人大会，大家一块研究个办法来。”

众人抢着发言。黄罗斌让大家少安毋躁，一个一个说。

秦初善说：“康尚武用骡子驮着那女人，与那女人眉来眼去，连过路的老百姓都看不过眼了。老百姓说，红军是不是见了漂亮女人就共产啊？你说，这不是败坏咱红军的名声么？这样的人不除，往后咱还怎么打游击啊？”

刘庆堂说：“康尚武自带上那女人后，再也不跟部队一块行动，在外面一住就是几天，现在女人放了，土豪也放了，谁给他的权力……”

没等刘庆堂说完，常根生就插话说：“把咱们打土豪缴来的东西再交给土豪，把咱们的队伍当作一盘肉送到敌人嘴里，这小子也太黑了！”

大家越说火气越大，“枪毙康秃子”的呼声越来越高。

如此重大的决定，年轻的指导员黄罗斌还是不敢拍板。他说：“康尚武的问题的确严重，是要严肃处理，但我无权做出决定。我的意见是将他送回苏区，由军委处理。”

几个队员不约而同地问：“跑了谁负责？”

黄罗斌无言以对。

不知是谁喊了一嗓子：“按军纪处决康尚武，同意的举手。”

满屋子的人几乎齐刷刷举起了手。

黄罗斌没有举手，他说：“枪毙队长，恐怕不妥。”

众人说：“有什么不妥？这是军人大会决定的，有啥事军人大会负责！”

晚上，康尚武大大咧咧地走了进来。刚一进门就被扑上来的几个队员扭住了，有人迅速卸下他腰里的驳壳枪。

康尚武被五花大绑推向门外。

惊恐万状的康尚武大声号叫：“黄指导员，这，这是咋回事呀？”

无法控制局面的黄罗斌只好说：“你问问大家。”

康尚武扭头问队员:“你们凭什么捆我?”

众人答道:“你做的事你自己知道。”说着,便将康尚武推到了门外的空地上。

康尚武仍大声嚷叫:“我干什么啦?你们不能这样。你们把我送到苏区去。”

“送你回老家去!”王起德掏出手枪,一枪便将康尚武给毙了。

出了这么大的事,指导员黄罗斌再也不敢让部队在此处逗留了,当即率队到照金找杜衡汇报。

渭北苏区主席黄子文也闻讯赶到照金,一见面就劈头盖脸地将黄罗斌训斥了一顿:“为什么不将人带回来交军委处理?随便枪毙人,你还有组织纪律没有?我开除你的党籍!”

对这种结果,黄罗斌是有思想准备的,他不慌不忙地对黄子文说:“你听我给你汇报完事情的全过程,你怎么处理我都行。”

黄罗斌详细地汇报了事件经过,黄子文又逐个询问了游击队员。最后他又找到黄罗斌,诚恳地说:“错怪你了,我向你道歉。”

黄罗斌也在反省自己,他向黄子文提出:“让我到地方工作一段时间吧。队里的事,请另选其他同志干。”

黄子文同意了他的请求。

渭北游击队回到渭北苏区后,苏区军委任命李天保为游击队长,张半截为指导员,黄罗斌留在地方工作。

第二十三章

虎穴脱险

两天以后，黄罗斌接到一个新的任务，送信到三原县城。

马子舟对黄罗斌说："三原县委让我们写一个报告，报告已经写好了。你明天送到县城去，并向县委口头汇报一下这里的情况。"随后又交代了接头地点和接头人的相貌衣着。

黄罗斌挎上一个篮子，篮子里面盛着半篮子鸡蛋，看起来就像个找姥姥看舅舅的穷孩子。他天明从寇家庄出发，到早饭时就到了县城。

三原县城门口设有哨兵盘查，看到这个小叫花子似的孩子，哨兵懒洋洋地问了一句，头一摆便让他进城了。

黄罗斌在县城中心的十字街口举目四望，如马子舟书记所说，果然有一位二十来岁的青年人，他身穿蓝布长袍，头戴礼帽，俨然一位教书先生，那人正向自己投来探询的目光。没错，一切都如马子舟书记事前所说。

黄罗斌向寒风凄切的四周打量了一下，街市行人寥寥，没有人注意他。于是他走到教书先生打扮的青年人面前，问："请问先生贵姓？"

那人礼貌地回答："免贵，姓白。你是从北原上来的吗？"

黄罗斌点头称是。

那人接过黄罗斌臂弯上挎的篮子，又说："还没吃饭吧？走，咱先吃饭去。"

黄罗斌随那人进了一家卖荞面饸饹的小饭馆，一碗热汤冒气的饸饹驱散了黄罗斌的寒冷与饥饿。

这位自称姓白的人，就是不久后成为陕甘边苏区创建人之一的习仲勋。

习仲勋见这位小同志顶风踏雪闯进县城来与他接头，小小年纪又那么沉稳老练，心里很高兴，也很喜欢。

习仲勋将黄罗斌引到一个僻静的小院，黄罗斌从盛鸡蛋的篮子底层掏出渭北苏区写的报告，郑重地交给习仲勋，又口头汇报了渭北苏区的情况。

习仲勋对黄罗斌说道："渭北苏区以寇家庄为中心，东邻富平，西接淳化，北靠耀县，南临三原，东西长不过四十里，南北宽不过二十里，地盘太小。地方小，群众就少，游击队的兵源也少。你们渭北游击队不过十几个人，这怎么能打开局面呢？回去告诉子舟、子文同志，苏区一定要发展、要扩大，有了广泛的群众基础，充足的兵源，反击敌人才能有力量，革命根据地才能不断发展壮大。"

黄罗斌心想，这个大不了自己几岁的人，看来是个大领导，说话水平很高。

习仲勋将一封书信交给他，嘱咐他路上小心，一定要把这信安全带回渭北苏区。

黄罗斌在街上卖掉了鸡蛋，买了几斤花生装在篮子里，拎着朝城外走去。这一卖一买也是他开动小脑瓜子琢磨出来的。进城时对哨兵说是来看亲戚的，回去再拎着鸡蛋不就露馅了吗？来时送鸡蛋，回去捎花生，说得过去。

到城门口见到哨兵，他从篮子里捏出几颗花生来："老总，尝尝俺舅家的花生。"

哨兵看不上这几颗花生，手一挥："滚！"

黄罗斌嘴里嘟囔着出了城门。走出三四里路，刚刚松口气，却听见官道上马嘶咴咴，一队骑兵迎面而来。他连忙将篮子放在旁边，蹲在路旁的麦地里佯装解大便。

一个连长模样的人勒住马头，在马上斜着眼看了他几眼，撇了撇嘴，扬鞭催马而去。

回到寇家庄后，根据习仲勋指示，马子舟、黄子文等人立即部署了扩大苏区的工作，黄罗斌和刚刚来到渭北苏区的赵宝森、王安民三人被派到了心字区开展工作。

心字区原来也是渭北苏区的一部分，后因党支部遭到破坏而重新沦为白区。这次重整旗鼓，赵宝森、王安民负责恢复心字区的党组织，黄罗斌负责恢复青年团组织。经过他们走村串户反复动员，心字区党团组织很快得到恢复，并且组织起一支游击队。

心字区游击队一出手，就赤手空拳地缴了一个地方民团的枪。有了枪，便正式打出心字区游击队的旗号。

一日，游击队在耀县通往西安的公路上截获了地主的几匹大骡子，此前接到县委指示，说省委经费困难，各区要尽快帮忙筹资以解省委燃眉之急。黄罗斌和赵宝森、王安民商量了半天还是找不到资金来源，于是便决定将这几匹大骡子给省委送去。

黄罗斌带着队员黄海娃化装成卖炭的，骡背上驮着两袋炭，牵着骡子就进了西安，很快与省委取得了联系。

但骡子不同于其他物件，得找地方喂养才行。一连等了两三天，骡子一直没拉走，黄罗斌心里很着急。

他们投宿的小店，就在北大街口，离杨虎城的官邸不过一二百米，黄罗斌怕时间久了被杨虎城卫队的人认出来，那就惨了。毕竟，他从那里"溜号"才不过百十天。

一天下午，心急火燎的黄罗斌想出门看看有没有来人牵骡子，不料一只脚刚迈出店门槛，就听见一声断喝："黄新声！好你个浑小子！"

这一声断喝，让黄罗斌大惊失色，他抬头一看，是杨虎城卫队的一位姓刘的排长，身后还跟着两个兵。

黄罗斌原名黄秉学，又名黄新声，1929年至1931年在高阳镇小学上学时，加入中国共产主义青年团。1932年，黄罗斌在杨虎城部当卫士，不久与中共陕西省委地下组织取得了联系，于是参加了渭北苏区的游击队，改名罗斌。

刘排长对身后的人说："把黄新声给我带回去！"

两个卫士上来就按住了黄罗斌的两条胳膊。

事已至此，黄罗斌觉得怕也没用，跑也没辙，干脆拿出一副死猪不怕开水烫的架势，两条胳膊猛地一甩，挣脱了两人的绑架，大大咧咧地说："走就走！开小差的也不是我一个。"说着就在三人的推搡中走向了兵营。

进了兵营，刘排长亲自审问"逃兵"。

"黄新声，弟兄们待你不薄，你破坏杨主任办公室也没有追究，你为啥要逃跑？"

"我，我年龄小，吃不下这里的苦。"

"狗日的你撒谎！"刘排长上去就给了他两个大嘴巴。

黄新声在卫队时能吃苦是出了名的，说怕苦显然是"造怪"。

"老实说，你这回到西安弄啥来了？"

"我给人家扛活，掌柜的叫我跟另一个伙计来卖炭，牵着骡子。"

审问了半天也没有结果，刘排长气呼呼地走了，临走让一个姓李的班长把黄新声看好，说不要叫这小子跑了。

这李班长和黄罗斌既是同乡又关系不错，对他不打不骂，只是委婉地说："穷人家的娃，能吃粮当兵就是福分，跑啥哩吗？叫人家抓回来挨打受气，何苦哩。"

劝了一会儿，李班长出去了。不一会儿又回来了，坐下来继续和黄罗斌家长里短有一句没一句地闲谝。一会儿，黄罗斌忙说："报告班长，我尿呀！"

班长头也不抬地说："尿你尿去嘛！"

黄罗斌出了棚子撒丫子就窜。

他一口气跑到城门口，哨兵问："干什么的？"

当过卫士的黄罗斌对这一套盘查最了解不过，对进门的盘查严格，对出门的不过是例行公事，随便问问而已。便从容答道："我是到卫队看俺哥的。"

哨兵连第二句都没问便放行了。

赶到小店，店主说："你被带走后，你那个伙计让人把骡子拉走了，他也走了。"

此处不可久留。黄罗斌当晚在高阳镇的同窗李效宁家借宿一晚，次日便赶回三原。

黄罗斌回到三原，打听到与他同行的海娃已将骡子送交给省委并顺利返回，长长出了口气，当晚睡了个好觉。

心字区的老百姓在赵宝森、王安民、黄罗斌的领导下，抗粮抗租，打土豪分田地，组建苏维埃政权，扩大武装力量，闹得轰轰烈烈，使以寇家庄为中心的渭北苏区迅速扩大。

而在三原县城与黄罗斌接头的习仲勋则进入高山槐以北的照金，根据刘志丹的指示，先后在芋园、绣房沟、高山槐一带组建了农会和农民游击队，开展了大规模的土地革命活动。之后，习仲勋当选陕甘边区革命委员会副主席。

照金临时革命政权成立的前夕，红二十六军二团开进心字区。赵宝森、黄罗斌、王安民正准备为主力部队接风洗尘时，北原上尘烟骤起，原来是驻耀县的王泰吉骑兵团以一个排的兵力来骚扰心字区。红二团骑兵连马不卸鞍，一个回马枪，便将来犯之敌全部生擒，无一漏网。

这一个见面礼，使心字区的老百姓目睹了红军的神威。

黄罗斌得知红二十六军有个随营学校，感到这是一个充实提高自己的好去处。当初他辞去渭北游击队指导员职务，就是觉得自己水平不够需要学习充实，有这样的机会降临在自己面前，岂能白白放过？他缠着黄子文好说歹说，让黄主席送他到随营学校去。

黄子文一时举棋难定。不久，黄罗斌之兄黄罗武来队看望弟弟，哥哥愿同弟弟在部队一起生死与共。黄子文的犹豫，抵不住“小罗”孩子般的死缠活磨，黄罗斌最终如愿以偿地进入了随营学校，被任命为教导队二班班长。

从此，渭北乃至陕甘边的部队中便有了“大罗”“小罗”两个响亮的称号。

第二十四章

薛　家　寨

薛家寨位于照金镇，海拔一千六百余米，属于桥山山脉南端，地处耀县、淳化、旬邑三县交界处。这里重峦叠嶂，壁立千仞，地势十分险峻，相传为薛刚反唐时的驻兵之地。“薛刚反唐”是一个流传广泛的故事，说薛刚是两辽王薛丁山的儿子，生性好打抱不平，爱惹事，元宵节时打死太子，惊崩圣驾，闯下大祸，薛丁山一家受连累被武则天灭门。后来薛刚独自逃到西辽，搬来大军，辅佐庐陵王李显，讨伐武则天，报了血海深仇。

宋代大画家范宽，陕西华原（今耀州区）人，据考证，他的代表作《溪山行旅图》（台北故宫博物院藏）取材于照金的薛家寨。画作雄阔壮美，笔力浑厚。薛家寨山势雄伟，奇峰突兀，三面悬崖，石峰千仞，南接箭穿崖，东连黑田峪，北倚李家山，西临绣房沟，与沟对面的龙家寨相望，又有一条通过老窑沟的小溪，与兔儿梁的山水相连，可通桥山山脉的腹地。

薛家寨共有四个寨洞，寨洞之间互相连通。洞内较宽敞，大者能容纳二三百人，小者可容纳数十人。

1912 年初，芋园村人朱吉祥父子，在薛家寨四号寨洞里供奉山神泥像，敬神修道，烟雾缭绕，香火不断。

红军在照金一带打游击时，朱吉祥父子见红军纪律严明，劫富济贫，十分感动，便主动参加了芋园游击队，投奔到李妙斋麾下，成了红军战士。

后来由朱吉祥带路，李妙斋、王金海、田德发等二十余名芋园游击队员，首次登上薛家寨。从此，薛家寨就成了芋园游击队的攻守回旋区域。

1933年正月，李妙斋率芋园游击队到达照金北梁村，向地方干部白明礼布置了一项任务，要他通知照金妇女委员会，动员一些妇女到薛家寨去当红军，还说要注意动员那些受压迫最深的妇女。

白明礼还未听说过妇女能当红军，便打趣地问："你当指挥，是个带兵的，叫妇女上山去干什么？打仗成天风风雨雨，黑黑明明，妇女能当红军吗？"

李妙斋笑着说："这都是革命需要嘛！男同志要经常外出打仗，一些伤员留在山寨上，需要人放哨、护理、做饭。再说现在反封建了，妇女也要革命嘛！"

早春二月，白明礼按照李妙斋的指示通知北梁妇委会，召开会议，专门研究组建妇女游击队的问题，并着手进行宣传动员工作。

会议在阮金莲、柳金花、吴玉珍等妇女党员的领导下召开，参加会议的有老爷岭、杨家山、高山槐、金盆、韩家山、安子坡、陈家山、菜子坪、谢家庄、窑儿沟等村的妇女，多数是遭公婆虐待的媳妇，还有少数红军战士之妻及青年妇女积极分子。

会议通过动员，采取自愿报名、大家评议、组织审查批准的办法，选拔了狼窝村的王有莲、北梁村的白老二之妻李氏、韩家山的杜大莲、谢家庄的黄海娃之妻及菜子坪的朱来发之妻五名妇女，组成陕甘边照金妇女游击队，由王有莲担任队长，她们是首批登上薛家寨的女游击队员。之后，妇女游击队逐渐发展，队员有三十多人。

妇女游击队起初驻在薛家寨一号寨中，后来随着人员的增加，迁到党家山娘娘庙山寨中。那儿有三个大石庵，她们以石庵为家，筑堞墙，修哨所，利用门前小溪为红军浆洗衣裳，同时还担负着护理伤员、缝制红军被服和送信等任务。

女游击队员杨秀珍任北梁妇委会委员。她是稠桑人，因熟悉地理环境，组织派她去稠桑涝池村送信。晚上，她歇息在涝池村的一位亲戚家中。

夜半时分，突然狗狂吠起来，来了一股行劫的土匪，敲打院门。这是一个独家庄，怎么办呢？

杨秀珍急中生智，抓起扫炕的一只笤帚把，用手绢一包当手枪，将毛巾往头上一结，装扮成男子模样，同这家男主人一块儿迎战土匪。

是夜，月明如昼。当土匪砸开院门刚刚闯进院子，杨秀珍便冲出窑门，手执“盒子枪”大喊一声：“红军在此，谁敢抢人？谁动打死谁！”

数十名张牙舞爪的土匪，被这突如其来的举动和喊声吓呆了，一个个钉在院中，谁也不敢妄动。杨秀珍手提“盒子枪”，厉声厉色地将土匪逼送出院门。可恶的土匪在退到门外坡上时，朝着这位满口女音的红军战士胡乱地打了几枪，仓皇逃跑。

不料，一发子弹击中了杨秀珍的右腿。因医药奇缺，导致她终身残疾，后来抱疾而亡。

杨秀珍用笤帚把当手枪智斗土匪的故事，一时被陕甘边根据地群众传为佳话。

沿照金北端的山岭行进，盘旋七八里，在子午岭中段的一脉山梁犹如一只兔子，与寺坪村后的照金山参差相接，这就是兔儿梁。

环绕兔儿梁的小溪，经长蛇岭南麓的沟壑流至绣房沟川道，另一条小溪则从老君庵沟流出，汇成田峪河。沿途汇集东沟、西沟、大坡沟、西川河水，东南流至陈家楼子又纳瑶曲川水，南流至田家咀再纳瑶峪川、店子河、蔡家河水，经庙湾纳柳林西川水，向东南入安里、石柱，再纳梁寨河、马源沟、吕渠河水，至桃曲坡入锦阳川，绕耀州县城西流，最终与漆水河汇合。

兔儿梁后的长梁，有茂密的丛林，西边有一条小道，经暗门与七里川连通。东面的丛山密林，与绣房沟两侧的薛家寨和龙家寨相连，这样的地形为红军的隐蔽作战提供了绝佳的掩护和便利。红军可在遮天蔽日的山坳中，神不知鬼不觉地来回转移。

兔儿梁前面，是壁立千仞的照金山，只要稍有警戒，即为"一夫当关，万夫莫开"的天险。

陕甘边特委成立后，十分重视乡村基层党组织的建设，在红二十六军的积极帮助下，初步建立秘密党支部的有芋园、北梁、黑田峪、金盆、老爷岭、香山等村庄。经过一段艰苦细致的组织工作，一批乡村党支部建立起来，并成立了一个区委。

陕甘边游击队总指挥部成立后，香山、芋园、照金、旬邑、宜君游击队相继成立，游击队的编制扩大了，边区游击队发展到十八支，人数达九百余人。

陕甘边特委机关和游击队总指挥部，就设在兔儿梁仅有的几户人家的家中，条件虽然极其艰苦，但所有工作人员精神饱满，夜以继日地忘我工作。

当时的陕甘边特委和游击队总指挥部的工作，主要是巩固扩大农会、妇女会，培养发展有觉悟的农民入党，组建党团基层组织，武装工农，成立赤卫军、少年先锋队，广泛开展游击战争，扩大游击区域，为开展土地分配运动、成立红色革命政权做准备。

这些工作得到了广大群众的热烈拥护和积极响应，短短一两个月，成立的游击队就有二十一个支队，人员达千余人。这种局面，一直维持到特委机关和游击队总指挥部迁往兔儿梁东面的薛家寨。

红二十六军外线作战的胜利，巩固了根据地的外围阵地，逐步形成以薛家寨为中心，东达胡家巷、高山槐，西抵七界石、黄花山，北迄断头川、王家沟，南到老牛坡、桃曲原，横跨耀县、淳化、旬邑三县边界的照金革命武装割据区域，面积约五千平方公里。

国民党反动派发动五县民团对照金根据地进行"围剿"，这一区域又遭到破坏。留下来的人，一部分在照金活动，一部分参加了渭北游击队。

习仲勋随队伍来到淳化南村堡作战，刘志丹指挥部队在土桥、龙马、高村打了一个个胜仗，返回照金。

刘志丹殷切地嘱咐习仲勋：跟农民打成一片，做好根据地的开辟工作。只要政策对头，紧紧依靠群众，困难是可以克服的。

习仲勋按照刘志丹的嘱咐，一村一村地做调查研究，一家一户做群众工作，相继组织起农会、贫农团、赤卫队和游击队。

习仲勋在工作之余，常常沿着兔儿梁的小沟坳散步，思考着边区建设的重大问题。他十分平易近人，常常和照面的群众打招呼或点头致意。有时他还会停下来，抱起几个衣衫褴褛的穷孩子，或亲亲他们的小脸蛋，或给他们摘一些野果子吃。

边区领导们朴素节俭，衣服常常是补丁摞补丁，但却干净整洁。穷孩子们也会常常缠着打仗归来休息的刘志丹、习仲勋、王世泰、李妙斋，听他们讲一些打仗的故事。这些红军将领讲故事时诙谐幽默，神采飞扬，给了这些苦孩子无限的遐想。

孩子们也经常会头戴草圈帽，手持梭镖为特委和游击队送信。任务完成得好，习仲勋会亲切地拍拍他们的肩膀，给以鼓励。

在红二十六军的支持下，金理科在耀县照金的高尔原、小池等村进行革命活动，发展全成发等人加入共产党，逐步建立农村贫农团等群众组织，随后又建立了游击第六支队。他还奔赴淳化北部的十里原、马家山、城前头、铁王等地发展党员，发动农民开展土地革命，组建村农民联合会、贫农团，继续扩大革命根据地。

至此，陕甘边照金革命根据地已初步形成。

陕甘边区党政军机关及后勤部门，是 1933 年四五月间从兔儿梁迁至薛家寨的。

为了把薛家寨建成红二十六军的后方基地，周冬至担任了筑路总指挥。

周冬至带领当地群众，修筑了通往薛家寨的盘山道路，对横陈在薛家寨寨眉的四个宽阔的天然岩洞进行了维修，在岩洞之间的狭道上楔入粗壮木桩，木桩之间结扎木篱，在岩洞周围打筑堞墙，以确保行走安全。另外，还构筑了北哨门、绣房沟口哨门，加固了党家山、鸡儿架等哨卡，在哨卡之间修筑了便道，周围铺设了大量的地雷。红军还利用石窟天然条件，整修后的四个寨洞分别作为军营、医院、修械所、指挥部。

李妙斋对群众和蔼可亲，红军建设薛家寨时，群众都自觉自愿地出工出力，帮助红军打堞墙，修哨卡。对于踊跃参加薛家寨建设的群众，李妙斋总是付给他们工钱，尽管群众坚辞不受，但李妙斋都坚决地发给其劳动报酬。绣房沟的群众，家家都有做军鞋的任务，鞋做好以后，李妙斋都照规定付给工钱，从不叫群众吃亏。

“一夫当关，万夫莫开”的天堑薛家寨，成为红二十六军和各游击队攻守回旋和休整的后方基地，同时又是照金革命根据地的政治、军事、经济中心。

薛家寨红军医院有三名医生，还有几名护理人员。医务所所长陈守印和另外两位医生，均为陕西省委所派，主要任务是抢救诊治重伤员。

被服厂有二三十名工人，都是经过革命斗争考验的贫苦妇女，担负着制作红军和部分游击队服装衣被的任务，并配合游击队执行战斗任务，亦称为妇女游击队，队长由贫苦妇女王有莲担任。

修械所主要制造和修理武器，解决红二十六军和地方武装的军事物资供给问题。

1933 年 11 月，中共陕西省委派交通员把西安兵工厂技工桂生芳和何来玉从西安送到三原，让他们到薛家寨给红军修理枪械，县三中的杨新城接待了他们。桂生芳和何来玉几天后到了武字区，一出城，就被特务盯上了。他们设法摆脱盯梢，走了一天一夜，过了三条沟，来到黄子文家里。黄子文率领游击队，在镰铲把打了一个伏击战，缴获了七支枪，给桂生芳发了一支红缨枪，给何来玉发了一把股杈，他们二人便成了游击队员。接着游击队在小丘镇和淳化方里镇打了几仗，游击队与红二十六军会合，把他们二人护送到了照金。他们上了薛家寨，给红军和游击队修枪。

桂生芳和何来玉到了薛家寨，与来自淳化土门镇的一位工人及住在薛家寨的当地人陈铁匠一起，组成了最初的修械所。

修械所的任务开始只是修理枪支。这些枪支大多数很落后，型号复杂，修理量大。对缺乏武器的红军来说，每修好一支枪，就会起很大作用。凡是部队送来的枪支，修械工人都会抓紧时间进行抢修，碰到较复杂的情况，他们就得凭经验进行艰难的探索。

红二十六军南下失败后，刘约三联系了在兵工厂做工的惠子俊、曹富贵、康天元等十五人到薛家寨。中共陕西省委又通过交通员，把在西安兵工厂的王定朝和冯永贵送到薛家寨，成为修械所的技工。

王泰吉起义后，又带来十几个修械工人。修械所人员最多时有几十人，惠子俊担任所长。

惠子俊，1910年出生在西安。祖父是一位中医，祖母年迈多病，父亲无职业，母亲操持家务或给别人洗些衣物。全家人的生活，全靠祖父行医和母亲洗衣物的微薄收入维持。弟妹相继出生后，这个本来就贫困的家庭又增添了两张吃饭的嘴，生活更加艰难。无奈，父亲只好把他兄弟二人送到西安南郊农村舅父家寄养。家境有了一些好转后，为了继承祖业，撑立门户，惠子俊被送到一所小学读书。

军阀刘镇华围攻西安城长达八个月，城内粮食断绝，饿殍遍地，惠子俊只得辍学，到一家店铺做杂工，后又进西安机器局北马道巷兵工厂做工，耳濡目染，受到了深刻的革命影响。北伐战争期间，他与一批机械工人应征随军东进，辗转到河南巩县孝义镇兵工厂做工。得知杨虎城部西进的消息，惠子俊即从巩县赶到杨虎城部，随军回到西安，旋即到北马道巷兵工厂修枪部继续做工，并参加了工会组织。

当刘约三请惠子俊北上照金为红军修理枪械时，他毫不犹豫地答应了。

薛家寨修械所的创建是极其艰难的，除从当地群众那里借来一枚铁砧、一个风箱、几担煤和他们带去的几件工具外，别无他物。为了尽快开展工作，惠子俊和桂生芳发动工人出主意，想办法。他们从淳化县请来一位工匠负责制作毛坯，从黑田峪请来小炉匠白生华，负责锻造。

他们还随游击队边打仗，边收集工具和原材料。先后收集到一批废铜铁、子弹壳，加上缴获敌人的一些铁条、铁钳、铁锤等，初步克服原材料及工具缺乏的困难。他们用极其简陋的工具，修理制造了大量的武器弹药，供给红二十六军和陕甘边游击队。

红二十六军和陕甘边游击队使用的枪支，有英、德、法、俄、日、捷以及国内制造的，什么蹬七响、八拉式、汉阳造都有，还有从土匪那里缴获的土枪，口径不一，样式多，这给修理带来技术上的难题。惠子俊凭借在兵工厂做工多年积累的经验，对结构复杂的枪支，反复拆装、揣摩，掌握其每一个部件的结构、形状、性能、作用，再手把手指导工人修理、仿造。

他组织修械所的技术骨干，用洋铁桶、陶瓷瓶、陶瓷罐等装上炸药，试制成了各种拉火式、踩火式地雷和“麻辫手榴弹”。其中“麻辫手榴弹”是将铜或生铁熔化后，浇铸在石头上凿好的小坑内，通过翻砂制造出弹壳，形似小香瓜，上大下小，大头顶端装上火柴头作为引火，小头有一个小环，系上麻辫代替木柄，里面填上自制炸药，用时只要扔出就会爆炸。

此外，修械所大量的工作是制造和重制长短枪子弹。为了解决生产子弹原材料缺乏的问题，惠子俊冒着极大的危险，四次只身前往西安，购买了配制底火、火药的硫黄等化学物品。在去西安途中，惠子俊两次被捕，经过地方党组织营救，脱离虎口。

修械所和部队将从香山寺搜集来的铜圆和麻钱熔铸后，制成了子弹和手榴弹的壳子。为了增加子弹利用率，修械所建议部队收集旧弹壳，把旧弹壳加工处理后再进行使用。部队也配合修械所下了命令，凡是打仗，不管是长枪和短枪，打几颗子弹就交几颗弹壳。

同时，修械所尝试自己制造火药，这些火药基本上是用硝土和锯末等以土办法制成的。

为了突破敌人的“围剿”和封锁，红二十六军第二团袭击了三原泾惠渠仓库，缴获了几千公斤黄色炸药，为修械所提供了原料。

红二十六军和各地游击队不断扩编壮大，对武器弹药的需求量也愈来愈大。之后，不仅在薛家寨有修械所，红二十六军随营学校也建立了前线的修械组织。随营学校除了培养军事干部的学员外，另一部分就是修械工人，他们跟着部队一边打仗，一边抢修武器。

除主力红军外，庆阳的二路游击队、坪子游击队，还有神木的王保山、吴堡的杨琪、瓦窑堡一带的强世清等也常带游击队到照金，他们既需修理枪械，又需补充弹药。修械所人员常常是加班加点，不分昼夜地拼命工作，尽最大可能地满足红军和游击队的需求。

红军刚上薛家寨时，生活异常艰苦，加上国民党反动派和反动民团的围追堵截，给养十分困难。

为了打破国民党反动派对照金革命根据地的封锁，李妙斋利用他广泛的群众基础，倡议在亭子沟建立集市，让当地的冯彦升当集长，让周围十里八乡的群众到这里交易。

集市上交易的商品主要是粮食、蔬菜等农副土特产品，粮食中有面粉、苞谷、小麦、小米、豆类，蔬菜有土豆、萝卜、白菜、大葱、豆角、辣子，还有豆腐、鲜蛋，偶尔也有肉和其他东西。

亭子沟集市贸易市场，方便了周围群众，更重要的是解决了红二十六军的生活必需品问题，从而打破了敌人对边区的经济封锁，扩大了红二十六军和苏区的影响。

在集市上，红军不但坚持公买公卖的原则，而且还坚持让群众先买的原则，很受群众欢迎。集市上商品种类日益增多，自然打破了五天一集的规定，几乎天天立市。不仅照金苏区群众积极上集市交易，许多白区群众也千方百计地携带着粮食和其他物品前来出售。

每次快散集时，李妙斋才委托冯彦升把剩余的粮食和蔬菜全买下。原粮由照金镇开磨坊的冯家磨成面粉送到寨上，李妙斋付给他们报酬。通过建立集市，李妙斋和冯家建立了深厚的友谊。当红军资金困难时，冯家也尽量想办法为红军办事。每逢敌人进攻，李妙斋还专门派人给冯家喊话，有时还把他们全家都设法接到寨子上躲避敌人。

薛家寨储存着红二十六军历次缴获的棉花、布匹、银圆等战略物资，之后还有王泰吉起义部队带来的百余挺手提机枪等。另外，俘获的土豪劣绅和俘虏也关押在这里。

薛家寨寨顶起伏开阔，与党家山、鸡儿架、五子山、五女峰等山脉连通，直接通入桥山山脉的纵深。陕甘边苏维埃政府和被服厂等后勤机关，也迁往寨顶处的党家山。寨顶和寨洞相匹配，有力地促进了根据地的蓬勃发展。

由于薛家寨险固的防御工事，敌人几次“围剿”，薛家寨都岿然屹立，固若金汤。

第二十五章

红色政权

1933 年初，照金地区各村普遍建立了农会组织。

农会一般设主任一名、委员若干，均由有革命觉悟的贫苦农民担任。如芋园村农会主任王文强，房上村农会主任马长贵，陈家坡农会主任王满堂，韩家山农会主任李三少，黑田峪农会主任杨玉财，碌碡坪农会主任李龙发，大崖子农会主任张老五，老爷岭农会主任潘克军、朱贵，金盆村农会主任潘克顺、丁月良，北梁农会主任陈开榜、白明礼等，都是贫苦农民出身。

随着照金革命根据地的扩大和群众斗争的迅速开展，建立工农民主政权提上了议事日程。

3 月 15 日，中共陕西省委给红二十六军的指示信中指出：边区的广大工农劳苦群众，经过了红二十六军的争取和带动，有了不同的发展，群众斗争更广泛地开展起来，斗争更深入了，群众自发联合起来消灭豪绅地主的统治，已达到建立苏维埃政权的阶段。边区革命委员会，在现时条件之下，立刻由农联、游击队、共产党、红二十六军代表共同组成，革命委员会必须执行一切政权的任务。

4月5日，中共陕甘边第一届工农兵代表大会在耀县照金的兔儿梁召开，由陕甘边特委主持，红二团参加。会议选举产生了陕甘边区革命委员会，后改为陕甘边工农民主政府，雇农周冬至担任革命委员会主席，习仲勋任副主席。

陕甘边区革命委员会下设土地、粮食、经济、肃反委员。王满堂任土地委员，姬老六任粮食委员，杨再泉任经济委员，王万亮任肃反委员。

陕甘边区革命委员会设在照金，领导农民横扫反动的保甲民团系统，摧毁国民党的基层政权机关，破除一切反动制度。桃曲原、照金、老爷岭、马栏川、七界石等乡村革命委员会相继成立。乡村革命委员会选举有觉悟有威信的群众领袖担任各级红色政权的领导职务，颁布革命法令，建立革命新秩序。

乡村革命委员会一般由乡主席和文书组成，下辖各行政村革命委员会及各自然村，行政系统比较完备。以金盆乡为例，乡革命委员会设在金盆村，主席为崔金有，文书隋得浪。乡革命委员会下辖三个行政村革命委员会，胡巷村主席为南吉祥，窑沟村主席为白栋章，房上村主席为马长贵。

陕甘边区革命委员会根据群众的愿望和要求，在各区乡普遍建立群众性武装组织，如农民赤卫军和少年先锋队。农民赤卫军和少年先锋队经常站岗放哨，保卫红色革命政权，肃清潜藏的敌特分子，维护革命秩序，配合红二十六军和游击队开展游击战，向红二十六军和游击队不断输送优秀分子。

金盆乡赤卫军曾在苏区边缘的胡家巷、高山槐一带设置哨卡，盘查过往的可疑行人，先后捕获数名敌密探，多次击退了前来骚扰的反动民团，维护了苏区的革命秩序。

因为上级要求，革命委员会主席必须是农民，周冬至是陕甘边区革命委员会主席，但大量工作是副主席习仲勋做的。习仲勋统揽全局，可以说是个大总管，大大小小的事情他都亲自过问，亲自指挥。

习仲勋严格按照刘志丹创建照金苏区的指示，在长期以来建立的良好群众关系的基础上，和金理科、李妙斋、周冬至、王满堂等边区领导一道，发展了基层党组织，在照金地区开展大规模的分粮运动。

在习仲勋的主导下，按照中华苏维埃中央政府颁布的《土地法》大纲，陕甘边区革命委员会领导人民群众没收地主、反动富农和祠堂寺庙的土地，分配给雇农、贫农和土地不足的中农。

土地分配分三个阶段进行：

一、发动阶段。边区党政军负责人习仲勋、李妙斋、周冬至、王满堂等亲自带领干部深入乡村，和基层干部一起召开群众大会，宣传土地分配的意义和政策。

二、组织阶段。一般是上级指导，乡村革命委员会与农民联合会、妇女会共同负责，具体确定分配对象，统计户数、人数，研究分配方案等。

三、实施阶段。首先郑重宣布没收一切地主、反动富农、寺院祠堂的土地；其次根据各村的具体情况，采取两种形式进行分配。一是谁种归谁，即确认佃农对租种土地的所有权，不再向地主交纳佃租；二是由贫雇农代表统一丈量全部没收的土地数目，测定每块土地的标准并造册登记，然后按照人口与劳动力结合的标准分配。

土地分配的原则是贫雇农有优先权，对土地不足的中农予以适当补充。

土地分配的具体方法是由区乡党和政府组织雇农群众，没收地主的全部土地，根据人口与劳动力结合的标准，逐户分配，并以插木橛的方法区分地界。

在土地分配中，芋园乡分配了耀县学堂和香山寺占有的土地两千余亩;金盆乡分配了耀县平原大地主李卜客、陈家坡地主梅生玉的土地五千余亩;绣房沟村分配了大地主安东财的全部土地;大崖子村分配了地主杜十二的五百余亩土地。

照金地区的香山、陈家坡、北梁、韩家山、杨家山、谢家庄、老爷岭、黑田峪、南趟、小崖子村、碌碡坪、兔儿梁、杨柳坪、孙家山等乡村,分别分配了耀县平原大地主潘家、雷家、李家、耀县学堂、香山寺院及当地地主的大量土地。

陕甘边革命委员会还庄严宣布,废除一切反动租税与欠债,同时实行戒烟戒赌、厉行放足等政策。广大贫苦农民得到了世代渴望的土地,脱掉了苛捐杂税与租债的镣铐,无不欢欣鼓舞,衷心拥护中国共产党、红色政权和红军。红军和群众建立起休戚相关、生死与共的鱼水关系,群众的革命热情普遍高涨,许多青年积极要求参军,游击队也像雨后春笋般建立起来。照金各地先后有三十多名优秀青年参加了主力红军,有百余名热血男儿和妇女参加了地方游击队。他们中许多人在保卫根据地的斗争中献出了年轻的生命。

段进财是照金地区众多投身革命的进步青年中的一员。段进财家住照金兔儿梁,陕甘红军、游击队到照金后,刘志丹和谢子长就经常住在段进财家。陕甘边特委和游击队总指挥部成立时,办公地点也设在这里,习仲勋、金理科、李妙斋就曾在这里开展各项工作。这里的条件虽然极为艰苦,但大家的精神却十分饱满。耳濡目染,段进财自觉成为一名拥护革命的农民积极分子,很快就加入了农民赤卫队,加入了中国共产党,并担任了兔儿梁村的农会主任。

在段进财的带领下,兔儿梁村的广大群众和积极分子踊跃参加了薛家寨的整修加固工作。

之后,照金革命根据地暂时失守,段进财参加了红二十六军四十二师,成为一名红军指战员。从此,他跟随红军南征北战,北上延安,后跟随陕甘宁晋绥联防军、西北野战军第四纵队、第一野战军第四军和第二兵团，参加了延安保卫战及解放陕西全境的很多战役……

在反“围剿”中，照金群众还积极开展支前活动，男人们为部队运粮送草、修建工事、打造堞墙，妇女们为部队赶做军鞋、磨制面粉、做饭洗衣、护理红军及游击队的伤病员。

第二十六章

北上西进

随着反“围剿”斗争的胜利，照金苏区的各项事业出现了巩固和发展的大好局面。这时，一些投机叛变分子见苏区发展迅速，又寻找机会来投机革命。自红二十六军攻破龙家寨后，投机分子陈克敏、王子祥发生内讧，陈克敏借机将王子祥赶走，骗得游击队总指挥李妙斋的信任，重新被收编为陕甘边游击队三支队，驻防龙家寨。

这一时期，照金地区游击队总数一度达到二十三个，人数约千人。由于游击队发展迅速，数量又多，难免鱼龙混杂。加之，有些游击队领导人对党的政策不了解，乱没收粮财，引起群众的恐惧与不满。

红二团党委召开会议，认为迅速发展游击队是必要的，但应该注意质量。由于入口把关不严，游击队中混进成分不纯分子，这些人时不时会有一些抢劫式的土匪行为，有损党和红军、游击队的形象，需要进行整顿。游击队中的宁老八原是一农村痞子，混入陕甘边游击队后，任六支队队长，恶习不改，抢人、强奸妇女，引起了民愤。

担任陕甘边特委和游击队总指挥部的领导人习仲勋，授命对游击队进行了整顿，撤销了原二十三支游击队番号，淘汰了许多坏分子，将游击队重新整编为五个支队，一个政治保卫队。陕甘边特委随即在兔儿坪召开大会，枪毙了犯有罪行的败类宁老八。

照金苏区人民在陕甘边特委的领导下，积极配合游击队袭击骚扰国民党军，并以各种形式坚壁清野，围剿照金苏区的国民党军。国民党军被根据地军民拖得疲惫不堪，被迫撤出苏区。

接着，国民党当局委派西安绥靖公署骑兵团团长王泰吉为总指挥，以正规军四个团及六个县民团的兵力，分四路"围剿"照金苏区。

陕甘边特委、红二十六军第二团党委、陕甘边游击队总指挥部和陕甘边革命委员会举行联席会议。会议决定继续领导游击队和人民群众在苏区坚持斗争，红二团转入敌后寻机歼敌。

红二团跳出照金之后，向西进击，在旬邑地区消灭一些民团后挥戈北上，在宁县盘克原五乐堡住了两天，遭到驻守西峰镇的国民党正规军两个营和几个民团的进攻。

刘志丹考虑到敌我力量悬殊，不宜交战，决定主动撤退。撤退时，王世泰带骑兵连阻击敌人，掩护部队。敌人火力很猛，用重机枪封锁红军的退路。战斗中，骑兵连新任连长李光明不幸光荣牺牲，其余人员安全撤退。

李光明，陕西延川县人，出身贫苦，与王世泰曾是延安四中的同窗好友。他为找红军来到彬县，受中共县委指示组建彬县游击队，活跃在西兰公路上。游击队被彬县民团打散后，李光明只身闯进西安城，在一家饭馆吃饭时，不巧被他拦截过的一位汽车司机认出，叫来警察抓他。他冲出饭馆，穿大街，钻小巷，进民宅，翻院墙，与敌周旋。后迫于无奈，他拔枪抗击敌人，轰动了整个西安。一时间全城戒严，人们大喊"红军进城了！"搞得敌人惶恐万状。从下午直到夜幕降临，他才摆脱敌人追捕，摸上东城墙，跳出城外，最后历尽艰辛终于找到红军主力。

刘志丹曾说："这个李光明胆子真大，一个人敢闯西安城，是个了不起的英雄。"后来由王世泰提议，经刘志丹同意，任命李光明为骑兵连连长。

红二团离开九村庙原，又在宁县一带活动多日，最后在段家堡消灭民团数十人。与此同时，陕甘边特委领导照金苏区游击队和群众，在红二团外线作战的配合下，坚壁清野，骚扰敌人，进行一系列战斗。进入根据地的敌人，在苏区军民的围困下吃尽了苦头，很快撤离了。红二十六军第二团结束外线作战的任务，返回照金。

此间，杜衡回到中共陕西省委后，提议改组省委，省委接受了杜衡的意见，对省委领导机构重新进行了调整，袁岳栋任书记，杜衡为常委。由于陕甘边特委和三原中心县委坚持反对杜衡留在省委机关，1933 年 4 月 9 日又召开全委会，免去了杜衡的省委常委职务，令其速回红二十六军工作。

4 月 15 日，陕西省委再次改组，决定让杜衡重回红二十六军担任政委。杜衡由西安二返红二十六军，任红二十六军政委。汪锋改任红二十六军第二团随营学校政委。

这时，正值敌人对红二团和根据地进行疯狂“围剿”之时。面对此困难形势，杜衡完全丧失了信心，极力主张放弃照金根据地。但这次反“围剿”进行得相当顺利，在边区军民的奋勇抗击和中共地下党的配合下，取得了胜利。这次胜利也与原为共产党员的王泰吉在“进剿”中虚与应付、敷衍塞责有很大的关系。

杜衡授意陕甘边特委和红二团党委，在照金北梁召开联席会议，研究苏区工作，制订红二十六军的行动计划，讨论南下问题。参加会议的有杜衡、刘志丹、汪锋、金理科、李妙斋、李杰夫、秦武山、师克寿、杨文谟、高锦纯、李秉荣、惠泽仁、魏武等。

习仲勋因伤未愈没有参加这次会议，他认为红二十六军不能远离边区，远离边区有了伤兵都没有办法救治。他的意见由金理科带到会上。因当时敌人离红二十六军部队很近，王世泰留下管理部队，也未能参加会议。

会上，有两种截然不同的意见。

杜衡认为敌人力量大，群众基础差，部队天天跑着打游击，根据地很难扩大，主张南下渭华创建根据地。并提出四条理由：一是渭华地区有渭华起义的影响；二是党的工作基础好，群众觉悟高；三是人烟稠密，物产丰富，便于扩大红二十六军；四是配合红四方面军和陕南红二十九军，可以切断陇海铁路，直接威胁西安国民党当局。

刘志丹、金理科等反对南下，主张坚守陕甘边根据地，以桥山中段为依托开展活动，发展和巩固根据地。

杜衡不等刘志丹等把话说完，蛮横无理地给刘志丹等扣上“一贯右倾”的大帽子。对于杜衡形“左”实“右”的夸夸其谈，其他与会者感到疑惑不解，对于杜衡的个人专断，他们事实上也没有办法限制，南下渭华的错误主张最终形成。

会后，刘志丹给王世泰传达会议精神，他神情严肃，用低沉的语调说：“会议决定红二团南下，建立渭华根据地。”

听到要南下，王世泰也不解，就凭部队几百号人、几百支枪，进入敌人腹地，能行吗？

刘志丹问王世泰：“你的看法呢？”

王世泰想着只要有刘志丹做后盾，到哪里都一样为革命打仗，顺口说道：“你对那一带熟悉，现在会议已经决定了，我只有服从，反正在军事上靠你就行。”

刘志丹笑了笑，拍拍王世泰的肩膀说：“是呀，组织的决定只能服从，我们尽力把仗打好。”

其实，刘志丹心情非常沉重，既为红二团的命运担忧，又为杜衡所做的错误决定而揪心，只是不便公开说出来罢了。

为了确保南下，部队做了必要的调整，把一些伤病员和身体较弱的战士留下来，把多余的武器留给地方。南下时，全团指战员共有三百余人，七八十匹战马，几十匹骡子，枪支弹药比较充足。

第二十七章

挥师南下

1933年6月17日清晨，红二十六军第二团召开全团大会，杜衡和刘志丹在会上做了简短的动员讲话。饭后，三百多号人马在杜衡、汪锋、刘志丹、王世泰等人的率领下，由耀县北梁出发，挥师南下。

这个决定一开始是瞒着全体指战员的，他们不敢在全团公开动员，怕引起不满甚至造成逃跑等严重后果。

团部命令随营学校做前卫，随营学校二班班长黄罗斌走在了最前列。从参加游击队到这次南下，半年多的时间，黄罗斌个子蹿了一大截，走在队列前，雄赳赳、气昂昂的，俨然像个标准的大兵了。

下午，部队到达淳化县的桃曲原。桃曲原村西有条小河，叫桃曲河，村南有座土寨子，无人居住，团部驻扎在村里。

下午四点多钟，部队正在开饭，突然枪声大作，一支国民党军队偷偷占领了村南土寨，向红军猛烈开火。

王世泰听见枪声，一个箭步冲出窑洞，命令司号员康健民用号声调各连反击。刘志丹随后也冲了出来，一边打一边命令一连冲锋。

黄罗斌果断下令："二班散开，就地还击！"

团部司号员吹响了军号，这嘹亮的号声是调集部队的命令。随着军号声，骑兵连风驰电掣般冲了上去。刘志丹手持驳壳枪，一面向敌射击，一面指挥战斗。黄罗斌端着他在游击队时从敌人手上缴获的老套筒，边打边向前冲锋。敌人遭到了红军的迎头痛击，瞬间溃不成军，四散奔逃。

机敏的黄罗斌此刻多了一番心思，得换换我这老套筒了！于是他瞅上了一个持驳壳枪的逃兵，奋力追了上去。可惜，步兵的两条腿怎么也跑不过骑兵的四条腿，骑兵们捷足先登了，驳壳枪落到他们手里。部队步骑协同，一个冲锋就将敌人冲垮，全部压到沟底。谭生彬和战友们跃马挥刀，在敌群中往来冲杀。谭生彬一连砍杀了三个敌人，收刀入鞘，双腿夹马，直立在马镫上，向逃敌射击。

忽然，谭生彬的枪卡了壳。他急忙下马，用枪条去捅。这时，一颗流弹从他手臂划过，犁下一道沟，鲜血直流。

他怒骂着翻身上马，挥刀朝敌人密集处冲去。

黄罗斌死死地去追赶一个端"三八大盖"的彪形大汉。追到沟畔上，那家伙不顾死活地纵身跳了下去，黄罗斌也急了，飞身跃下沟底，落地时不偏不斜，正好压在那彪形大汉身上。他抡起老套筒，狠狠地砸那大汉的手臂，一支日本造的"三八大盖"和满满一袋子弹就成了黄罗斌的战利品。

当他手持"三八大盖"，将这个比他高一头大一膀的俘虏押回来时，整个战斗已经结束了。贺耀华班长身先士卒，杀敌英勇，缴枪最多。这次遭遇战，连击毙带活捉，干掉了八十多个敌人，缴获了不少武器弹药。清扫战场过程中才知道，遭遇之敌乃淳化县的民团。

战斗结束后，部队没有停顿，由骑兵连一班高举着军旗在前面领军，用急行军的速度，继续向着终南山方向疾行。

翌日，红二团由桃曲原出发，经凤凰山从爷台山和方里镇之间直插下去，行军一百多里，到达三原县二台村，与黄子祥、张秀山领导的渭北游击队会合。

在这里的嵯峨山上的一个小学里，红二团党委和渭北游击队召开了联席会议。会上，大家对红二团的行动路线有三种意见：

第一种是以李杰夫为代表，主张部队去内蒙古活动，然后寻机打开国际路线，这种意见很快被否决了。

第二种意见是以刘志丹为代表，主张原地活动或向陕北发展，这种意见也被否决了。

第三种就是以杜衡为代表的南下意见。

杜衡在会上发言，说明南下的有利条件是：南下活动地区有党的地下组织，可以配合接应；南下活动地区受渭华起义的影响，有群众基础；南下地区有小游击队在活动，可以配合作战；可以与红四方面军取得联系；南下地区地势险要，物产丰富，是部队发展的有利条件。

在会上，汪锋表示支持杜衡的这个意见。后来证明，杜衡所说的有些条件是不存在的。

张秀山曾在打庙湾时负伤离队去西安疗伤，伤愈后返回红二团。中共陕西省委书记袁岳栋要他回到部队后转告杜衡，要求红二十六军粉碎敌人"围剿"后，积极巩固发展陕甘边区革命根据地。张秀山由红二团辗转渭北游击队，在二台子一见到杜衡，就向他转达了省委巩固发展陕甘边区革命根据地的指示。然而，杜衡对此置若罔闻。

无奈，张秀山又向刘志丹、王世泰转达了省委的指示精神。刘志丹向他说明了红二十六军第二团出发前，陕甘边区特委曾在北梁召开会议等有关情况。杜衡不顾省委、边区特委及三原县委的一致反对，强令红二十六军第二团继续南下。

天黑后，部队吹响紧急集合号，召开全军大会。杜衡首先讲话，他说，部队今天要转移方向，南渡渭河，到商洛一带建立新的革命根据地。

接着，刘志丹讲话，宣布行军序列，骑兵连前卫，随营学校居中，少先队押后。行军路线是先至横水镇、泾阳、高陵，然后南渡渭河到达临潼。

1933 年 6 月 23 日拂晓，部队出发。下午部队行进到三原武字区的长坳。

在长坳，红二团配合渭北游击队，打击了富平张德润民团。这个民团，是当地豪绅从富平请来专门弹压游击队的。他们来后，无恶不作，抓走渭北苏维埃主席孙平章等人，群众无不痛恨。长坳地形险要，寨子两边都是深沟，易守不易攻。战斗打响后，少部分游击队员和步兵一连两个排从正面攻击，吸引敌人，骑兵连绕道敌侧后助战，部分游击队员从后沟压下去营救被捕者。结果，敌人把孙平章等人转移了，没有营救出来。红二团又急于执行南下渭华的命令，黄昏时撤出了战斗。

孙平章从小随父母从湖北均县逃荒到三原县陵前焦村，在乔国桢领导下成立了三原武字区农民协会并担任分会主席。后在鲍四庙成立游击队任副队长，在黄子文领导下发动农民举行交农斗争。后任中共三原特支书记、渭北苏维埃政府主席。被敌人逮捕不久，孙平章于长坳西城门口遇害，时年三十五岁。

长坳战斗结束后，张秀山对杜衡拒不听从省委决定、急于南下渭华的行动感到不安，连夜写了密信，通过交通员，速送中共陕西省委。省委接到红二团南下的消息，非常着急，认为南下不仅是错误的，而且会将红二团断送在渭华一带。省委书记袁岳栋立即亲赴三原，阻止红二团南下。

红二团按预定行军路线，先到横水，与地下党接头并找了向导。部队在此停留一个多小时，继续南进，经泾阳城东，到达高陵的渭河桥渡口。部队来到寇家庄，没有进村，在庄外场上休息吃饭。

饭后准备出发时，杜衡突然提出，他要去西安给省委汇报工作，声称待汇报完工作后，再沿大路追赶部队。刘志丹和王世泰对此感到意外，刚刚南下，杜衡怎么就要离开部队？但因他是上级，二人不好说什么，只得表示同意。

于是，杜衡把部队集合起来，在村子西边的大场上召开全体军人大会，向大家重新说了一遍他要回西安的理由，宣布成立红二团南下指挥部，决定王世泰任总指挥，刘志丹任参谋长，在他离队期间，汪锋代理红二团政委。

会后，杜衡离开部队。杜衡走时，从经理处长刘约三那里要了一头毛驴，携带了二十两烟土、五十块银圆、一匹蓝绸子。

中共陕西省委书记袁岳栋从西安急匆匆赶到三原县城，正巧碰见刚离开部队的杜衡。

当晚，袁岳栋代表省委在三原县民众教育馆召开紧急会议。参加会议的有杜衡、黄子文与三原中心县委负责人赵伯平、刘映胜。会上，袁岳栋代表省委对杜衡强令红二团南下渭华的错误进行了严厉批评。经过斗争，杜衡勉强承认他有“小资产阶级的动摇性”。

会议决定，红二团停止南下，仍回照金根据地，由黄子文连夜追赶行进中的红二团，传达省委决定；由赵伯平通知高陵县支部，在高陵县境拦截部队，阻止部队南下。

当黄子文追至渭河北岸时，部队早已渡河，不知去向。

等命令传到高陵支部时，部队也早已渡过渭河，朝南去了。

第二十八章

留守照金

1933年4月下旬，国民党当局再次调集重兵，对照金苏区进行军事“围剿”。

国民党当局的这次“围剿”虎头蛇尾，草草收场。但是，“围剿”期间，受过红二团和游击队多次打击的反动民团及土匪武装，却利用“围剿”之敌一度占领照金之机卷土重来，出没于苏区之内，进行扰乱破坏。驻扎在与薛家寨隔沟相望的龙家寨陈克敏土匪武装，给内线反“围剿”斗争带来很多麻烦。

5月末的一天，习仲勋和黄子文带领政治保卫队二班的十余人，由薛家寨来到党家山革命委员会政治保卫队驻地，决定带政治保卫队前去距薛家寨东南十多里外的北梁开群众大会，顺便在附近征收粮草。叛徒陈克敏探知这一消息后，勾结柳林及庙湾民团钟德海等纠集二百多人，埋伏在安子坡的树林中，企图伏击政治保卫队。

次日清晨，习仲勋、黄子文带领政治保卫队一行从党家山出发，路过房沟村，再上陈家坡。吃早饭时，习仲勋发现房村以东陈家坡南边的高梁上有四五个人，一直探头探脑地朝这边张望，形迹十分可疑。为了安全起见，习仲勋首先派朱益海和赵德盛在前面侦察。

陈家坡是一面东南走向的陡坡，正东是深沟，两侧梢林密布，是通往北梁、金盆、高山槐等地的必经之路。习仲勋看到情况有异，便紧急集合队伍，叮嘱大家要高度警惕，以防中敌埋伏，随时准备投入战斗。

很快，政治保卫队按战斗队形编成两路，习仲勋、黄子文带一队直上陈家坡，保卫队队长王金宝带一队绕到陈家坡北面进入村内。同时，保卫队派出三名队员组成尖兵组，指定了联络兵负责两队之间的联系。

两个侦察兵刚上陈家坡南坡，事先埋伏在坡顶的陈克敏民团居高临下，利用有利地形，突然开火，向保卫队发起进攻。尖兵组面对居高临下之敌，未能还击便退了下来。

习仲勋见中敌埋伏，敌情不明，附近地形对游击队又极为不利，便果断决定由黄子文带一队迅速撤离战场，一队随他留下阻击敌人。黄子文刚刚带队离开，匪徒就逼近距离政治保卫队只有七八米远的土崖上，并再次开枪射击。

突然，习仲勋一个趔趄险些摔倒，他的腰部被敌人子弹打伤，鲜血顿时染红了衣衫。担任尖兵的黄金荣看到习仲勋负伤，疾步跑过来想要搀扶他撤退。

习仲勋厉声向黄金荣喊道："不要管我，你们赶快钻梢林里。"

此时，虽然习仲勋感到阵阵眩晕，四肢乏力，但他仍保持着清醒的意识。他明白自己和队员们处境危险，必须迅速指挥队员们冲出重围，脱离险境。眼看民团的匪徒们就要聚拢过来，习仲勋着急地用眼色示意大家，赶快冲到坡旁的梢林里去。

敌人已将他们团团围住，并一再高喊："缴枪！缴枪！"

慌乱之中，一部分队员未能领会习仲勋的暗示，最终习仲勋同几个队员一起被俘。匪徒们吆吆喝喝、连推带搡地押着习仲勋和几个保卫队队员往回走。由于受伤后血流不止，习仲勋周身酸困无力，步履维艰，渐渐落在押解队伍的后面。押着习仲勋的周致祥是位同情革命的人，边走边问习仲勋姓什么,哪里人,说看他像个大官。习仲勋告诉周致祥,自己姓焦,富平人,是个百姓,被政府摊派的粮款逼得没办法才当红军的,边说边从口袋里掏出六块银圆塞给他。

周致祥收下其中三块银圆,将另外三块退给习仲勋,对他说:“我知道你是个大官,我放你跑。”听了这话,习仲勋也不知是真是假,便使出全身力气朝沟外跑去。

原来这个周致祥虽为民团团丁,但曾经写信要投奔游击队,只是游击队未核实清楚他的来信,没有答复,他便仍留在民团。但是他同情共产党、红军和游击队,向往革命。

习仲勋刚经过陈家坡村子,后面就追来几十个匪徒,连珠炮似的边放枪边高喊:“抓活的!抓活的!”

习仲勋跑到前面的大沟坡,顺着坡势滚了下去,后来被一棵树挡住。坡上的匪徒们乱打了一阵枪,吹起集合号走了。习仲勋看着敌人走远了,才慢慢顺着梢林爬了下去。由于伤口流血过多,习仲勋渐渐体力不支,最后只好在崎岖的山路上艰难爬行。他感到饥渴难忍,嗓子眼像火烧一样焦灼。他爬到一条小河边,洗净手上的血迹,用手掬着喝了几口水,摇晃着站起来,趔趄着身子慢慢顺着河道向前挪去。

习仲勋脱险之后,被队员黄金荣找到。他背着习仲勋,隐藏到柳林一个小山村村民郑老四家中。

当晚,习仲勋的伤口血流不止,开始溃烂,整个人发起高烧。郑老四和老伴用土方为习仲勋消炎止血,重新包扎,做饭送水。郑老四怕习仲勋有个三长两短,连夜将他送到南边四五里外的庵子村进行救治。周冬至、黄子文以及被冲散的政治保卫队队员也来到庵子村。赵德盛受伤,常生春胳膊受伤,朱益海胸部受伤,五六名伤员被分散安置。

为安全起见,由王满堂、常生春、于德水等四五个队员,用担架把习仲勋秘密送回薛家寨营地,安排在二道寨子一孔石窑内养伤。

习仲勋后来被转移到牛村去养伤。在牛村养伤期间，他遇到驻守在这里的敌军盘查，差点被问出破绽，幸亏随同的于德水掩护，以习仲勋是他家雇用的小工和放牛娃为由，才骗过了敌军的岗哨及特务的盘查，顺利地治愈了伤口。

在红二十六军主力部队第二团离开照金后，照金革命根据地受到了敌人的严重威胁。面对国民党军的大肆“围剿”，秦武山、习仲勋、李妙斋、周冬至等领导游击队采取了灵活多样的战略战术，依靠群众的力量同敌人进行了激烈战斗，多次粉碎了敌人的“围剿”，有力地保卫了照金革命根据地。

红二团南下时，把地方游击队的四支枪调走了，照金游击队只有四十多个人，枪不满三十支，子弹很少。敌人对渭北、照金发起进攻后，根据地失掉了红二十六军主力的依靠，游击队员无处安身，吃饭都成了问题。

红二团南下失败后，敌人调动大批兵力，妄图一举荡平陕甘边根据地，照金游击队处于极度困难的境地。

留在照金的习仲勋，在极其困难的环境中，一边养伤，一边领导游击队坚持游击战。

习仲勋和李妙斋一起并肩战斗，制定了坚定信念、坚持斗争、保存实力、等待有利时机的战略方针，在淳化、旬邑、耀县一带及薛家寨的周围，以游击战保卫苏区。

为了保证红军的供给，周冬至还号召大家开荒种地，养猪牧羊，开设农贸集市进行物资交流，为部队筹集粮食。

李妙斋率领边区游击队，以薛家寨为依托，对那些不反对革命但保持中立的地主、富农和有革命倾向的进步人士，采取积极联络的方针，使他们在严峻的白色恐怖下也没有出卖革命同志，在极其艰难的情况下，保护了红军伤员的安全，为后来的三支革命武装汇集照金革命根据地保存了火种，积聚了有生力量。

而此时，南下的红二十六军正经历着一场生死考验。他们这次南下经历的艰险，几乎与后来中央红军爬雪山、过草地一样，充满艰辛。这在《王世泰回忆录》《血沃高原：黄罗斌传记》中有更为详细的记述。

第二十九章

七天七夜

1933 年 6 月底,红二十六军第二团南下部队离开寇家庄,在地下党的带领下,向高陵方向行军。

高陵县位于渭河北岸,地势平坦,无遮无掩,水渠纵横,行军困难。这里驻有国民党的正规军,如果不趁夜间偷越,那后果就不堪设想。天黑极了,战士们拉成一行队列,深一脚浅一脚地穿过麦田,绕渠埂行进。绕来绕去,王世泰带的部队和刘志丹带的人马失去了联络。

当东方出现鱼肚白时,王世泰的部队刚从高陵县南城墙根穿过,抬头望去,城上敌人清楚可见。敌人不知道他们是什么部队,不敢贸然开枪,部队急于行军,也未予理睬。王世泰一路行至高陵县城东古塔跟前,方与刘志丹一路会合。原来,刘志丹他们是从城北穿过来的。

6 月 30 日早晨九点多钟,部队到达渭河渭桥渡口。

渭桥渡口是通往西安的一个主要渡口,渡口北岸西侧高崖上修有一座炮楼,河边崖畔窑洞里驻守着二十多个武装团丁,盘查过往行人。他们做梦也没想到红军会出现在面前,所以,当一个团丁从大门出来被红军捉住时,完全莫名其妙。随后,红二团战士逼这个团丁骗开大门,一枪未放,就缴敌十几支枪,夺下渡口。

夏天的渭河，水大浪急，几百人渡河非同小可。部队要通过渭河全靠船摆渡，此时渡口只有两条船，很难在短时间内渡过，况且这里距高陵县城不远，一旦被敌人发现，将会使红二团处于背水一战的绝境，大家非常焦急。正在这时，河对岸一只小船载着几个人过来，其中一个人身着长袍、头戴礼帽、斜背一把盒子枪，趾高气扬地站在船头。这个人以为渡口边都是他的人，毫无防备。

船刚刚靠岸，“干什么的！”红二团战士大声喊道。

“我是团总，薛兆兰。”

来人话音刚落，几名战士扑上去缴了他的枪，将他捆绑起来。这个薛团总，到死也没闹明白，红军怎么会突然降临。

在渭桥渡口，部队一方面积极寻找船工，一方面组织骑兵连乘马渡河，占领南岸阵地，掩护部队过河。当骑兵连全部渡过之后，大部队和驮骡依次过河。用了将近两个小时，全团顺利渡过渭河。临走时，部队送给船工们两匹骡子，作为酬谢。

受中共陕西省委和三原中心县委委派的黄子文，连夜一路追赶，以阻止红二十六军第二团南下，赶到渭河边时，部队已经从对岸开拔了，他只有捶胸顿足，望“河”兴叹。

南下部队渡过渭河后经耿镇，继续向南行军。

不多时，骑兵连长杨琪匆匆赶回来，对王世泰说：“哎呀呀！怎么走到西安城边了？”

王世泰说：“不会吧？”

杨琪催王世泰赶紧上马，他俩飞奔到前面一个当地群众叫作冢圪挞的巨大古墓顶上，果然看到了一段西安东城墙。

王世泰用望远镜观察，看见城墙上还有些人在来回走动。

于是，二人立即返回向刘志丹汇报，问怎么选了这条路线。

刘志丹满脸无奈地说：“地下党的同志说，只有走这条路才能过灞河。”

中午，红军在灞桥附近的一个村子里，碰上四五十个全副武装的敌人正在吃午饭，红二团骑兵连以迅雷不及掩耳之势，一下将其包围起来。

敌人看红军骑兵连穿的是缴获长武哗变那个连的西北军服装，误认为是王泰吉骑兵团的人，连骂带闹，声言要到西安杨虎城主任跟前打官司。

红军战士们厉声说道："老子是红军。"

敌人才像泄了气的皮球，不再言语，乖乖缴械。

沿途，部队又拦截了由东边开过来的十三辆拉百货的汽车，车上装载着毛巾、睡衣及保险刀等物。红军截获了这批汽车，给战士们分发了车上的日用物资，并令其原路返回，以防走漏消息。

部队继续向洪庆梁方向前进。

两天一夜急行军二百多里，人困马乏，红二团战士们疲惫不堪。右有西安方向重兵扼守，后有渭河天堑挡道，左有临潼方向的敌人封锁，红二团前途未知。

刘志丹对王世泰说："怎么办？这样下去会把部队搞垮呀！"

王世泰说："怎么办？咱们干脆带部队原路返回，虽然要受很大损失，但总归比坐以待毙强。"

刘志丹摇摇头说："现在没有别的办法，只能前进，冲出包围，继续向预定的方向进军。"

黄昏，部队来到灞桥附近洪庆梁南侧半山上的上、下鲁峪村。这里离西安五十里，距临潼二十里，随时可能遭到国民党合围。红二团战士们一天一夜没有吃饭，连饿带累，实在无法继续连夜行军了。

王世泰便下令做饭，饭后就地宿营，并在洪庆梁上布置了警戒哨。大概因为天太黑的缘故，敌人摸不清红军行动的方向，没有夜袭，部队总算度过了危险的一夜。

当晚，刘志丹、汪锋和王世泰临时决定，召开团党委紧急扩大会议，研究下一步行动计划。会上，有人主张前进，有人主张后退，争论不一。

是进是退？关键时刻，刘志丹分析进退利弊，认为进亦险恶，退亦险恶。进，尚可与敌周旋；退，唯有与敌决一死战。再以党内是非而论，中途返回，胜败都难以分清曲直。最后，他陈述了败于进而不败于退的利弊，说服大家统一认识，做好克服一切艰难险阻的思想准备，竭尽全力继续完成部队南下的任务。

西安绥靖公署主任杨虎城闻知红二团南下后，下令西安城戒严，急调驻在渭华地区的警备旅，在各交通要道布防，阻止红军进攻，并调商洛的一个团在南山坳口阻截，又以一旅兵力尾追红二团。

在鲁峪村，红二团与追击的国民党军一个团发生激战，打退了敌人的进攻，并以急行军的速度，连续一天一夜，甩掉了敌人，到达了渭南县东关。

斜阳西坠时，部队行至蓝田县的许家庙。许家庙民团早已据险而守。这个民团颇具实力，红二团不敢恋战，只好绕道而行。途中遇见拦截红二团的民团，部队又折回口子头。敌人追了上来，红二团被包围了。在刘志丹指挥下，全军奋勇作战，终于杀出一条路，突围出来。部队行至两岔河，敌人又追上来，红二团打了一个埋伏仗，消灭了一些敌人，但更大的危险还在后面。

1933 年 7 月 2 日，一场恶战开始了。

拂晓，红二团一鼓作气登上洪庆梁山。与此同时，国民党警备一旅唐嗣桐部和临潼国民党保安团，从另一座山上山。红二团战士奋不顾身，先于敌人几分钟抢占高山头，居高临下阻击敌人，掩护大部队向秦岭山区进发。敌人拼命进攻，紧紧咬住不放。

为了迅速摆脱敌人合围，刘志丹、汪锋带大部队先行撤出阵地，向羊毛山前进，王世泰带骑兵连掩护大部队撤退。

沿途，南下部队又碰到几股民团堵截，指战员精神抖擞，连续冲锋，杀开一条血路，翻越两座大山，日经五战，行军一百余里，于下午四时左右，到达蓝田县的流峪口。

红二团原计划由流峪口进山，向商洛方向突围，但因山口地势险要，且有许家庙民团把守，无法进山，因此改道抵达厚子镇穆家塬宿营。尾追的敌人，当夜在距红二团十余里的地方宿营。

穆家塬距厚子镇不远，驻守民团七八十人。为了防备敌人偷袭，政委汪锋利用家乡蓝田县旧有的关系，派人与民团交涉，达成互不侵犯的协议，为部队争取到稍事休息的时间。

7月3日，红二团鉴于翻越秦岭南下受阻，拟东进箭峪口。

清晨，部队刚刚行进不到十里，就中了当地民团的埋伏。红一连立即反击，打死打伤十几个民团团丁，敌余部逃窜。

红二团组成行军队形继续南下，先头部队由随营学校学员和少年先锋队担任，后卫由王世泰带领骑兵连阻击敌人，继续向东北方向迂回。行至三十多里的地方，突然与一股民团遭遇。顿时，枪声四起，弹如飞蝗，部队前进受阻。

一道悬崖峭壁突兀地横在了红二团面前，真是走到了绝境！陡壁悬崖，万丈深渊，山间的小道窄如羊肠，只能过得一人一马，而后面的敌警备旅已经追了上来。虽然，骑兵连正凭险阻击，但敌人已分出一支队伍，从另一侧向山峰攀登。

显然，敌人是想从一侧的山头上翻过去，抢到红二团前头，从而形成一夫当关之势，阻击红军。红二团战士看到这一幕，人人心头都打了个冷战。如果让敌人抢到前头，全团战士必死无疑。

千钧一发之际，刘志丹沉着命令随营学校二班班长黄罗斌："小罗，立即带人抢占那座山头，一定要抢在敌人前面！"

连续数日的行军打仗，忍饥受渴，二班的战士们已伤痕累累、疲惫不堪。眼看着全团将要陷入万劫不复的绝境，战士们顿时将一切痛楚抛在脑后。黄罗斌一声号令，十几个人呼啦啦站起，向着一侧的山峰冲了过去。

然而，敌军毕竟先行了一步，抢占了有利地形，见红军上来，子弹便呼啸着飞了下来。

黄罗斌清醒地认识到，眼下任务是和敌人赛爬山，抢占高地，而不是拼命。于是他命令战士们，不要还击，只管爬山。敌人虽然处在红军上面，但他们是一面爬山一面回头打枪，而黄罗斌所带的战士却冒着枪林弹雨，闷着头向山上攀登，并不举枪还击。不到二十分钟，随营学校二班的战士已和敌人爬到了平行的高度。敌人更加慌乱，干脆停下来向红军猛烈开火，二班战士仍不还击，不一会儿就爬到了敌人的前面。

直到这时，黄罗斌才发出号令："瞅准敌人，打！"

二班战士一个回马枪，将眼看冲上来的敌军打得喊爹叫娘地滚下山去。狭路相逢勇者胜，如果既勇且有智，其胜就更令人惊叹了。战士们一阵欢呼后，四肢如散了架的机器瘫倒了。

随营学校的学员，本是干部的后备力量，却个个都成了经过战火锤炼的英雄。在这关键时刻，班长黄罗斌带领全班战士，硬是凭借不怕牺牲的革命精神，抢先占据了制高点，打退扼守隘口的敌人，先头部队趁机冲锋，打得民团仓皇逃窜。

这是红二团进山以来打得最惊险也最精彩的一仗。

随后，红二团转锋向东，经周楚庙、桥南至箭峪口宿营。

红二团夜宿箭峪口，并未脱离险境。国民党唐嗣桐部离红二团不到二十里，另据群众反映，渭南守敌韩石本警备师距离红二团也只有二十多里，华阴、华县、潼关又驻扎着冯钦哉的部队，加之这一带民团实力较强，红二团面对的敌情仍然十分严峻。

1933 年 7 月 4 日凌晨，红二团进入箭峪沟。

箭峪沟长达六十余里，沟中石头很多，骡马行走困难，所以部队前进速度很慢。中午，敌人追了上来，与红二团后卫部队接火，战斗十分激烈，好在沟里狭窄，敌人无法展开，部队边打边走。下午四点多钟，当部队进入一段开阔地带，敌人加强了攻势，迫击炮、重机枪弹铺天盖地而来。

为了掩护刘志丹、汪锋带主力继续前进，王世泰带步兵一连阻击敌人。敌人越攻越猛，阻击部队节节后退，最后被迫退至沟右的一座山头。山大坡陡，战士们几乎是爬着上去的。敌人分两路追击，一路追击主力部队，一路向山上进攻，就这样一直战斗到夜幕降临。等摆脱敌人追击之后，王世泰等与主力部队失去了联络。三日后，红二团的两支部队才在青岗坪附近会合。

至此，红二团离开照金南下已整整七天。在这七天之内，联系不上群众，在敌人连日围追堵截下，孤军作战，全力苦撑。部队虽情绪不衰，但毕竟困难太大了。原以为这里会像照金、心武两区一样，党组织力量强，群众基础好，谁知并不像想的那样。连续作战缴获敌人的二百多支枪，反而成了包袱，无可奈何，只得将多余的枪支在箭峪口付之一炬。

红二团在青岗坪休整一天，7 月 9 日继续南进，四五天之后，到达坝龙庙附近。

第三十章

兵败南山

秦岭山区的地形十分复杂，悬崖陡峭，道路崎岖，森林茂密，荆棘丛生。部队翻山越岭，穿林涉水，不少战士累垮了，战马磨坏马掌，得不到更换，成了跛腿马。山里的气候多变，时风时雨，时冷时热，几乎天天有暴雨。暴雨一来，洪水遍地，红二团战士无处藏身，任凭雨水浇淋；夜间露宿，任凭寒风侵袭。秦岭山区群众对红军不了解，见了就跑。进山以后，红军好像离开水的鱼儿搁浅在沙滩上一样，耳目闭塞，消息不灵，甚至连个向导都找不到。这样恶劣的环境，行军已是万分艰难，更何况还要时刻准备与围追的敌人搏斗。

1933 年 7 月 15 日，红二团到达蓝田张家坪一带，准备另辟蹊径，摆脱敌人。

张家坪位于西安至商县的交通要道上，四面环山，梢林密布，东西方向有一条小河，公路两旁地势较为平坦的地方，住着十几户人家。当晚，红二团在这里宿营。

第二天清晨，山中大雾弥漫，村庄道路一片模糊。敌人已对红二团形成层层包围之势，情势十分危急。

刘志丹看形势不利，召集团党委成员在村内一个大客店里召开扩大会议，讨论行动计划。会上，大家分析当前形势，讨论了以后的行动方向，认为向北向西都是大塬和平坝地区，孤军撤离，根本不行；向东有敌人重兵把守，要实现突围，敌众我寡，力所不及。最后，大家达成一致意见：向南突围到柞水县，再设法向红二十九军靠拢。实际上，红二十九军此时已不复存在了。

会议决定丢掉辎重马匹，轻装上阵，在强敌包围下，分成几个小组分散出击，保存实力。部署还未就绪，村外就响起激烈的枪声。国民党唐嗣桐旅、渭南韩石本警备师配合当地民团，乘大雾之机，从东北沟里突然打进村庄，包围了红二团驻地。

听见枪声，红二团干部们立刻冲出店外，回团队组织部队反击。雾实在太大，王世泰冲到公路上，什么也看不清楚。慌乱中，他带领吴岱峰、高锦纯的二连和其他连队一百多人，迅速抢占西北面的一座山坡，以树林为依托，集中火力，抗击敌人，掩护部队突围。刘志丹、曹士荣带一部分人沿公路向西突围。汪锋、杨琪带一部分人向南突围。

终南山悬崖峭壁林立，山路崎岖，人走都很困难，马走更成问题。他们带着二十多匹战马，行军速度十分缓慢。在这种情况下，刘志丹果断命令弃马。突围时，刘志丹看战马来不及撤退，下令开枪打马。战士们没有执行命令，要他们亲手打死与自己朝夕相处的战马，实在不忍心。有的战士无奈之下放开缰绳，狠抽一鞭，让战马自行离开。霎时间，脱缰的战马狂奔而去。敌人看见狂奔的战马蜂拥而至，开始争抢马匹和军用物资。

为了不让战马落到敌人手里，队伍里七零八落地响起了杀马的枪声。接到杀马的命令，谭生彬惊呆了！战马是骑兵的第二生命，是骑兵的亲人。他的这匹枣红马，驮着他冒着枪林弹雨，参加过许多战斗，杀死过许多敌人，和他相依为命，是有功的。现在让他丢掉它，杀死它，怎么下得了手?!

“小谭，还愣着干什么？执行命令，跟上队伍!”杨琪远远地朝他喊道。

“噢。”谭生彬嘴里答应着，还是没有动手。他一手拉着缰绳，一手轻轻梳理着马脖子上的鬃毛。也许是其他马儿的哀鸣引起了它的警觉，它支棱着耳朵，静静地、信任地看着他，眼角似乎泛起了泪水。他不敢和马对视。

“绝不能杀它！”谭生彬暗暗对自己说。环顾四周，左边有一片梢林。他拉着枣红马，走进梢林深处，趁它不注意，丢下它，悄悄转身溜了出来，追上了部队。

这时，远处响起枪声，敌人又追了上来。没有了马匹拖累，队伍的行进速度加快了许多。突然，背后响起一阵急促的马蹄声。他们大惊，以为敌人追上来了，急忙卧倒，准备迎战。定眼望去，原来是红军的一匹战马飞奔而至。

谭生彬一眼认出，正是他刚刚丢弃的枣红马！“枣红马呀枣红马，你怎么跟上来啦？”

他心里暗暗叫苦。枣红马恋主，紧随部队，你走它走，你停它停，不肯离去。谭生彬急得两眼冒火，双脚直跳，为防暴露目标，引来敌军，几次含泪举枪，终不忍下手。最后，几经周折，才将其甩掉。望着向相反方向追去的枣红马，听着马儿那一声声令人心碎的嘶鸣，谭生彬禁不住流下了眼泪。

骑兵连长杨琪有匹大白马，平时最为爱惜，每到一地，人不吃饭，先要喂马。这匹马也很奇特，只认杨琪，不认别人，特别是生人近身，它又咬又踢。一个敌兵想捉大白马，被马咬断一只胳膊，结果这匹马被敌人开枪打死了。

在张家坪突围时，红二团骑兵连奉命就地阻击敌人，掩护刘志丹、汪锋、王世泰各带一支队伍突围。骑兵连抢占了村后一个小高地，顽强阻击着疯狂扑来的敌人，但终究没有压住敌人的火力。敌人七八挺重机枪疯狂地咆哮着，密集的子弹把一片片碗口粗的杂木林拦腰斩断，阵地上红军战士一个又一个中弹倒在血泊中。不到半个时辰，骑兵连已经伤亡大半。

就在这时，班长贺耀华中弹了，谭生彬猛扑过去抱起他，只见他前胸三处酒盅般大的重机枪弹洞在向外喷涌着鲜血。贺耀华用尽最后的力气抬起右臂指向刘志丹突围的方向，急促地说："快！快！跟着……跟着……"话没说完就停止了呼吸。

谭生彬明白，班长是催他赶快跟着刘志丹突围。看着战友一个个牺牲，他心如刀绞。在打退了敌人又一次冲锋后，剩下的二十几个同志翻身上马，分别向部队不同的突围方向追去，谭生彬和几个同志追上了刘志丹率领的一支突围部队。刘志丹看到他们归队，高兴地赶过来握手。

谭生彬此时心中只有复仇的怒火在燃烧："复仇！复仇！为牺牲的战友复仇！为贺耀华班长复仇！"

刘志丹看见战友们悲愤的神情，忽然跳上山岩，高声喊道："同志们！这次我们南下作战吃了大亏，现在部队已经被敌人打散了，我们的处境十分危急。但红军是消灭不了的，红二十六军的红旗永远不会倒！大家绝不要悲观，也不能与敌人硬拼。从现在起，我们每一个人只要还有一口气，就要千方百计突出敌人的包围！"

刘志丹用手中的驳壳枪指向北方，激昂地说："同志们！向北突围，回陕北去，回照金去！保留革命的火种，工农革命一定胜利！"

听了刘志丹的话，陷入绝境的战士们，就像在连绵的大山中找到了出山的坦途。已经疲惫到极点的战士们，这时都一跃而起，决心跟着刘志丹，突围！

此时的终南山，满山都是狂喊"活捉刘志丹"的敌兵，出山的道路全被封锁。一股敌人发现了红军的行踪，胡乱开着枪，远远地围了上来，谭生彬和战友们不时回头还击。

刘志丹喊道："同志们，不要恋战，甩掉敌人，隐蔽突围！"言毕，率队钻进一片梢林，直向山后插去。

这支突围的队伍有一百多人，三个连的战士都有。指挥员中除了刘志丹、王世泰，还有步兵连连长吴岱峰。

几天后的一个中午，队伍行至一个小村附近。刘志丹一面命令疲惫不堪的战士隐蔽休息，一面派出尖兵进村侦察，想进村找点饭吃。不一会儿，尖兵气喘吁吁地跑了回来，说“村里有敌人”。

话音未落，就见村里冲出一股敌人，机枪子弹哗哗地扫了过来。谭生彬和战友们拼死抵抗，奈何敌人太多，队伍很快就被打散。刘志丹的警卫队长王兆相、司号员康健民等二十多人在摆脱敌人后，与刘志丹等失去了联系。

离开了刘志丹的亲自指挥，大家心里都感到空荡荡的，但是没有一个人退缩，战士们互相鼓励着，牢记刘志丹“回陕北去，回照金去”的指示，继续向着山外突围。

第二天中午，谭生彬等刚从山梁下到一条沟里，又与一股敌军遭遇。敌欺红军人少，嘴里狂喊着“抓活的！”“缴枪不杀！”一窝蜂地拥了上来。抵抗已毫无意义，二十几人又一次被敌人冲散。

谭生彬一口气蹿上山顶，钻进梢林。环顾左右，身边只剩下王兆相一个战友。二人紧握着枪，隐藏在山林里，注视着漫山遍野搜山的敌人。

敌人喊叫着，胡乱地开着枪，折腾了几个钟头，一无所获，天黑时收兵回村了。

夏日的终南山到了夜晚，寒气依然逼人。他们互相依偎着，在山林中躲了一夜。山林寂静，繁星闪烁。两个二十岁出头的青年，被一种崇高的信念鼓舞着，竟没有多少惧怕。

第二天一早，他俩喝了几口泉水，吃了几颗野果，勒紧裤带，一口气翻过两道山梁，进入了通往终南山出口的沟道。

几天后，二人摸到离出山口十里远的一个山沟里，稍事休息，商量下一步的行动计划。为了便于隐蔽出山，更为了不让武器落到敌人的手里，他俩决定“破枪”。

“破枪”这话说起来容易，做起来真难。谭生彬那支枪，刚入伍时就跟着他，虽说枪口已经磨圆，但短短几个月时间里，倒在枪口下的敌人不少。王兆相的那支老套筒，更是老得出奇，枪身上的烤漆都没了，他却一直把它当成自己的宝贝疙瘩。

谭生彬用手轻轻拂去沾在枪把上的一块泥土，王兆相把老套筒抱在怀里轻轻抚摸着。

“破枪”的决定做出老半天，谁也没有行动。忽然，谭生彬心里闪过一个想法，兴冲冲地对王兆相说：“干脆咱们别砸了，就埋在这儿算了！”

“埋你个头！”王兆相朝他吼道：“埋在这儿？你什么时候来取？砸！决不能落到敌人手里！”

他俩平时很对脾气，关系不错。谭生彬知道他不是有意骂自己，王兆相心里也不愿意“破枪”，有气没处撒，拿自己当出气筒。

这时，天色渐渐地暗了下来，远处传来了隐隐约约的雷声，一场大雨即将来临。他俩就这样又坐了一袋烟工夫，不约而同长长地叹了一口气，缓缓地站起身，把枪高高举过头顶，狠狠地向石头上砸去。随后又将卸下的枪栓和仅剩的两排子弹，远远地抛进了梢林。

他俩在寒风中呆呆地站立了许久，悲怆冷峻的脸上，两行热泪夺眶而出。

太阳落山后，二人开始出山。王兆相在前，谭生彬在后。刚走出山口，就听到西边山根下传来敌哨兵的喊叫：“啥人？站住！”接着，两声尖厉的枪声震破夜空。

“快跑！”王兆相压低嗓门朝谭生彬喊了一声，便向西南方向的山脚下跑去，谭生彬转身跳进了东北方向的一道水渠。

从此他俩不知彼此下落，直到 1938 年在延安开会时才相见。他们这对经过终南山炮火洗礼、患难与共、破枪突围的老战友，重逢时紧握双手，久久不愿松开。那种战友的生死之情，是常人难以想象和理解的。

谭生彬爬出藏身的水渠，四处望了望，看不到王兆相的踪影，便一个人冒雨摸到离山口二里路的一个小村里。

村口没有发现敌人的哨兵。崖畔下有户人家，没有院墙，没有大门，只有两孔破窑洞。“肯定是穷人！”他心里想。

东窑的窗口透着灯光。他摸过去，轻轻地敲了敲门。

“谁呀？”窑洞里传出一个男人的声音。

“我是红军刘志丹的兵！”

门轻轻地开了一道缝，一只大手一把将他拉了进去。这是一个二十六七岁的男人。男人的妻子迎了上来，炕上还有一个三四岁的孩子。

“好兄弟哩，刚才的枪是不是打你？这村里满是白军，你到处乱跑，不要命了？”男人说着，递给他一件干衣服，把他藏进西窑的麦草堆里。

大雨在后半夜停了。天刚蒙蒙亮，村里就响起白军的集合号声。不一会儿，东窑的门开了，只听女人轻轻地对男人说：“娃他爸，快出去看看！”

约有一袋烟的工夫，男人跑了回来，打开西窑门，冲着麦草堆喊道：“兄弟，白军都进山了！”

谭生彬一听，呼的一下就从麦草堆里跳了出来，顾不得拂去满头的麦草，冲着两位救命恩人，拱手说道：“大哥、大嫂，谢谢你们！我走了！”

大嫂一把拉住他，说：“你这个样子出去，就不怕遇上白军？让娃他爸给你剃个光头，吃完饭再走！”

饭后，大嫂找了一顶破草帽给谭生彬戴上，又找出一双蓝布鞋，一针一针地钉好鞋带，双手递给他，对他说：“兄弟，路还远哩！你脚上的鞋烂得不行了，快把这双鞋换上！”

她看着他穿好鞋，亲手给他系好鞋带，转身从锅里拿出两个馒头，硬让他带上。最后，又对男人安顿道：“娃他爸，你再给他找一把锄头带上，看着把他送出村。遇上白军盘问，就说是咱家雇的受苦的。”

望着这一对朴实憨厚、为救他这样一个素不相识的普通红军战士忙得团团转的农家夫妇，谭生彬的眼泪再也忍不住了，哽咽着再一次向他们表示感谢。

大嫂笑了，拉着他的手说："好兄弟，不要说谢，再说谢就见外了。你们红军流血打仗又是为了谁？我们山里人，没念过书，没见过世面，可我们知道，谁为我们谁就是好人，谁对我们好，我们就拥护谁，就跟谁走。"

她停了一下又接着说道："刘志丹是个好人，你们红军都是好人。前几天，你们进山路过我们村，还给我们分过地主的粮食哩！渭华起义那会儿，我们就知道刘志丹。这么好的队伍，咋才这么几天，就又……"说着，婆姨的眼圈也红了。

"大嫂，你放心。"谭生彬忍不住打断了她的话，"我们这次是叫白军打败了，可是我们有共产党领导，有老百姓支持，最后我们一定能胜！白军嚣张不了几天，红军很快就会回来的，刘志丹很快就会回来的，咱们穷人一定能过上好日子！"

他连珠炮似的，越说越有劲。听了谭生彬的话，那位大嫂苦笑着点了点头，和丈夫对望了一眼，许久没有再说一句话。男人一直把谭生彬送到村外。

1950年，身为西北军政委员会人民监察委员会秘书长的谭生彬，曾去寻找过这对夫妇和他们的孩子，但没有找到。他们的样子和那时的情景，谭生彬永远都不会忘记。

刘志丹、汪锋带的部队，在张家坪先后成功突围，但王世泰一下子从北山上撤不下来，战斗一直打到天黑。敌人夜宿张家坪，王世泰等退至半山腰露营，等候突围部队的消息。

第二天八九点钟，敌人组织大约两营的兵力，向红二团占据的山头再次发动猛烈进攻。敌重机枪疯狂扫射，迫击炮弹在阵地上接连爆炸，战场上大火熊熊，硝烟弥漫，枪炮声、喊杀声，混成一片。

王世泰等被迫沿大台子山、瓦房沟节节撤退，最后从坝龙庙南山向东穿插，抵达洛南县两岔河一带，才算摆脱敌人。

汪锋带六七十名战士从界牌沟突围，翻越北沟、新店子、鸭峪到达窄峪川的卡房。敌人追来，汪锋带领部队转由半沟向野竹坪、葛牌镇行动。途中，多次与地方民团遭遇，战士伤亡很大。当突围至甘家坪时，原来的六七十人只剩下随营学校队长赵启民等六七个人。

在突围中，汪锋负了伤，只好留在当地养伤，其他人化装成农民，准备分散出山。

第三十一章

命悬一线

刘志丹带领部队沿公路突围几公里后，调头上了南山到达兰桥一带，又由兰桥向北辗转于深山密林之中。

刘志丹牵挂着失散的同志，几乎每天都派人外出联络失散的同志，结果只有派出的战士，没有回来的战士。是这些战士不忠诚变节了吗？不是，因为战士们多是陕甘边区的人，对秦岭山区地形不熟悉，加之部队整日流动，即使他们找到失散的同志，也很难再找到原来的部队。

一天，刘志丹把战士们叫到一起说："看来，一时也找不上其他同志，现在我们吃没吃的，喝没喝的，再继续下去恐怕都得困死在这里。留得青山在，不怕没柴烧，每个战士都是一颗革命的种子，我们要想法分散出山，回照金重整旗鼓，再搞革命。"

听了刘志丹的一番话，大家都不愿意离开，表示要死死在一起，要活活在一块。刘志丹好说歹说，才把大家说通，让大家埋了长枪，带短枪分散出山。

刘志丹身边只有十几个人了。随后，为了行动方便，刘志丹又让姜兆莹带走七八个战士，他决意留下来继续寻找失散的战友。

刘志丹带着骑兵连指导员惠泽仁、一连二排排长贺彦龙等，在山中转了好几天，来到箭峪口东边的石头峪，准备从这里突围出山找当地的地下党组织。

当晚，他们住在一个草庵子内，半夜遭到国民党民团偷袭。贺彦龙为了掩护刘志丹，壮烈牺牲，惠泽仁等人也与刘志丹失散了。

原来三百余人的红二团，突围后只剩下七八十人。除红二连外，其他连队都被打散了。王世泰、吴岱峰、高锦纯率领着红二连，向位于秦岭腹地的蓝田青岗坪、灞源，华县东、西涧峪，洛南两岔河的黑章、杨坪、蒋沟、涧坪、华岔地区转移。

王世泰带部队突围到两岔河北山后，重新进行了整编，保留红二连番号，补充了战士，仍由吴岱峰当连长，高锦纯当指导员，余下的人直属团部领导，由杨文谟负责。

在这里，红二连活动了大约一个月，部队经常没有吃的，没有宿营地，生活非常困难。两岔河驻扎着的民团，了解到他们的困境，企图趁机收编红二连。开始，民团派两个团丁前来联系，后又来个小头目。红二连当时的确困难，百十号人集结在穷乡僻壤里，吃饭都成了大问题。同时，王世泰又不知道刘志丹、汪锋两部分人的下落，一时无法把部队带走。所以，也想与当地民团达成协议，渡过暂时的困难。

王世泰派高锦纯为代表，与民团谈判，提出三个条件：一是双方保持友好关系，二是民团负责供给部队粮食和物资，三是若国民党正规军来了，要迅速通知对方。民团的条件只有一个：收编部队。

王世泰考虑，民团要收编部队，未免胃口太大，虽说红军受挫，但战斗力远比民团强得多，民团哪有力量收编？为了渡过眼前的困难，王世泰便佯装同意，说道："收编可以考虑，但你们必须答应我们的条件。"

民团答应了王世泰提出的条件，并派团丁和部分群众给部队送来粮食和一些日用品。

时隔不久，民团发现红二连按兵不动，没有接受改编的迹象，觉得受骗上当了，就不再送东西。民团无法收编红二连，只好加强戒备，龟缩在两岔河镇。红二连为了赢得暂时安全,也没有主动出击民团。

这期间,王世泰曾先后派出多人,寻找刘志丹和汪锋,都没有消息,心中万分焦急。作为一个团指挥员,找不到刘志丹和政委,不仅无法向党组织交代,而且多年结下的战斗情谊也使他心中不安。所以,他暗自下定决心,再苦再累,再难再险,也要找到他们。

队伍中害怕艰苦而偷偷离队当逃兵的也有,因慑于敌人淫威当叛徒的也有。有一位排长,曾悄悄网罗了六七个人,投靠了两岔河民团。

在张家坪突围时,负责红二团军需供给的刘约三是最后一路,负责保管全军的军需物品。全军的钱财都驮在一头骡子身上。吴岱峰在前,刘约三跟随其后。刚走几步,一颗子弹把骡子打死了,又一颗子弹打中了刘约三的膝盖。跟随其后的修械工人王定朝,急忙扶刘约三上山。走不多远,又一颗子弹打中刘约三的腹部,肠子都露出来了。王定朝赶紧用棉花和绷带给他缠上,又舍命把刘约三背到山上的一个石洞里。

这时敌军满山遍野,一片喊声。红二十六军第二团全被冲散。搜山敌人纷纷从洞前经过,但都没有发现刘约三和王定朝。局势稍平之后,王定朝扶刘约三出洞,找个沟渠帮助他洗净身上的血迹,远远望去,还能看到吴岱峰等在隔沟对面山上活动的情景。

夜幕降临之后,刘约三和王定朝二人沿山而下,来到了蓝田县的万家汇村。整整一天,水米没有粘牙,肚子饿得咕咕叫。幸好刘约三身上有一件狐狸皮背心,他急忙脱下,让王定朝拿去向村里农民换了两大碗面皮。他们正吃着,忽听村外响起枪声。刘约三和王定朝还未来得及躲避,几个联保保丁就一哄而上,不由分说,将他们俩五花大绑,关在房屋里后就走了。

半夜无人,刘约三悄悄对王定朝说:“从今后,我化名井兆西,你叫我井师,不要说咱的真名字和身份,也不要说我是陕北人,就说我是凤翔人。敌人问你,你就说你是杨虎城部队兵工厂的工人,岐山人。”

第二天早上,来了三四个民团团丁,要把刘约三和王定朝带走。因刘约三负伤走不动，团丁就从农民那里要了一头毛驴，由王定朝扶着，把他们带到了民团团部。

一个姓李的团总对他们进行了三查六问。刘约三和王定朝按照事先商定的口供一一做了回答。

李团总相信了，就向站在一旁他的二儿子李长虞说：“你把这两个工人送到你大哥李翰华那里去，叫他们修理枪，将来可以发给路费，让他们回家。”

民团驻地在坝龙庙，李团总的家就在对面山坡下的李家村。从此，刘约三就和王定朝住在李团总家里，一面养伤，一面修枪。

为摆脱敌人，刘志丹也退入秦岭山区的洛南一带。

这是刘志丹第三次到洛南。

刘志丹第一次到洛南，是在1927年12月至1928年5月许权中旅开赴洛南县三要司整训时期。为加强许权中旅党和军队的领导，刘志丹受党的派遣到许权中旅任党委委员、参谋主任。刘志丹一到许权中旅，就和随后到达的唐澍等人传达了中共中央和陕西省委的指示，协助许权中开展工作。一是扩军整编，进行军政训练。组织部队分别在洛南鸡头关、商县腰市招募新兵，组建了步兵团、手枪连、炸弹队、医务处、修械所，并利用当地的河滩、山谷进行军事训练。二是发动群众，成立农民协会，建立苏维埃政权。刘志丹带领部分干部战士到三要周围打土豪分田地，先后建立了会仙台、马家坪等五个农民协会，会员达一千多人。三是为渭华地区培训了农民暴动武装骨干。四是除暴安良，服务百姓。先后替百姓除掉了民愤极大的何豹子、罗云秀、丁克盛、阮华生等恶霸劣绅和民团头子，将他们的粮物分给贫苦农民。中共陕东区特委成立后，省委决定从华县、渭南选派二十八名党团员由王化民、薛自爽带队到许权中旅接受为期一个月的军事培训，返回时为受训人员配发了枪支弹药，他们成为渭华地区农民暴动的武装骨干。

刘志丹第二次到洛南，是1928年6月20日。渭华起义失败后，刘志丹和唐澍率领三百多名将士，从华县高塘翻越秦岭退驻洛南县两岔河、保安两地休整部队，宣传发动群众，扩大革命影响。

刘志丹率红二团南下后，部队遭受敌人严重冲击，七零八落。为保存革命力量，他带领战士们退入洛南。第三次来洛南，不但没有群众欢迎，而且连地下党组织也找不到。因为渭华地区正处在革命低潮，白色恐怖严重，所以红军一下子就陷入了孤立无援的困境。

南下以来，几经遭劫，队伍不断减员，加之秦岭的困难环境，无一不对红二团构成威胁。白天，战士们隐蔽在梢林里，夜晚，下山在老乡家找点东西吃。本地老乡非常好，但他们生活太苦了，想接济红军又无能为力，只好挤出一些苞谷面和洋芋送给部队。

战士们经过一个多月的艰苦战斗，衣服破烂不堪，难以遮体，鞋子烂得无法穿，干脆打赤脚片走，竹桩、树茬扎破脚板，用破布一裹，继续行军。不少战士在饥饿和疾病的折磨下，长眠在终南山中。

在国民党重兵的“追剿”下，红二团虽浴血奋战，但仍然兵败南山。部队失散后，王世泰等率领的红二连辗转于两岔河一带深山，弹尽粮绝，靠给别人挖粪、锄地、讨饭苦苦支撑，夜宿破庙，达两个月之久。

王世泰的警卫员党占敖，本是个体格健壮的小伙子，此时也瘦成一把骨头，连路都走不动了。面对这无情而又严酷的现实，王世泰同吴岱峰、高锦纯、杨文谟商议，准备让部队埋枪，分散出山回照金。于是，便把战士们集合起来宣布决定。

会上，王世泰沉重地说：“这次失败，是我们领导上的路线错误，让大家吃尽苦头。现在如果继续这样上不着天、下不着地地藏在山中，将会全部冻死饿死在这里。与其坐以待毙，不如分散回照金，再树大旗。”

接着，他又讲了如何出山，如何过封锁线的具体意见。听了王世泰的讲话，大多数战士落下了眼泪，有的还哭出了声。患难与共的战友，情深意长，谁愿意离开战斗的集体？但是，不分散出山又有什么良策？

王世泰身边只留下吴岱峰、高锦纯、杨文谟、曹士荣、马宜超等十八人。他们把战士们留下的枪支，分两个地方埋入地下，为了防止敌人挖枪，将枪身和枪栓分开埋藏。

王世泰当时判断，刘志丹、汪锋肯定没有被敌人捉住，因为如果敌人抓住他们，一定会大造舆论的。他俩也不可能遇难，那样风声会更大的。随后，他们一行沿石头峪方向，继续寻找失散的刘志丹和汪锋。

部队被冲散后，刘志丹带领着剩下的十几个同志，退到深山老林里，风餐露宿，昼伏夜行，要吃没吃，要穿没穿，一个个饿得皮包骨头，身上穿着像烂麻似的条条衣衫。当时正值终南山区盛夏季节，一日几次下雨，有时一连几天，都是细雨蒙蒙，淋得大家浑身透湿。深山老林里本有寒意，再加上湿衣贴身，冷得大家上下牙直打架。

敌人把守着每个出山的路口，山里的大庄小镇，全驻上了敌人。他们把个终南山围得严严实实，不让一个红军出山。敌人又抽调兵力，配合地方上的民团，进山搜捕。白天，满山都是"快出来"的叫喊声，晚上满山点起火堆，大小路口都站上了国民党哨兵。镇子上、村庄头、路口上，到处都贴着捉拿刘志丹的布告，敌人企图不让一个红军逃走，要把红军消灭干净。

刘志丹带着十几个同志，在树林里草丛里钻来钻去。他们不敢进村找群众，只能采摘一些野果子野菜充饥。晚上稍不注意，就可能碰到漆树上，被漆树的毒气感染，身上直发肿。他的手腕上遭漆毒而溃烂，被雨淋得发了炎，化了脓。由于多日吃不到粮食和食盐，每个同志行走都十分困难。有时正走着，眼前一发黑，就昏倒在地，又被竹尖扎得直流血。有时腿一软，跌下石崖，摔得遍身都是伤痕。

在一个漆黑的晚上，刘志丹亲自点燃一堆篝火，把剩下的十几个同志集中起来，和大伙像拉家常一样说道："月亮都有时圆，有时缺，部队在一时一地的失败，算得了什么！闹革命嘛，哪有一下子就成功的？失败了，再干！咱们道理正，穷苦人都站在咱们这一边，反动派是兔子的尾巴，长不了的。只要我们想办法干，革命早晚一定能成功。天不能老是阴雨，总有个晴的时候。我们一定要回到照金苏区，把红二十六军重建起来。”

大伙儿都齐声说：“老刘，我们一定会坚持到底，跟着你回咱们的老家照金去！”

一天，他们在通过封锁线时又遭到了敌人的袭击，其他同志有的跑散了，有的牺牲了，刘志丹一人力战逃了出来，隐藏在深山里。他昼伏夜出，又加上连日下雨，一连几天找不到东西吃，忍着饥饿，咬着牙从高崖上抓住松柏树和毛竹滑了下去，身上到处是被树枝刮破的伤痕。他拄着半截树枝，在山林里转来转去，转了很长时间，还没有辨别清楚方向。他浑身无力，走到一个崖畔前，眼睛一阵发黑，两脚一软，便掉下山崖，接着便什么也不知道了。

刘志丹在山崖下的草丛里躺了一天一夜。就在死神缠着他时，在山崖上出现了一个少年先锋队员，他叫蒲永胜，是跟着王世泰那一路从张家坪冲出来的。

王世泰等决定分散出山后，又经过几次战斗，战士们有的牺牲了，有的打散了，只剩下八九个人。蒲永胜出去找吃的，迷失了方向，找不到王世泰他们了。由于他人小，没有引起敌人的注意，便摸进一个小山村里弄来几块玉米馍馍，准备继续寻找王世泰。

当蒲永胜从山崖上经过时，往下一看，见草丛里躺着一个人，旁边还有一顶草帽。他看见草帽，就肯定躺在草丛里的人一定是红军。他决定下去看看这位战友是牺牲了，还是负伤了。当蒲永胜攀着树枝，抓着青藤，滑到山崖底下一看，不由得惊叫道：“呵呀，这是老参谋长！你怎么躺在这里，成了这个样子！”

蒲永胜连叫了几声，刘志丹也不应声。蒲永胜着了急，赶忙弯下腰摇了摇刘志丹的身子。刘志丹慢慢地睁开了眼睛，露出了一点喜悦的光亮，接着他轻轻地哼了一声。

蒲永胜惊喜地叫道：“老参谋长还活着！可找到你啦！”他把刘志丹

扶到一棵树荫底下，靠着树坐下。

刘志丹望着蒲永胜，突然笑了起来，身上颤抖着，好像发冷疼痛。蒲永胜忙问道："老参谋长，你是不是负伤了？"

刘志丹只看着他说不出话。蒲永胜突然想起，父亲曾说过，人饿坏了，就是这个样子，他赶忙拿出身上藏着的玉米面馍馍给刘志丹吃。

刘志丹吃了一个玉米面馍馍，精神慢慢地恢复了一点，开始能说话了。他看着蒲永胜，问道："你是少年先锋队的小鬼吧？"

蒲永胜见刘志丹能说话了，便高兴地说："老参谋长，我是少年先锋队的，我叫蒲永胜，今年十五岁。前天我跑出来找吃的，和王团长他们失去了联系，我到处找他们，就在这里碰上了你。"

刘志丹惊喜地问："王团长还没有出山？"

蒲永胜说："王团长在山里找你好多天了，说找不上你就不出山。"

刘志丹高兴地说："走，咱们也去找王团长，找不上他们，咱们也不出山。"

蒲永胜扶着他，到泉边喝了几口水，刘志丹精神又恢复了许多。他们在山林里钻进钻出，爬上爬下，到处寻找着王世泰。

这一天，王世泰带领着几个同志，在山里继续寻找，他们找不到刘志丹心不甘啊！王世泰用望远镜四下瞭望着，忽然发现对面山弯里冒起一股淡淡的青烟，再仔细一观察，高兴地说："你们看，山那边冒青烟的地方有一个小人儿蠕动，身形很像少年先锋队的蒲永胜！"

其他人接过望远镜观望了一阵，都说那个小猴儿似的小人儿可能就是蒲永胜。

大家马上下山过沟，向对面山上爬去。当他们走到冒青烟的地方一看，果然是蒲永胜。他正在火堆里烤玉米棒子。

王世泰高兴地叫道："永胜，你怎么跑到这里来了？"

正在专心烤玉米的蒲永胜，听见有人叫他，抬头一望，便边跑边叫地迎上去，说："王团长，老参谋长找到啦！"

王世泰高兴地一把抱住蒲永胜，急切地问道："你是怎么找到老刘的？他如今在哪里？"

蒲永胜讲述了遇见刘志丹的经过后，说："老参谋长现在在后山上的一个石洞里休息，他的身体十分虚弱，身上被漆树刮破的地方都溃烂成碗大的脓疮了。我出来给他搞点吃的，弄到几个玉米棒子在这里烤熟后，再给他拿去。"

王世泰拉住蒲永胜的手说："快引我去见老参谋长！"

刘志丹正躺在石洞外边的草地上晒太阳，他黑瘦黑瘦，两眼深陷，鼻子显得更尖了。王世泰猛然一见，简直认不出这就是他日夜寻找的刘志丹。

刘志丹望着王世泰也不敢相认，他把这些衣服破烂、面容憔悴的人当成了讨饭的叫花子，但他们又都拿着枪，恍惚中他怀疑这是敌人的侦探队。他们互相之间对望了一阵，直到王世泰开口叫了声老刘，刘志丹听了口音才知道站在他面前的是王世泰。

两人紧紧地拥抱在一起，流着热泪。经过了一场九死一生的斗争，他们终于又相见了，简直像做了一场噩梦。

刘志丹沉痛地说："我们流血牺牲搞起来的红军，被杜衡搞垮了，但我们不能被失败压倒，失败了再干！"

王世泰说："我们再不能上'左'倾机会主义的当了。"

其他几个同志说："老刘，请放心，找到了你，我们一定跟着你回到照金，再重新组织红军。"

刘志丹高兴地说："好，咱们准备出山，回到照金去！"

蒲永胜突然想起自己怀里还揣着两个玉米棒子，赶忙掏出来递给刘志丹。

刘志丹把两个烤得半生不熟的玉米棒子接在手里，招呼大家坐在草地上。他把玉米粒一颗一颗地抠下来，给每人分了玉米粒，大家吃了这顿"午餐"后，都觉得有了精神。

第三十二章

北归路上

刘约三在李团总家里住了四十多天，伤基本好了，修枪的事也完了，准备离开。临行前，李团总给他们二人每人送了六两大烟土做路费。他俩化装成农民，顺大路出南山，先到了渭南。

刘约三权衡了一下回根据地的路线，发现有两种走法：一种是过临潼、高陵、淳化到照金。这条路虽近，但敌防守较严，沿途又无熟人，恐怕会出事。另一种是经西安，顺西兰公路西行，绕道进入根据地。这条路虽远，但比较安全，王定朝在西安有亲属，走这条路便于掩护，刘约三也想去西安找地下党帮助。于是，他俩便决定先去西安。

他俩由渭南到西安一路还算顺利，没有遇到什么麻烦。到西安后，二人住在王定朝的叔父家里。他叔父是个钉碗匠。

刘约三把几天来想好的一个建议告诉王定朝："你原来是兵工厂的，能不能再给咱联系一批修枪工人，一块到根据地去办咱自己的兵工厂，咱们那儿有好几百支破枪亟待修理。"

王定朝欣然答应，并随即前去联系。没有几天，他竟然就联系好了惠子俊等十五名工人。有了人，刘约三当然高兴，但如何把这一批人带到根据地，路费又怎样筹措，成了亟待解决的问题。刘约三决定赶快找省委想办法。

刘约三只知道中共陕西省委在西安，杨虎城部队中也有地下党员，可他同他们没有组织关系，更不知他们住在何处，怎么办呢？

一天，刘约三闷闷不乐地在街上逛游，忽然发现一个身穿蓝色阴丹士林长袍、头戴礼帽、足蹬皮鞋的人跟上了他。

刘约三心里有点紧张，这人是什么人，为啥老跟着我呢？

过了一会儿，那人赶到刘约三前面去，折回身来把他拦住。刘约三定睛一看，心头大喜，那人原来是红二十六军骑兵连指导员惠泽润。

他俩亲切地握了手，边走边谈。刘约三把招收工人、没有路费、想找省委的事告诉了惠泽润。惠泽润听了，慨然应允帮助解决，并约定第二天中午十二时，派人在小保吉巷和刘约三接头商谈。

第二天，刘约三准时到了小保吉巷。来接头的人姓张，因说话有点口吃，人称张半结子。二人谈了许久，张半结子答应资助刘约三北上的路费，并约定了取款时间、地点和方法。

又过了一天，刘约三按照和张半结子的约定，到骡马市一家饭馆找了个座位，向堂倌要了花生米、瓜子和茶水。

没过多时，一个人走到刘约三跟前说："老兄，你给令郎订婚借的钱，我带来了，这是六十八元，九月底以前还我，不要失信。"

说完把钱递给刘约三就走开了。刘约三把钱点了点，果然是六十八元，中间还有一封写给根据地的介绍信。随后，刘约三又到王家巷拜访了老师杜斌丞先生，临别时，杜先生给了他十八元路费。

在离开西安的前一天，刘约三在大街上碰到了康建民。南山突围失败，康建民被俘后在西安大营盘里当号兵。他们交谈后，决定一块回照金苏区去。

大约在七月中旬，刘约三带领王定朝、康建民、惠子俊、曹富贵、康天元等一行十七个人，从西安出发前往照金。

刘约三化装成学生，其余人都是工人打扮。每人背着一个工具包，装着榔头、钳子等工具。他们事先约定，如果路上有人盘问，就说他们是到甘肃天水兵工厂做工去的。

他们十七人分成三批向西行进，行进时有意拉开距离。一路上，通过敌人许多关卡哨所，除了在永寿县监军镇被驻军盘查时，因康天元带着一个军号号嘴，被敌拉去当了号兵，其余十六人均未出问题。

到邠县(即彬县)后，他们改变方向，朝北疾行，不久就回到了照金苏区。之后，康天元也从敌军开小差，来到照金。

再说王世泰找到刘志丹之后，他们又为汪锋担心，不知他的处境如何。

他们认为汪锋率部突围的方向与他们相反，一时恐怕不容易联系上。汪锋是当地人，对这里的地形比较熟悉，关系也多，安全脱险的可能性极大。因此，他们决定先行北上，返回照金。

刘志丹、王世泰率领着队伍在大山里摸索行进，寻找合适的机会和路线出山。他们既要躲避敌人的追捕又要面对吃饭问题和山里多变的天气，所经历的辛苦、艰难，难以想象。

一天傍晚，天气突变，乌云翻滚，电闪雷鸣，滂沱大雨足足下了两个钟头。山洪裹着泥石，发出惊人的巨响，一泻而下，冲出条条深沟。他们为了躲避山洪，在山坡上爬滚，个个浑身水淋淋，成了泥人。暴雨转为中雨，山风骤起，冻得大伙浑身发抖，牙齿打战，全身血液好像凝固了似的。劳累、饥饿、冷冻一起袭来，大家冻麻木了，连话都不愿说一句，索性横倒竖卧地躺在山坳里。

过了一会儿，王世泰强打精神，活动活动腿后站起来。他心想这样下去，不等天亮非冻死不可，就让几个年轻人起来拾柴生火。提起生火，大家才想起随身携带的火柴早已湿透了。幸好，马宜超心细，他的火柴用地图裹着，还能用。

几个人从山坡上拾来些碎柴，折些松树枝，一时就聚起一大堆柴火。雨不停地下着，大家用布把雨遮着引火，柴太湿只冒烟不着火，马宜超急中生智，撕下几页地图，点着几顶破草帽，终于把火引着了。松树枝油性大，火越烧越旺，大伙儿心里有说不出的高兴，紧紧围着火堆取暖、烤衣服，情不自禁地说："一堆松枝火，救了十几条命。"

天亮了，他们继续西行，三天之后又转回到坝龙庙一带。

几天来，他们每走一处，就打发几个同志分头出山回照金。在马宜超临走时，刘志丹还写了个条子，让他顺路带给一个叫薛增平的熟人。最后只剩下刘志丹、吴岱峰、高锦纯、曹士荣、杨文谟和王世泰六个人。

王世泰打定主意宁肯牺牲自己，也一定要保证刘志丹安全返回照金，因为党需要刘志丹，陕甘边区的人民需要刘志丹，如果刘志丹有个三长两短，怎么向党组织交代？他认为六个人目标太大，在坝龙庙北山又把吴岱峰、高锦纯两人动员走了。

当王世泰、刘志丹等走到坝龙庙北山一个山头上时，马宜超和薛增平还有两个团丁找了上来。

薛增平原是渭华起义时的大队长，刘志丹早就认识他。渭华起义失败后，薛增平到坝龙庙安家落户。在青岗坪时，他曾找过部队，刘志丹让他带一连二排长高照，一同去找地下党，并让他们买些日用品，结果他们再没有回来。这次刘志丹送信找他来，是想通过他了解情况，争取尽快与地下党组织接上关系。

见面后，刘志丹和王世泰把上述意思告诉了薛增平。

薛增平连忙说，找关系好办，先到他家休息一阵。

王世泰和刘志丹不同意，他拍着胸脯担保，说绝对不会出问题。

最后，刘志丹同意去。这时刘志丹的身体很虚弱，胳膊上长有毒疮，确实需要找个地方休息一下。

傍晚，薛增平领他们到了沟底一户人家吃饭住宿。他们以为这里就是薛增平的家，便将吴岱峰、高锦纯留下的两支驳壳枪、一个望远镜、三十几两烟土交给他暂时保管。多日来，大家没有好好睡过安稳觉，这下放松了，一觉睡到第二天九点多。

吃早饭时，王世泰和刘志丹见几个招待的人非常殷勤，不像普通老百姓，便问薛增平:“这里到底是谁的家？招待我们的人是谁?”

薛增平说是普通老百姓家，招待的人是这里的民团分团总和两个团丁。

王世泰大吃一惊，不由自主地抓住枪柄厉声问道:“你说到你家，为什么把我们带到这里来?”

薛增平慌忙回答:“这个分团总是我的好朋友，不用害怕。”

说着就把分团总叫来当面介绍，指着刘志丹说是刘参谋长，指着王世泰说是王团长。

此时，王世泰非常生气，心想这个薛增平哪像个自己人，是自己人怎么能随便暴露刘志丹的身份呢？便向刘志丹、曹士荣递出做好应急准备的眼色。

正在这时，从坝龙庙民团来了个排长，说是要买大烟，一进门就冲着他们叫“参谋长”“团长”，说是在坝龙庙的群众大会上认识他们的。一阵寒暄后，来人相继离开。

面对突然变故，他们感到问题严重，建议刘志丹马上走。

刘志丹说:“这里的人大多都是红枪会的人，不能打出去，只能用计走。枪一响，周围村庄的人很快会把我们包围起来的。”

他俩商量了具体对策。王世泰把薛增平叫到另一间房子，对他说:“你是个党员，又参加过渭华起义，志丹和我相信你，希望你不要做出违背党的利益的事。”

薛增平听出王世泰话中有话，急忙解释说，他没有叛变革命，分团总确实是他的朋友，把他们介绍给团总是出于礼貌和习惯。

这时，坝龙庙李团总打发团丁来找薛增平回去商量事情，薛增平即向他们告别。自此，他们再也没有见到薛增平。

中华人民共和国成立后，人们才得知薛增平早在 1934 年就被民团枪杀了，至于为什么遇害，不得而知。

薛增平走后，刘志丹把身上仅有的十多元钱，交给两个团丁，让他们帮忙买些衣服和鞋，把团丁支走了。

午后，天上没有一丝云彩，房内像蒸笼一样闷热。为了寻找摆脱险境的办法，王世泰的心情比天气还要火爆，急得浑身冒汗。

看他时出时进、坐立不安的样子，这家主人说："天这么热，村后有棵大核桃树，你们可到那里乘凉去，这里有张席，拉去铺在树下就行。"

王世泰向老乡点头说："好，好！"顺手拉着席到村后看了看地形。

回来后，他向刘志丹汇报了自己的设想：由刘志丹和杨文谟对付分团总，曹士荣掩护，他断后，设法离开这里。

他们前脚出门，分团总后脚就跟出来。还没等到村后核桃树下，刘志丹和杨文谟就动手了。分团总是个五大三粗的人，力气很大，刘志丹和杨文谟还控制不住他。

王世泰一个箭步冲上去，照分团总肚子就是一脚，几乎把他踢倒，趁势扭过右臂，用枪顶在他的后背。分团总直喘大气，挣扎着想要分辩。

王世泰告诉他："我们说话是算数的，绝不伤害你，只要你把我们安全送出村。"

分团总连连点头，嘴里发出一串串"哼哼"声。

接着，王世泰说："不要暴露我们，否则你没有好下场。"

刘志丹顺手递给分团总一把水烟袋，让他拿着，装着送客的样子。因为这里有这样的习惯：有身份的人讲究抽水烟，一般总是烟袋不离手，即使送客人也如此。

走着走着，迎头碰见两个身负行囊的青年学生，看见他们提着枪，押着人，吓得撒腿就跑。

怕走漏风声，刘志丹和杨文谟追上去，让那两个可能是在城里念书的学生回来，跟他们一起出村。分团总是个聪明人，装得还真像，走村过户大摇大摆，不时和熟人点头打招呼。

大约过了好几个庄子，他们走出七八里地，才在一座山豁口上坐下休息。大家暗自庆幸脱离了虎口，因为那里离敌民团总部很近，一旦被包围，几个人插翅难飞。

他们收下了学生娃娃的两把雨伞、两顶草帽、两件棉衣、一个褡裢和几十个馍馍，折价五块银圆，让分团总支付。分团总满口答应，说回去后一定照办。

两个学生的东西还真救了急，馍馍充饥，雨具挡雨，一件棉衣固定给刘志丹穿，另一件他们几人轮流穿或放哨时穿。那个分团总未必就是坏人，但在那种环境下，是好人也得委屈他一阵子。

辗转终南山两个来月，仍无法脱离险境，刘志丹一天天消瘦下去，当务之急是北出高塘原，寻找地下党，以期得到营救。

刘志丹和王世泰一行先由山间大道下沟，转而登上西山，顺山梁向北走。

大约两天之后，碰见少年先锋队指导员魏武和队长芮四。大家一起在山中转了五六天，最后在箭峪后沟东山坡上，找到一户人家。

说是一户人家，其实只有一位六十多岁的老大爷。老人知道他们是流落的红军后，非常热情。虽然他孤身一人，生活清苦，但仍设法给他们弄吃的，让他们非常感动。

几天后，老人家告诉他们："两天来，前原山上总有人，样子像打柴的，但又不打柴，总是这看看那转转，好像是在找人。"

"您老碰见过他们?"刘志丹急忙问道。

"今天还见了。"老人说。

"他们问你啥来着?"

"问有没有看见红军。"

真假一时难辨，他们告诉老人以后再碰见问的人，就说有几个红军，来无踪、去无影。为了防止意外，当天他们离开老人的家，向另一座山转移。

第二天晚上，他们又来到老大爷家。老人说碰巧今天他又见到那些人，并按他们告诉的话给来人说了。来人说想见他们，表示明天还要来。

根据老大爷提供的情况，他们判断八成是自己人，当然也不排除是敌人的密探。因此，决定见面试探试探。

翌日，双方见了面，但他们没有暴露真实身份。来人说是地下党派来营救红军出山的。他们提出，让对方派名负责人带上组织介绍信再来联系。这并不是不相信来人，是几个月的沉痛教训，让他们不得不小心从事。

果然，地下党负责人带着介绍信来了。信中写道：来人是奉中共陕西省委和渭南县委的指示，寻找刘志丹和王世泰同志的。

"同志"这个词在平日里，人们很难体会到它的含义，但在艰难处境中听见一声"同志"却可以催人泪下。当他们紧紧握着手，互叫一声"同志"时，浑身的血液仿佛沸腾起来，变成一炉炽热的大火，暖烘烘的，个个眼眶充满泪水。

有了向导，刘志丹和王世泰一行连夜下山，天亮前到达黄麓口。

地下党的同志十分热情，把掩护刘志丹视为无上的光荣。尽管生活不富裕，但为了让他们尽早恢复体力，千方百计地给予照顾。地下党的同志又是给他们剃头，又是给换衣服，忙前忙后，关怀备至。

他们住在一个党员家的板楼上，每天由他家里人给他们送饭。他们饿得久了，一顿都要吃四五碗饭。

一天，听到那位党员的母亲和媳妇埋怨说："这都是些什么人嘛？白天睡大觉，晚上才出来，还吃得这么多。"

刘志丹连忙轻声嘱咐说："我们少吃些，少吃些。"

在黄麓口住了几天，刘志丹向地下党的同志讲了薛增平的情况，让设法把寄放的枪支和望远镜取回来。王世泰和曹士荣带五名地下党员，晚间进山找埋藏的枪支。找了一夜，只找到三十二个枪栓，枪身找不见了。原来由吴岱峰埋的枪，干脆找不见地方。

此前，为了挽救革命武装，红二十六军第二团南下之时，黄子文接到省委命令连夜追赶红二团，让部队重回照金，但他追至渭河北岸时，部队已不知去向。黄子文将情况向袁岳栋、赵伯平汇报后，即化装成木匠，深入渭华山区寻找部队。

在渭南的程家乡、桥南镇，在华县的高塘、东阳乡堡子底、郭家庄、黄麓口、箭峪口，留下了黄子文艰难跋涉的足迹。在大明寺小学的教室里，地下党员姚明辉的瓜庵子地铺里，蓝田县山林里的石岩中，都留下了黄子文的身影。

在十多天的奔波中，黄子文得到的回答仅仅是："不知什么队伍，前两天向南山去了！"南山即秦岭，千豁万岭，横贯陕西东西，找部队犹如大海捞针。

一天晚上，黄子文躺在箭峪东沟一棵大树下的盘石上，思索着如何尽快找到部队的下落。猛然间，他想到了在渭华担任县委书记的赵应魁。他俩是乡党，一块共过事，和他取得联系，让渭华地下党组织协助寻找部队，岂不更方便更快吗？

第二天，他跑了一整天，终于找到了赵应魁。

俩人商量后，由赵应魁找来了几个党员，分头寻找。黄子文让他们装扮成上山砍柴的、挑货串乡的、走亲访友的，奔向四面八方寻找南下部队。

在寻找战友的日子里，黄子文经常风餐露宿。在深山老林里，十里八里碰不到一户人家，白天饿了，他烤洋芋吃；晚上冷，他拾些柴草，烧过之后，踩灭火星，趁热睡在灰烬上。就这样，黄子文和渭华地下党的同志，忍饥受饿地奔波了十余日，终于找到了病饿交加的刘志丹、王世泰等。

在渭华地下党员王杰、李凌云、陈居义、宋金昌等协助下，刘志丹等几经辗转到了华县。7月下旬，他们又转到了渭南地下党员张文华、张我公、白思堂家隐蔽，等待时机过渭河回照金。

不久，在王杰的掩护下，刘志丹一行辗转到达赤水镇。

在这里，他们见到渭南县委书记赵文魁，让他派人护送杨文谟去西安，向省委汇报红二团失败的情况以及准备回照金重建红二十六军第二团的设想。

当时，外界谣言很多，有的说刘志丹和王世泰等人遇难了，有的说他们上华山当了道士。敌人利用这些谣言，大肆诬蔑红二团，蛊惑人心。所以，他们急需向省委汇报情况，以正视听。

在赤水镇，最让人焦虑不安的是如何渡过渭河。

赤水一带，敌人封锁很严，到处张贴布告悬赏捉拿刘志丹和王世泰。赤水渡口，敌人有一个排把守，盘查森严。为了确保刘志丹的安全，中共渭南县委反复研究，最后确定找几名水性好的地下党员，夜间护送刘志丹和黄子文、曹士荣泅渡闯过封锁线；王世泰和黄子文的爱人假扮夫妻，携带枪支从渡口过河。

黄子文的爱人叫李盛云，是个有胆有识的青年妇女。在他们商议怎样把枪带过河去时，她自己提出和王世泰假扮夫妻过渡口的计策。刘志丹考虑她年轻又有孩子，不同意让她冒险。

黄子文说："咱这老婆，胆子大着哩，没关系，让她去。"

一天，一对"夫妻"装着去给女方老母做周年的样子来渡河。李盛云挎着篮子，内装香、纸钱以及献馍等供品，下边藏着两支驳壳枪。王世泰怀里揣着一支驳壳枪，抱着两岁的孩子北平（黄子文与李盛云之子）。为了做到万无一失，王世泰事先花费两天时间，教北平叫他"爸爸"，和李盛云编出一套骗敌人的口供，李盛云还特意戴上假发，梳成盘髻。

上船时，两人相互照料，镇静自若，没有引起敌人的注意。

过了河，两人一口气跑了十来里，才在路旁树林里歇息，放下提着的心，但不免有些后怕。

歇了一会儿，李盛云问："如果敌人真要搜查，你咋办？"

"开枪打，最后留一颗子弹给自己，要不就跳河，反正不能让敌人抓住。"王世泰回答说。

李盛云说:“那我和孩子怎么办?”

王世泰说:“那我就顾不上那么多了。”

她叹了一口气说:“你们这些人为了革命什么都不顾了。”

当王世泰和李盛云到了原先约定的集中点——地下党员李毓章家里时,黄子文和刘志丹、黄罗斌等已由渭南地下党员分头护送到了这里。

李盛云从篮子里取出手枪,交给了大家,便抱着孩子带着刘志丹的嘱托,去西安找省委汇报情况。

多年之后,做了甘肃省政协主席、人大常委会主任的王世泰,曾多次专程去三原看望老大姐李盛云,谈及此事时,李盛云总是爽朗地笑着说:“那有什么哩,都是应该做的。”

第三十三章

生死兄弟

南下的红二十六军第二团在张家坪遭敌袭击被打散了，虽不能说全军覆没，但现实却是全军离散。

茫茫大山、密密梢林、沉沉大雾、烈烈山风中站着三个血泪斑驳的战士。十七岁的班长黄罗斌，带着两位战友隐蔽在梢林里。正当他们擦拭伤口时，突然听到身后有沙沙的响声。黄罗斌忙压低嗓门提醒二位战友："小心，有人！"

三个人屏住呼吸，紧张地盯住发出声响的地方。

梢林中闪出一个身影，一看打扮就知道是当地民团团丁。这家伙手提一把驳壳枪，呆头呆脑地四下张望着。突然，他发现了三个满身是血的人，同时也看到了三支黑洞洞的枪口正对着自己。那家伙掉头就朝林子外面跑，像一只受了惊吓的兔子。

韩自成立即拉开枪栓，准备射击逃跑的团丁。黄罗斌上去按住了他的枪口："别打枪，敌人正在搜山呢。"说着，拉起二人就走。

那个兔子似的跑出梢林的团丁却在外面朝天鸣枪，引来了四周一片喊叫声："抓活的！"

黄罗斌和战友拼命地在梢林间奔跑，每个人的腿脚都在流血。因不熟悉地形，钻出梢林，迎面便碰到了一个陡峭的断崖。崖高千丈，崖下的深渊深不可测。当地山民有句谚语："掉下蓝田崖，商州捡尸骨。"此时，身后的枪声、喊叫声越来越近。

"完了，看来老子们今天就死到这了。"赵占魁仰天长叹。

黄罗斌观察了一下地形，断崖对面倒是一块平地，只要能跳过去，就能逃过敌人追杀。

黄罗斌目光灼灼地说："往过跳！跳过去算咱命大，跳不过去，摔死在山谷里也比死在敌人手里强！"

两个战友也说："跳！反正不过一死！"

黄罗斌退后几步，憋足劲，大吼一声，身子便凌空而去。韩自成、赵占魁紧随其后，跳过悬崖。

三个战友站在断崖对面的平地上，激动地抱在了一起。再望一眼断崖深渊，三人不由得倒吸了口冷气。追赶的团丁们已到了断崖边上，眼看着三个人隐入对面山坡平地上的树丛中，团丁们个个眼瞪得牛铃一般。他们不敢相信有人能跳过这断崖，难道红军是长了翅膀的？团丁们胡乱放了一阵子枪，便骂骂咧咧地走了。

天渐渐黑了下来，三个人已经一天一夜粒米未进了，饥肠辘辘，浑身没有一点气力。黄罗斌想，首先得打发肚子，没被敌人打死就得活下去，活下去才能去找组织，即使这秦岭山中找不到，还有照金，只要有口气在，就一定要回到照金。

远处闪动着一簇火光，有了火光就有人。三个人同时惊奇地站了起来，向着火光处眺望。会不会是敌人呢？

"不会。"黄罗斌想，敌人本来就是骄奢之兵，何况今天他们赢了，不会在深山宿营。

黄罗斌说："咱们过去看看，如果是敌人宿营，咱打他几枪，也搔搔他的皮，趁乱逃走。如果是老乡，咱就讨口饭吃。"

三个人互相搀扶着，朝着火光闪动的方向一跛一拐地行进。火光是从一条小山沟里闪起的。三个人下到沟底，听到山涧有潺潺流水声，趴到山溪边狂饮了一阵子，觉得身上有了点气力，又向火光走去。火光愈来愈近，终于听到了嘈杂的人声，仔细辨析，中间有许多妇女的叫声和孩子的哭声，这下他们心中的石头才落了地，那里的人肯定是避难的群众。

三个带枪的人突然出现，着实让那群逃难的老百姓吓得浑身直打哆嗦。孩子钻进母亲怀抱，女人躲到男人身后，几个年长的男人战战兢兢地说道："老总，老总，饶了我们吧。"

听到乡亲们口称"老总"，黄罗斌心里如针扎般疼痛。"老总"们把老百姓害苦了，可自己作为红军战士，却不能保护群众，如今又落到向乡亲们乞讨的份上，真是愧对百姓啊！

黄罗斌强忍泪水，对老乡们说："乡亲们，我们不是糟害你们的老总，我们是红军！大伯、大妈、大嫂、兄弟姐妹们，你们别怕，红军是穷人的队伍，是你们的兄弟、儿子！我们是为老百姓除害的。可是，我们昨天吃了败仗，在张家坪被敌人打散了。我们仨一天一夜粒米未进，人都快不行了。大妈大嫂们能不能把你熬的粥给我们盛一碗？"

听说是红军，乡亲们再也不惊慌了。老人们交头接耳地说："咱这不也过过红军么？那是些好人！"

大妈大嫂们一哇声地说："能成！能成！"

黄罗斌问老乡："这是什么地方？"

老乡回答："麻线沟。"

毕竟还处在敌人的包围圈内，黄罗斌不敢大意，他让韩自成、赵占魁端枪站在人群之外，自己先去端了一碗热气腾腾的苞谷面糊糊，然后退出来换韩自成，韩自成端过一碗又去换赵占魁。山里人实诚，三碗糊糊盛得冒尖儿。三个几乎饿昏了的人一口气就喝光了，顿时觉得浑身热乎乎的。

一位老大妈叹道："唉，看把娃们饿的！来，给你一人再盛一碗。"

黄罗斌连忙摇头："够了，够了！"虽然这一碗糊糊并没填饱肚子，但他看到乡亲们携老带小的几十口子，熬的糊糊本就不多，咋忍心再吃人家的呢？

秦岭山中风雨无常，撂下饭碗，雨就突兀而至。风雨交加的夜晚，山里寒气逼人。黄罗斌又舍下脸向乡亲们借了条破被子，说好天明就还，便带着韩、赵离开了人群。他们不敢与群众同住，怕万一敌人搜山过来，他们会给乡亲们招来杀身之祸。

三个人冒雨向山头上爬去。雨愈下愈大，山上怪石嶙峋，天又黑如锅底，三个人实在无力再爬了，只好在一个靠山坡的梢林里歇下来。那借来的一条破被子，一半铺在地下，一半顶在头上，三个人背靠背坐在雨地里。黄罗斌吩咐，两个人闭上眼迷糊一会儿，一个人睁着眼放哨，换着来。山风呼啸，大雨如刀如箭，山坡上淌下来的雨水不断地冲击着他们单薄而带伤的身躯。

雨终于住了，天边也露出了一缕曙光。三个在风雨中苦熬了一夜的战士，朝山下走去。他们必须守信于民，借来的被子要还给乡亲。

走到山下，昨晚亮着火光的地方已空无一人，只剩下两个草棚子和一堆被雨水浸过的灰烬，他们只好将借来的被子搭在草棚内。应当留个条子表示感谢，可哪来的笔墨啊？如果有笔有墨，黄罗斌想，他一定要写上：救命之恩，永世不忘！

麻线沟有出山的路，但有路的地方就有可能遇到敌人。黄罗斌招呼二位战友，继续向山顶上爬，借茫茫梢林掩护自己。

一天过去了，两天过去了，三天过去了，梢林中没有遇到一户人家，他们只有采松树上的木耳、石缝上的蘑菇充饥，渴了就趴在溪水边喝一口溪水。到了晚间，三个人背靠背坐在湿漉漉的大树下打盹。惨淡的月光从林梢间洒下来，留下遍地斑驳，子规的啼叫像孩子的哭声一样让人揪心，不时有狼的哀号，大山深处的夜晚令人毛骨悚然。

韩自成、赵占魁都是二十出头的人，按年龄都是黄罗斌的兄长，可二人一是觉得黄罗斌是班长，二是觉得这小班长有文化又聪明机警，便一切听他的，遇到大小事都要问："小罗，你说咋办？"但在生活上，二人却真像大哥哥似的处处照顾着这位机灵的小兄弟。

三个生死与共的兄弟在山间转了几天，黄罗斌说："现在风声小了点，咱们得出去。一来是为打听部队消息，二来也要给咱找点吃的。"

两战友说："听你的。"

三个人钻出了梢林，刚刚爬上一个小山丘，迎面晃晃悠悠地来了五个大汉。这五个人有人手提镰刀，有人腰别菜刀，有人肩搭麻绳，虽说是山里人打扮，但一看就知道不是正经庄稼人。

黄罗斌使一个眼色，三支枪同时子弹上膛，黄罗斌大喊一声："干什么的？"

五个正嘻嘻哈哈的汉子顿时呆若木鸡。

黄罗斌指着为首的一个黑大汉说："过来。"

韩自成、赵占魁用枪对着另外四个人说："谁敢动就打死谁！"

黑大汉扔下手里的镰刀，乖乖地走到黄罗斌面前。

"老总，我们是好人啊！我们是帮着老总搜寻红军的。不是说抓住红军有赏么？"黑大汉一副奴才相，结结巴巴地说着。

原来如此！黄罗斌恨得咬牙切齿，真想一枪崩了这个家伙！冷静一想，不行，枪一响定会招来敌人。

黄罗斌的枪把狠狠地砸在那黑大汉的腰上："这就是赏！"

黑大汉这才知道自己认错人了，赶忙改口："不，不，我们是农民，是来看地里的山芋的，饶了我们吧！"

那四个家伙也哭丧着脸说："饶了我们吧！"

黄罗斌说："今天我饶了你们，有账回头算。不过我告诉你们，今后不准帮着民团干坏事，不然，老子的子弹给你们留着呢！"

那几个人点头哈腰连声称是，但当黄罗斌放了他们后，走出百米之外，那黑大汉竟回过头喊了一声："咱们明天见！"

赵占魁气得直跺脚："好狗日的，抓住叫爷哩，丢开胡说哩。"说着就拉枪栓。

黄罗斌制止了他:“几个混眼子狗,不值。”

三人又进了另一处梢林。

第二天,三人再次出了梢林,走到一个坡地上,突然发现坡地边上有一个用柳条编的圆形的棚子,看样子像是个储存苞谷的简易粮库。又是两三天粒米未进的三个人立即喜形于色,心想哪怕里面能找到几个生苞谷棒也行啊!

三个人轻手轻脚地走进棚子,棚子里猛地站起两个人,是一对年轻的夫妇。见到三个蓬头垢面的端枪的人,这对夫妇吓得身子发抖,面色煞白,一句话也说不出来。

黄罗斌让二位战友把枪放下,轻声慢语地对那夫妇说:“大哥大嫂,我们不是土匪,也不是国民党的兵,我们是红军。我们与大部队失散了,几天来没吃上一口粮食,你看,人都瘦成鬼了。大哥大嫂,你们有没有多余的口粮分给我们一口,能哄哄肚子就行。”

那对夫妇相互望了一眼,同时长出了一口气。大嫂急忙解开随身背着的一个小布袋,又拿了一口大碗,将口袋里的炒面一把把抓进碗里:“吃吧,吃吧!”

赵占魁接过碗,转身递给小班长黄罗斌,小班长又转身交给韩自成:“你是哥,你先吃。”

韩自成只吃了一口就又递给黄罗斌,黄罗斌吃一口又递给赵占魁。三个人就这样一口一传递,很快就吃完了这碗干炒面。由于饿极了,吃得急,呛得满脸是面粉。

好心的大哥大嫂说:“小兄弟,慢点,这还有哩!”

但是三个人说啥也不让他们再从口袋里掏炒面了:“留着吧,这兵荒马乱的,你们也不容易啊!”

吃罢炒面,他们与大哥大嫂攀谈。那夫妇见这三个当兵的说话和气,一口一个大哥大嫂地叫着,话也就多了起来。原来他们就是当地人,因张家坪打仗，国民党军、民团到处抓人，还糟蹋女人，他们只好躲到这里来了。

黄罗斌问："不知道国民党的部队撤了没有？"

那男人疑惑地摇摇头。

"大哥呀，"黄罗斌恳切地说，"能不能麻烦你下去打听打听？我们人地两生，口音也不对，又带着枪，不好出去。你帮我们探一下虚实，我们还是要离开这个地方去找大部队。"

那男人看了看妻子，那妻子悄悄拽住了丈夫的衣角，从眼神中流露出的意思可以看出，她不愿让丈夫离开。

那男人嗫嚅着说："这，这，这怕不行吧？"

机灵的黄罗斌立刻看透了这对年轻夫妇的心事，拉着韩自成、赵战魁站了起来，三个人齐刷刷地站到那汉子身旁，黄罗斌满脸正气地对那男人说："大哥大嫂的心事我知道，不过大哥你放心，我们都是穷人家出身的，不会坏了良心。大哥就是我们的亲大哥，大嫂就是我们的亲嫂嫂、亲姐姐。"

说到此，黄罗斌动了感情，不由得扑通一下双膝落地，韩自成、赵战魁见此情景，也跟着跪下来。

黄罗斌接着说道："大哥给我们帮忙，我们感恩不尽！大哥离开后，我们三个人如果有一丝半点对不住大嫂的，我们背什么枪就挨什么子弹。头顶三尺有神灵，报应是现兑现！"

见此景，听此言，那位大嫂感动得潸然泪下。她悄悄松开了丈夫的衣角，用哽咽的声音说："还不快去。"

那汉子说了声："拜托！"回头又朝妻子投去深情的一瞥，转身出了棚子。

三个人为避嫌，主动退到棚子的一个角落，与大嫂保持着一定距离。他们那份小心谨慎的样子，倒使那位大嫂不好意思起来。大概是为了摆脱窘态，大嫂又掏出口袋里的炒面说："再吃两口吧，兄弟！"

三人连连摇头："不啦，大嫂！"

黄昏时分，那位大哥回来了。

"情况咋样？"三人齐声问道。

大哥说："大部队看来是撤了，可还有不少拿枪的。搜山的都是民团。你们要走，还得小心点。"

三个人向大哥大嫂深鞠一躬，挥泪告别。

虽说探到的消息不大确切，但敌人的大部队撤走是可能的。至于搜山的民团，黄罗斌最看不起那些家伙，他从参加渭北游击队就整天跟民团交手过招，没啥可怕的。

当晚他们又在梢林里歇了一宿。第二天早上，黄罗斌说："今天咱们往下走走，寻找有人烟的村子。碰上民团就跟狗日的拼！"

这巍巍秦岭，山大沟深，人迹寥寥，山径曲折，三个外乡人要在这找个村店并不容易。直到天近黄昏，他们才看见前面有个四五户人家的小山村。

三人轻轻地推开一扇柴门，一位清瘦高挑的老人迎了过来。

"你们是弄啥的？"老人的问话中有股子刚性、硬气，看来这老汉是经过大场面的。

黄罗斌忙答："大伯，我们是红军。"

"红军？"老人眼里闪过一丝犹疑，又上下打量了一下黄罗斌三人，见他们衣衫褴褛，蓬头赤足，老人轻轻"嗯"了一声，转身拎过一个粗瓷茶杯，说："先喝一口。"

黄罗斌接过茶杯，对老人说："大伯，水我们还能喝上，山里有溪嘛。可几天来我们没见过粮食了。大伯这有吃的吗？给我们分一口行不？"

老人说："现成的没有。家里有苞谷糁子和洋芋，我给你们做去。"

老人点火支锅拉风箱，不大一会儿，果然煮了一锅苞谷糁子烩洋芋疙瘩。

三人狼吞虎咽，一人喝了两大碗。这是他们自进山以来吃的最饱的一顿。

吃饭中间，黄罗斌问老人："大伯，你不怕红军？"

老人硬气地说："不怕。过去听人说，共产党是青面獠牙的恶鬼，要共产共妻，我也怕过，但前几年我们这里过过红军，对老百姓好得很，我才知道红军是杀富济贫的好汉。我就是穷人，穷人还能怕红军？不怕。"

黄罗斌感动地说："大伯说得对，红军就是穷人的队伍。我们在张家坪被敌人打散了，和部队失散多日，身上分文没有。吃了你一顿也没钱给你，你看……"

老人忙说："哎哎，说啥呢！自己人，甭说一顿，十顿八顿也管得起，就是没好的。"

三个人几乎同时说道："这就是最好的啦！"

老人说："我本想留你们在这住两天，可这村子在路边，天天都有搜山的从这过。我一把老骨头跟柴火棒一样，死了不可惜！你们还年轻，有活头，有干头啊！我就不留你们了。"

老人说得情真意切，三人听得眼眶湿润。黄罗斌说："大伯给我们的一锅粥，就是救了我们三条命，你老人家还为我们的安全着想，太感谢了！大伯，我们走了，大恩日后再报！"

三人走出柴门，走上山坡，回头望去，见老人伫立在柴门外，仰着脖子向他们眺望。

三人又在梢林中转了两天，却始终找不到一条可以安全下山的路。韩自成急了："照这样转下去，猴年马月才能出山啊？啥时才能与大部队联系上啊？"

赵占魁自告奋勇地说："我去给咱探路，不信就找不出条道儿来！"

黄罗斌想想，也只能这样。

赵占魁把枪递给黄罗斌，拍了拍身上的泥土、草叶，大步向山下走去。

黄罗斌嘱咐："一路小心！"

赵占魁说："你们就在这一带等我，天黑之前我一准回来。咱们拍巴掌为号。"

从日出三竿到日落西山，夜色漫过梢林，赵占魁没有回来。黄罗斌、韩自成眼睛都望出血了。他们相信，赵占魁不会自行离去，那么他一定是遇到不测了。

黄罗斌心如刀绞，他实在忍不住这种疼痛，对着夜色笼罩的山峦林莽，放声哭喊："占魁大哥！"

一直等到第二天天亮，仍不见赵占魁的影踪。二人合计着，占魁凶多吉少，此处也不能再待下去了，山一定要下，回照金的方向不变。二人决定把枪埋掉一块下山，装成乞丐一路乞讨着朝照金走。万一被敌人识破，那就跟他们拼个鱼死网破。

告别梢林，二人踏上下山的羊肠小道。韩自成忽然想起一个问题："路上要是有敌人盘查，你说咱该怎么说？"

黄罗斌想起了在西安被卫队抓住时编的谎话，就说："不管谁问都说咱俩是兄弟俩，从渭北牵着骡子到西安卖炭，走到灞桥骡子被拉了差。为了跟老总讨要骡子赶到这儿来了，骡子没要上，反落到了沿路乞讨的可怜地步，就这么说。"

韩自成说："你就是点子多哩。"

在山里十几天白天挨饿，晚上露宿山林，两人的身子实在是太虚弱了，一天时间，只走了二三十里路。

两人当晚在一个山沟里过了一夜。第一天上路时，一人手拿一根用树枝做的打狗棍，一是用来讨饭时对付财东家放出的恶狗，二是用来当拐棍，支撑自己孱弱不堪的身体。

还好，出山的路上没有遇到官兵的盘查，但也没有要到一口饭。

天黑了，两人走得眼冒金星，饿得气息奄奄。好容易遇到一户人家，好话说尽，他俩也只讨得两碗剩面汤。面汤总算招回一点人气，二人倒在一个麦草窝里过了一夜。

天无绝人之路，转机正在悄悄降临。

第二天，他们在蓝田河畔的一个村口遇到一位中年人。黄罗斌乞求说："大哥，能给口饭吃么？"

那中年人打量了一番这对叫花子问："你们真的是要饭的？"

"不，大哥，我们原本不是要饭的。"接着就把事先编好的谎话向中年人说了一遍。

中年人说："也怪可怜的噢！我正要找人帮我收拾这苞谷地，你俩下午给我挑粪吧。今天不给工钱，管一顿晚饭，明天再说明天的。行不行？"

韩自成忙说："能成，能成。不过，大哥，俺弟兄俩饿得都快断气了。你先给俺弄点吃的，吃了干活才能有劲么。"

"行。"那人把二人引到家门口，进屋拿出四个蒸馍。随后就拿来两把铁锨，四个粪筐，两根扁担说："走，边吃边干。"

主人用人也真扎实，粪筐装得冒了尖儿，还要用铁锨拍实再往上垒。两个蒸馍是解了当日的饥饿，但他们身子毕竟虚弱。二人挑起粪筐觉得有千斤重量。韩自成还能撑住，黄罗斌醉汉似的走了十几步便"扑通"一声倒下了。

走到前边的韩自成和主人一起跑过来扶起黄罗斌。见他面色煞白，头上直冒汗，老韩心疼地说："兄弟，你歇着。我来干。"

韩自成将自己的一担粪送到，回过头来又挑黄罗斌的那一担。不过，主人也算是个善良的人，他对黄罗斌说："兄弟，你身子骨还没长浑实哩。这样吧，我跟你哥挑粪，你光给咱匀就行了。"匀，就是把粪均匀地撒在苞谷周围。

三人干到天麻麻黑才收工。主人端出一大盘刚蒸好的白蒸馍，外加一盘辣子，一碗米汤，招呼两个打短工的吃饭。白蒸馍、黄米汤、红辣子，这可是他们自进山以来从未享用的好东西。

主人趁吃饭工夫跟他们商量明天的工价："你当哥的挑粪，一天十九个铜板,你当弟的匀粪,十四个铜板,咋样?”

二人连说:“能行。”

主人又说:“山里狼多,晚上睡到麦场里不安全,村东头有个庙,你们就睡那吧。”

村东头的庙是“无量庙”,庙里的无量佛塑像残缺不全,靠墙的地方放着两副装死人的棺材,看来是刚死的人还没来得及入土为安。望着那两副棺材,两人不由得笑了起来。

“真巧!两个活人,两具死尸,今晚咱们就和死人同室而居了。”黄罗斌无奈地说道。

二人各自躺到一具棺材上,望着从破漏的屋顶泻进来的缕缕月光,商量着明天的事。

“你说咱们明天干还是不干?”韩自成已经养成了事事问班长的习惯。

黄罗斌说:“我说咱不干了。咱的目的就是回照金么,谁还想留到这等着给人家当上门女婿?有了今天这顿饭垫底,再走一天不吃饭也能撑过去。”

“那就走,我心里也急得很哩!”韩自成说完就打起了呼噜。

失信于雇主,黄罗斌也有些于心不忍,可与大部队失散多日,两个人如离群孤雁,心里没着没落的,哪有心思在这儿待下去?天还没亮,二人便溜出破庙。

虽然道路不熟,但他们认定的目标是向北,向北。只要方向对头,就不愁找不到回家的路。恰好此刻北斗星还在天边闪烁,然而,他们认准了方向却走错了路。

日出三竿时,他们踏进一个镇子,仔细一看,不由大吃一惊,误入虎穴了。这里是敌人重兵盘踞的厚子镇,当初红二团进山时就绕开这里另选了道路。

黄罗斌临危不乱,说:“咱脸上没刻字,手里没家伙,怕啥?只管走咱的路。”

大概是逢集，厚子镇人头涌动，沿街摆满山货摊子，牵牛的、拉马的、赶羊的、提鸡的，满街都是，人喊马叫，鸡鸣犬吠，搅得集市乱哄哄的。

两个手拎打狗棍的叫花子走入出卖劳力的人市。

人市旁边，坐西朝东一个高门楼上挂着个白纸黑字条形大牌子：蓝田县民团工部。牌子一旁站着背枪的团丁，几个拎盒子炮的人进进出出，显得很忙活。

“做活么？”有人问韩自成。

“不做活跑这看戏来咧？”

“你要啥价？”

“一天二十四个铜板，管吃管住。”

“太高，给你二十个。”

“言不二价。”

“叫花子做梦，尽想好事！”

雇主一个又一个地被气走了。

这是二人商量好的，故意漫天要价，目的是不在此逗留，只想在人群中磨到散集，趁乱混出厚子镇，赶路要紧。

太阳落山时，集市散了，二人混在牵牛拉马挑担挎笼的人群中溜出了厚子镇。

走着走着，黄罗斌忽然对韩自成说：“我觉得不对头。你想，咱俩都是大小伙了，又是‘亲兄弟’，哪有两个大小伙一块要饭的呀？从现在起，咱俩分开行动，一个朝东，一个朝西，完了在村口会合，咋样？”

韩自成说：“你这个脑瓜子，就是比我灵醒。”

此时的二人，浑身除了“遮羞布”外已经没有一寸囫囵衣衫了。衫子是絮絮，裤子是条条，脚板是细藤条绑的破布，头发如鸡刨过食后的乱草窝。

他俩终于走出蓝田县境，到了渭河岸边，渭北苏区遥遥在望了。

从渭河过来的人说，渭河涨水，摆渡也涨了价，一个人就得十个铜板的船钱。

两人没有一个铜子，他们商量说："还是找个人家，给人家打个短工，挣个过河钱吧！"

"唉，我只恨自己没长翅膀！就按你说的办吧。"

他俩总算找到了雇主，但这次打工却落了个竹篮打水一场空。帮人家锄了一天地，临了，主人竟嫌活干得不好，一顿臭骂，将二人轰了出去，一个子儿也没给。

渭河果然涨水了，浊浪滔滔拍击堤岸，河中的渡船起伏颠簸，渡口上挤满了急着上船的人和车马。对岸驶来的船一靠岸，没等船上的人下完，这边岸上的人便蜂拥而上。

船家急得满头大汗："甭挤，甭挤！钱，每人十个铜子，交钱嘛！"

任船家喊破嗓子，客人依旧拼命向上挤，牵马挑担的挤得更欢。

韩自成说："咱也朝上挤，管它哩！"

黄罗斌摇头："船家也是可怜人。"

说着，甩掉上身的破絮絮衫子，光着膀子下了水，帮船家推船。韩自成也下了水。两人一人一边，双手抓住船帮子，前弓后蹬，用力地推满载人、车、马的渡船。

渡船缓缓入水，河水已经淹到黄罗斌的小肚子了。船家一脸感激地说："上来吧，兄弟！"

二人这才翻身上船。

二人过了高口镇，过了高陵县。天气晴好，碧空如洗，三原北面的嵯峨山隐隐可见。近乡情更怯，黄罗斌觉得自己此刻心跳得厉害。

二人走到清峪河边，再走几里路就到苏区的瓦窑头了。

二人进了寇家庄，就像天涯游子回到母亲温暖的怀抱。乡亲们围上来，这个呼小罗，那个叫小韩，热菜端上来，热汤端上来，热饭盛上来，热腾腾的米酒送上来。问寒问暖，问长问短，问吃问喝，问一路的艰难潦倒。

末了，乡亲们说："不怕，小罗。失败了咱重整！留得青山在，不怕没柴烧。总有一天咱能把事闹成呀！"

南下的红二团最终回来了多少人，没有人知道，总之是不会超过南下时的十分之一。回来的人几乎都是化装成叫花子一路乞讨回来的。

归队后，韩自成被分到红二十六军第四团当了排长。黄罗斌受新任中共陕西临时省委书记杨声的指派，到起义后的王泰吉麾下做政治工作。

第三十四章

劫后重逢

部队在张家坪被敌人打散后，谭生彬和王兆相与刘志丹等失去了联系。他俩在夜幕掩护下向山口外摸去，刚出山口就被敌人哨兵发现，只好各跑各的，自行突围。谭生彬在一对贫苦农民夫妇的掩护下，躲过了敌人的搜查。

第二天一早，谭生彬告别了这对夫妇，踏上了回陕北的路途。

谭生彬从终南山口的那个不知名的小村出发，由西向东，当天就走了几十里路，在下午太阳快落山时赶到了赤水镇。他坐船过河后，再由南向北，朝着陕北的方向走去。

一路上，谭生彬跋山涉水，揽工讨饭，历尽千辛万苦。途中不管遇到什么情况，谭生彬都没有动摇回陕北的决心。他牢记着刘志丹的话："回照金去！回陕北去！保留革命的火种！工农革命一定会胜利！"

由于在路上经常讨不到饭吃，他在白水县的一个村子里揽了五六天工，帮主人做农活并帮着记账。村里人发现他很能干并且有文化，极力挽留，请他在村里的小学教书。这对于当时饥困交迫、沿途乞讨的谭生彬来说，真是莫大的诱惑，但他毫不犹豫地拒绝了。无数牺牲战友的仇还没有报，为穷苦人打天下的使命还没有完成，自己怎能逗留此地，苟且偷生，将革命半途而废？赚了几个路费钱后，他就继续赶路，一天都没有多停留。

走到宜君时，谭生彬在白水揽工挣的那几个钱早已花光，饥肠辘辘，浑身无力。如果不是手里有根打狗棍撑着，他早就躺倒了。他迈着蹒跚的脚步，走进了一个小村子，在一户人家的门口拍了拍门，有气无力地叫道："掌柜的，行行好，打发一点儿。"

门开了，出来一位五六十岁、面目和善的老汉，给他倒了点稀饭，塞了半块玉米团子，问他是哪里人，为什么流落此地？最后又问他，愿不愿意打几天零工？

谭生彬正求之不得，就痛快地答应下来。他干活勤快，从不偷懒，起圈、垒粪，样样农活都干得漂亮。尤其是锄地，三锄下去，土松草净，禾苗无伤，又快又好。老汉高兴得到处给人说他找了个好受苦的。老汉想让他多干些时日，他谢绝了。

经过甘泉附近时，谭生彬在一座大山里整整走了一天。山里有一条羊肠小道，两旁是齐人高的深草，他独自一人在这条小道上行走如飞。

当晚，他就歇在山上的一座破山神庙里。他脱下鞋当枕头，在庙里那尊泥塑的、残破不全的山神爷陪伴下，躺在满是灰尘的供桌上呼呼大睡。

就这样，谭生彬七月初离开终南山口的那个村子，经过渭南、蒲城、白水、宜君、中部（1944 年改为黄陵县）、洛川、鄜县、甘泉，辗转千里，走了整整一个月，包括揽工的那十几天，终于回到延长。

八月初的一个早上，公鸡还在打着鸣，天刚刚放亮，谭生彬拖着疲惫不堪的身体走进村里。他衣衫褴褛，面容憔悴，终南山口那位救他的婆姨送给他的蓝布鞋早已磨烂，趿拉在脚上。他拄着打狗棍，一步一步挪到了离自家窑洞不远的地方。小路口上的那个碾盘还在，他一屁股坐在碾盘上，抬头仰望着苍天，长长地吐了一口气。

这时，西窑的门开了，侄子谭白牛的婆姨端着一笸箩玉米向碾盘走来。“三大,真的是你?”

她看到谭生彬,惊讶地大叫起来。手一松,笸箩掉在地上,玉米撒了一地。

“怎么,不像?”他苦笑着说。

“像!像!像个要饭的!”她转过身子,朝着窑洞大喊:“娘!白牛!你们快出来看呀,我三大回来了!”

听着亲人这忘情的呼喊,谭生彬心里热乎乎的。此时此刻,他才意识到自己真的到家了!

回到村里后,他小歇了几天,缓了口气,随即和阿青原党支部的肖彩丰、李学白、肖佐汉、谭生福、谭生祥、谭永昶等,皇庆寺原党支部的李春光、高朗亭等取得了联系。他们向谭生彬介绍了延长党组织和上级失去联系的情况,谭生彬也向他们介绍了自己参加红二十六军第二团及部队在终南山被打散后突围的经过。

面对当时延长党组织濒临瘫痪的困难局面,谭生彬在阿青村以教书为掩护,串联党内同志,宣传号召群众革命,继续坚持地下斗争。

1933年末,刘维舟、黑志德从陕甘特委回到县上。谭生彬与他们接上了关系,革命的火种又在阿青原、皇庆寺原熊熊燃烧起来。

被困南山的红二团战士陆续脱离险境,刘志丹和王世泰安全离开赤水镇后,准备由渭南返回照金。

从渭南回照金有两条路线,一条是近路,从蒲城、富平、宁县、耀县走,一条是远路,经蒲城、白水、洛川、富县、甘泉、保安、合水、正宁、耀县,绕道回去。近道因敌人刚刚打过王泰吉起义部队,沿途哨卡林立,封锁严密,通行困难;远路虽然路线长、费时间,但沿途有地下党的关系,比较安全。

刘志丹和王世泰决定舍近求远,绕道回照金,并根据各人情况分段负责沿途安全:白水以南由黄子文负责,洛川以北由王世泰负责,保安以西由刘志丹负责。

第一天，他们走了八十多里，到达蒲城兴市镇。这是个有几百户人家的大镇，以生产花炮闻名，是附近几十里的商业中心。

晚间，刘志丹等人住在镇内客店里。王世泰挑着担子，带着枪，因怕暴露，黄昏时在兴市镇附近的村庄里卖了一阵货，然后住在老乡家里。

第二天，他们在兴市镇北门外会合，向北进发，晚宿蒲城六井镇。途中怕别人看出破绽，刘志丹、黄子文走前头，王世泰和曹士荣轮换担着担子在后面走，刻意和他们拉开一段距离。

货郎担子少说也有六十来斤，一天要走七八十里路，两天过后，王世泰和曹士荣肩膀全压肿了，无法再挑担，便在六井镇雇了个老乡挑担。这位老乡家里穷，人老实，长年靠给别人卖水果为生，每天只能赚两角钱，所以也愿意为他们跑腿，多挣几块钱。

第三天到白水县，刘志丹等三人夜宿白水窑禾镇。窑禾出产煤炭，是白水最大的镇子，比县城还繁华。

为防不测，王世泰和挑担子的老乡在距窑禾镇十里左右的一个大庄子里卖货后投宿。

临睡前，挑夫说："你们骗人，你们根本不是做生意的。"

王世泰说："我们就是做生意的，你凭什么说不是？"

挑夫说："你们绾的扁担绳乱成一疙瘩，一看就不是做生意的。"

王世泰连忙掩饰说："我们是做大生意的商人，担货郎担确实是头一回。"

挑夫将信将疑地看了看王世泰，再没说什么，整理好扁担绳就睡了。这件事提醒王世泰：归途多险，千万大意不得。

翌日，王世泰和挑夫到窑禾镇外与刘志丹等会合后出发。

本来，从窑禾出东门，过洛河，走黄龙山两天，就可到王世泰的老家洛川土基镇黄连河村。谁知他们错走北门，上了暗门山，在半山一看，才发现方向不对头，这时已走出七八里地。回去吧，怕引起人的怀疑，造成麻烦，不回去又没路走，他们不得已从荒山上径直向洛河边走。暗门山遍地都是酸枣刺，扎得人两腿冒血。

挑担子的老乡更苦了，一边走，一边埋怨："你们不是好人，好人不走这样的路。"

王世泰和曹士荣帮他扶着货筐，好言相劝，答应多付报酬。

下到洛河边，他们沿河向西北走，天快黑时走到一个渡口旁的小村庄，在老乡家吃了一顿饭。

当时河里正发洪水，渡船不能开，刘志丹等三人由水手们扶助涉水过河，住在对岸大村子的客店里，王世泰和挑夫就地投宿。

晚上，挑夫又嘟囔着说他们不是好人，好人不走那种路，并提出第二天要回家，不再给他们挑担子了。

王世泰只得说："我们是贩大烟的，怕检查。"并许诺给他每天增加到三块银圆，才算稳住了这位老乡。

第二天，洪水退了，王世泰和挑夫乘船过河，与刘志丹等会合后，沿洛河北上，经朱牛原向土基方向走，下午在北月合村，碰上在土基镇烟膏局当雇员的王奉勤。

他看见王世泰，情不自禁地喊着："二爷回来啦！"

王世泰从王奉勤那里了解到土基民团和家里的情况，得知堂兄王世昌已不在土基镇当民团团总，而是回到黄连河村老家修了一个防土匪的寨子。

离开月合村，又走了二十几里，天就黑了，他们在马儿村原畔一片庄稼地里取出枪，给挑担子的老乡十三块钱和一副货郎担，打发他回家。他们绕开土基，从马儿村翻沟经铁楼村向王世泰的老家黄连河村走去。

晚十点左右，他们来到黄连河村。

黄连河村有一条小街，王世泰家住西街巷子里。王世泰领着刘志丹等人来到家门口，两只狗叫着，门上挂着锁，但没有落锁。家里没一个人，锅里的水开着，锅盖上放着一大堆红枣。

王世泰让刘志丹他们喝水吃枣，自己返身出门找家里人。他走到离寨子不到三十米处，突然听见寨楼上有人高声喝问："干什么的？"

王世泰随机应变答道："是东南乡的亲戚，找王怀玺，家里人有事。"王怀玺是王世泰的侄子。

"你是不是王世泰？是王世泰我就开门。"对方接着问道。

这突然的问话，吓得王世泰一身冷汗。他怀疑敌人占领了寨子，准备抓他们，否则不会指名道姓地叫他。所以他转身就向街外跑，一直跑到上街李元家的窑背后。村中狗叫声混成一片，李元以为来了土匪，也在窑背观望。

见有人跑过来，李元大声问道："是谁？"

王世泰说："姓王。"

李元是王世泰少年时的朋友，虽然辈分不同，却彼此非常要好。李元听出是王世泰的声音，高兴地说："二爷回来了。"

王世泰急忙问道："寨子里住的什么人？"

李元说没有什么人。王世泰真生气，明明有生人和他对话，怎么能说没人呢？

李元笑着说："可能是五爷带的人。"

五爷，就是王世泰的堂兄王世昌，身边有几个人几条枪，可能是为了防土匪抢劫拉票，夜间把家里人集中在寨子里住。

王世泰父辈兄弟两个虽已去世，但后代还没有分家，二十几口人一起生活。王世泰是最小的，加之父亲去世早，母亲特别疼爱他。王世泰的老母亲思儿心切，几天来一直用土蛋蛋卜卦，说小儿子王世泰要回来，被守城的那个小青年听到，才闹出一场虚惊。

五哥知道小弟回来，同大哥、二哥迎出来，见到刘志丹后，更是非常高兴。在陕北，刘志丹领导穷人闹革命，几乎家喻户晓、妇孺皆知，人们都敬重他。王世泰的兄长们对刘志丹的敬重之情尤甚，所以当即请刘志丹进寨子居住。

老母亲见到小儿子世泰，一下扑了过来，抓着他看不够。王世泰的母亲，是位慈祥而又深明大义的老人。她既不询问他艰难的过去，也不问他今后的打算，只是连声嘱咐要小心谨慎，好自珍重。她相信，好男儿志在四方。

为了安全，王世泰的兄长们决定把他们转移到杨家河叔伯三哥、四哥住的地方。那里山大沟深，灌木丛生，山上有防匪的石崖窑，他们四人就住在崖窑内。四哥外号称四疯子，胆子大，敢说敢为，手下也有几个人。

四哥对王世泰说："小弟回来，四哥给你当保镖，敌人来一个连也不用怕。"他当下安排警戒，杀猪宰羊，让家里人和两个年轻妇女上石崖窑专门为他们做饭，确实比较安全。

一天，老母亲打发人来叫王世泰回家，说是有事要商量。

回到家里，才知道洛川民团团总雷在阳要见王世泰。

洛川民团势力很大，王世泰早有所闻。雷团总其人，早年曾与王世泰相识。王世泰想，他要见我，无非有两个目的：一是想和我挂钩，为自己找条后路；二是探听虚实，看我们走不走。走了，大家相安无事；不走他怕招惹麻烦。

当然，王世泰脑海中也闪过可能被捉的念头，但很快又否定了。因为雷团总同五哥是至交，要抓也不能在家抓人。所以，王世泰决定当晚见他。

见面地点在王世泰母亲住的窑洞里，二人谈话的内容很多，也比较诚心，谈了大约两个小时。王世泰说了照金根据地革命的形势，红二团南下失败只是损失一小部分队伍，大部队仍在根据地和渭北一带活动，让雷在阳认清形势，今后争取中立，不要同红军为敌。

雷在阳当场表示，他不会干出对不起红军的事，并说："老弟，好好干，有什么困难提出来，我帮助你。事干大了，不要忘记洛川人。"

后来，雷在阳当上旅长，积极参加抗日活动，率部开往前线时，在神木被人暗杀。

三四天之后,王世泰怀着依依不舍的心情,辞别老母亲,一行人向保安县行进。

他们途中借宿洛川好音村赵耀荣、富县田庄王树山及王树勋几个党员家,第三天到达甘泉县。

甘泉县是北进延安的大门,县城很小,只有几十个人的民团驻守,盘查亦不甚严格。县内有王世泰延安四中的几位同学。进城前,王世泰和刘志丹等人约定,如果遇到敌人检查,他就开枪打,听见枪声,他们直奔县城对面岳王庙山上等候会合。

王世泰穿着王树山送的老羊皮袄,像一个地地道道的农民,进城时没有遇到盘查。

进城后,王世泰先找到在县中学任教的李树录。李树录正在看报,听到叫声抬头看是王世泰,呆了好一阵没说出话来。因为他正在看的报上,就登载着他们被"消灭"的消息,根本没想到王世泰会突然出现在面前。

李树录一下把王世泰紧紧地抱住,连说:"太突然了,太突然了!真没想到你回来,我以为你早已作古了呢!"

"城里还有几个党员?"王世泰急忙问。

李树录说:"有薛泰来、郑维平、张荣增,薛泰来当中学校长,郑维平当团总。"

"他们现在表现咋样?"

"革命意志很坚定。"

"你快去把他们找来,设法把刘志丹他们接进城里。"

听说刘志丹来了,李树录立即派人找来薛泰来和郑维平。大家见面,顾不上寒暄,王世泰让薛、李二人到饭馆包顿饭,转身同郑维平出城迎接刘志丹等人。

几位党员早先无缘见刘志丹,今日见面甭提有多高兴了,大家在一起吃了顿美餐。

为了防止意外发生，当晚刘志丹等人住在城外杨家砭，郑维平布置了警戒，保证了安全，几个人畅谈了大半夜。刘志丹介绍了红二团南下受挫的经过，谈了今后的设想，还特别嘱咐他们：要坚定革命信心，利用合法身份，积极发展组织，为党多做工作。

第二天早饭后，刘志丹等人恋恋不舍地和甘泉县的地下党员们挥手告别。刘志丹本来打算顺洛河川而上，后听说沿川处处有民团，不好通过，于是改道从洛河西岸上山向西行走。

刘志丹一行顺山梁走小道，走了整整两天才到达刘家老庄北面的苍沟。

在苍沟，刘志丹找到哥老会“大爷”马海旺。此人为人耿直，很重义气，在周围二三十里内都有很大影响。他早年与刘志丹熟识，关系密切，最器重刘志丹的学识和人品，所以刘志丹住在马海旺这里很放心。

“马大爷”确实够朋友，杀猪宰羊，待他们为贵宾，同时，还布置警戒，打探消息，为他们忙碌着。在这里，刘志丹等详细地了解到了根据地的现状，这些消息实在太重要了，大家恨不得插上翅膀，马上飞回根据地去。

他们离开苍沟向保安县曹家沟走去，一路上有“马大爷”派人护送，非常顺利。

曹家沟是曹士荣的家乡，他们没有进村，住在离村二三里路的一个石崖窑里，由曹士荣哥哥送吃的。因为距曹家沟十来里地有个旦八寨子，有国民党正规部队和民团，反动透顶，他们怕走漏风声，遭国民党袭击，没有直接进村。

刘志丹为了了解周围情况，就通过曹士荣哥哥找来旦八寨子内一位当小学教员的党员。这位党员见到刘志丹很兴奋，回去后高兴地告诉其他党员，不料他的话被国民党的狗腿子听到，险些给他们惹来一场横祸。

那天，天气特别闷热，外边下着瓢泼大雨，他们几个人在石崖窑里闲聊一阵先后睡着了。扑通一声响，把王世泰惊醒，他一骨碌爬起来，见一只狗叼着羊腿,从洞口窜出去。

这一惊一吓,使王世泰忽然想到这里地形不好,一旦被敌人包围,要想逃脱比登天还难,于是他连忙叫醒大家起来转移。

刘志丹同意他的看法,一行人迅速离开石崖窑,由后山向合水前进。事后得知,他们刚刚离开不到一个小时,旦八寨子里的一排国民党正规军和七八十个民团团丁就把石崖窑包围了。

离开曹家沟两天后,刘志丹等经大凤川至合水县包家寨,住在高世清家里。

经过多日的辛苦奔波,照金近在眼前了。他们由包家寨动身进子午岭,途经五亭子、芦包梁、艾蒿店、马栏川、老爷岭,于1933年农历八月十五晚,回到照金的薛家寨。

得知刘志丹已安全返回照金,红二十六军也已恢复,谭生彬高兴得几天都没睡好觉,好几次梦见自己回到了部队横刀跃马。

1935年4月,谭生彬带领阿青原、皇庆寺原两个支部的同志,一改先前低调的秘密活动,开始了全县范围内的农村大串联,积极宣传党的主张,广泛开展群众工作。

5月,刘志丹率红二十六军、红二十七军主力秘密运动至延长交口一线,对外封锁消息,伺机攻城。红军根据延长党组织情报,为削弱敌城防御力量,先以红二十七军一个连,在游击队和地方党组织配合下,设计将守城民团百余人诱至距城百里之遥的嵝岘,死死缠住。然后,红军主力直插延长城下,发起攻击。经三小时激战,以伤亡十余人的代价,全歼国民党延长驻军骑兵连及民团、矿警四百余人,生俘该连连长和县长董公绶,缴获大批枪支、弹药、马匹、银圆、辎重,一举解放了延长县城。

此时,被谭生彬缠阻在城外百里之外的民团方知中计,急夺路回窜。红军前堵后追,将其围歼于烟雾沟。团总李铭武拒不投降,被当场击毙。

红军前敌总指挥部设在国民党县政府院内。谭生彬走进窑洞里,看到刘志丹正在和杨琪、董耀卿研究军民大会的议程,便抢前几步向刘志丹行了一个军礼:“报告总指挥,骑兵连一班战士谭生彬前来报到!”

刘志丹先是一愣,接着就伸出双手惊喜地叫道:“是你?早听说你出山后又回延长搞起了地下工作,今天总算见面了!”

谭生彬紧紧握住刘志丹的手,使劲摇晃着,泪水模糊了眼睛。刘志丹摆了一下手,对与会的同志说:“你们先研究,我和老谭出去一下,有话要说。”

谭生彬和刘志丹在院子里边走边聊。谭生彬提出了回部队的要求,刘志丹略微思考了一下,笑着说:“你的心情我能理解,你本来就是咱红二十六军的人嘛!只是延长刚刚解放,百废待兴。你是本地人,熟悉情况,我个人认为你留在地方比回部队作用更大。这事你也别太急,到底怎么办,等我们和西北工委商量后再告诉你。”

谭生彬由此留在地方工作,为巩固和发展延长新区,他发动群众进行分粮斗争,组织赤卫军、少先队,整顿和发展党的组织。6月下旬,延长县革命委员会选举产生,前委和西北工委决定谭生彬担任主席。

第三十五章

危急关头

1933 年 7 月 26 日，杜衡离开耀县，经三原武字区小道口村，参加由渭北游击队组建红四团的授旗仪式后，返回西安。

时隔两天，即 7 月 28 日，杜衡同省委书记袁岳栋、省委宣传委员贾拓夫等相约，在西安市东大街骡马市福盛楼饭馆以聚餐做掩护，碰面研究近一时期革命形势。

不多时，有两个陌生人来到福盛楼饭馆，两人鬼鬼祟祟，进来又出去，出去又进来。杜衡等断定是敌人侦探，于是决定马上离开，转移到另一地方去。

袁岳栋、杜衡等先出去，由贾拓夫结账。

贾拓夫走到前门结账时，发现街上的人都把目光集中在一个方向，贾拓夫到门口一看，那两个人正抓着袁岳栋与杜衡不放，他立刻趁混乱从后门跑出去。

原来是先前被捕叛变的程建文得知消息，带领着一帮国民党特务闯入饭店，抓捕了袁岳栋和杜衡。

前一时期，贾拓夫曾多次遇险。1931 年冬，他化名江子质，在陕西蒲城以小学教员身份为掩护做地下党的负责人，秘密开展地下工作。由于叛徒出卖，组织遭破坏，许多党员被捕。在敌人到学校搜捕时，他翻墙逃出，藏在地下党员李忠信父亲开的棉花铺里。敌人封锁城门，挨户搜查，扬言“不抓到西安派来的姓江的共产党大头子，绝不罢休！”他只好躲在屋顶上。数天后，他剃光头发，扮作下乡收棉花的伙计，推上“地老鼠”车（一种小型手推车），才安全脱险。

这次杜衡、袁岳栋被捕，情况危急，幸得脱险的贾拓夫不顾个人安危，立刻跑到省委机关技术科通知技术员马上转移。贾拓夫协同技术员把文件搬出来，寄放在技术员掌握的一个地方，他自己带了一包重要材料转移。贾拓夫这一段时间在外边跑得多，省委秘书处、军委、市委、团委的关系都不知道，他只知道袁岳栋与军委接头的地点。

贾拓夫第二天冒险在袁岳栋与军委接头的地点蹲守，见到了军委负责人窦文德，贾拓夫立即通报袁、杜被捕的情况，并通过窦文德找到团委。当天晚上见到团委书记刘宗沛，贾拓夫让刘宗沛一方面报告党中央，一方面通知各地。

中共陕西省委决定由贾拓夫、窦文德、刘宗沛处理一切相关事务，设法通知省军委负责人汪锋和其他同志转移，通知在杨虎城部队的阎揆要等几位同志注意隐蔽。并派人到三原给中心县委书记赵伯平送去一个纸条，上用暗语写道：“掌柜的打官司去了，请你到舅舅家要些钱过日子。”

贾拓夫于 8 月 15 日出发北上，匆匆赶赴北平，找中共北方局报告。还同中共河北省委负责人取得联系，建议河北省委派谢子长、阎红彦返回红二十六军和陕北游击队工作。之后又经北方局负责人高文华谈话并介绍，贾拓夫到上海直接向党中央报告。

1933 年 11 月 13 日，贾拓夫向中共中央写了《红二十六军及南下情况的报告》。

贾拓夫在报告中写道：

> 我们已与渭华县委书记讨论了，我们离开陕西时还在渭华

留了一天，解决了些问题，并确定了志丹、子文、世泰等的工作(红二十六军失败后，他们四五人在渭华藏着)，派志丹、世泰到四团去，子文到韩城梁占魁部去工作，把梁组织在西北民众抗日义勇军二路旗帜之下。我找见高麻子，与他讨论了骑兵团工作后派他到那里去工作，这是以前省委就决定的。经过这次破坏后，省委只剩我与杨声两人了。杨声在二十六军四团离不开，而且也不能回西安来。我在西安更无法立足，所以在党团活动分子会上才决定派我来中央，要求中央解决省委组织问题。关于省委问题，当时决定暂由张新发负责，建立与各地的关系，并决定他不多跑，一切关系由另一同志充任干事，比较重要问题由他与组织干事、市委负责人三人解决，形成一个工作委员会，并建立了一个最机密地方，以备我们回来接头及与中央通讯。

此前，贾拓夫通过省委工作人员陈子敬，转告刚从甘肃回来的孙作宾，利用与孙蔚如(时任三十八军军长)的关系，掩护好自己，先搞个临时组织，并将省委仅有的一架油印机和一些档案文件，转交给孙作宾妥善保管。

根据贾拓夫的安排，9 月份，孙作宾与尚未暴露的地下党员余海丰、崔廷儒、胡振家、昝玉祥等取得联系。10 月初他们决定成立中共陕西临时省委，由余海丰任书记，孙作宾任组织部长，崔廷儒任秘书长，胡振家任军委委员，昝玉祥任宣传委员，刘雪琴为秘书。

11 月 25 日，贾拓夫给中央汇报陕西工作的信中说：

励君(杜衡)完全没有执行他去时由他自己起草的指示信，在边区与渭北，我们领导之下有七八个游击队，但以励君为中心，在敌人围剿面前表现出了右倾机会主义的动摇……决定离开边区到陕北去。

信中说，当时省委、边特委及三原县委一致反对，派人传达意见，红二十六军又开到边区。省委派袁岳栋到三原就近解决问题，当见到励君时，红二十六军又渡河南下了。不论北上与南下，都是以励君为中心的。在励君这样政治动摇的过程中，被捕叛变是无足怪的。

杜衡等叛变后公开在报纸上发表自白书，并向国民党供述了中共陕西省委的所有机密，供出他知道的所有组织和党员，使省委机关和关中、陕南各县党团组织遭到空前严重的破坏。

在自白书里，杜衡还供认："庙湾战斗后，就动摇了，没有信心了。"这便暴露了他投降主义的面目以及卑劣的政治品质。

在白色恐怖笼罩的西安，孙作宾同余海丰、崔廷儒、胡振家、昝玉祥、谈国帆、高克林、赵成璧、李鼎九、杨嘉瑞等先后走到一起，分别组建了中共陕西临时省委即西安中心市委及其领导下的秘密武装特工队，以及渭北工委等党的地下组织，并按照"收拾残局，联络同志，恢复组织，积蓄力量，支援苏区，配合红军，盼望中央"的宗旨，不断地开展对敌斗争。

中共陕西省委被破坏后，陕甘边特委与上级中断了联系。渭北、照金一带的革命活动陷入低潮。习仲勋在《陕甘高原，革命征程》(油印稿，1986 年 8 月 14 日)中回忆当时的困难情况时曾写道：

红二团失败后，敌人调动大批兵力，妄图一举荡平陕甘边根据地，当时我们困难极了。红二团南下时把地方游击队的几支枪也调走了，照金游击队只有四十多个人，枪不满三十支，子弹也很少。敌人对渭北、照金到处发动进攻，我们失掉了红军主力的依靠，无处安身，吃饭也成了问题。尽管如此，我们还是坚定信心，坚持斗争。我们的方针是保存力量，以游击战保卫苏区。在淳化、旬邑、耀县一带及薛家寨的周围，我们发动群众、壮大游击队，等待有利时机。

王世泰在《习仲勋坚持陕甘边根据地斗争片段》(油印稿，1997 年 4 月 22 日)曾撰文回忆说：

1933年夏，红二十六军二团南下受挫，王泰吉起义失利，陕西省委遭到破坏，渭北根据地陷入敌手，陕甘边根据地上空笼罩着阴霾，经受了种种磨难。习仲勋听到红二团被敌人打垮的消息后，一直为志丹和我等人的安全而揪心，他曾给我说过，两个多月里，不但听不到我们的消息，反而传来了不少谣言。所以他整日盼望我们能安全回来。在革命趋于低潮的形势下，陕甘边特委和边区人民几经曲折，付出巨大损失之后，在刘志丹等同志领导下，排除艰难险阻，以无比的献身精神从挫折和失败中走向胜利。

第三十六章

耀县起义

1932年初春,中国工农红军陕甘游击队南下耀县北部照金山区,刘志丹、谢子长、习仲勋等开创照金革命根据地,使当地广大穷苦老百姓翻了身,从而在耀县地区燃起了熊熊革命烈火。

耀县地处渭河以北,桥山山脉南端,是关中通往陕北的天然门户,在军事上占有重要地位,进可以取泾原,退可以入北山,素有"北山锁钥""关辅襟喉"之称誉。耀县地处关中传统农耕经济区的北部边缘,历史上又有过多次民族融合,民俗中不仅积淀着关中农业文化的遗存,也保留了许多北方少数民族的文化。

耀县曾是上古阴康氏的治地,西汉始建祋祤县,魏改为泥阳,隋改为华原,唐天祐年间改为耀州。古耀州名人辈出,有孙思邈、傅玄、柳公权、令狐德棻、范宽等,其遗风荫庇子孙,代有传人。本分好客,勤劳节俭,忠厚老成,重传统、喜革新,是此地民众性格的显著特点。

20世纪30年代初,这里的老百姓主要以农耕为业,不少农民喂养大牲畜,有骡子有驴,利用农闲给商人驮脚,或贩卖粮食、煤炭、瓷器,以补贴生计。老百姓长期处于地主阶级的压榨和反动军阀的掠夺下,耀县连年兵荒马乱,市景萧条,民不聊生。尤其是耀县北部山区的佃农,在豪绅地主的高租、高利贷残酷剥削和土匪的骚扰下，更是苦不堪言，所以对豪绅、地主、官府、军阀十分痛恨。

为反对豪绅地主及军阀民团的残酷剥削和压迫，耀县人民奋起反抗，早期的革命活动在刘峨山、张邦英、张仲良等的带领下，取得了一定的成绩。

刘峨山，在三原师范读书时参加了共产党的外围组织，一度组织农民协会，发动农民和进步青年进行抗粮抗税抗款、反对军阀的斗争。

张邦英在西安民立中学读书还不到一年，刘镇华开始围攻西安，国民党当局就动员家不在西安的学生向外疏散。张邦英便冒着前线炮火经三原回到耀县。在家乡，他发动农民进行抗粮抗税斗争，在泥阳堡砸了官路上的税卡，扯了税旗。之后他继续去西安读书，不久，加入了共产党，给渭华党组织转送文件。

毕业后，张邦英回家乡耀县当高小教员，在耀县西街一个门面房成立党小组，经常接触的除曹雯外，多是一些对社会不满的青年和小学教师，有杨再泉、安仁、任浪花、张仲良、刘纪峨、刘景山等人。由于大革命失败后，党的工作转入地下，他毅然放弃了教学，到陕西讨逆军中去找刘峨山。

张邦英找到讨逆军驻防部队时，听说刘峨山已阵亡，就到了雷天一营。张邦英随讨逆军驻防部队开到凤翔，遇到了学兵队的队长周志学，接上了组织关系，组织让他留在部队做党的地下营委书记。在甘肃固原、镇原驻防时，张邦英介绍杨再泉、张仲良加入了共产党。

张仲良当时在该营一个连当文书上士，杨再泉是另一个连的司务长。不久，该部被杨虎城收编，部队从甘肃经过彬县到了泾阳，张仲良要求回家。获准后，张仲良经三原武字区和王屈贤接上党的组织关系，又与先回县上的杨再泉及曹雯、刘林圃、宋子奇取得联系，建立了阿姑社支部，后成立了中共耀县特支，张仲良任特支书记。

1932 年春，耀县又遇灾年，且苛捐杂税很重。张仲良和唐天杰等在耀县发动农民运动，用传鸡毛信的办法集合了几千人，进行了一次反苛捐杂税的围城“交农”斗争，烧了耀县的西城门。张仲良被国民党唐子封军队关押了两个多月，因没有搜出什么证据，在陈学鼎、赵连壁等人活动下具保释放。

此间，仍在部队做兵运工作的张邦英，联络了两个排七十多人准备发动起义。排长李森向党组织申请起义，组织上考虑到时机还不成熟，否决了他们的提议。张邦英要求去刘志丹、谢子长部队里工作，得到批准。1932 年麦收时节，张邦英从甘肃天水回到耀县，见到了张仲良，了解到耀县党支部的活动情况。

张邦英随后去三原县北城职业学校，找到了中共渭北特委，和习仲勋取得了联系。他和张仲良一同去三原武字区长坳的地窖，参加了渭北特委关于发展革命武装等会议。

1932 年 8 月间，中共耀县县委在泥阳堡成立，张仲良任书记，张邦英协同张仲良一起工作。

这时，杨虎城下属马青宛部发生内讧，雷天一依靠的势力失败，就趁机带了几支枪、七八个人及家眷，潜回家乡耀县小王咀村。张邦英得知这一消息后，想利用过去的关系，把雷天一那几支枪弄来，组织游击队。

一天傍晚，张邦英来到雷天一家里，不料还未来得及开口，就被驻小丘镇杨虎城的一个连的部队包围，敌人逮捕了张邦英和雷天一，将他们押到了小丘镇。

由于刘志丹、谢子长率领的陕甘游击队曾到过三原心武地区活动，因此敌人便怀疑张邦英是共产党，审问了好几次。张邦英非常紧张，倒不是怕审问，主要是怕敌人去抄他的家，一旦抄出他家中存放的党内许多文件，那就糟了。幸亏敌人没有去抄家，张邦英也始终不承认自己是共产党人。

张邦英被关押了三天两夜后释放了。枪没弄到，反而被关押受审，他身上穿的衣服和鞋也破了，很狼狈。当他回到家中时，发现存放的党内文件和过去积累的一些进步文稿，已被父亲烧毁了。

雷天一被捕后，敌人将他押解到西安。不久，雷天一却被任命为耀县民团团总。

就在这个时候，组织上拟调张仲良到渭北特委做巡视工作，决定由张邦英任中共耀县县委书记。

1932年底，红二十六军第二团消灭了耀县照金周围的民团敌军，组织起地方游击队。耀县中共党组织经常和照金根据地联系，帮助根据地解决物资困难问题。

1933年春，国民党调集四个团的兵力"围剿"陕甘边根据地，王泰吉任"剿共"总指挥，他率领西安绥靖公署骑兵团由三原移防耀县。

王泰吉，生于1906年，陕西临潼人。青少年时就读于西安同志小学、省立第三中学，在共产党员魏野畴的帮助下，1924年5月考入广州黄埔陆军军官学校第一期，同年加入中国共产党，前往开封国民军第二军军长兼河南督办胡景翼部学兵营任排长。1926年，王泰吉到陕军甄寿珊部任营长，后驻防麟游。1928年，王泰吉率该营近百人起义，处决了反动军官，前往渭华任西北工农革命军参谋长。渭华起义失败后，王泰吉只身到河南南召给一家富户当长工，被反动当局逮捕押往南京监狱，经杨虎城出面具保获释，被任命为国民革命军第十七师补充旅副旅长兼参谋长，进驻西安。

1931年，杨虎城调王泰吉任新兵训练处处长，不久西安绥靖公署把苏雨生骑兵团的几百匹马拨来以后，改名为西安绥靖公署骑兵团（简称骑兵团），王泰吉被任命为骑兵团团长。次年春，杨虎城派宪兵把骑兵团的大部分马匹送给了南京国民政府。骑兵团除设军需、军医、副官、书记四处外，下辖四个连和一个直属通讯排，共千余人。这支部队成分复杂，地域观念浓厚，进步与落后的矛盾相当突出。

骑兵团中的相当一部分革命力量，深感民族危难，力图摆脱现状，为抗日救亡做出贡献，曾先后发动过两次起义。

第一次是在1932年冬季，第一连连长、地下党员魏志坚在商南领导全连起义，但本连反动班长蒲章成趁其不备时将魏志坚枪杀，部队瓦解。

第二次是第二连连长刘清和准备起义，想把全连带往嵯峨山，和陕甘游击队在苗家祥会合，不幸因泄密失败。

当时在骑兵团进行地下工作的党员、团部副官袁宏化，地下党员、排长赵启民，因被国民党发觉而离开部队，王英和秦重民、陈守印留在部队，秘密进行兵运工作。

"九一八"事变后，全国掀起了抗日高潮。冯玉祥、方振武和共产党员吉鸿昌等合作，在张家口成立了察绥抗日同盟军。早年与王泰吉熟悉的许权中、谢子长等，先后奔赴察绥前线，参加了抗日同盟军，守土保国。

王泰吉得悉以上情况，并听说同他熟识的地下党员杨晓初、张性初、师守命和拥护抗日的杨可均等都去了张家口时，不禁热血沸腾，急于有所作为。

1933年初，王泰吉骑兵团团部驻在三原时，中心县委书记赵伯平通过王振民，了解到王泰吉的动态。

王泰吉奉命调往耀县，进攻照金根据地，从内心来说，他并不愿意执行这一命令。在西安时，他曾请老同学何寓础找过中共陕西省委。何寓础时任省立三原中学教务主任，从事党的地下工作，与王泰吉交往密切。何寓础找到中共党员李树言，由李树言转告了陕西省委，省委随即派余海丰同何寓础联系。

之后，经何寓础介绍，王泰吉与三原教育局局长、中心县委常委周芝轩相识。王泰吉找到周芝轩，并与中共三原中心县委书记赵伯平等联系，表示要发动骑兵团起义，参加抗日斗争。

渭北三原、耀县的中共地下党组织活动此起彼伏，一直非常活跃，群众革命热情高涨，让企图"围剿"照金苏区的敌人心神不定，这为王泰吉举行起义创造了有利的社会环境。

1933年5月，驻防耀县的王泰吉去西安时，要求杨虎城补充枪支，骑兵团领到一批短枪和子弹。这些枪支,杨虎城从不轻易发给部队,这次却发给了王泰吉,这是有用意的。

自从十七路军入陕以来,处处受到蒋介石的歧视和排斥,杨虎城对此深为不满。在西安,杨虎城曾先后三次接见了王泰吉。

杨虎城谈道:“我们都斗不过蒋介石,所有杂牌军队将来非叫人家吃光不可。我看能斗过蒋介石的只有共产党。说我不行吧,我却能从一个粗人干到已有今天这个摊摊;说我能行吧,我却被蒋介石欺负成这个样子。我现在已是五十岁左右的人了,打游击也跑不动了。”

他对王泰吉说:“你是一个有作为的青年,在这种环境里未免可惜。”

王泰吉认为,杨虎城在暗示他另辟蹊径。

6月上旬,王泰吉返耀县前,委托何寓础代表他向中共陕西省委报告起义计划,并请省委派人来领导起义。王泰吉路过三原时,也将准备起义的情况告诉了周芝轩,还送给他一支驳壳枪。

王泰吉找三原中心县委的目的是汇报起义计划,争取中国共产党的领导,请中心县委通知渭北游击队,不要进攻他的部队。

当时,赵伯平问周芝轩:“王泰吉的态度怎样?决心如何?”

周芝轩说:“王泰吉的态度诚恳,为表示他的决心,还送给我一支驳壳枪。”

赵伯平与周芝轩商定,第二天清晨约见王泰吉。

但不巧的是,第二天拂晓,王泰吉已动身到耀县去了。

何寓础请李树言将王泰吉计划起义之事转报了中共陕西省委。几天之后,省委派发行部部长余海丰与何寓础见面。

何寓础即刻向余海丰详细汇报了王泰吉起义的决心和准备情况,余海丰再报省委。

省委表示欢迎,并决定由何寓础陪同余海丰,去耀县与王泰吉面商起义问题。

余海丰和何寓础路过三原时,在周芝轩家一起研究了骑兵团内部情况。次日到了耀县，住在骑兵团部。

骑兵团经常人来人往，商讨起义问题很不方便。

一天，王泰吉约何寓础、余海丰假装散步，来到耀县北门外一家菜地水井旁。三人环坐，对起义计划做了详细研究，商定如下事项：

一、骑兵团起义后，部队番号改为“西北抗日义勇军第三路”。为什么称第三路，是想让敌人认为三路之上还有一路、二路，既能迷惑敌人，又能鼓舞群众，这是根据王泰吉的意见定的。

二、起义后，骑兵团四个连均编为大队，队长由信得过的人担任。

三、起义部队只在耀县活动三天，收缴地方武装，召开群众大会，宣布起义，出布告，散发传单，张贴标语口号，发宣言、通电。同时，释放国民党县政府被押犯人，打击有民愤的土豪劣绅，严明军纪，不扰害百姓。

四、起义部队三天之后即向白水、澄城一带进行游击，并收缴沿途保安团队的枪支武装，必要时可进入黄龙山区。部队到达白水、澄城一带后，逐步改变官兵成分，改造部队。军官中不愿参加革命者，可予资遣，由士兵中选出新的军官，或提拔一些表现好的排长担任大队长。此外，再由中共陕西省委派来一批党员和革命群众充实各大队领导力量，吸收农民参加革命。

五、中共陕西省委派人来领导起义，部队的政治工作由省委派来的人成立政治部并担任负责人。

六、起义具体时间暂不确定，等省委派来领导起义的同志到达后再根据情况决定。特别要注意保密，防止军事上过早过迟的行动，不做仓促无备的举事。

七、起义前，对当地土豪劣绅进行调查，起义时即予扣押，以打击其气焰，并没收其浮财，以济贫困兼资军用。对军用物资如西药、布匹等先行调查登记，起义后一律按市价收买，做到公平交易，不损害地方利益。

除了上述七点外，骑兵团四个连长的安排，主要根据王泰吉本人的意见，未予变动。

何寓础、余海丰离开耀县后，王泰吉即派人着手起义物品的准备。

不几天，中共陕西省委派杜衡来到三原，中心县委也派周芝轩、孙烈和他们一起去耀县，在政治上和军事上帮助王泰吉起义。

在耀县曹雯家里，大家召开了县委秘密会议。杜衡着重讲了王泰吉要进行起义和为什么要起义，要求县党组织积极配合，做好准备。

依照王泰吉的要求，中共陕西省委即刻派刚从陕南到省委的龚逢春到王泰吉部队帮助工作。

龚逢春来到部队后，王泰吉问："你是否懂军事？"

龚逢春回答："我不懂。"

王泰吉可能想让龚逢春担任一部分军事工作，听他这么说，就叫他暂住书记处，主要从事政治工作。

随后，省委派杨声（原名刘映胜）到耀县领导起义，张仲良也被从西安派回，协助杨声做具体工作。

骑兵团的起义确定之后，王泰吉曾秘密召集骑兵团内三四个进步青年，和他们谈论抗日救国的道理，并征求他们的意见。

王泰吉和李啸苍谈话，征询他对起义的意见："咱们要起义，你看咱们的士兵靠得住靠不住？"

李啸苍说："士兵没有问题，只是在连长中必须把一连连长郑子明、三连连长张龙韬调离，另派忠实可靠的人接替。各连的排长、班长一定要调离几个，每个连至少要有两个能跟上干的排长、班长。二连连长任建民看起来还能吃苦，总能跟你干，他没有野心，不必顾虑。四连连长董崇道，容易防范，必要时可以处置他。"

在李啸苍看来，起义是翻天覆地的大事情，没有可以信赖的坚强骨干，没有严密的组织纪律性，没有充分的准备是不行的，骑兵第一团的四个连长，没有一个是靠得住的，部队平时也没有进行必要的教育，一旦起义，能否掌握住部队是一个大问题，因此，便毫无保留地谈了自己的看法。

李啸苍认为新调来的连长有些是反动、顽固、阴险的残忍之徒，其中以郑子明、张龙韬为最。

王泰吉与郑子明同是黄埔一期毕业的，二人关系密切，因郑子明年龄较大几岁，王泰吉称其为明哥。

王泰吉听了以后，摇摇头说："在三原时，明哥首先劝我举旗起义，他不会靠不住。张龙韬是我的学生，他也不会靠不住。"

李啸苍说："自骑兵团成立以来，我从来未向你说过他们一句闲话，今天你要举大事，我就非说不可。你从历史上看，越是认为亲近的，在紧要关头越应注意，卖主求荣的往往是被认为最可靠的人。你对郑子明、张龙韬的为人，恐怕还没有认识清楚。"

接着，李啸苍就把郑子明在二连连长刘清和被军法处管押期间，当众调戏、猥亵刘清和妻子的卑鄙行径，告诉了王泰吉。并说了郑子明在西安处决一个犯人时，对已经失掉反抗能力的人暴逞淫威，施行灭绝人性的一些狠毒做法，以及张龙韬亲自谋杀一个见习军官、一个班长、两个士兵的残忍手段，还有他们吃空饷、侵吞兵饷、克扣士兵伙食、诱兵聚赌的行为，向王泰吉详细地说了一遍。

最后李啸苍强调说："你不要为他们的假象所蒙蔽，历史上有许多教训，值得我们注意。现在我们要举行起义，就必须把他们两人先行撤换，不然要误大事。"

王泰吉听了，低头不语，搔首犹豫。他想不到李啸苍会把他的两个亲信说成是不可靠的人，虽然他思想上有所触动，但一时难以决定。

李啸苍觉得王泰吉绝不会采纳自己的建议，一旦事情有变，对自己一定不利，况且自己势单力薄，没有本钱和他们抗衡，于是就离开了部队。

骑兵团起义的前几天，王泰吉曾让张绍良去电催促李啸苍回部队。由于动了故人之情，李啸苍和老同学——西安绥署步兵训练班教育长邹桂五密商，决计前往。行前一日，起义已经发动，通电已到西安，李啸苍又犹豫起来，不多几天，陆续得到起义失利的消息，遂中止此行。

王英和王泰吉是叔侄关系，当他了解到王泰吉准备起义的情况后，曾两次去见王泰吉，谈了东北抗日义勇军作战如何英勇，关内应该如何支援，以及本团青年都愿抗日救国等情况。王英借故闯进王泰吉的密室，看到了预制的义勇军旗等，才相信王泰吉的确在准备起义。

于是王英第三次去见王泰吉。见面后，王英开门见山地说自己就是共产党员。

王泰吉听了以后非常高兴，笑着说："我真没想到你会是共产党员！你隐蔽得真好，我都没有看出来，咱家又有人干革命了。既然你是共产党员，我就先把计划给你简单地说一下。我不问你咱团有多少党员，只要他们愿意抗日，不论老少都行，青年人当然要更多联络些，抗日就是要靠这些青年人嘛！"

王英便在骑兵团中广泛联系进步青年，继续宣传抗日救国道理，还了解监视国民党军官动态。

王泰吉命令下属加紧在密室制作起义用的旗帜和印信、宣传品等，派出侦察人员分两路去蒲城、白水、韩城、宜君、洛川等县侦察地形和敌情，又派人在耀县附近调查土豪劣绅的住址和恶迹。

在与中共陕西省委派来耀县的杨声等确定了起义的一切事宜后，王泰吉召开了有连排长和进步青年参加的两次机密会议，布置了收缴胡景铨民团等敌伪武装的问题，并划分了地区，暂定起义时间为 1933 年 7 月 21 日拂晓时分，只等号角一吹，便统一行动。

1933 年 7 月 21 日拂晓，王泰吉率领骑兵团在耀县宣布起义。骑兵团迅速收缴了耀县城内雷天一民团和胡景铨保安团的武装，释放了许多在押犯人，树起了西北民众抗日义勇军的旗帜，控制了全县时局，并张贴布告，通电全国。

当时，高秀峰在西安绥靖公署无线电第二所当见习员，配属骑兵团一道行军，驻在耀县县城里。这天拂晓，人们大多还未起床，突然听到街上枪声震耳，他赶快起床到街头一看，只见有一小队士兵均袒着左臂的袖子，臂膀上系着红色布条，在前面的打着一面红旗，旗上写着“抗日义勇军第三路总指挥”的大字，后面跟随的是一些护旗的武装士兵。

高秀峰这才意识到发生事变了，他回去和同事们互相谈论，都莫名其妙，观望着，等待着。

过了一会儿，王泰吉派来两名副官到无线电所里说，王团长请各位前去有事相谈。

所长张守静就率领全体官兵前去会见王泰吉，只见王泰吉戴副茶色眼镜，身穿一套普通军服，不拘形式，蹲在一条长凳子上。他一面招呼他们坐下，一面说：“现在我们中国的局势再不能打内战了，唯有枪口对外一致抗日，中国不抗日就没有出路。咱们这个骑兵团现在已经改编为西北民众抗日义勇军第三路。想各位都是些青年人，在这方面，一定会同意一道走这条路的。”

高秀峰和大家都表示没有意见，愿意跟着王泰吉一道干下去。

王泰吉又吩咐他们不许随便拍发电报，就叫他们回到所里去了。

他们回所以后，王泰吉又派来两名副官，轮换监视着无线电所的机器，不准随便发报。接着，一位副官拿来王泰吉签过字的通电文稿，让他们向全国各地发出。

当即由所长张守静值机，将起义通电向外发出。

耀县四城门虽然日夜紧紧关闭，可是城内秩序维持得很好。

当时，陕甘边主力部队红二十六军第二团，南下渭华在蓝田失败，几乎全军覆没。敌人调动大批武装，妄图一举荡平陕甘边革命根据地。继之，杜衡又在西安被捕叛变，使陕西中共党组织遭到严重损失和破坏。

在革命暂时受挫的形势下，王泰吉毅然决然率骑兵团起义，犹如石破天惊，在奄奄一息的革命火堆上加了一把干柴。

耀县起义的壮举，打击了国民党的气焰，激励了处于困难境地的西北革命活动，鼓舞了西北人民的抗日救国热情，对于后来壮大西北红军、巩固发展陕甘边苏区都起了重要作用。

在耀县中共党组织配合下，耀县游击队成立了耀县临时革命委员会，没收分配了反动县政府、奸商囤积的粮食和全县有名的两家大地主的财物，进行了肃清反动分子的工作，逮捕了高干臣等一部分反动豪绅地主，没收分配了他们的财产。

王泰吉恢复了中共组织关系，根据中共陕西省委指示，西安绥靖公署骑兵团改名为西北民众抗日义勇军，王泰吉任总司令兼第三路总指挥，谈国帆任参谋长，杨声任政治部主任。

这次武装起义中，谈国帆不失为一个核心人物。

谈国帆，陕西临潼人。曾入黄埔军校第二期学习，1931 年加入中国共产党。杨虎城进关第二年，他在杨虎城的骑兵团任二连连长，团长是王泰吉。谈国帆在麟游时搞过兵变，还参加过渭华起义。骑兵团里的党员有刘清和、赵启民、魏志坚、袁宏化、陈守印、王买等，起义时王英还在骑兵团，其他党员有的牺牲了，有的已先后离开了部队。

谈国帆曾在陕西省委军委参与领导工作，从事十七路军兵运活动，在该部骑兵团以军职为掩护搞党的地下工作。其时，在西安二府街 3 号十七路军参谋长王一山公馆西路十县禁烟稽查长李焕卿处，孙作宾同谈国帆等不时见面，但未发生过组织关系。

有一天，赵成璧、李长英告诉孙作宾："谈国帆是李焕卿的至交，有胆有识，在河南驻马店时，他曾和几位乡友以开旅馆为名进行革命活动，后随杨虎城部返陕在骑兵团当连长驻防西安北城门时，又掩护党组织将筹措到的枪弹、医疗用品等运出城去。"

于是，经李焕卿介绍，孙作宾同谈国帆开始交往，且日益密切，志同道合。

骑兵团驻防西安时，王泰吉任城防司令，谈国帆的二连守西门。当时，刘志丹在陕北等地领导游击战，但装备非常缺乏。谈国帆的任务是接送党内来往行人、武装护送弹药和其他军用品，这些物资一部分是由骑兵团送的，一部分是地下组织购买的。

谈国帆后任中共临潼县委副书记、渭北工委书记、渭北游击总队司令兼政委。中华人民共和国成立后，他历任西北军区分区司令员、军区武装部部长，陕西省政协副主席。1986 年逝世，享年八十一岁。

第三十七章

突出重围

耀县起义部队改名为西北民众抗日义勇军后,总司令兼第三路总指挥为王泰吉,共两千余人,骡马近百匹。

义勇军将原骑兵团四个连编为五个大队和一个特务大队。第一大队郑子明任队长,第二大队任建民任队长,第三大队张龙韬任队长,第四大队周德民任队长,特务大队由谈国帆兼任队长,每个大队都有民团的一个中队。雷天一原系耀县民团团长,起义时被缴械,随后耀县民团被改编为第五大队并由雷天一任队长。第五大队下设一个机关枪连,有花筒手提枪几十支,重机枪两挺;一个迫击炮连,有八二迫击炮两门。

起义军在耀县县政府西边大操场召开军民大会,宣读《起义通电》和《告民众书》。

在会上,王泰吉揭露蒋介石独裁卖国反共反人民的本质,在全国抗日热潮的推动下,号召大家奋起革命,抗日救国,并当众枪毙了镇压农民革命斗争的国民党南区区长张恒义,民心为之大快。

起义一开始,耀县县委张邦英就和张仲良、陈学鼎、曹雯等立即发动组织阿姑社等村的党员群众成立耀县游击队。同时,张邦英利用同北区民团团长赵连壁的同学关系,与其暗中商量,以当时有病需要人代替为理由，将手下四十来人的民团委托给陈学鼎指挥。

中共耀县县委指定当时在税务局收税的任浪花参加起义，捉拿城内隐藏的反动豪绅。

在王泰吉举行起义的同时，渭北工委和耀县县委决定，成立了耀县游击队第三支队，计一百二十多人，陈学鼎任队长，张邦英任指导员，下设三个分队，一分队队长陈国栋，二分队队长安民，三分队队长张志怀，供给员陈国海。

耀县游击队除了收缴北区民团的三十多支枪外，还从王泰吉那里搞来俄国造毛瑟枪十九支，又利用雷天一部下一个军需人员的关系，弄来存放在仓库的一批七九步枪，子弹四五箱。耀县游击队八九十人，共计长短枪六十多支，还有土炮、大刀、梭镖之类，有两匹马，其中有一匹是从白家庄张邦英的一个亲戚家里拉来的。

游击队成立的第二天，先准备除掉阿子村的恶霸地主左善楚。左家是耀县最大的地主，拥有土地二十顷，外号“治半川”。这一带农民大部分租种他家的土地，欠他的债。左家有弟兄五人，老大左善楚（又名国保），老二左国明，老三左国杰，老四左国希，老五左国鼎。其中老大和老五作恶多端，并倚仗在国民党冯钦哉部混事的老三左国杰，成为耀县的恶霸，群众对他们恨之入骨。

王泰吉起义和耀县游击队成立时，陈国栋不在县城，组织告诉他，让他带人去收拾左善楚。

下午，陈国栋来到王泰吉的司令部，王泰吉给了他一支驳壳枪，并派了一个排的兵力，由他带着来到了阿子村南城门。

左家得到王泰吉起义和游击队成立的消息，已有了戒备，紧紧地封住城门，由左家武装人员守城。陈国栋叫门，因为左家知道他是搞地下工作的，坚决不给开，让他们到北门去。他们到了北门依然叫不开门，又叫到南门。兜了一个圈子，双方在南门打了一阵子枪，没打进去，王泰吉的一排人无功而返。

到了晚上，耀县民团寺沟分团长赵连壁，因与张仲良、张邦英的同学关系，在让牛村跟随起义。张仲良、陈学鼎带着赵连壁分团四十多人来到左家。

左家听说赵连壁分团来人了，在狐疑中打开了城门。当陈国栋等去抓左家兄弟时，发现人已经逃跑了。

凑巧的是，当时左家的两个本宗，其中一人是地下党员，知道左善楚弟兄逃走的路线。这个党员悄悄告诉陈国栋说，左家兄弟从北门下水道钻了出去，跑到羊峁嘴村的亲戚家，藏在村外场地的草窑里。

陈学鼎马上带了二十个人，包围了这间草窑，活捉了老大左善楚、老五左国鼎、老二左国明和狗腿子赵思雁，老四左国希不知什么时候跑掉了。回来的路上，赵思雁借口解手，趁机逃跑了。

第三天天亮，耀县游击队在阿子村召开了五六百人的群众大会，宣布了左家弟兄欺压百姓的罪状，当众烧毁了左家土地和债务的契约七八箱，被左家霸占的土地原来是谁的归谁，衣物分给了贫困人家。

天快黑的时候，县委研究决定：为了加强武装，防止寺沟分团反水，设计收缴分团的武器。名义是部队点名，由指导员张邦英讲话。

耀县游击队和分团集合在一起，分团在前，游击队在后。陈国栋喊了声“立正”，游击队一拥而上，一些人在后面抱腰，一些人夺枪，毫不费力地把分团四十多条枪全部卸了。

分团副团长朱瑞宣见势不妙，撒腿就跑，被当场击毙。其余士兵大部分留下参加了游击队，少数回家去了。

接着，耀县游击队由孙家原党支部书记蔡凤凯引路，处决了作恶多端的兵痞流氓张廉明。

当天，中共耀县县委几个负责人和耀县游击队在城北十多里的白家庄集结，发动群众，分了地主周老四的粮食。同时，对部队进行了整编，陈学鼎任队长，张仲良任副队长，张邦英任党代表、政治指导员。整编后的部队分三个中队，陈国栋任第一中队队长，安仁任第二中队队长，张治怀任第三中队队长。

在这里又住了一晚，第二天他们向东北方向前进，经过墓坳、道东、高山槐附近，计划转移到照金革命根据地的薛家寨，和当地部队会合。

起义七天后，王泰吉率西北民众抗日义勇军南下，向三原进发，争取驻防三原的杨竹荪团也参加起义。

起义部队前往三原的人员不多，杨竹荪部的这一个营，也并未出城跟随起义。

途经坡子堡时，王茂臣团匪在城上向起义部队射击，一名战士阵亡。王泰吉令第一大队包围堡子，其余部队继续前进。

下午遇到暴雨，部队行军困难，当晚便驻在三原武字区陵前侯家堡一带，受到苏区广大群众的热烈欢迎。

第二天，起义部队在陵前镇召开了联欢会，到会群众两千多人，三原中心县委书记赵伯平、心字区委书记韩学礼参加会议，给部队送来鸡蛋、瓜果等慰问品。会上，王泰吉、杨声和群众代表都讲了话，大大鼓舞了起义部队的革命士气。

会后，部队准备过浊峪河到心字区。

第三天，部队向三原县城进发。约在上午十一时，行至三原县鲁桥镇，发现有敌人，又开到辘轳把村，与杨虎城部孙友仁特务团相遇，发生激战。

王泰吉和杨声被孙友二特务团两个连从右翼包围，红四团积极配合战斗，在孙友仁部的东侧，牵制使其不能倾全力向起义部队进攻。幸得西北民众抗日义勇军特务大队奋勇阻击，指挥机关及大部队才得以突围而出。

王泰吉下令起义部队向耀县小丘镇撤退，第一大队做后卫掩护全军。当时士兵疲劳，情绪不高，且战且走，队长郑子明趁机逃跑。第三大队队长张龙韬率部投降胡景铨民团，部队大部分被打散。混入起义队伍中的反动军官，相继率部叛逃。

郑子明逃跑后，由排长赵国卿继任第一大队队长。

三原武字区原属红区，但在马额镇的坡子村驻有三原民团一个分团，团长王茂臣，经常和渭北游击队作对。为了拔掉这个钉子，部队决定先摧毁这个据点。雷天一自告奋勇，请命出击。哪知雷天一用的是金蝉脱壳之计，他把部队带出后，根本不去打坡子村，反而和王茂臣合作，趁部队南下后，即返据县城，断绝起义部队退路。

当起义部队返回耀县时，原来随同起义的民团团总雷天一将耀县城门统统关闭。起义部队无奈，绕道城西，部队分散，计划在小丘会合。部队在小丘集中后，又决定分散活动，但分散开来以后再没集中起来。

黄昏时，第一大队到达小丘镇。半小时后，国民党军队追至，第一大队四区队阻击片刻，力不能敌，遂向照金方向转移。

谈国帆所带的特务大队因被国民党军队包围在安社，没有赶上集中，随后谈国帆带部队赶到照金，与王泰吉会合。

经过艰苦突围，西北民众抗日义勇军先后到达照金，有谈国帆所率的特务大队近百人，王泰吉所率的团部机关和后勤人员六七十人，赵国卿所率的第一大队一部、第四大队的一部一百五十余人，共约三百人。

西北民众抗日义勇军为什么不按原计划向白水、澄城一带游击，而要先打三原？

其主要原因，一是起义后逢耀县石川河水上涨，部队行动迟滞，又因等待雷天一部队，而雷天一迟迟不返，部队在耀县滞留七天之久，延误了去白水、澄城的行期。

二是起义前，王泰吉约其友宋剑伯来耀县参加起义，宋剑伯与当时驻三原的陕西警备师二团二营营长武靖尘交好，宋剑伯曾建议王泰吉派人与武靖尘联系，促其响应起义。王泰吉派许广仁去三原，约武靖尘在起义部队抵达三原时带领他的第二营起义。王泰吉认为武靖尘响应起义没有问题，故未待许广仁回来，即挥兵攻打三原。

三是为了扩大起义影响，加强起义力量，准备在三原武字区为渭北游击队及当地群众开一次联欢大会，广造声势，吸收农民参加革命，壮大起义力量。

起义部队南下三原未能成功，部队即往淳化，依嵯峨山区进行游击。

改变原起义计划，是王泰吉与杨声根据起义后出现的新形势共同决定的，在当时情况下是比较可行的。

当起义部队攻打三原之际，西安方面的国民党已经组织了一个铜宜旬耀“剿匪”总指挥部，调凤翔绥靖司令刘文伯为指挥官，指挥十七路军特务第一团孙友仁团、陕西警备师第二团杨竹荪团，另外还有富平、三原和起义后又叛变的耀县民团，对起义部队形成了大包围。

起义部队到达三原心字区辘轳把时，与北上国民党军相遇。王泰吉起初以为与杨竹荪团接触，是个好机会。因为武靖尘是杨竹荪团二营营长，两军接触，武靖尘必从中策应。但打了三个小时之后，王泰吉才发觉不是杨竹荪团，而是孙友仁的特务团，且对方攻势愈来愈猛。王泰吉即令谈国帆特务大队掩护，其他各大队分路经小丘向照金方向撤退。

就在分散撤退时，张龙韬带第三大队、任建民带第二大队投降了敌人，第一大队队长郑子明独自逃回高陵。其他各大队在作战时逃散的士兵也不少，只有谈国帆的特务大队，保存较完整。

王泰吉对士兵说：“弟兄们跟着我到了这里，愿意干革命的留下，不愿意干的也不强迫，但走时把枪留下，我发给你们路费。”

这样，有一部分士兵就回了家，另外也有开小差半路逃跑的。之后，部队又遭遇了张阁老崖寨子、柳林等战斗，伤亡加重。特务大队的骑兵排长带了二三十人逃跑到西安，投降了国民党。

这支起义部队原本就存在许多隐患。部队中共产党的力量过于薄弱，全团仅有党员两人，起义时虽派去几位党员，但一时发挥不了核心骨干作用。起义的准备时间较短，政治思想工作差，许多官兵对抗日义举缺乏应有的认识和胜利信心。部队军纪松弛，兵心涣散，有相当多的官兵借起义之机发了洋财，不愿打仗。加上王泰吉认人不清，用人不当，起义前未对本部不可靠人员做适当处理。

起义中，王泰吉将耀县即将卸职的国民党县长委任为起义部队政治部副主任。收缴了雷天一民团的枪后，张龙韬装着也要参加抗日，并说他过去在部队时就谈过打红旗的问题，现在已到了一起打红旗的时候了。王泰吉轻信其言，将收缴的枪支全部退回，还任命他为支队队长，派他去打王茂臣反动民团。然而张龙韬一出城门，就驻扎西原稠桑按兵不动，暗中与西安国民党当局勾结，对起义部队进行瓦解。

再则，指挥上对敌估计不足，采取了向敌人统治中心三原一带行动的错误方针，加之对前来进剿之敌也没搞清。当部队进抵桥头镇辘轳把时，被杨虎城部孙友仁特务团一打即溃，退到耀县小丘镇后，又遭敌进击，整个部队或降或逃，进入照金后沟寨子时，只剩下三百多人了。

得知王泰吉起义的消息后，还在养伤的习仲勋十分激动。当知道起义失败的消息后，习仲勋又十分焦急。尽管他伤口还未痊愈，但他立即与张秀山、李妙斋带领队伍和耀西、淳化、旬邑三支游击队到让牛村去迎接起义部队。

途中碰到一些溃散的士兵，他们才知道王泰吉率领的人员已从西边奔向照金，随即向西追赶。

当天傍晚，在薛家寨下的绣房沟，习仲勋与王泰吉会面了，双方都很激动。

习仲勋握着王泰吉的手，真诚地说："泰吉同志，欢迎您！党和同志们都欢迎您和抗日义勇军！"

"不容易，今天我总算回到了党和革命的怀抱里！"王泰吉激动地说。

"在目前这样艰苦的形势下，你率部起义，难能可贵，意义重大。"

"你看看，才带来这么一点人。"王泰吉指着正在休息的义勇军战士自责地说。

习仲勋宽慰他说："兵不在多而在精，比起义时人数虽然少了，质量却提高了，想跑的跑了，但革命意志坚定的都留下来了。有了这个力量，咱们就好大发展了!"

照金根据地的总部设在薛家寨,绣房沟就在薛家寨的山脚下。习仲勋让义勇军在下边安营休息整顿,他和张秀山、李妙斋、王泰吉以及义勇军政治处主任杨声一起上了寨子。

王泰吉对义勇军在辘轳把的突围失败很痛心。他说原想带出来两三千人,可是,手下有些人过去都是好朋友,到紧要关头就叛变了。

习仲勋对王泰吉说:"你们过去的关系都建立在私人感情上,没有革命的政治思想基础。你起义为的是抗日救国、干革命,那些人跟着你起义是想发财。他们搞到了银圆、元宝、大烟土,腰里装得满满的,哪有心思跟你为革命去拼命?"

王泰吉听后,长长地叹了一口气,说:"我现在才算明白了!"

随后,习仲勋与王泰吉一起仔细探讨起义失败的原因,研究以后的战斗方案。习仲勋以博大的胸怀,化解了王泰吉的疑虑。

耀县游击队、渭北游击队等几支革命武装力量,也相继来到照金。中共陕甘边特委决定成立中国工农红军游击队陕甘边临时总指挥部,统一指挥渭北游击队、西北民众抗日义勇军、少年先锋队和耀县、旬邑、淳化等几支游击队,任命王泰吉为总指挥,带领部队在陕甘边打游击。

王泰吉起义后到了照金,张秀山问他,那一次红军驻在淳化小茨,十七路军骑兵团驻在铁王,两家的哨兵互相看得见,离得那么近为什么不开火?

王泰吉幽默地说:"那是客气嘛!"

当时,红军北上了,王泰吉又率部向北跟进了两天就返回照金,经薛家寨山下的绣房沟口到柳林镇,又回防到耀县,开始准备起义计划。由于王泰吉跟在红军后面虚张声势,也没有给那些堵击的部队下达命令,国民党的这次"围剿"就应付过去了。

他回到西安,向杨虎城交差时说,这次把刘志丹的部队打败了,都跑到山里找不到了,现在只剩下一个薛家寨,地形险要,工事坚固,没有炮兵打不下来。杨虎城说,算了吧,打人家的寨子干啥。杨虎城说这话,也表明此时他与蒋介石、胡宗南的矛盾突出,对“剿共”采取消极态度。

就这样,国民党纠集的声势浩大的十个团“围剿”红军,在王泰吉巧妙安排下,使红军不战自胜。由于王泰吉在敌人内部的出色周旋,才使十倍于红军的敌军退回原防地,红军才得以在关中及陇东方向取得胜利。

耀县起义,时值红二团南下失败,杜衡在西安被捕叛变,革命处于低潮时刻,王泰吉毅然率领骑兵团起义,使照金根据地渡过了难关且有了新的发展。起义虽然失败了,但其历史贡献却彪炳史册。

王泰吉义勇军到达照金后,在照金坟滩、寺坪、大小崖子一带驻扎。国民党孙友仁等两个团的追击部队赶到坟滩,王泰吉部仓促阻击,丢了迫击炮和机枪等重型武器。

接着,国民党对驻在白莲洼的耀县游击队发起攻击。游击队凭借居高临下的地势,用手榴弹迎击敌人。战斗断断续续打了约半天时间,天一黑,国民党两个团撤走了。

游击队转移到了黑田峪,王泰吉部移驻绣房沟。

为使耀县的党组织继续发挥作用,陕甘边特委又派张仲良以特派员的身份和宋子岐一起回耀县白区,进行了三四个月的工作。因活动困难,张仲良又回到了部队,被分到了第三路游击队。

耀县党的工作,由宋子岐负责。在白色恐怖下,他昼伏夜出,奔波于照金、野狐坡与富平米家堡各联络点,负责为游击队运送枪支弹药。

宋子岐,耀县城内西街人。幼年与刘林圃、张邦英同在本县第一高等小学上学,因发动学潮受到警告处分,后曾任耀县县委组织部长、中山乡党支部书记。之后宋子岐奉命去南梁,途经正宁三嘉原时,因是“肃反”对象而被捕,随即遇害,时年二十五岁。

此前,党在照金设立了陕甘边特委,下设游击总指挥部,总指挥是李妙斋,政委是张秀山。所辖武装力量有总指挥部保卫队、耀西游击队、少先队，共一百多人。接着，由习仲勋、黄子祥、杨森率领的渭北游击队一百五六十人，由强龙光、强世清率领的陕北游击队七八十人也到了照金，加上西北民众抗日义勇军和耀县游击队，整个根据地的武装力量合计五六百人。

红二团南下失败，耀县起义的西北抗日义勇军受挫，使边区的军事力量处在了一个被动的局面，国民党在重创义勇军之后，又掉头“进剿”三原的渭北苏区。新组建的红四团仅有一百四五十号人马，无力与国民党相搏，被迫撤到照金，加上张邦英、张仲良的耀西游击队，照金集结了四路人马。

原红二团政委杜衡和中共陕西省委书记袁岳栋的叛变，使陕西共产党组织遭到严重破坏，一些党组织的负责人也逃到照金“避难”。这样，无论是党组织还是军队的状况，都需要迅速做出调整，拿出应付白色恐怖的对策来。

第三十八章

陈家坡会议

王泰吉起义部队和耀县游击队来到照金后，陕甘边特委和总指挥部决定，集中优势兵力，打开张彦宁民团盘踞多年的后沟寨子，拔掉这颗楔入照金革命根据地的钉子。

陕甘边红军兵分三路，由寺坪村开进，将后沟寨子三面包围。红军先在寨子顶部的兔儿梁上砍下树枝，点燃后抛向寨子火攻，但收效甚微。

在王泰吉亲自指挥下，红军用迫击炮攻打寨子，炮弹有时落在山顶，有时打在寨墙的底下，猛烈的炮火使敌人龟缩在寨子里动弹不得。

李妙斋指挥游击队，向寨内投掷自制的麻辫手榴弹。寨子里的民团，被红军和游击队的猛烈进攻打得心惊肉跳，伤亡很大。

天近黄昏，政治保卫队也向寨内的敌人喊话，希望以积极的政治攻势迫使敌人缴械投降。同时，李妙斋沉着机智，一方面派黑田峪赤卫队员段羊进寨谈判，一方面增加迫击炮和重武器的攻击火力。

民团团长张彦宁性格暴戾残忍，经常睁着眼睛睡觉，而且常常手握着枪，一有动静，他都会不假思索地扣动扳机，是草菅人命、杀人不眨眼的魔头。他手下的团丁，就有几个人无端地丧命于他的枪下。

张彦宁见已无法挽救危局，遂手持双枪，打死两名游击队员后，从寨西崾硷处的羊肠小道亡命脱逃。其余团丁和财主，慑于游击队的猛烈炮火，乖乖打开寨门全部投降。

这是张彦宁第四次从红军手心里逃走。

此战一举荡平了张彦宁盘踞多年的民团巢穴，清除了根据地内存在的一大隐患。从此以后，张彦宁只能龟缩在小丘寺坡一带，除了配合国民党军队“围剿”根据地以外，再也不敢向照金革命根据地靠近一步。

第二天，陕甘边特委在后沟寨子召开了规模浩大的群众大会，一面欢庆胜利，一面动员群众开仓分粮。方圆几百里赶来分粮的百姓肩挑人背，川流不息，比过节还兴奋。

同时，陕甘边特委及游击队，对反动民团的鹰犬和依附的地主豪绅给予镇压。从此，反动地主豪绅闻风丧胆，照金边区的各项事业，得到了长足的发展和深入的推进。

三原中心县委根据省委指示，将渭北游击队改编为红二十六军第四团。在国民党以重兵“围剿”渭北根据地的形势下，红四团与敌人周旋激战后进入照金。

王泰吉起义后，张邦英、陈学鼎、陈国栋、张仲良、封正宝等组织的耀县游击队，相继来到照金，并改称为陕甘边游击队第三支队。

三支革命武装的相继到来，扭转了根据地的危机局面，为重新恢复红二十六军奠定了基础。

几支部队汇集照金根据地后，由于当地山高林深、人烟稀少、交通不便，部队遇到了一个很大的困难——吃饭问题。

几支部队分别住在薛家寨下边黑田峪的岩洞和附近山村，吃的多是群众只磨不筛的麸子面做成的饼和苞谷渣粥等。加之住处潮湿，导致许多人饭后胃里发烧拉肚子。

虽然在当地游击队的帮助下，部队从周围其他地方弄来一些粮食，及时解决了吃饭这一困难，但此时更重要的问题是对这几支部队怎样领导，以后如何行动，需要制订一个明确的方案。

照金根据地的游击队也发展为一、三、五、七、九、十一等几个支队，还有淳化、旬邑等游击队，扩展根据地的游击运动在耀县、淳化、旬邑一带开展起来。在地方游击队不断发展壮大的形势下，需要成立新的红军主力。

1933 年 8 月 14 日，为了统一部队的领导，陕甘边特委和陕甘边游击队总指挥在照金陈家坡举行了联席会议。

会议重点讨论了成立新的红军主力，恢复红二十六军的问题。

会议由陕甘边特委书记秦武山和军委书记兼团特委书记习仲勋担任执行主席。张秀山、张邦英、陈学鼎、黄子祥、杨森、王伯栋、李妙斋等和各连指导员出席。

会议激烈争论的第一个问题是，这三支红军队伍，今后是坚持集中领导统一行动，还是继续分散活动。黄子祥、王伯栋等少数人不同意三支红军部队统一行动，提出红四团应回到三原地区打游击。

他们认为，现在中共陕西省委已经被国民党破坏，渭北苏区又退了出来，西北民众抗日义勇军经过几次战斗，剩下来的人也不多了，就目前这点力量，还是分散开打游击好些。与此同时，还有一些来自三原地区的干部，仍然留恋渭北地区，希望将渭北地区恢复起来。在当时的条件下，这是不可能马上实现的。

这种意见，遭到了与会绝大多数人的反对，他们认为分散行动会削弱部队的战斗力，有被敌人各个击破消灭的危险。

张秀山说："渭北根据地各方面条件的确很好，但是在目前情况下，敌人能允许我们在那里立足吗？因为它离敌人太近了，距敌人的统治中心西安才一百多里，距渭北重镇三原县城仅二十多里，敌人是绝不会让我们在那存在的。再说，大家都很清楚，我们现在的力量很弱，渭北游击队改编为红四团后，还是那么多人，那么多枪，即使回去了，敌人打来，我们能坚持住吗？游击队打游击能消耗敌人，疲惫敌人，如果将三支力量分散作战打游击，那只会被敌人逐个消灭，不可能形成红军的主力部队、形成一个拳头去打击敌人，根据地也就不可能建立和巩固。”

与会绝大多数同志认为形势确实是严峻的，但是还有红军和游击队，特别是党政军的一部分骨干还在，这是红军和游击队能够巩固和发展的重要力量。大多数同志坚决主张红军和游击队集中起来，加强领导，统一指挥，在陕甘边特委的正确领导下，红军和根据地一定能够得到巩固和发展。

争论的第二个问题是，红军临时总指挥部总指挥的人选。

与会的大多数同志主张由西北民众抗日义勇军的王泰吉任总指挥。但黄子祥、王伯栋等则认为，由王泰吉任总指挥，就成了抗日义勇军领导红军了，因此不同意这一提议。

实际情况是王泰吉经党组织审查批准已经恢复了党籍，并且已是党的领导干部。西北民众抗日义勇军在耀县起义时，部队的成分比较复杂，决心参加革命的人不多，但经过三原辘轳把战斗、耀县小丘战斗及照金战斗之后，抗日义勇军剩下了百余人，不坚定的人都被淘汰掉了。这时的抗日义勇军已和红军部队差不多了，根本不存在什么抗日义勇军领导红军的问题。

由于意见分歧，双方争执不下，经过一个下午又一晚上的讨论，最后以少数服从多数，统一了认识和行动。

会议最终取得了一致意见，决定将红四团、抗日义勇军和耀县游击队组成主力部队，解决了部队统一指挥、统一行动的问题。大家决心继续创建和扩大陕甘边苏区，把红四团、抗日义勇军、耀县游击队、旬邑游击队和淳化游击队等武装力量联合起来，一起行动。

会议决定成立陕甘边红军临时总指挥部，王泰吉任总指挥，黄子祥和杨森的红四团、王泰吉的西北民众抗日义勇军、耀县游击队为主力部队。因当时刘志丹南下尚未归来，会议没有宣布刘志丹的职务，后补充决定刘志丹为陕甘边红军临时总指挥、参谋长。

会议仍以创建和扩大陕甘边照金苏区为中心，制定了不打大仗打小仗，积小胜为大胜，集中主力，广泛开展游击战争，深入开展群众工作的战略方针。

陈家坡会议根据西北民众抗日义勇军，红四团，耀县游击队，照金的一、三、五、七、九、十一支队及淳化、旬邑等十二支游击队及多支革命武装汇集照金的实际情况，确定了各种武装力量联合起来一致行动的正确方针，对加强红军和游击队的统一领导，巩固和发展陕甘边革命根据地具有十分重大的意义。

新组建的红军主力，以崭新的战斗阵容展开游击战争，首先歼灭驻让牛村、庙湾的雷天一、夏玉山民团各一部，又乘胜袭击了柳林镇民团。

王泰吉率领部队长驱北进，直插甘肃省合水县城，消灭了酣睡中的城防驻军一个连，处决了一批民愤极大的土豪劣绅和反动官吏，缴获大量武器弹药和军用物资，释放了在押犯人，这让红军威名大震，群众称呼王泰吉为“神将”。

一个烟云茫茫的雨天，陕甘边红军利用暗门天堑，躲过了国民党何高候部的一次精心策划的伏击。

陕甘边红军利用旬邑张洪镇民团的宋飞做内线，乔装打扮，化装成敌民团团员，神不知鬼不觉地进入了张洪镇，国民党旬邑县长和敌民团团员还在睡梦中，就被红军俘获。

同时，红军还缴获了大批武器、弹药、棉花、布匹及县长大印等战利品。得到噩耗的国民党十七路军军部，急忙命驻扎在土桥的何高候部围追堵截。

狡猾的何高候认为，红军截获大批物资，若要返回照金，必趋近道，石门关古道暗门处是红军返回照金根据地的必经之地，遂以其部所属一团兵力埋伏在暗门村川道里和暗门关一带。

从照金出发，过兔儿梁，便是一脉青黑色石崖，崖间有一个极为狭窄的垭口，叫暗门关。石门关是秦直道的险隘，是陕甘宁三省的交通咽喉，暗门关则处在东北方向的垭口，是石门关的一个暗道机关，是通往耀州、柳林、照金的唯一通道。史载，苻秦和姚秦的军士曾在这里屯兵争雄，范仲淹曾在这里抗击西夏入侵。

陕甘边红军总指挥王泰吉分析局势，认为敌人必在暗门一带埋伏，遂力排异议，指挥部队避开石门关和暗门关，冒着瓢泼大雨绕道马栏川，经薛家寨后山，克服了种种艰险，背挑肩扛，顺利地运回了所有物资，带领部队安全返回了照金苏区。

而蜷伏在暗门处的敌军，在饥饿惶恐中被滂沱的大雨浇成了一群落汤鸡。

第三十九章

魂兮归来

为了粉碎敌人的“围剿”，李妙斋带领陕甘边游击队主力转移到高山槐、老爷岭一带与国民党作战，以减轻薛家寨大本营的压力。

1933年9月21日清早，国民党地方民团和庙湾、柳林、瑶曲、稠桑以及照金的反动武装，在夏老幺的指挥下，张彦宁、陈连升、陈旧春、杨老十等纠集民团近千人，趁陕甘边红军主力北上外线作战之机，从黑田峪、鸡架山、后沟巴、南趟四面偷袭照金根据地指挥机关所在地薛家寨。

寨子上只留有一个政治保卫队，剩下的是修械所、红军医院、被服厂的工人、医护人员等。面对来势凶猛的敌人，惠子俊等组织根据地后勤机关人员和轻伤员一百多人，利用有利地势冒雨阻击敌人。

他们纷纷拿起武器，自动到各个哨位阻击敌人。虽然敌人攻势凶猛，但守寨人员毫不示弱，用自制的麻辫手榴弹、土地雷，多次击退敌人的进攻。

酣战中，山风骤起，彤云密布，大雨滂沱。留守薛家寨的游击队员冒雨杀敌，越战越勇，敌军畏缩不前，人心涣散。

李妙斋、张秀山得知敌人进犯薛家寨的消息，立即带队伍赶回投入战斗，在绣房沟与敌人遭遇，将敌人打退至河边。

不多时，寨上枪声大作，守寨人员大喊让游击队主力上寨增援。

李妙斋等冒着滂沱大雨上寨后，发现大部分敌人已经退守金刚庙。于是立即命令部队散开，以加强各个哨位的阻击能力。战斗进行了整整一天，敌人见强攻未成，便开始撤退。

当时，田德发和李妙斋在一起，警卫员武功在西边，李妙斋在东边。

李妙斋见山下只有七八个敌人，大部分朝南跑了，就大喊一声“部队集合，快打敌人”。

他准备组织队员乘胜追击，就和警卫员武功走出北哨门的堞墙。

李妙斋刚要吹响哨子集合部队时，却被埋伏在树林里的柳林民团萧振山部的几个狙击手的冷枪打中，武功、李妙斋先后中弹牺牲，倒在了距后哨门一二百米的一号寨子北坡的桦树峁上……

英雄的魂魄，终是皈依在了他亲手建立和巩固的薛家寨上。

李妙斋牺牲后，黑田峪群众祁振海家自愿捐出了两口棺材，由杨生财和冯夏、冯劳、李福奎几个人，把李妙斋和他的警卫员武功掩埋在一号寨洞北面的山坡上，李妙斋在左，武功在右。

李妙斋的身世，亦如他跌宕起伏的一生，充满传奇色彩。

李妙斋，生于1903年，原名王玉玺，化名李妙斋、王志宪、王桥山、李华锋等，山西汾西堡子庙村人。1927年11月到陕北，在驻军高双成部任连事务长。1928年，经马济仁介绍加入中国共产党，开始从事兵运工作，担任过李亚军团一营营长、邓宝珊部警卫营营长和干部补习队队长。后去平凉接枪返兰州途中，和李艮等共产党员组织蒿店兵变，拉出二十六人，任陕甘游击队第七支队队长。后化装成脚夫到陕甘边，参加了刘志丹、谢子长领导的陕甘游击队。1932年11月，随游击队转战旬邑清水原、三原武字区、照金芋园一带，开展武装斗争。

在山西汾西，人们只知道有一户贫穷人家的长子王玉玺因受富人欺侮，愤而远走他乡，之后再也没有回来过。王玉玺的下落，成为王家人久久牵念的一个谜。

20世纪80年代中期，为了查证当年陕甘游击队总指挥、照金革命根据地主要创始人之一李妙斋的籍贯，甘肃平凉党史部门派人四处寻找，却没有结果。

1986年，两位远道而来的客人，来到王玉玺的侄子王德兴家中。英雄离世53年之后，李妙斋身世之谜和王玉玺失踪之谜，才渐渐解开。

王德兴手中，保存着一张王玉玺读书时与他人合拍的照片，不及一张普通邮票大的照片上，青年时代的王玉玺头戴瓜皮小帽，眉目间透出几分英武之气。

王玉玺的出生地在汾西县店头村，家境贫寒，弟兄三人中，王玉玺排行老大。1912年，村里成立了义学，教师费用由村里负担，王玉玺得以在九岁时进校读书。由于缺乏安全保障，当地兴起习武风气，王玉玺十岁时便在读书之余，和本村二十多名青少年一起拜师习拳。他在舅父资助下读完高小后，为养家糊口，在本县佃坪当了小学教师，但却受到有钱人排挤，丢掉了饭碗，只能忍气回家务农。

1919年，十六岁的王玉玺与本地柏叶头村郭黄娇结婚，两年后生下一女，取名王俊良。

之后有一天，是店头村逢庙会唱戏的日子。村里每逢唱戏，戏台下总摆有几排长凳，供村里有地位和有名望者看戏专用，做过教书先生的王玉玺，也被列入受邀之列。他屁股还没坐稳，便有富家子弟从后一脚踹翻凳子，他毫无提防，重重地摔在地上。受此欺侮，他萌生另寻出路之意，不久便辞别家人，远走他乡。

王玉玺走后，妻女和两位老人时常念叨，四处打听他的下落。

1929年春，村里收到一封奇怪的来信，信封上写着“山西省汾西县店头村，此人不在家，请拆示为转”。村里几个识字人拆开后，看到信中内容十分简单，无非是问候父母大人、妻子、女儿好，问候弟弟们好。而落款人“王志宪”何许人也，村里并无人知道。之后有人认出，此信似是王玉玺笔迹，于是将信交给王玉玺之父。老人思子心切，当即打发次子王玉应按信封上所写地址前往陕西，寻找王玉玺。

王玉应抵达陕西后，果然见到了王玉玺。王志宪，正是他的化名。王玉应带回的消息，让家人们多多少少得到了一些安慰。但此后，王家人便再也没有得到过王玉玺一丝确切的音讯。

王玉玺的妻子郭黄娇与他同岁。丈夫离开后，她和女儿便在公公主张下，随三弟一家一起生活。虽然丈夫多年无音信，但这位痴情的女子，始终坚信他还活着，一天一天，一年一年，等待着王玉玺回家。然而不久，她等到的却是女儿的离世。

王玉玺的女儿王俊良生得眉清目秀，聪慧要强。1936 年，十八岁的王俊良嫁至本地马沟村，公公亦是开明人士。王俊良经赵立德、韩向黎介绍，参加了山西牺牲救国同盟会（简称牺盟会），在妇女儿童工作团工作，活动于县城周边，写标语、散传单、唱抗日歌曲，宣传抗日救国主张。

1939 年，日军侵占汾西县城后，抗日民主政府转移到龙门洼村，决定让牺盟会在东角村举办一期训练班，妇救会成员由王俊良负责。参加训练的除革命青年与妇女干部三十多人外，还有游击十二团部分部队、五区机关与训练人员。

1939 年农历八月十四日，一队日军自东向西，从东角村对面山上向蒲县方向行进。游击十二团布置了兵力警戒，后误认为日军不过是途经此处，放松了警惕，没有及时转移。不料当夜，日军便在奸细带领下，包围了东角村。从睡梦中惊醒的训练班成员，一面抵抗一面突围，部分妇救会成员经楼门台阶攀上窑顶，成功突围。怀有身孕的王俊良最终没能逃出，惨死在日军刺刀下。

女儿的牺牲，对三十六岁的郭黄娇来说，是人生中又一次沉重打击。之后，她的身体状况渐不如从前，但因心存痴情与希望，仍顽强地坚持着，期望丈夫有朝一日能回家，与她团圆。

王德兴出生于堂姐王俊良牺牲次年，其祖父考虑郭黄娇的难处，为了安慰她，也为她晚年着想，便与王德兴的父母商量，将其过继给大伯母郭黄娇为养子。

1962年的一天，已是五十九岁的郭黄娇突然痛哭起来，并不说明原因。二十二岁的王德兴猜测，伯母大概原以为三弟夫妇还可以再生几个孩子，不料却只有这么一个儿子，考虑到自己晚年孤苦无依，心里不免伤感。于是，王德兴当着自己父母的面向伯母表态，我可以一子顶两门，一定给您养老送终，同时还会继续想办法寻找伯父的下落。之后又请一位下乡干部作证，达成协议。

1966年，在本村任村干部的王德兴外出开会时，遇到一人打听其伯父下落，并告诉他，王玉玺在徐海东十五军团七十五师任政委。得到这个信息后，王德兴筹备了三百二十元钱，到民政局开介绍信后，动身前往北京寻找徐海东。然而到北京后，他却得知徐将军已受到批判，不能接见。

经过五十多天寻访，王德兴终于见到了时任北京军区司令员的陈先瑞，得到了十九位有可能知道王玉玺下落的革命前辈的姓名和地址。王德兴返回家中后，依名单一一去信，后陆续收到韩先楚将军等十三人的回信，但均无结果。

1978年夏，孤苦一生的七十五岁的郭黄娇，生命已临近终点。临终前，她似乎断定丈夫已不在人世，拉着王德兴的手说，希望在她走后，王德兴能为伯父捏个“米面人”，修个小棺材，和她一起下葬。王德兴没有同意，他说，根据年龄判断，伯父有可能还活着，还是等伯父有了确切消息再说。他再次表示，自己还会继续寻找伯父的下落。等了丈夫半个多世纪后，郭黄娇就这样带着遗憾闭上了双眼。

1986年冬天，王德兴的家中来了两位从甘肃平凉远道而来的客人。来人说，为了写好党史，查找当年陕甘游击队总指挥李妙斋的家世，一年前，他们在陕西潼关调查时，找到一位曾和李妙斋一起闹过革命的老人。

据这位老人回忆，李妙斋原本姓王，是山西人，具体县名记不大清，但肯定有个“汾”字。据此线索，他们曾专程前往山西汾阳县查找，没有任何收获。之后经人提醒，又来到汾西县。由于此前王德兴曾多次委托县党史办代为留意伯父下落，听说此事后，县党史办负责人当即建议来人前去王德兴家中查问。

王德兴向来人如实介绍了他所知道的伯父王玉玺的情况，但根据他提供的内容，来人仍无法确定王玉玺是否就是李妙斋，在之后的寻访中，来人又找到当地的马俊德老人。马老回忆起，当年王家曾收到一封落款"王志宪"的信。来人听后眼睛一亮，李妙斋也有一个化名叫作王志宪。二人向王德兴索要王玉玺的照片后，前往陕北。

七八天后，他们发来电报，称在陕北得到最后证实，李妙斋就是王玉玺。他们又传达给王德兴一个信息：李妙斋已于1933年牺牲在陕西耀县照金薛家寨，请王德兴向当地民政部门联系核实。

1986年10月起，为了核实这一信息，王德兴曾先后四次前往陕西。他前往耀县民政局时，带了伯父王玉玺青年时期的照片，请当地几位七八十岁的老人辨认。老人们看后纷纷表示，这就是当年的李妙斋。

经耀县民政部门出具证明材料，1988年秋，汾西县民政局正式确认了王玉玺的烈士身份。曾经几乎被时间湮没的山西汾西人王玉玺，就此与陕西耀县牺牲的革命烈士李妙斋合为一人。

当年，敌人占领薛家寨后，疯狂残忍地扒开了李妙斋和武功的坟墓。棺木露在外边，风吹雨打。在一个风雪交加的晚上，杨玉财等群众偷偷上寨，把被敌人破坏的李妙斋和武功的坟墓又重新修好。

多年来，每到李妙斋忌日，照金当地群众都会自发前去为烈士扫墓，表达对英雄的哀思和怀念。

1994年，王德兴的父亲去世，安葬父亲后，他遵从伯母遗愿，前往陕西商量伯父遗骨迁葬事宜，因多种原因未能实现，于是他从伯父王玉玺的坟头抓了一把土带回汾西，放在伯母坟前。

2003年，汾西县修建起一座人民英雄纪念碑，上刻各个革命时期英勇牺牲的汾西烈士数百人。王德兴闻讯前去，但找来找去，唯独没有伯父王玉玺的名字。王德兴找到民政局，工作人员承认是工作失误所致，并承诺“以后补上”。之后，“王玉玺”三字终于补上了。

王德兴说，作为烈士后人，他有责任把这些事情做好。大而言之，是为了教育青年一代；小而言之，也可告慰烈士英灵，教育鞭策自家后代。

第四十章

薛家寨失守

1933年10月13日，国民党西安绥靖公署趁陕甘边红军主力部队北上攻打合水县城之机，任命杨子恒为总指挥，纠集了四个团兵力，调集孙友仁特务团和耀县雷天一、柳林肖振山、庙湾夏玉山、瑶曲陈日春及叛徒陈克敏的民团等反动军队数千人，携带迫击炮、重机枪等武器，向照金苏区发动大规模的“围剿”。

来敌沿黄陵、宜君、旬邑、淳化边境构设了一条堵截线。以孙友仁特务团为主力从西安出发，渡渭河经三原、耀县，由逃到小丘的张彦宁民团带路，经寺坡一带逼近薛家寨。同时，以冯钦哉师的一个团在黄陵、宜君一带堵击，以何高候团在旬邑、淳化一带堵击，以陇东赵文治团为追击部队。

当赵文治团进到毛家沟门时，陕甘边红军主力部队将其击溃，歼灭了该团大部，剩余的一小部分逃窜。

在山上守卫薛家寨的陕甘边游击队有第一、第七、第九三个支队和政治保卫队。第五和第十一两个支队在山下掩护群众，与照金地区的敌人进行周旋。

敌人为了进攻照金根据地，到处抓老百姓来修建通往照金和兔儿梁的车道。路通后，敌人用马把一门野炮和一门重迫击炮拉到龙家寨山顶上，向薛家寨开始试炮。

孙友仁率王占元一个营上山，与盘踞龙家寨的叛徒陈克敏接洽，准备围攻薛家寨。

此前，十多名妇女游击队员，从后沟巴前往黑田峪、杠树岭阻击敌人。当叛徒陈克敏带十七名匪徒，每人身挎双枪，从黑田峪由东往西通过时，担负阻击任务的女游击队员隐蔽在路边山坡的灌木丛中，密切注视着敌人的行踪。

走在最前边的四名敌人被击毙，余敌调头朝黑田峪方向逃跑时，女游击队员从灌木丛中掷下一连串麻辫手榴弹，切断了敌人退路。敌人慌忙扔下枪支，妄图绕道向南跑回龙家寨，又受到埋伏在那里的红军战士的迎面痛击。

女游击队员们在枪声四起的混战中，勇敢地冲出梢林，拾回敌人六七支枪。

傍晚，她们从箭穿崖方向开始撤退。

箭穿崖的得名，与杨家将有关。宋朝年间，杨家将为保大宋，男子几乎全都战死沙场，为了对付外敌入侵，在宰相力举下，皇帝任命杨门女将出征挂帅，镇守边关。辽兵南下逼近中原，杨八姐奉命与辽使议和，划分国界。

双方谈判时，杨八姐向使者说道："我在此射一箭，箭头射多远，你们就从澶渊向北撤多远。"

使者想，一个丫头能有多大能耐，一箭之地能有多远，就让她逞能，即刻答应了杨八姐。

杨八姐神情自若，命随从抬来了祖传的黑马宝弓，昂步登上了薛家寨对面的狮子山，运足了气力，拉开了宝弓，瞄准东方，射向了天空。只见箭头在空中一阵呼啸，从薛家寨南端的石崖中穿过，在八百里秦川上飞驰，射在了潼关县的城墙上。使者见状，目瞪口呆，懊悔万分但也无话可说，辽兵无条件迅速撤退。

薛家寨南端石崖上的大洞，后人就称之为箭穿崖。潼关县的城墙上，还留有箭头的痕迹。

此时，孙友仁带领杨福震和王义两个营驻扎在大小崖子村、绣房沟一带，对薛家寨采取合围势态。孙友仁命令各营观察周围地形，部署兵力准备攻寨。

孙友仁团附属的炮兵营，开始轰击薛家寨。

女游击队员隔沟望着敌人在龙家寨的举动，坚守着自己的阵地。炮声隆隆，她们毫不畏惧，机警地监视着敌人可能爬上薛家寨的每条小路，数着敌人发射的炮弹数。不料，敌人第一发炮弹出膛，即炸死了自己一名士兵，孙友仁距炮位仅几米，侥幸未被炸死。

敌人大炮的射程并不远，由龙家寨向薛家寨轰击，连续三天，炮弹未飞过绣房沟。第四天有几枚炮弹射到薛家寨半山的石崖上，把搭在二号寨洞口的木棚支架震得吱吱响。

在山上，石门路上有游击队一个分队把守着，阵地前沿修了防御工事，还埋有地雷，易守难攻。敌人的大炮架在对面的山上，可以很清楚地看到薛家寨阵地的情况。

从敌人打来的炮弹碎片看，有平射炮，有曲射炮。敌人的机枪射手，打得也不准。薛家寨的石洞和防御工事没有落一发炮弹，我方无一人伤亡。

在敌人进攻薛家寨的第三天中午，张秀山从后山阵地向石洞方向摸索前进。敌人在绣房沟的小山上，对张秀山的一举一动看得清清楚楚：他身上左边挂着文件袋，右边挂着手枪。敌人用重机枪向他扫射，但子弹全都打在路面以下二三尺远的山坡上。

敌步兵和民团在猛烈炮火的掩护下，几次试图登山，都被游击队打退。

寨子上有四百多人，凭借天险，打退了敌人几十次的轮番进攻，且给敌人造成重大的杀伤。

陕甘边特委书记秦武山召开特委会，讨论研究坚守薛家寨的问题。

在会上，秦武山问张秀山："咱们的队伍在山上能守多长时间？"

张秀山说："根据我们储存的弹药和粮食计算，顶多能坚守半个月。"

在讨论中，有人希望主力部队能够尽快打回来，以打破敌人对照金根据地的"围剿"。

在敌我力量悬殊的情况下，组织上决定让习仲勋和黄子文下山阻击敌人。习仲勋建议部队全部撤退，来个空城计，不能死守寨子。

游击队的撤退行动还未来得及实施，敌人的偷袭计划得逞，薛家寨失守。

敌军见薛家寨久攻不下，就费尽心思寻找打入寨子的突破口，后来发现在石门工事与后山崾岘阵地之间的悬崖峭壁上，有一条石缝直通寨洞。在这条石缝内长了许多小柏树，而在这条石缝上面，没有修筑防御工事，也没有布置防守人员，这是防御上一个不小的疏忽。

敌人发现这条石缝后，就抽了一百多人组成突击队，配合土匪，在夜间由陈克敏带路，趁着拂晓时偷偷地爬了上来，然后散开埋伏下来。

这是敌人进攻薛家寨的第六天了。

天亮后，对面山上的敌人只打了三炮，就停止了炮击。

当张秀山从战壕里发现爬上来的敌人时，敌人已经全部展开向防御工事发起了冲锋。冲在前面的敌人，距阵地仅有几十米距离。坚守哨门的十二名游击队员与敌人展开了殊死搏斗，王定朝等阵亡。

孙友仁在龙家寨望见薛家寨火光冲天，浓烟弥漫，知偷袭得手，即命令炮兵发射炮弹百余枚，猛烈轰击薛家寨两道寨门和崖洞，炸伤游击队员数名，随后轰倒堞墙，寨门洞开，守寨门的一个班伤亡殆尽，敌军由寨门蜂拥而入。

游击队员虽英勇抵抗，但已无法控制局面，薛家寨落入敌人之手。

张秀山当机下令，让战士们多带些手榴弹向党家山方向撤退。

此时，刘约三在寨顶瞭望，见寨北崾岘碉堡已失，趁烟雾弥漫，和秦武山急速率医务所所长陈守印、修械所所长惠子俊和工人、运输队队长老徐、会计焦蒙训和后勤人员胡进才及警卫排，还有能跑得动的伤病员，约六十人，从薛家寨东边悬崖上，用白布挂在树上滑下悬崖，撤离到了黑田峪沟里。不料又和敌军相遇，他们先向敌人开火，突围而出，经过隘道，爬上北梁山休整。

他们刚离开，敌人就冲了过来，走不动的伤病员和守石门分队的少数战士被俘。先进寨子的是敌正规军，后山上的民团包抄上来后，已经迟了一步，没有能堵住张秀山、吴岱峰等人的退路。敌人冲进寨子后，都争着冲进石洞里去抢东西，顾不得继续追击他们。

吴岱峰在李妙斋牺牲后接任陕甘边游击队总指挥，率部与敌人激战，边战边退，在东边悬崖上用双龙珠白洋布挂在树枝上，滑下了深谷，在党家峪与刘约三等会合，当晚住在青岗坪。之后吴岱峰带着游击队到了七界石、石门关一带继续打游击，后来北上与红四十二师会合。

习仲勋和黄子文率领保卫队顽强阻击，打退了敌人的一次次疯狂进攻。他们刚刚冲到薛家寨山梁下，敌人已完全占领了薛家寨。薛家寨失守后，他们仍留在照金，在极其艰难的情况下，白天隐藏于深林之中，晚上深入革命群众家中做工作，鼓励大家坚定革命斗志，开展对敌斗争。

陕甘边游击队政委张秀山率一支队八十余人及指挥部秘书杨再泉等带着油印机，经过艰苦突围，经党家山沿兔儿梁后山，转移至七里川休整。

山上的游击队员大多已经撤离，还留有少数看押犯人的人员及三十余名女游击队员来不及撤出。

枪声激烈，炮弹飞鸣，敌人又从三号寨子下的石渠中攻了上来。妇女游击队队长王有莲指挥女战士增援前哨门，由于人少力单，未能阻住。一号寨洞西边的山梁上，倒下了几名战友。她连忙指挥大家往薛家寨山顶撤退。

敌人一看是女的，直朝山顶追去。女游击队员们边还击边撤退，一直退到山寨东北的石崖断壁上，再也无路可退。她们视死如归，有的高举引火的麻辫手榴弹与敌人同归于尽；有的扣动机枪，把最后一颗子弹留给自己；还有数位女游击队员突围时宁死不屈，纵身跳崖，壮烈牺牲。

女游击队队长王有莲，为了掩护战友，牵制敌人兵力，沿着山梁朝东边方向边跑边射击。她以灌木丛为掩护，在三号寨顶的山梁上与追击她的数十名敌人周旋着。子弹打光了，手榴弹没有了，她就时隐时现地与敌人捉迷藏。

王有莲在撤退中途碰见看管金库的游击队员陈天岗，正由三号寨洞向山顶撤退。她对陈天岗喊："快往三号寨洞跑，敌人从山梁上追上来了！"

小陈说："敌人已经抢占了三号寨洞！"

山梁上下的敌人将王有莲和陈天岗团团围住，由于有灌木丛做掩护，敌人不敢贸然靠近他俩。

在这危难时刻，大姐王有莲静静地看了一眼小弟陈天岗，轻轻将他按下，奋身冲出梢林，倒在敌人的乱枪之下，长眠在薛家寨三号寨东边的山梁上。

王有莲牺牲的那一天，上穿绿布衫，下穿大红裤，保留着中国妇女独有的美丽形象。

第四十一章

红四十二师

国民党孙友仁部攻破照金薛家寨后，大肆抢劫破坏，搜掠一空而去。反动民团夏玉山、雷天一、张彦宁等在围攻薛家寨时，坐收渔利，占寨后在苏区烧杀抢掠，无恶不作。

之后，陈日春民团回瑶曲，夏玉山民团住庙湾，萧振山民团回柳林，张彦宁民团返小丘，叛徒陈克敏仍盘踞在龙家寨。

敌人在甘草坪杀害了苏维埃政府主席周冬至，在芋园杀害了土地委员王满堂、肃反委员王万亮和许多群众，在照金一带造成了严重的白色恐怖。

反动地主还编了歌谣："八月二十三，粮子来了好几千，有大炮、有机关，打了薛家寨，打了党家山。"以此宣泄他们的复仇情绪。

这次反"围剿"虽然失败了，但革命烈火是任何反动力量也扑不灭的。照金人民继续积极配合游击队，在照金及其周围地区坚持游击战争。许多群众冒着生命危险，保护留在当地的游击队伤病员，掩埋被敌人残杀的革命干部和战士遗体。

薛家寨失守后，敌人的民团每天都要派人到照金根据地进行搜查"清剿"，边区有一部分群众迁到有亲戚的白区去了，留下的老弱病残又处于敌人的严密监视中，很难与红军接近。

在这种危难的情势下，习仲勋不得不离开照金，经牛村河、八里庄、马额镇，来到富平南李村丁茂达家里。因这一带常有民团出入，习仲勋不便活动，就钻进梢林里躲起来。在这里，多亏了干妈王俭的悉心照料，她半夜里把他从山上叫回来，在家里吃饭，有时还把白糖和猪耳朵给他送上山。

老妈妈还给习仲勋做了一身买卖人的衣服，让南来村的秦老六背上褡裢，把短枪和子弹装进褡裢里，扮作生意人，把习仲勋送过让牛村、高山槐和七界石。在这里，习仲勋找到了从薛家寨退下来的张秀山、吴岱峰、刘约三，一起重新回到了主力部队。

王泰吉、刘志丹率领的陕甘边红军主力部队到达合水县东部的大山门，碰到了习仲勋、张秀山、刘约三、杨再全等从照金根据地撤出来的同志。

王泰吉、刘志丹这才得知由于陈克敏叛变，勾结国民党孙友仁等，趁主力西进之机攻打照金，留守部队和根据地设施遭受严重损失，薛家寨陷入敌手。陕甘红军在敌众我寡的危急情势下被迫转移。

1933 年 10 月 12 日，王泰吉、刘志丹率领红军主力从照金出发，为牵制围敌，转入外线作战。

部队从旬邑县境内穿越甘肃正宁东部，沿子午岭西侧北上，三天后抵达距合水县城四十里的黑木原一带，准备夜袭合水县敌保卫团。

队伍一驻扎下来，立即封锁了消息，准备了干粮，绑制了四个云梯。天黑后，部队出发，于夜间十二点前后到了合水县城东门外。

耀县游击队担任了攻城突击队的任务，由陈国栋带了两个人，架云梯悄悄爬上了城门楼。哨兵发现了，问了声：“谁？”

他们三人跃到跟前，枪口对准哨兵说：“再喊打死你！”

他们控制了哨兵，当时守城的一排人正在睡觉。耀县游击队全部缴了他们的枪支，然后打开城门，整个部队都进了城。耀县游击队先后解决了两个排的敌人，缴枪四十余支，抓了四十多个俘虏。这些俘虏，愿意回家的放他们回去，少数人参加了游击队。

游击队共俘获了住在合水县城的土豪十二三个，其中有税务局局长、财政局局长等，游击队让他们提供钱粮布匹等军需物资。

1933年10月下旬，王泰吉率领陕甘边红军主力部队消灭了庆阳三十里铺的民团，国民党杨子恒旅的赵文治团和谭世麟的庆阳民团骑兵营跟踪追击，一连几天，咬住红军不放。

王泰吉率部转战到庆阳县毛家沟门休整，因长途奔袭，接连作战，部队非常疲劳，在宿营时突然遭到赵文治团的袭击。

总指挥王泰吉临战不慌，首先带领身边的警卫人员从指挥部的北山坡冲下去，蹚过小河，顽强阻击敌人，顶住了敌人的凌厉攻势，掩护刘志丹带领的总指挥部机关和部队向北山转移，然后他又赶到山顶上组织部队反击。

王泰吉命令骑兵连全部下马注意隐蔽，准备冲杀，抗日义勇军和各路游击队坚守山头，把手榴弹全部收集起来送上前线，集中使用。

当敌人一窝蜂似的向山上涌来时，王泰吉手提盒子枪命令："敌人不到跟前不许乱放枪！"

随后他又喊道："敌人已经追击我们好多天了，今天我们一起冲锋把这一股敌人消灭掉！"

敌人冲上来时，在王泰吉的号令下，密集的步枪、机枪子弹和手榴弹打得敌人不是倒地一片，就是抱头鼠窜，后面的敌人不战自溃。

在冲锋号声中，王泰吉身先士卒带部队直冲山坡，顷刻间将多于红军三倍的赵文治团完全击溃，敌人四处逃跑。

谭世麟庆阳民团骑兵营见势不妙，仓皇逃遁。

这一仗使陕甘边红军转危为安，转败为胜。

不久，国民党何高候的队伍又追上来，部队退到三嘉原，在遭遇战中先后击溃国民党骑兵和杨拐子土匪。

1933年10月20日，陕甘边红军主力部队进至宜君杨家店子时，敌方二三六旅五一一团的一个连追来，主力部队误以为是游击队，未加防范，不料敌人趁次日清晨大雾弥漫之际，前来袭击。

因红军主力部队的疏忽，敌人直至进入街里才被发现，红军奋起迎击，且战且调动部队，迫敌退到山上。

午后，红军主力部队从正面及两侧向敌人发起攻击，并以一部分迂回到敌后包围。经过激烈战斗，红军将国民党连长李文杰以下一百余人全部歼灭。

由于红军在这次战斗中伤亡很大，伤员不好安置，遂改变原定计划，经小石崖、上畛子返回合水东华池一带。

红军主力部队在东华池地区稍加休整后，分兵两路，打击消灭当地及附近敌人。主力部队向东行动，消灭了甘泉道佐铺的民团数十人，袭击甘泉县城之敌未能成功。在向洛河川的葡萄沟口行动中，反击了尾随并企图包围部队的敌二五六旅的一个营，消灭了一些敌人。

红四团向西北行动，歼灭了新堡、荔园堡、阎家洼子、赵家沟门的民团和陕西警备骑兵旅二团张廷芝新兵连一部，为建立南梁根据地，使陕甘边党政领导机关扎根于此地，创造了有利条件。

1933年11月3日至5日，中共陕甘边特委和红军临时总指挥部部分成员，在甘肃省合水县包家寨举行联席会议。

会议总结和吸取了照金苏区失守的经验教训，做出了三项重大决议：

一是决定把陕甘边红军临时总指挥部改编为红二十六军四十二师师部。

部队到莲花寺后，正式改编为红四十二师。王泰吉为师长，刘志丹任参谋长，红四团政委杨森兼任红四十二师党委书记。决定把西北民众抗日义勇军、耀县游击队三支队和原红四团的少年先锋队编成红三团，王世泰为团长，李映南为团政委。原红四团改编为骑兵团，张秀山带的部队大部分编入了主力红军。另一部分游击队留在照金周围，坚持开展游击战争。

二是决定建立三路游击区，开辟三个战场，扩大根据地。

会议之后，红四十二师派出了一批干部，拨出一些武器弹药，分头去开辟三路游击区。

第一路游击区，是以先前派出的强世清领导的陕北游击队为基础逐步扩大。强世清担任总指挥，魏武任政委，活动地区以安定县为中心，向周围发展，达到与南梁根据地相连接的目的。

第二路游击区，以庆阳、合水、保安的三支游击队为基础发展壮大。杨琪任总指挥，活动地区以南梁为中心，任务是建立南梁根据地。

第三路游击区，以陕甘边游击队总指挥部领导的照金游击队为基础发展壮大，活动地区是以照金为中心，坚持和巩固照金根据地。

三是决定建立以南梁为中心的革命根据地。

会议在总结照金苏区失守的教训中认识到，在敌强我弱的形势下，照金靠近咸榆公路，接近敌人的中心城市，加之地区窄小，回旋余地受到限制，不利于根据地的发展扩大。根据刘志丹的提议，大家深入讨论，决定红二十六军当前的首要任务是建立以南梁为中心的革命根据地。

南梁地区建立根据地的有利条件是：

一是南梁地区位于桥山山脉中段，有较好的地理优势。桥山山脉北起盐池、定边，南至照金，连接陕、甘、宁的十余个县，山大沟深，林木茂密，地形复杂，交通阻塞，便于红军迂回作战。南梁的另一特点是地处陕甘两省交界处，敌人统治力量薄弱。

二是南梁地区有很好的群众基础。这里的老百姓多是外地逃来的难民，深受封建军阀剥削压迫之苦，有强烈的反抗精神和革命要求，前些年刘志丹等同志在这里闹过革命，共产党在这一带有一定影响。

包家寨会议在战略上解决了陕甘边根据地发展的方向问题，重整红二十六军和建立三路游击区的决定，对全体指战员是一个很大的鼓舞。

会议结束后，部队在东华池莲花寺召开了军人大会，进行了改编，并欢送跟随红军主力部队战斗三个月且已全部武装起来的陕北游击队返回陕北建立根据地。

部队又相继派张策、刘约三、强嘉珍、阴云山、郭炳坤、李尚勤等，去第二、第三路游击区做建立根据地和发展地方武装的工作。

在红军主力部队北上作战途中，习仲勋患了伤寒，无法行军，滞留在宜君小石崖村，养了一个月病。之后，习仲勋和南梁保卫队队长郭锡山一起，转移至莲花寺豹子沟李老五家养病。因这一带有敌人活动，李老五白天把习仲勋送到山里，晚上接回来吃饭。

春节前夕，习仲勋大病初愈，被留在南梁附近的二将川，担任第二路游击队队委书记。

习仲勋和张策留下来进行创建南梁根据地的工作，其方针是先做好群众工作，建立革命武装，开展游击运动，建立工农政权。在首先扫清阎家洼子、东华池、南梁堡民团赵老五和二将川地主武装的同时，游击队挨家挨户地做宣传工作，发动群众配合游击队去分牛羊。在提高群众觉悟的基础上，发展了二将川、白马庙川、南梁堡、豹子川、平定川、义正川、吴堡川等地的群众组织。

吴岱峰、刘约三等去组织保安游击队，王子良去创建合水游击队，吴亚雄去建立安塞游击队，杨培胜组织义勇军。

接着，王泰吉、刘志丹率红四十二师主力挥戈南下，帮助第三路游击队恢复和发展照金苏区。

1933 年 12 月中旬，红军占领了正宁南邑的后沟寨子，收缴了部分守寨民团的枪支后，又返回东华池一带。

红四十二师在行动中，听说山东“人民军”刘桂堂部开到豫陕边境。为争取其一部分武装参加革命，王泰吉要求前去活动，用他的话说，就是“出去放一把火”。

1934 年 1 月中旬，经红四十二师党委在莲家砭会议上研究，同意王泰吉随部队经耀县开到淳化一带。

一天夜里，王泰吉与一个警卫员携带两支手枪、两匹骡子和一些旅费，由少数骑兵护送，前往通润镇。

王泰吉走后，红二十六军四十二师师长即由刘志丹担任，杨森接任师政委。

从此，红二十六军四十二师和游击队在刘志丹等人的直接领导下前赴后继，英勇战斗，取得了一个又一个的重大胜利。

1934 年 2 月 25 日，在南梁恢复了陕甘边区特委和陕甘边区革命委员会，张秀山为特委书记，刘志丹任军委主席，习仲勋为革命委员会主席，白天章为副主席。

1934 年 3 月间，敌人兵分八路“围剿”南梁苏区，红军在五顷塬作战失利，敌人占领了南梁。红四十二师绕到外线作战，取得西华池战斗等重大胜利，粉碎了敌人的“围剿”，敌人被迫退出苏区，陕甘边红色区域，迅速扩大到十四个县的大部分地区。

1934 年农历正月初二，王泰吉抵达淳化县通润镇附近。淳化县三区民团团长马云从，曾是他过去的部下，和他关系还比较密切，王泰吉想利用新形势，先取得他对这一行动的支持。但王泰吉显然看错了马云从。

这天晚上，马云从派了两个人来迎接王泰吉，王泰吉换上便衣，带了手枪，骑着骡子出发。可是，一到通润镇，马云从翻了脸，把王泰吉抓了起来，并立即向西安国民党报功，说抓到了共产党重要分子。

国民党西安方面派了一个营专程到淳化，把王泰吉押走，关押在西安绥靖公署军法处。

在敌人严刑拷打之下，王泰吉坚贞不屈。在拘留室的墙壁上留诗感叹：“二十八岁空蹉跎，为谒故人入网罗。狐鸦结交吾有愧，悬睛待看事如何。”

杨虎城部的进步军官和中共地下党员曾多方营救王泰吉，因事已见报，南京政府严令“处决”，加上国民党陕西省党部书记长宋志先严密监视，营救活动均未成功。

临刑前，王泰吉大义凛然，写下了气壮山河的《绝命诗》：“崤函振鼓山河动，萧关频翻宇宙红。系念胞泽千里外，梦魂应知寄愁容。”

1934 年 3 月 3 日，王泰吉在西安绥靖公署军法处英勇就义，年仅二十八岁。

第四十二章

红军回来了

1934年初夏，甘肃马鸿逵和贺高侯部进犯陕甘边根据地。第三路游击队在红二十六军四十二师的密切配合下，打得敌人落花流水。

战斗中，敌军一个侦察排起义，被分配到周冬至任队长、林万荣任指导员的第三路游击队第九支队。按常规应将他们分散编入各分队，而那个投诚的班长以原部下好领导为由，再三请求保持他的原班人马，只换番号。

对此，周冬至和林万荣并没有过多考虑，就默许了。

到了秋天，周冬至、林万荣率领第九支队部分游击队员在郭家川一带巡逻护秋。

这儿仅有三四户人家，为了不打扰群众，他们把战士集中到甘草坪村一孔大窑洞过夜，周冬至和林万荣等五人住在另一个窑洞里和衣入睡。

由于过度疲劳，五个人沉沉睡去。那个心怀叵测的起义班长，趁黎明时大家熟睡之机，盗走了枪支弹药，带着他所带的一班人，突然封锁了两孔窑门。

被惊醒的周冬至等正要冲出时，却被叛徒扔进的手榴弹炸成重伤，晕倒在血泊里。

丧心病狂的叛徒又下毒手，砍杀昏迷中的周冬至等人。

周冬至，生于1906年1月11日，又名冬生，陕西富平县淡村乡中合村人。在都村小学读书时，与高年级学生习仲勋等结为好友，积极参加革命活动。1929年，其父因出外借粮饿死异乡，母亲带着五个子女沿街乞讨，先后将两个女儿送人，要饭来到耀县照金山区，落脚其父结拜弟兄王明发家中。因生计艰难，母亲将十四岁的小女儿送人做童养媳，长子周炳生外出拉长工，母子四人在当地安子坡几间草房里栖居下来。

1932年正月十五晚，谢子长、刘志丹带领陕甘游击队奇袭照金民团，宣传党的主张及游击队专为穷人打天下的革命道理。周冬至看在眼里，记在心头，回家后就热情地向家人和亲友宣传革命道理。

参加革命后，周冬至、柴国栋等以换帖弟兄名义，互相串联，在照金秘密建立农会等组织。

当陕甘游击队和渭北游击队在照金地区打游击时，周冬至组织带领难民群众，配合游击队除暴安良，张贴标语，散发传单，打击土豪劣绅，动员妇女儿童为红军做鞋袜、背送粮食、磨面粉、加工熟食、站岗放哨等。有的妇女装作在地里干活或上山放羊拾柴火，为部队站岗放哨，一有紧急情况，就马上通风报信。

在一次次的斗争中，广大群众得到了锻炼，革命热情越来越高，要求报名参加游击队的人也越来越多。

刘志丹率领陕甘游击队转入外线活动，让李妙斋留在照金，建立农民联合会和芋园游击队。周冬至积极参加了游击队，担任了由林万荣任队长的政治保卫队指导员。

红二十六军在宜君转角村成立后，武装开辟以照金为中心的新苏区。为了把薛家寨建成红二十六军的后方基地，李妙斋派周冬至担任了筑路总指挥。周冬至带领当地群众，修筑了通往薛家寨的盘山道路，修筑了鸡儿架栈道，并在险要的地方设立哨所，利用石窟天然条件建成仓库、医院、修械所、营房等,使薛家寨成了红军的营地。

周冬至、林万荣领导的政治保卫队,担负着守卫薛家寨党家山营区安全的任务,还担负着陕甘边特委主要领导人的安全保卫工作。周冬至日夜操劳,有时还带领战士陪同习仲勋等领导人下山,发动和武装群众。他的双脚,几乎踏遍了照金地区的山山水水、沟沟岔岔。

中共陕西省委曾致信红二十六军,要求在照金苏区进行土地革命,没收地主和寺院的土地分给贫苦农民。周冬至是这一中心工作的主要参与者,他深入田间地头,丈量土地,栽石桩,楔木橛。

他理直气壮地说:"今天分土地是共产党的政策,又有红二十六军的支持,地主哪敢算账?"

经过他反复宣传,群众消除顾虑,都高高兴兴地分了土地,再也不用向国民党政府纳税交粮,也不用向地主交租抵债了。

群众称赞说:"共产党的政策就是好,是真正给穷人办事的!"

1933年4月5日,陕甘边区第一次工农兵代表大会在照金岳家山召开,选举产生了边区革命委员会。周冬至担任主席,习仲勋任副主席。

边区革命委员会成立后,周冬至等人领导当地群众开展游击战争,不断扩大苏区,建立地方各级政权组织。根据中华苏维埃中央政府颁布的《土地法》,周冬至等带领群众分土地、分粮食、分牛羊,并明令戒烟、戒赌,号召妇女破除缠足的封建陋习,根据地得到了发展和巩固,处处呈现出一派喜人景象。

在红军主力部队离开照金后,照金苏区随即受到了敌人的严重威胁。周冬至与秦武山、习仲勋、李妙斋等,面对国民党军队的大肆"围剿",运用灵活多样的战略战术,依靠地方游击队和群众的力量,一起同敌人进行了激烈战斗,多次粉碎了敌人的"围剿",保卫了照金苏区。

一天,耀县民团和小丘民团纠集一股千余人的武装,从高山槐前来进犯。周冬至带领游击队员埋伏在让牛村一带山梁上,利用隐蔽地形,打得敌人仓皇逃遁。

陈克敏叛变后，抓走了红军战士周长发，关押在龙家寨。一天，周长发趁敌不备从悬崖跳下，下肢瘫痪。周冬至得知后，立即给周长发家送去一匹骡子，让其家人卖掉后为他治病。周长发一家人深受感动。之后，周家兄弟四人都参加了红军。

周长发叔父周明庆是边区革命委员会工作人员，经常在外奔波，家里怀孕的妻子没人照应。为解除周明庆的后顾之忧，周冬至征得习仲勋同意，将周长发的婶娘接到薛家寨。这位农家妇女，便成为根据地被服厂的第一名红军女战士。

接着，前特委书记金理科的妻子同凤云，也由三原武字区到照金，与随后的一部分部队家属一起，陆续成为红军被服厂的女工。

为了保证红军的供给，周冬至号召大家开荒种地，养猪牧羊，开设农贸集市进行物资交流，为部队筹集粮食。

秋天，阴雨连绵，被困在薛家寨的干部战士亟待解决粮食问题。周冬至不顾个人安危，亲自去老爷岭、金盆一带组织群众运粮。

习仲勋负伤后，周冬至又四处寻医找药，安排人员精心照料，使其很快得以痊愈。

1933 年 9 月 20 日，陈克敏、夏玉山、陈日春、杨老幺等民团和土匪武装千余人，趁红军主力转入外线作战之机，联合偷袭薛家寨和党家山。

周冬至带领一支游击队，坚守党家山东北的鸡儿架，居高临下，用石块和麻辫手榴弹等，击退了敌人的多次进攻。

10 月 12 日起连续五天，国民党十七路军的步兵团和炮兵团数千之众，用重炮猛击薛家寨。周冬至和留守的几位领导临危不惧，沉着应战，率众顽强抵抗，终因寡不敌众，周冬至等撤离照金。

撤离照金后，周冬至任第三路游击队第九支队队长，林万荣任指导员。他们先后在耀县、同官、宜君、旬邑、淳化、三原、富平等地开展游击战争，打了不少胜仗。

1934 年的秋天，周冬至被叛徒袭击，光荣牺牲了，年仅二十八岁。

中共陕甘边特委为纪念周冬至烈士，特将他生前战斗过的照金老爷岭命名为“冬至乡”。

照金薛家寨失守后，红军修械所和部分后勤部门的桂生芳、冯永贵、吴生荣等人与五六名重伤员，被敌人扣押在龙家寨。

大约二十天以后，突然有两个人来到了龙家寨。一个是曹宏彦，一个是朱子界，他们曾先后和陈克敏有过拜把子之交，以后参加起义，在红二十六军骑兵部队里分别担任班长、排长。

他们二人奉命潜入龙家寨后，就悄悄给桂生芳等人讲了外面的情形和红军主力活动的情况，并交代说：“我们要消灭陈克敏这个坏蛋，你们的任务是掌握这个寨子的兵力，配合主力红军，拿下龙家寨，恢复照金苏区。”

曹、朱二人要求他们每人设法搞一支枪把龙家寨保住，守住寨子，作为内应，使敌人进不来，便于红军行动。

过了一段时间，红二十六军主力回到照金一带，刘志丹亲自给桂生芳等写了一封信，叫他们在龙家寨做好策反工作，并以照金镇一个杂货铺为联络点，让他们经常和红军主力保持联系。冯永贵借机去了一趟照金镇，与联络点接上了关系。

1933年大年三十晚上，驻守薛家寨的敌队长李兴城秘密起义。

正月初三晚上，趁土匪头子陈克敏领着三个亲信团丁到庙湾民团拜年之机，李兴城率队偷袭了龙家寨。

被扣押的红军桂生芳、冯永贵、吴生荣等，经过对敌军的策反和说服教育，里应外合，又一次攻克了龙家寨，端掉了陈克敏反动武装的老巢。

陈克敏听到龙家寨和薛家寨失守的消息，大惊失色，他不敢轻易返回照金，到处搬援兵，打算重新夺回龙家寨。

国民党陕军炮兵团和民团围攻两个寨子，激战了一个星期。

李兴城和桂生芳等直到弹尽粮绝，才撤离了龙家寨，向淳化桃曲原一带迂回，在老爷岭碰见张秀山和高锦纯带领的红军骑兵团，他们回到了主力部队，随同骑兵团一举夺下龙家寨。

由此，照金地区又成为红军可控制的地域，为此后第三路游击区的建立和进一步发展，打下了良好的基础。

照金苏区，是土地革命战争期间中共陕西省委组织领导红军和人民创建的一个十分重要的革命根据地，照金苏区的革命斗争是西北革命斗争史上的重要篇章，是陕甘边革命根据地巩固和发展过程中的一个重要阶段。

照金苏区的创建，有力地撼动了国民党在陕西的反动统治，造成了国民党内部的恐慌和混乱。照金苏区的革命斗争与陕北、渭北、陕南、陇东等地区的革命斗争相呼应，牵制了国民党的大量兵力，同时，也唤醒了千百万陕甘边人民在中国共产党领导下开展土地革命的觉悟，激发了广大劳苦群众争取解放的勇气和信念。

照金这块坚强阵地，是党在革命遭受严重挫折的关键时刻韬光养晦和积聚革命力量的重要基地，是红二十六军成长壮大和重新恢复力量的可靠后方，是其广泛开展游击战争强有力的战略依托。

在这块红色土地上，中国共产党进行的一系列建立党的基层组织、红色政权组织、群众武装和开展根据地建设的尝试，为党和军队积聚了丰富的经验，培养和锻炼了一批坚强的革命骨干，为进一步创建陕甘边革命根据地打下了坚实的思想基础、干部基础和物质基础。

包家寨会议后，红二十六军四十二师成立，着手开辟第一路、第二路、第三路游击区，军事后方移至南梁，开始创建了以南梁为中心的陕甘边革命根据地。

随着南梁苏区的建立，以南梁为中心的第二路游击区，以照金为中心的第三路游击区，都逐步发展壮大起来。第二路游击队在南梁苏区内，能够及时得到红四十二师的支持和帮助，在各路游击队中发展最快。

1933年9月，蒋介石组织第五次“围剿”，在南方对中央革命根据地发动进攻。

在西北，国民党陕甘军阀谭世麟、仇良明等部，调集了八个团一万余人的兵力，分六路向以南梁为中心的陕甘边根据地发动了大规模“围剿”，企图将新生的革命根据地扼杀在摇篮之中。

刘志丹在荔园堡召开军事会议，经过对敌情的分析，做出了反“围剿”的具体战斗部署。会后，刘志丹带领部队从荔园堡出发，几里长的队伍浩浩荡荡，跨过高山，穿过深沟，渡过正在解冻的洛河。

部队到达合水旧县附近的赵家原，摆出了攻打合水县城的架势。国民党驻合水部队一看红军兵临城下，赶忙向庆阳县驻军求援。庆阳国民党驻军连夜出动两个步兵营和一个机枪连的兵力向合水增援。

就在国民党援军赶了八九十里路即将到达之时，红四十二师却离开了赵家原，前往合水重镇西华池。扑了个空的国民党部队，只能马不停蹄地掉头向西华池追去。刘志丹率部驻扎在西华池城里，张秀山带着骑兵团驻在城外。

张秀山骑着马来到城墙下，看到刘志丹站在城墙上面喊道：“秀山，快带着骑兵团从敌人的后边冲过来。”

张秀山立即掉头回到部队，此时骑兵团的战士都上了马，一齐向阵地飞奔而去。

红三团在敌人的正面进攻，骑兵团在敌人的后面马踏刀劈，两支部队一夹击，把敌人一下子击溃了。

红四十二师在第二路游击队的配合下取得西华池大捷，歼敌两支营共六百多人，创造了红二十四师成立以来的歼敌最高纪录，也成为粉碎敌人“围剿”的决定性一战。

西华池大捷后，刘志丹率领红四十二师南下三原、淳化、耀县、同官等地，九战九捷。

1934 年 4 月 18 日，农历三月初十傍晚，红二十六军四十二师师长刘志丹和政委杨森，率领由王世泰任团长、张邦英任政委的红三团和以骑兵为主的红四团，从耀县县城西北稠桑途经张家堡、白家庄等地，兵分三路朝黄堡方面进发。

红三团团长王世泰带领陈学鼎等三个连主攻黄堡寨，红三团政委张邦英带领红三团一部到孝义堡，红四十二师政委杨森和红四团团长黄子祥带领边德荣等骑兵两个连去梁家原。这次行动的主要任务是摧毁国民党地方政权，壮大红军力量，解决装备与经济方面的困难。

黄堡是唐代耀州窑所在地，沿漆河上下都是烧造瓷器的，故有十里窑场的称誉。黄堡寨是同官县城南三十里处的重要集镇，也是贯通陕甘边区的军事要塞。

黄堡寨有一座黄土构筑的古寨雄踞于漆水河拐弯的山崖上。早在北魏孝武帝年间便设有黄堡县，旧址是在北寺。北魏时的同官县曾设在高坪原，后将县西北部划入宜君，南部设为黄堡县，县治在今黄堡南三里，西魏末年撤销。

寨城内半民半商，20世纪初商号逐渐下移于镇街。寨子里住有十几户人家，除了有个贩卖大烟的国民党退伍营长范子畴及开店铺商行的袁福恒外，其余都是当地农民。国民党区公所也在寨子上，由十几名民团团丁守护。

国民党区长梁子峰是附近梁家原人，每逢天黑，便回家住宿。尽管寨子里守兵稀少，指挥薄弱，但由于地形居高临下，路狭坡陡，南多梯田层叠，北有河水护城，进寨必经的东西铁门，都是厚墙双卡。

红军到达黄堡已过三更时分，为尽快夺取胜利，减少代价，除继续做好一切战斗准备外，部队派连长陈学鼎、一排长宋飞、二排长陈国栋率七十余人，埋伏在寨门外麦地，隐蔽待命。

1934年4月19日晨，天刚麻麻亮，寨里有个名叫张子贤的老农，说要出去卖油渣，喊叫拿内道门钥匙外号叫善人的张启生开了头道门，外出的第二道门钥匙由民团团丁掌管。哨兵听见喊叫懒得走动，把外道门的钥匙扔给了张子贤。

张子贤开了门，隐蔽在寨门外的红军趁势涌入。守寨的民团见红军人多势众，纷纷逃窜或投降缴械。进寨的二道门虽被锁，但锁链长，门隙宽。连长陈学鼎一枪把锁打坏，两道寨门全被打开，红军势如破竹争占了制高点。

住在堡顶端的国民党退伍营长范子畴，听见枪响，又见红军逼近，急举手榴弹，惊慌中忘拉火就朝正追赶的红军掷去，随后他一边撒腿疾跑，一边用随身带的水连珠步枪，猛地转身向背后的红军射了一枪。范子畴是兵痞出身，枪法很准，那位正追赶的红军战士当即死亡。

范子畴见另一名红军仍紧追逼近，急忙将子弹袋丢下，那阵红军缺少弹药，当这位红军弯腰拾子弹袋时，范子畴又猛地回身射了一枪，这名红军战士身受重伤。

枪声停顿下来，范子畴借机从崖坡溜滑下去。冲上山崖的另一名红军将一枚麻辫手榴弹对准逃跑的范子畴投去，手榴弹响了，范子畴被炸伤，他挣扎着爬起来，蹚过河水，跌倒在河滩里，被巡逻的少年先锋队活捉。

那位受重伤的红军战士，是韩古庄人，被战友们抬到演池时牺牲了。

打开黄堡寨之后，红军缴获民团八支枪，团丁大部分参加了红军。

村民们亲眼见到红二十六军四十二师师长刘志丹，三十多岁年纪，中等身材，英姿勃发地站在寨堡土包上大声说："乡亲们，不要怕，我们是红军。没吃的都到袁福恒商行拿粮去。"

群众高兴地把粮背到了家里，都说刘志丹给穷人解了春荒。

在红军攻打黄堡寨的同时，另一路由杨森率领的骑兵团两个连也悄悄地进抵梁家原。

梁家原虽有几户地主豪绅，又住着梁子峰的家眷，但无民团把守。跟随梁子峰的一个持枪警卫，待梁子峰就寝后便逍遥去了。所以，骑兵团畅通无阻，神不知鬼不觉地抓捕了罪恶累累的敌区长梁子峰，把他押到了黄堡寨。

当天上午十点多钟，攻打黄堡寨的任务已胜利完成。红军从黄堡寨出发，上了石坡原。在路过石坡村时，开了个简短的宣判会。除有五百多名红军整齐的队列外，红军还将带来的地主豪绅马老六、雷振海、张树坤和教师梁崇仁等十七八人，也集中到现场，抓捕的黄堡区敌区长梁子峰，也被押进了会场。

红军领导人刘志丹、杨森讲了话，宣传红军主张，告诫地主豪绅们要当好人，切勿作恶。因梁子峰罪大恶极，与别人不同，随后便被拉出去处决了。

从打黄堡的实际效果看，这次战斗是非常理想且成功的，达到了预期的目的。它不仅扩大了革命影响，宣传了党的主张，摧毁了国民党地方政权，扩充了红军兵员，缴获和没收了一批枪支、弹药、装备及钱物，同时也救济了穷人，为红军和地下党活动解了经费困难等燃眉之急。

第四十三章

星火燎原

1934年春，西安绥靖公署调动驻在中部、洛川、安塞、合水、庆阳等地八个团近一万兵力，对陕甘边红军发动“进剿”。红二十六军四十二师决定到敌人力量薄弱的地方，再次转入第三路游击区，配合当地游击队活动，见机消灭敌人。

红四十二师经常到照金一带活动，极大地鼓舞了革命群众的斗志。党的基层组织、红色政权组织和群众组织，逐步得到恢复和巩固，群众革命斗争又如火如荼地开展起来。

第三路游击区得到了很大的发展，相继成立了坪子游击队、耀县游击队、淳化支队、特务队等共二百余人。金理科在淳化、耀县，杜宛、李尚勤在正宁、旬邑、彬县，黄子文在中部、宜君、富县、甘泉、宁县等地区，组织发动当地积极分子，做好群众宣传工作，建立农民协会、赤卫军、青年组织、妇女组织和区乡革命政权与党的组织，发展革命武装。

在陕甘边红军的政治影响下，周围地区一些不堪忍受豪绅地主压迫剥削的农民群众，揭竿造豪绅地主的反，参加了红军。在敌军和保安团队中，一些不满现状的士兵和下级军官，组织哗变，弃暗投明，加入革命队伍。

刘志丹率部攻克同官县黄堡镇，消息在西安的报纸上披露后，张文华拿着报纸对病情有所好转的黄子文说："你带我去红二十六军吧！"

黄子文看了报纸，说："看来北上路途无障碍了，我们先到武字区，再组织一支游击队带上去，壮大红军力量。"

第二天，张文华让西安党组织的魏光波开了介绍信，和白耀清、杜宛随黄子文前往三原。

黄子文到武字区后，找到留在家乡的游击队员王启德，将组织人北上的事一说，王启德很快集合了十二三个人。

黄子文一行转了好几天，才在七界石见到了第三路游击队政委张仲良和总指挥王安民。张仲良给黄子文带的人发了武器弹药，让其先在淳耀边界一带活动。

1934 年 5 月上旬，黄子文又从西安带蔡子伟、许国琏、张静文、蔡春堂回到武字区，将游击队集合起来，准备回红二十六军。

队伍走到耀县的东坪时，见到了张仲良，方知第三路游击总指挥部在白家山遭后沟民团袭击，总指挥王安民阵亡。

黄子文遂建议张仲良集中兵力，待机消灭后沟民团。张仲良采纳了黄子文的意见，并推黄子文担任第三路游击队总指挥。

不久接到红四十二师党委通知，让黄子文率游击队北上召开干部会议。黄子文到南梁后，将蔡子伟、许国琏、张静文、杜宛介绍给陕甘边区革命委员会主席习仲勋和红四十二师师长刘志丹。

在刘志丹、张秀山、习仲勋的领导下，陕甘边根据地扩大到东至临镇，西至定边，南至耀县，北至高桥川、宁条梁一带。

1934 年 5 月中旬，国民党借陕甘边红军主力离开南梁之机，再次向南梁根据地发动"围剿"，杨琪等率部与国民党军队周旋。国民党军队抓不到红军，就在占领的区域内毁坏窑洞，焚烧粮食，屠杀牲口。第二路游击队为避敌锋芒，转入敌后，开展游击战。

第二路游击队在国民党后方攻城拔寨，迫使敌军回撤，使国民党"围剿”根据地的计划再次破产，南梁苏区得以收复。

红四十二师主力回师南梁，师党委于 1934 年 5 月 28 日在南梁寨子湾召开会议。会议决定健全中共陕甘边特委，由张秀山任特委书记；成立陕甘边军事委员会，由刘志丹任主席，统一领导陕甘边红军以及各路游击队。

会后，张仲良与黄子文带领第三路游击队，一面开展游击斗争保卫三夏，一面组织游击队帮助当地群众收割播种。

黄子文亲自带领家在外地的队员，协助当地队员收种。

一天，他发现一个队员鞋破了，脚被麦茬戳破，鲜血直流，便将从家里带来的新鞋给那个队员穿上。早年一直跟随他闹革命的习浩胜见了，开玩笑说：“二哥，我的褂子烂了，把你的衫子给我。”

黄子文真的脱下白布衫，递给了习浩胜。

习浩胜笑道：“我开玩笑哩！”

黄子文也笑着说：“军中无戏言，我可是真的给你哩！”

他俩推来让去，逗得游击队员都哈哈大笑起来。

夏季以后，在陕甘边主力红军帮助下，陕甘边游击运动有很大发展，先后成立了保安、定边、庆北、合水、南区、富甘、安塞等游击队，计有两千七百多人。

陕甘边特委根据斗争形势的发展，决定将第三路游击区划为陕甘边南区，成立陕甘边南区党委和陕甘边南区革命委员会。派中宜、富甘游击队政委张邦英，任南区党委书记、游击队总指挥部政委。陕甘边革命委员会驻三路地区办事处主任黄子文，任南区革命委员会主席。领导机关设在中部县双龙镇上川小石崖附近的高窑子和灵湾。

张邦英带领的当地一部分游击队与贺连城部下起义的一部分民团，合编为一支武装，经过两天多的时间，到达陕甘边南区领导机关所在地中部县双龙镇上川高窑子，协同第三路游击队总指挥陈国栋、政委张仲良，在已有的正宁、宁县、旬邑、淳化、耀县、中宜、富甘游击队的基础上，进一步发展革命武装。

1934年秋，在红四十二师的大力帮助下，耀县、淳化、旬邑、正宁、宁县、富县、甘泉等县，先后组建了十几支游击队。游击队声东击西，打击歼灭敌人，拔掉了南邑、直罗、麻子掌、小石崖等地的民团据点，恢复了照金苏区，为建立陕甘边南区革命政权创造了有利条件。

在各县游击队分别担任队长和指导员的有张占虎、穆天祥、罗恒彩、任连俊、李文喜、何秉正、郭炳坤、刘玉才、赵铁娃、唐智祥、杨兴才、刘永培、卜凤明、乔占才、边德荣、苏继堂、牛书申、宋桐贞、孙振海等。

经过长期的对敌斗争和反复较量，以照金为中心的第三路游击区，终于和第二路游击区连在一起，巩固和发展了照金苏区。

此后，照金地区成为陕甘边根据地南区的一个主要区域。

1934年冬，组织上决定从当地游击队中抽调两个连的兵力，补充红四十二师主力部队，将第三路游击队改编为红二十六军四十二师一团。

与此同时，陕甘之敌杨步飞、冯钦哉等部对陕甘边区发动疯狂“围剿”，中宜游击队在宜君建庄川的高松树，富甘游击队在直罗镇西北部的一个无名寨子上，先后被敌人包围，战斗中除少数战士突围外，大多数战士阵亡或被俘。富甘游击队队长宋桐高在这次战斗中牺牲，经济委员高禄瑞兼任政治指导员工作，被俘后遭敌枪杀。

中宜游击队指导员苏继堂陷入敌手后，被带至中部县城，受到敌人两个多月的关押和严刑拷打，始终坚贞不屈，直到被绑赴刑场，他还高呼革命口号，壮烈牺牲。

1934年8月15日，谢子长率红四十二师第三团和陕北一、二、五支队由南梁到达安定地区。谢子长率部在北景武家塌及绥德张家圪台屡战屡捷。8月下旬，谢子长决定攻打河口镇。

河口镇地处无定河和黄河交汇口，是陕北通往山西的一个重要渡口。清涧地下党组织向谢子长汇报，要求拔掉国民党河口镇据点，谢子长同意了地方党组织的要求，决定消灭河口国民党驻军。

1934年8月27日拂晓，谢子长率部冒雨到达河口镇。红四十二师红三团担任主攻任务，从山顶直扑敌阵，游击队控制黄河渡口，截断敌东逃后路，从东西两面发动攻击。战斗打响后，谢子长见敌人凭碉堡固守，攻坚未克，便亲自到阵地前沿查看地形，不幸负伤，部队随即撤出战斗。国民党恐红军设计，退至河东，河口镇得以解放。

谢子长负伤后，由于没有药，伤口感染化脓，只能用盐水清洗，用鲜南瓜瓤敷伤口。缺医少药，条件艰苦，身负重伤的谢子长得不到很好的救护和休养，伤势加重，只能坐着担架随部队行动，最后离队到安定县阳道峁村养伤。

农历十一月的一天，谢子长在转移途中歇息在一户老乡家，这位姓薛的人家热情地给谢子长一行烧水喝。谢子长环视老乡家炕上什么也没有，走时他把自己的被子留下，让老乡用。

乡亲们带着肉、蛋、核桃、干枣来看望谢子长，他感动地说："穷人家的东西来之不易，我不能要！实在不行，面留一两，鸡蛋留一个，肉割一点就行了。乡亲们的心意我领了。"

寒冬腊月，为躲避敌人的追击，谢子长在乡亲们的掩护下，先后转移到安定的周家崄、磁圪湾、水晶沟及安塞的小拐沟、毛家砭、韩河等地养伤。

腊月三十，谢子长由韩河转往灯盏湾途中，听说敌人还在紧追，就对疲惫不堪的保卫队长薛兰岗说："如果敌人追到这里，你们就把我丢在这儿，一枪打死，不要让敌人抓活的！你们赶紧跑，不要因为我一个人牺牲大家，记住我的话，万不得已时，就这么办！"

大家噙着泪，抬着谢子长继续转移，谁也不肯把总指挥丢下。雪地上的脚印，被乡亲们赶着羊群踩踏淹没，乡亲们尽心尽力掩护着他们爱戴的"谢青天"。

这年秋冬，蒋介石陆续调集了六个师的兵力，发动对陕北根据地的第二次"围剿"。国民党军除原有的井岳秀部一个师外，还调高桂滋部一个师，深入绥德、清涧、赤源苏区，并在延长驻一个连。国民党又调杨虎城部冯钦哉一个师到苏区南线，调山西阎锡山部孙楚、李生达两个师到吴堡、绥德沿黄河一线，调傅作义部一个骑兵师到府谷、横山沿长城一线驻防。

中央驻北方代表派巡视员黄翰来陕北视察工作。鉴于敌军压境，陕北红军力量比较薄弱，巡视员黄翰决定陕甘边根据地的红二十六军四十二师一部迅速北上，和陕北军民一道开展反二次"围剿"的斗争，因谢子长重伤未愈，调刘志丹到陕北统一指挥。

1934 年 11 月 7 日，在甘肃华池南梁乡荔园堡召开了陕甘边工农兵代表大会，正式选举成立陕甘边工农民主政府，建立陕甘边革命军事委员会。

在广场上参加大会的有几千人，非常热闹，老百姓说他们这辈子没有见过这么大的场面。

会上，按照刘志丹的提议进行民主选举。刘志丹说，选举要从基层选起，要从村子里头选，一级一级往上选。被选的人坐到前头，后头桌子上放着碗，选民同意谁就把豆子放到谁后边的碗里去。

几轮选举下来，习仲勋当选边区苏维埃政府主席，他当时年仅二十一岁，被乡亲们称为"娃娃主席"。刘志丹当选军委主席，蔡子伟当选秘书长。

当选为政府主席的习仲勋发表施政讲话，说要广泛发动群众，把武装斗争推向新高潮。

刘志丹对习仲勋很是支持，他交代每次政府发布告，只署习仲勋一个人的名字以扩大习仲勋的影响，树立苏维埃政府的威信。

有一次，习仲勋来到南梁的军政干部学校，刘志丹把学员集合起来向习仲勋报告、敬礼。

习仲勋不好意思地说："你是我的老大哥，又是我的领导，你怎么能给我敬礼呢？"

刘志丹说："我现在是军队人员，军队人员也要服从地方的领导，带头尊重地方。"

针对陕甘边根据地经济落后的面貌，习仲勋制定了十大政策，涉及方方面面。边区苏维埃政府对农民不征粮、不派款，进行土地改革；发行了布印的货币，开展商业贸易活动；在荔园堡每三天有一次集市，就连国民党统治区的商人也被吸引过来做生意。

每到集市，习仲勋、蔡子伟都要出去转一转。群众一看他们来了，就把他们围起来，问这问那。

陕甘边政府下设粮食、财政、经济、土地、肃反等委员会，附设放足、禁烟、禁赌委员会。边区政府相继建立了农会、贫农团、赤卫军、工会、青年、妇女等群众组织，发布了一系列政策和法令，在政治、军事、经济、文化方面都有明确的规定。

为了培养干部，在南梁堡成立了陕甘边军政干部学校，刘志丹兼任校长，习仲勋兼任政委，吴岱峰任学员队长。黄子文、蔡子伟担任教员，他俩都是知识分子，文化理论水平都很高，又有实践经验。黄子文在教学工作中，针对学员文化程度低的情况，讲课深入浅出，生动具体，通俗易懂。

各乡还办起了列宁小学，发展教育，扫除文盲。

陕甘边政府成立后，刘志丹、习仲勋带领游击队，从华池进入环县八珠原一带活动。国民党的地方民团，在这一带大肆进行反共宣传，所以游击队一来，这里的多数群众都跑了。

八珠原东庄村农民李凤存忠厚善良，又因和刘志丹早就相识，没有离开。习仲勋找来李凤存，要他帮助把逃走的群众找回来。

习仲勋对群众讲了话，他说："我们共产党是为穷人办事情、谋利益的，大家不要听信国民党的谣言。共产党是为劳苦大众过上好日子，是为推翻黑暗的反动统治、解放被压迫人民而斗争的。共产党游击队是人民的队伍，需要广大人民群众的支持，只要我们团结一致，不懈奋斗，一定能使我们穷人翻身做主人。”

群众听了都很振奋,人心逐渐稳定下来。

一天,侦察员报告说,环县土匪赵老五一伙在苟家原一带抢劫。习仲勋立即派游击队出发,解救乡亲们。中午,游击队与这伙土匪相遇在苟家原的一个崾岘,游击队迅速占领了有利地形,当场打死打伤几名土匪,其他匪众逃跑。

这件事在当地群众中传开后,老百姓对共产党和游击队有了更深的了解,乡亲们争着为游击队送粮做饭。后来,习仲勋还把李凤存家作为陕甘边根据地的一个联络点,使陕甘边革命根据地向北扩展到环江两岸。

其间,习仲勋的主要精力由军事转到了地方政权的建设和群众工作方面。陕甘边政府政权建设的头等大事是惩治贪腐,廉洁政风。

为了规范队伍,陕甘边区苏维埃政府规定,凡党政军干部贪污十个大洋以上者枪毙,这对于那些刚从土匪或国民党部队改编过来的官兵来说,确实比较严格。

一天早晨,加入了红二十六军不久的山大王郭宝珊,和手下正要离开借住的老乡家时,那家的主人突然抱着郭宝珊的腿大哭起来,说他家的锡酒壶丢了。

郭宝珊从两个士兵身上搜出锡酒壶和锡酒杯以后,就让他们两个脱离队伍。那两个士兵走了以后,郭宝珊仍然怒气难消,亲自骑马追赶,把那两个士兵枪毙了。

失去理智的郭宝珊,因偷酒器便亲手打死了跟随他十几年的部下。刘志丹知道后,狠狠地批评了郭宝珊,严厉地说,既然参加了红军,就要有军法军纪,个人不能随意处置,士兵犯错误说明教育不够,不能用过去旧军队、旧军阀那套来管理。

刘志丹亲自用毛笔在纸上写下了九条军纪,严格约束官兵。

郭宝珊的部下抽大烟的人为数不少,这引起了习仲勋的注意。

习仲勋介绍郭宝珊入党时说，红军不允许抽大烟，我们只有一支枪，要打倒帝国主义，打倒国民党，不能用另一支“枪”打倒自己。

郭宝珊说：“我只留一支枪，坚决扔掉大烟枪，从现在起我一口不抽。”

在严格的纪律要求下，郭宝珊率领的西北民众抗日义勇军逐步成长为作风过硬的红军。

在反“围剿”期间，华荣山的另一个土匪头子梁占奎，带着部队也来投靠红军，作为独立军被编入郭宝珊的抗日义勇军。独立军合并到抗日义勇军以后，作风很坏，煽动部队叛乱，仍然想要回华荣山当土匪，准备反水。

这时，郭宝珊的主力部队和红三团已经调到陕北反“围剿”，都不在南梁根据地，只有苏维埃主席习仲勋和刘懋功所在的红二团部分人留守。一旦梁占奎带着他的二百多人反水，后果很严重，习仲勋决定紧急逮捕梁占奎。

红二团政委胡彦英挑了一些人，配合习仲勋抓梁占奎，刘懋功也被挑中了。

梁占奎接到陕甘边区苏维埃主席习仲勋要找他谈话的通知，警惕性很高，带着他的手枪队出发了。到了习仲勋住地，梁占奎和手枪队就被部队给隔离开了，梁占奎只带了一个卫兵前去。

按习仲勋事先的部署，刘懋功和另一个战士已经守在门口，梁占奎一进门，那个战士就在后面把与梁占奎同行的卫兵拦住，下了卫兵的枪。刘懋功跟着梁占奎进去，习仲勋坐在炕上，见梁占奎来了，就一把拉着梁占奎上炕。他一拉手，刘懋功就在后面把梁占奎的枪下了，胡彦英把梁占奎的腰一抱，习仲勋抓住梁占奎两只手，把梁占奎给绑了。

梁占奎慌了，说：“习主席、习主席，这是闹啥呢?”

土匪头子梁占奎被立即处决，根据地的危机得到了化解。

国民党军队对根据地的第二次“围剿”，继而从照金转移到南梁地区。

刘志丹、习仲勋率领苏区军民，先后在耀县瑶曲、中部店头、保安、和尚原、瓦子川一次次击退了敌人的进攻。

在这次反“围剿”战斗中，南梁群众受到很大摧残，敌人枪杀、活埋了苏维埃政权干部白杨珍等数十人。

1934年12月，刘志丹率红二团和陕甘边五、六支队转移至安定。

1935年1月，经中央驻北方代表派驻西北巡视员黄翰建议，中共陕甘边特委书记惠子俊、军委主席刘志丹等率红四十二师第二团北上，到陕北根据地赤源县看望了正在养伤的谢子长，就建立陕甘边和陕北两块苏区党政军的统一领导机构，以及组织反“围剿”等问题进行了研究。

陕甘边苏维埃地区，已经建立起了自给自足的生产体系，贸易繁荣，人民生活得到有效改善，一个苏维埃社会的雏形已经形成。与此同时，在陕北也发展了一个根据地，是中共陕北特委领导开辟的。1934年谢子长回到陕北，恢复了红一支队，建立了陕北游击队总指挥部。

这期间，刘志丹多次到红柳沟、灯盏湾、韩河里等地探望养伤的老战友谢子长。两人就当前形势、两地区和两军统一领导等问题交谈了很久，谈得十分融洽。

两个人讨论到联合作战的问题，并准备成立西北军事委员会，对于军委主席由谁来担任，刘志丹和谢子长各执己见。两个人相互推让，谢子长说：“这个主席要你当，你看我现在这个伤势情况，我也不能活动，也不能工作，这个主席就由你来担任，你来统一指挥就行了。”刘志丹不赞成，说：“不行，还是你做这个主席。”两个人就这个事相持不下，谁也说服不了谁。

最后，谢子长以军事特派员的身份，确定刘志丹做军委主席。

刘志丹临走时，摸着谢子长盖的薄被子，关切地说：“你的被子太破了，应当给你换床好的。”

谢子长笑了笑说：“只要能把伤养好，被子破点没关系。”

刘志丹走后，谢子长对身边的同志说："老刘来了就好了。"

这次在安定相见，竟是两个人的最后一次会面。

春节前，谢子长的伤情恶化。当他意识到自己的伤无好转的希望时，痛苦地对家里人说："就这样死了，我对不起老百姓，我给他们做的事太少了！"

1935年2月5日，中共陕北特委和陕甘边特委在赤源县周家硷举行联席会议，决定成立中共西北工作委员会和西北革命军事委员会，惠子俊任工委书记，未到职时由崔田夫代理，刘志丹任军委主席。

1935年2月7日，刘志丹主持召开军事会议，宣布正式成立西北军事委员会，统一指挥两支红军，领导西北红军。

1935年2月21日，由于伤口长期得不到医治，谢子长在安定县灯盏湾逝世，年仅三十九岁。

抗日战争时期，陕甘宁边区政府决定将安定县改名为子长县。毛泽东先后两次为谢子长墓题词："民族英雄""虽死犹生"，并亲笔写了碑文。1946年，中共中央西北局和陕甘宁边区政府在瓦窑堡修建了谢子长烈士陵园。

第四十四章

中央红军到陕北

1935 年 5 月，蒋介石调集了五万多兵力，对陕甘边和陕北根据地形成了包围。为了打破敌人的包围局面，刘志丹亲自起草了动员令。动员令中，刘志丹将敌方情况做了充分分析：南边是杨虎城的部队，红二十五军正和他们打仗；西边是马鸿宾的三十五师，但他主要想保住陇东一带的地盘，不会大举进攻红二十六军；东边是从河南调来的高桂滋部；北边是驻扎在榆林的井岳秀部。

井岳秀，陕西蒲城人，与同盟会著名领导人井勿幕是同胞兄弟。身为陕北老军阀，井岳秀最大的目的就是要保持他在榆林当土皇帝。高桂滋来了他很害怕，怕把他的地盘给抢了。

高桂滋，陕西定边人，曾任陕北镇守使署连长，后加入胡景翼靖国军，北伐时任独八师师长，后任方振武第四军团四十七军军长。中原大战后高桂滋部缩编为十一师，后为八十四师师长。

那么是先打高桂滋，还是先打井岳秀？这是当时最主要的问题。刘志丹分析认为，如果先打高桂滋，井岳秀不会来支援；而要先打井岳秀，高桂滋是有可能来支援的，所以就把重点放在打高桂滋的部队上。

在距瓦窑堡三十里路有个叫杨家园子的地方，驻扎了高桂滋的一个营，他们修筑了坚固的碉堡，易守不易攻。

这时，刘志丹得到地下党送来的情报，杨家园子的国民党派了一个连，押送北部的共产党员往绥德去。刘志丹决定抓住这个机会，先把这个连收拾掉，高桂滋驻杨家园子这个营就会出来救援，一出来就好办，一个埋伏全打掉。

经过周密的部署，刘志丹率红军主力部队埋伏在杨家园子的山坳里，采取诱敌深入的作战计划，一举歼灭高桂滋部一个营的精锐部队，缴获了敌军大批枪支弹药、医药器材等。杨家园子的胜利，大大鼓舞了西北红军战士的士气。此后，红二十六军、红二十七军在刘志丹的带领下，屡战屡胜，解放了延长、延川、安定、安塞、保安、靖边六座县城，敌人在陕北控制的区域大大缩小，西北红军的力量更加发展壮大，游击支队也扩大到二十多个，地方游击队和赤卫队普遍建立。

在陕甘边特委和南区党委领导下，红一团和各县游击队积极向外活动，配合西北红军主力粉碎敌人对陕北革命根据地的第二次“围剿”。各县继续建立健全党政组织，进一步巩固根据地，准备分配土地。

这时，西北工委派唐洪澄任陕甘边南区党委书记，惠碧海做团的工作，张邦英改任革命委员会主席。陕甘边南区领导机关，从中部县迁到了正宁县的三嘉原和南邑等村，原中宜、富县、甘泉、洛川等，遂划归陕甘边区直接领导。

根据中央苏区的土改政策和小石崖上川、五顷原等地试分土地的探索，以及当地土地多、佃农多、地主豪绅在城市居住多的特点，共产党在陕甘边南区许多地方分配了土地。当时先从教育和训练干部、积极分子入手，成立土地分配委员会。接着，发动农民群众特别是贫雇农开会讨论分配办法，然后对地主的土地、牲畜、农具、浮财和富农多余的土地进行分配，并为农民分到的土地进行丈量，插上牌子，还为外地逃荒来的难民解决了一部分土地、耕畜和种子等困难。

土地分配的进行，使广大农民群众欢欣鼓舞，也使他们更加相信革命、相信共产党，他们的阶级觉悟和对敌斗争的积极性也得到进一步提高，有许多青年参加了红军和游击队，不少地方建立了游击小组。新正县的农民群众积极帮助和配合本县游击队、赤卫军，打开新正县最反动的王郎坡寨子，收缴了反动地主民团的枪支，并将镇压群众革命斗争罪大恶极的民团首领赵老八兄弟中的四人送交陕甘边南区革委会处决，影响很大。

为了进一步加强陕甘边南区的革命武装和政权建设，组织除了将三原心、武字区来的一部分武装改编为十九支队外，将新宁游击队的三、四支队，新正游击队的五、八支队，赤淳游击队的六、十、十一、十三支队，分别改编为独立一、二、三营。孙兴才、焦怀兴任一营营长和政委，张志行、张嘉伯任二营营长和政委，边德荣、刘永培任三营营长和政委。焦怀兴、张嘉伯后在一次作战中同时阵亡。

当年冬，在湫头原召开了陕甘边南区工农兵代表会议，选举产生了南区苏维埃政府，秦善秀为主席，张邦英为副主席，下设拥红、肃反、土地、财政、教育等委员会，郭树廷负责财政工作。之后，各县也相继召开代表会议，成立了各县的苏维埃政府。

第二次反"围剿"在不到两个月的时间里，西北红军就攻克了六座县城，使陕甘和陕北两个根据地连成了覆盖二十几个县百万人口左右的一大片根据地。

中央红军第五次反"围剿"失败之后，于1934年10月，被迫从江西瑞金开始长征。一个月之后，建立了鄂豫皖根据地的红二十五军，从河南罗山开始转移，并在商洛改鄂豫皖省委为鄂豫陕省委，创建了以商洛为中心的鄂豫陕根据地。

1935年9月，由徐海东、程子华率领的红二十五军到达陕北保安县，他们贴出了布告要寻找刘志丹。

布告上有红二十五军的大图章，还写着军长、政委的名字。

1935年9月9日，习仲勋和刘景范得知红二十五军到达豹子川的消息很兴奋，立即向刘志丹报告。刘志丹很高兴，马上写了一个很长的欢迎词，并立即派刘景范和习仲勋带着警卫员，一起顺着永宁山来路去迎接。

习仲勋和刘景范骑马飞驰，带着慰问品前去迎接红二十五军。红二十五军军长徐海东和习仲勋、刘景范相见，徐海东握着习仲勋的手说："可找到你们了！"

习仲勋说："那我们马上走，志丹同志带着部队正向永坪镇开进，准备欢迎你们。"

1935年9月16日，红二十五军与红二十六军、红二十七军在陕甘根据地延川县永坪镇会师。

两天后，在延川县永坪镇的一间教室里，召开了中央驻北方派驻西北代表团、中共西北工委、中共鄂豫陕省委、西北军委和红二十五军、西北根据地领导联席会。

会议内容主要是对陕甘边根据地的右倾机会主义进行了批判，并重新改组了根据地的领导班子，刘志丹被撤去西北军委主席职务，朱理治、郭洪涛、聂洪钧、徐海东、程子华，组成了新的领导班子，并将红二十五军、二十六军、二十七军改组为红十五军团。徐海东任军团长，刘志丹任副军团长兼参谋长。

此时，蒋介石调集了十万多军队，对陕甘边根据地发动了一次规模最大的"围剿"。虽然刘志丹已经被撤销西北军委主席职务，他依然顾全大局，和徐海东一起详细商量了反"围剿"的计划。

刘志丹是活地图，了解这一带的情况，他建议以劳山为中心部署一个巨大的伏击圈，以静制动，一举歼灭敌人。徐海东和程子华采纳了刘志丹的意见。

红十五军团实施了诱敌之计，主力部队早早埋伏在劳山两边的山上，布置好了一个口袋阵。三天后，延安的国民党东北军果然向甘泉方向开来，进入了红十五军团布下的劳山埋伏圈。

劳山战役歼灭国民党东北军一一〇师大部，击毙师长何立忠，俘敌两千多人。

劳山战役取得胜利之后，在“左”倾教条主义方针执行者的布置下，后方的“肃反”运动拉开了帷幕，陕北和陕甘边根据地面临着一次巨大的危机。

在“左”倾教条主义路线的指导下，陕北进行的错误肃反扩大到陕甘边南区。他们采取“先外后内”“先下后上”“先部队后地方”的办法，逮捕了几十名党政军干部和从白区来的同志，其中一些人含冤被害。一时间西北苏区人心惶惶，思想混乱，许多人对革命产生了怀疑，各项工作受到了很大损失。

西北苏区的错误肃反进行了一个月左右时间，“左”倾教条主义的执行者先后逮捕了刘志丹、张秀山、习仲勋、汪锋、刘景范、马文瑞、杨森、张文舟、李启明等一大批党政军主要领导干部，红二十六军营级以上、陕甘边地方县级以上干部全部予以关押，错杀了陕甘边区特委第一任书记金理科、陕甘边区妇委会主任张景文、陕甘边区南区委组织部长杜宛和陕甘边区军委副秘书长杨浩等二百三十多名优秀干部。

“肃反”导致了红军内部的分裂，这块最有希望的西北根据地，陷入了前所未有的危机。

1935 年 9 月中旬，毛泽东率领的中央红军主力经过艰难的长征，到达甘肃南部哈达铺。

毛泽东偶然从国民党的报纸上发现了刘志丹领导下的西北苏区，决定把党中央和红军的落脚点放在陕北。但毛泽东没有料到，这里正经历着一场空前的劫难。

此时，蒋介石亲任西北“剿匪”总司令，以十万兵力“围剿”西北根据地，妄图阻挡毛泽东率领的中央红军进入西北。

1935 年 10 月 19 日，党中央和毛泽东等到达陕北吴起镇。毛泽东和周恩来接见了保安游击队的负责人张明先，才得知刘志丹等被逮捕关押的情况。

1935年10月22日晨，从保安独立营教导员龚逢春的汇报中，毛泽东等得知肃反的情况，即派贾拓夫与李维汉作为先遣队，寻找西北红军和刘志丹。在下寺湾，他们见到了陕甘晋省委副书记郭洪涛，证实了刘志丹、习仲勋等被拘捕的消息无误，贾拓夫等立即电告党中央。

党中央和毛泽东下令：停止逮捕，停止审查，停止杀人，一切听候中央来解决。

1935年11月2日，毛泽东等来到下寺湾，听取了郭洪涛、聂洪钧的汇报，指定苏维埃政府保卫局局长王首道和刘向三等，先期赴瓦窑堡接管保卫局，处理错误肃反问题。

中央机关抵达瓦窑堡，组成董必武、王首道、张云逸、李维汉、郭洪涛五人党务委员会。在秦邦宪领导下，通过调查取证，确认错误肃反中强加给刘志丹、习仲勋等人的是莫须有的罪名。

毛泽东说，逮捕刘志丹等同志是完全错误的，是疯狂病，应予以立即释放。

当天下午，首批释放了刘志丹、习仲勋、杨森、杨琪、张秀山、刘景范、任浪花、孔令甫、高锦纯、赵启明、胡彦英、黄罗斌、郭宝珊、高朗亭、朱奎、王居德、王家娃等十七人。

随后，毛泽东、周恩来指挥的直罗镇战役大获全胜，为党中央把全国革命的大本营放在西北举行了一个奠基礼。

11月30日，中共中央西北局做出决定，给戴季英、聂洪钧所犯错误以处分。王首道宣布，刘志丹等同志是无罪的，党中央决定予以释放，并分配工作，一百多个幸存者，获得了自由。

党中央、毛泽东挽救了陕北革命，西北苏区又出现了团结战斗的新局面。

第四十五章

关中特委

习仲勋平反后，即进入董必武任校长的中央党校学习，并任三班班主任。

1935年12月27日，习仲勋在中央党校召开的党的活动分子会议上，第一次见到景仰已久的毛泽东。

这天，习仲勋同许多战友一起，正在课堂上听课，忽然校长董必武进来说："今天毛泽东同志要来给大家讲课。大家把笔记本准备好，要好好记。"习仲勋十分高兴，因为他即将见到人人称颂的中华苏维埃共和国中央政府主席了。

毛泽东走进教室后，眼睛先向全场扫视了一下，然后问："谁是习仲勋？"

习仲勋马上站起来说："我是，我是。"

毛泽东从讲台上下来，走到习仲勋跟前，从头打量了一番，笑着说："我在长征途中，在布告上看到你的大名，原来你才是个娃娃，多大了？"

习仲勋说："今年二十二岁。"

毛泽东又问："当主席几年了？"

旁边一同志插话："四年了。"

毛泽东说："你是我见到的中华苏维埃政府下面的第一个下级主席，很年轻啊！"

"结婚了没有？"毛泽东问。

"没有。"习仲勋脸红了，同志们都笑了。

聆听了毛泽东做的《论反对日本帝国主义的策略》报告，习仲勋心中的迷雾顿散，信心倍增。

也是在这一天，习仲勋见到了另一位领导人周恩来。习仲勋看见一位身穿黑棉布军服、胸前飘着长长的胡子、两道浓眉下的眼睛里闪着智慧光芒的中年人，站在院子里，好像等毛泽东出来商量什么。那是周副主席。习仲勋三步并作两步地跑过去，以军人姿态向周恩来敬礼。

周恩来拉着他的手说："不用问，你就是习仲勋同志了，在党校学习时，要好好总结陕甘边区的革命经验。我看了你们的材料，他们说你们是什么梢林主义、逃跑主义，我看这就是陕北的马克思主义。你们根据实际情况，打小仗不打大仗，积小胜为大胜。这就很好啊！毛泽东同志在井冈山就推行'敌进我退，敌驻我扰，敌疲我打，敌退我追'的游击战略战术，不和强大的敌人硬拼，结果就发展起来了。后来，有些领导同志违反了这个战术原则，结果就吃了大亏，逼迫我们撤出中央革命根据地。现在好了，有以毛泽东为首的中央的坚强领导，咱们可以大干一场了！"

习仲勋说："周副主席，你说得太好了！我一定不辜负党的教导。"

中央红军主力长征到达陕北后，成立了中华苏维埃共和国临时中央政府驻西北办事处，使陕北成为革命的中心根据地。

为了巩固和扩大西北根据地，毛主席命令红军打退了西面和北面的敌人。不久，毛主席又指令红军于粉碎国民党"围剿"后，东渡黄河，以模范的抗日行动推动全国抗日。

1936 年 1 月中旬，毛泽东、周恩来、彭德怀签署东征命令，决定派刘志丹率主力红军渡过黄河，打到山西去，开通抗日前进道路。

2 月的一天，周恩来专门约习仲勋谈话，派他前往关中特区任苏维埃政府副主席兼党团书记。

刘志丹率部东征前，习仲勋前去送行。刘志丹对他说："从多年的经验看，我们党犯的'左'的错误多，这是小资产阶级急性病、狂热病的表现，企图一个早上把一切都变个样。他们看了一点马列的书，不看中国实际，以空想代替现实，不讲方法策略，因此总是失败。有这种思想的人，再和个人主义结合起来，就抓权，想当轰轰烈烈的大英雄，因之反对一切不同的意见。为了突出自己，甚至要置同志于死地。"

习仲勋听了刘志丹的话后，深表赞同，并一起耐心做那些对"肃反"还有各种不满情绪的战友的工作。此后，在党中央、毛泽东领导下，强加在刘志丹、习仲勋等人身上的各种"莫须有"的罪名被逐渐清除。

启程之前，习仲勋遇见了骑马过来的刘志丹和宋任穷，刘志丹下马，握住他的手说，过去的事不要放在心上，你要带头做好地方工作。谁知这匆匆一别竟成永诀，1936 年 4 月 14 日刘志丹在东征前线的三交镇中弹牺牲。

2011 年出版的裴周玉将军的回忆录《开国将军裴周玉百年足迹》中"与刘志丹并肩战斗"一章写道：

> 刘志丹在前沿阵地上看到阵地情况，有的连队成排或几十个人向敌人一个碉堡发起冲锋，但都被敌人火力阻击而不能奏效，战士们的伤亡很大，他还看到黄团长亲自带领一个排向敌堡冲锋。于是，刘志丹把参谋叫到跟前，要他马上去转告一团，不能光凭勇敢蛮拼，要讲究战术，以最小的代价，夺取更大的胜利。参谋领受任务后，即刻向前飞跑而去。这时，山包上只剩下刘志丹、警卫员和我三个人了。我们迎风站在高处，观察着周围的一切动静，密切注视着战斗的进展。突然，敌人的一挺机枪射来一梭子弹，正好射中刘志丹的胸部，他两手往胸前一抱，踉跄着要跌倒下去。我见此情景心里猛地一惊，赶快跑过去把他抱住，急忙喊道："警卫员，快去叫医生。"子弹是从刘志

丹左胸部穿过去的，碰着了心脏，伤口处流血很少，他穿的土灰色棉军衣的左胸，只见有个枪弹打穿的洞孔。当时，他的面色变得蜡黄，呼吸极度微弱，昏迷过去。我急忙把刘志丹抱到山坡后边，找个隐蔽平坦的地方放下。待了一会儿，他神志略微清醒，睁开了眼睛，环顾了一下四周，想用双手撑着身体坐起来，用劲抓住我的手，以极微弱的声音说："让宋政委……指挥部队，赶快消……灭敌人……"只见他嘴唇动了几下，但再也听不见声音了。医生赶到时，刘志丹军长已完全停止了呼吸。根据宋任穷的指示，我负责护送刘志丹的遗体到达三交镇，民运科长刘国梁负责购买了几块木板，制作了一具简易棺材。一切准备工作就绪后，我将刘志丹遗容上的泥土擦洗干净，整理了他随身穿戴的衣帽，才把遗体抬进棺材，钉好棺材盖，运抵黄河渡口。晚上 12 点，从河西来的渡船到达三交镇，我们将刘志丹遗体抬上渡船。几百名红军指战员，最后向刘志丹告别，渡船悄悄地向黄河西岸苏区划去。黄河在咆哮，怒火在燃烧。大家怀着为军长报仇的满腔怒火，向敌人发起了猛烈进攻，攻克了三交镇，为军长报了仇。为纪念刘志丹烈士，中共中央和陕甘宁边区政府决定将保安县改名为志丹县，并在城北建有刘志丹陵园，里面有毛泽东、周恩来、朱德等人的题词石刻。

当时，习仲勋听到刘志丹牺牲的噩耗，悲痛不已。斯人已逝，长歌当哭。幸存的同志只有继续投入战斗，才是对牺牲的同志的最好纪念。

习仲勋到达甘肃新正县，驻扎在关中特委和苏维埃政府所在地南邑村，与贾拓夫、秦善秀、江华、张邦英等领导一起，开展土地政策的调整工作。不久，关中苏区遭到敌人围剿，中央指示由习仲勋、汪锋组成关中工委，主持苏区工作。

红军主力东征胜利后，为了打破国民党对西北苏区的围攻，消灭宁夏马鸿逵，打通连接苏联的国际路线，迎接红二、红四方面军北上，争取团结东北军、西北军和一切抗日武装，促进抗日民族统一战线的形成，中央决定西征，组成以彭德怀为司令员的西北野战军，从瓦窑堡出发。

此时，据南区前线电告，东北军已基本上占领了关中，习仲勋等已撤入山林活动。

毛泽东说，让开南区，给张学良一点面子，立即调习仲勋来北线参加西征，让他负责接管地方政权。

接到中央调他回陕甘宁省委工作的来信，习仲勋赶到了吴起镇，在李富春为首的陕甘宁省委领导下，习仲勋随军西征，在陇东的环县、曲子镇一带做群众工作。

曲子镇战斗打响，西北野战军活捉国民党一〇五旅旅长冶成章，解放了曲子镇。此时，习仲勋接到电报，立即动身，不分昼夜地赶路，在环县曲子镇见到彭德怀。

彭德怀说："现在就任命你为曲环工委书记，建立红色政权，开展武装斗争。具体工作你和李富春同志谈，他会给你布置具体任务。"

习仲勋跟着部队到了环县洪德城，同陕甘宁省委书记李富春相遇。

李富春一见他就说："仲勋同志，欢迎你来环县工作。现在就任命你为中共环县县委第一任书记，即日走马上任。"

习仲勋问："省委驻哪里？"

李富春说："在离洪德城南十里河连湾，有什么困难你可以随时来找我。"

红军继续北上，解放环县以北除甜水区外的广大地区。习仲勋留守地方，开展地方工作。

临行前，曲子镇苏维埃政府主席李培福安排自己的通讯员，牵了一匹马送习仲勋前往洪德城，马兆祥还将自己的一把手枪交给习仲勋防身。

当时，环县县委、县苏维埃政府还没有固定的办公场所，为免遭当地国民党和土匪的骚扰、偷袭和破坏，所有的党政文件都裹在包包里，由工作人员携带着，随时准备转移，包包在哪里，县委、县政府就在哪里，人们称其是“包包县委”。

由于叛徒告密，土匪赵思忠赶来围攻“县委机关”。在此关键时刻，曲子镇八珠区苏维埃政府主席李凤存跑步赶来报信，“县委机关”得以迅速安全转移。

这时，习仲勋被迫转移到河连湾一条山沟的一个水洞里，在阴冷潮湿的洞子里钻了一天一夜，仅靠河连湾村群众解仲学送去的几个黑面窝窝头充饥。

迫于险恶的环境，环县县委机关先后在洪德街、河连湾、杏儿铺、南街等好多处设立过临时办公点，还曾转移到丁阳渠子、魏前掌等地，形势严峻时甚至还远迁到八珠、曲子镇等地。

为解决部队后勤保障，习仲勋积极倡导广大人民群众投身参军参战、拥军支前工作。习仲勋曾在八珠原一带进行过革命活动，在八珠原有群众基础，西征红军前敌指挥部安排习仲勋到当地工作团，解决部队供给问题。

在环县一带的西征红军有一万多人，部队的供给任务十分艰巨，习仲勋召开了群众大会，动员群众为部队筹集粮草，还分了黄老四、贺廷炎等土豪的粮食，除保证部队供给外，其余都分给当地贫困群众。由于八珠原附近几家石磨和米碾子数量有限，磨面碾米的工作量很大，习仲勋便把石碾子和石磨集中到一块，指派专人轮班日夜不停地磨面碾米，并亲自组织动员群众，把粮食和军需物资源源不断地送到前线。

彭德怀知道了这一情况，十分高兴，赞扬习仲勋是红军合格的“催粮官”。

1936年初春，在陕甘边南区的基础上建立关中特区，中央派贾拓夫任关中特委书记，张德生任特委组织部长，习仲勋任特区政府副主席，江华任特区司令员，陈国栋改任特区副司令员，秦善秀和张邦英继续担任特区政府正、副主席。

习仲勋一到这里，即传达了中央瓦窑堡会议精神和毛泽东所做的《论反对日本帝国主义的策略》报告。接着，特区办了一份油印的关中小报，宣传党的主张，推广地方的一些斗争经验。

不久，国民党东北军向关中特区和部队采取步步进逼的办法进行“围剿”，以后又大举发动“进剿”，并出动飞机进行轰炸。

此时正值中央红军东征后回师陕北，准备挥戈西进，向甘肃、宁夏发展，中央将关中特区主力部队和许多领导干部调离特区，留下个别领导和县游击队坚持斗争，于是，特委决定留下习仲勋负责主持当地工作。不久习仲勋被调走，特区领导人仅剩下秦善秀，不幸的是，秦善秀在敌人“围剿”中光荣牺牲。中央将三个独立营合编为红三团，与原红一团合并，名为关中红军，由江华任司令员，贾拓夫任政委，张邦英任政治部主任。

关中红军组成后，与国民党进行了短时间周旋，于六七月间沿桥山以东北上，向中共中央所在地瓦窑堡转移。

关中红军在经富县的直罗镇向道德原行进中，张邦英和红三团三营营长边德荣因过去带游击队在这一带活动过，道路地形较熟，走在部队的前面。行进至道德原畔时，突然与从东线“进剿”的国民党军队相遇，在一片枪声中，边德荣不幸中弹牺牲。

敌人当晚撤走，关中红军绕道前进，第二天到达道德原后休整了一天，担任陕甘省委军事部长的萧劲光司令员，为全体指战员讲了话。接着，部队继续北上，按计划到达了目的地。

自从主力部队和许多领导离开后，关中特区成立了关中特区工委，汪锋任书记、张凤岐任组织部长、郭存信任宣传部长，领导当地干部和游击队坚持斗争。

之后，中央派习仲勋到关中特区任书记，重建特委，张凤岐继任组织部长，与习仲勋一起派去特区的张策任宣传部长，郭炳坤任司令员，贺建山和牛汉山分别做工运和保卫工作，陈学鼎任赤水县委书记。

特区领导的武装力量很薄弱，在敌人采用碉堡政策进行“围剿”的困难情况下，仍积极开展游击战争，建立统一战线，打击消灭敌人，恢复了许多被敌占领的区域。

西安事变发生后，红一、二、四方面军开到渭河以北地区，配合张学良、杨虎城部队反击国民党的军事进攻。这时，关中特区的情况发生了许多变化，区域也有了发展。

陕甘宁边区成立时，关中特区改称关中分区，以后又改为专员公署。

1936 年 8 月下旬，习仲勋参加了陕甘宁省委、省苏维埃政府在环县河连湾召开的所属各县县委书记、县苏维埃政府主席联席会议，省委书记李富春主持。

一天，在保安窑洞中，李维汉向毛泽东汇报工作。毛泽东说，原陕甘边区被关押平反的同志，一是要官复原职，即不能降职使用，二是要重用提拔。

毛泽东问：“习仲勋现在在哪里？干什么工作？”

李维汉回答说：“他现在任环县县委书记。”

毛泽东有些生气地说，这不是降职使用吗？习仲勋是陕甘边区苏维埃政府主席，怎么把他降成县委书记了呢？还是让他去关中特区，担任关中的党政一把手。他对那里很熟，也是在那里起家的。

1936 年 9 月 15 日，中央政治局扩大会议在保安县城召开，习仲勋、郭洪涛、汪锋作为地方干部列席会议。

习仲勋生平第一次参加这样高级的中央会议，心情十分激动。当他刚一走进院子，毛泽东就上前拉着他的手，叫着他的名字，说：“习仲勋，习仲勋！年轻小伙子！”

会后，中共中央总书记张闻天约见了习仲勋。张闻天说："仲勋同志，中央决定调你到关中特区任党的特委书记。你去大胆试验，凡是民团团长都可以拉到统一战线来，包括保甲长、联保主任，只要他们支持抗日，不和咱们闹摩擦就行。"

临行时，习仲勋还特意去见了周恩来。周恩来叮咛说："你们要路过的地区，敌人正在扫荡，通过封锁线要多加小心。"

习仲勋同张仲良、郭炳坤、张策、黄罗斌、贺建山、贾生才等十多人昼宿夜行，向南进发。为了避开敌人，他们走的都是南北走向的子午岭山间小路。

前后历时八天，行程六百里，习仲勋一行终于到达旬邑县的七界石村，同坚持在这里的特委组织部长张凤岐会合。张凤岐汇报说："东北军进攻边区，这里碉堡林立，戒备森严，形势很紧张，只能开展一些秘密活动，党组织和基层政权都是健全的。"

习仲勋介绍了中央政治局扩大会议情况，说："中央已将立足点放在陕北，在这里领导全国革命和抗日。我们关中是边区的南大门，地位重要，责任重大。中央让我回来担任特委书记，我深感担子很重，希望大家同心协力搞好工作。"

张凤岐继续担任组织部长，张策负责宣传统战工作，郭炳坤负责军事。赤水、淳耀、新正、新宁四个县苏维埃政府迅速恢复工作，各县游击大队、支队昼伏夜出，不断地骚扰袭击国民党堡寨，让国民党统治在边区一天也不得安生。另外，对地方上借机反水的反动分子，如万盈山、郭相堂、姚秉辉这些地方恶霸和民团，给予了坚决打击。

1936 年底，东北军张学良和西北军杨虎城在中共的支持下，于 12 月 12 日发动了震惊中外的西安事变，将蒋介石扣留在西安，实行兵谏，逼蒋抗日。

第四十六章

秘密使者

西安事变发生前，建立抗日民族统一战线的呼声日益高涨，毛泽东等决定利用这一有利形势，派人前去西安与杨虎城接洽，取得建立抗日民族统一战线的共识。

汪锋在瓦窑堡被释放出来后，王首道通知他，马上赶往中央去接受任务。

笼罩在汪锋心头的阴云顿时消散，他拼命地打着马，想尽快见到毛泽东，见到周恩来和其他中央领导人。

经过两天的路程，汪锋赶到了富县原东村，杨尚昆等早已等候多时。

杨尚昆告诉汪锋，任务将由毛泽东亲自委派。随后的一个多星期，中央首长们多次约谈他，特别是向他了解了杨虎城将军和西北军的情况。之后，毛泽东单独约见了他。

在窑洞里，毛泽东清晰明确地给汪锋布置了任务，要他以红军代表的身份去西安和杨虎城将军谈判，以便达到联合抗日的目的。毛泽东全面分析了形势，告诉汪锋说，谈判成功的希望非常大，但也要做好牺牲的准备。

汪锋当即向毛泽东表示，自己决不怕牺牲，有信心完成好任务。毛泽东说他会亲自给杨虎城将军写封信，让汪锋带着去见杨虎城将军。

汪锋和其他同志一道，详细地制订了谈判计划，仔细地研究了细节，对可能发生的问题准备了对策，并选择了相对安全的路线。

汪锋拿到了毛泽东和彭德怀分别写给杨虎城将军、邓宝珊将军和杜斌丞高级参议的信，将这些信和党的《八一宣言》缝在一件随身穿的长棉袍里，肩上搭一个褡裢，挎包里装一副算盘，手提一包行李，扮成账房先生的样子，途中又雇了个车夫，向西安方向行去。

一路上还算顺利，离国民党统治区长武县城不远时，他打发走了车夫，一人独自向前。突然，有两个人大喊大叫地从后面追了上来，强行阻挡他的去路，要搜查他。

汪锋当然不干，双方就厮打了起来。混乱中，有人一把扯破了他身上的棉袍，只听哗啦一声，信和文件掉了一地，双方不约而同地都停了下来。

两个家伙低头一看，只见有个信皮上清清楚楚地写着“陕西行政公署杨虎城主任亲启”的字样，顿时傻了眼。

汪锋立刻判断出，来人不是国民党的特务，灵机一动，马上沉下脸来，大发雷霆，瞪大眼睛冲上前去踹了对方每人两脚，大声斥责，声称自己是国民党政府派出的高级特工，在做秘密公干。骂道：“狗日的，你们竟敢在光天化日之下抢人，杨主任知道了，看你们还想活不?”

两个家伙赶忙解释说，他们不是土匪，是县长派出来巡视的，看到送他的车轮上有红色泥土，知道是从北边过来的，就追上来盘问。

汪锋就势了解情况，当他听到长武县县长是党伯弧时，不禁暗暗松了一口气。

党伯弧早年曾参加了共产党，和汪锋多有来往，是杨虎城体系内的人。汪锋缓和了口气，让他俩去把党县长叫来，他有话要说。

这俩人不知汪锋来头有多大，早已被吓得战战兢兢，彻底服软。一个收拾好东西，低头哈腰地跟在汪锋后面；一个返身向县城跑去，向县长通报。

汪锋端起了架子，在路边找了一个茶馆，由特务伺候着养足了精神。估计时间差不多了，就让特务提着行李跟在身后，向县城走去。

到了北门外，县长党伯弧已经在此等候多时。当看清楚来人竟然是汪锋时，不由得吃了一惊。

汪锋快步上前握住党伯弧的手，热情地大声寒暄，并小声说有话要说，让党县长支开了特务。

在确信没人能听到他们谈话时，汪锋严肃地告诉党伯弧，自己是代表红军去西安和杨虎城将军谈判的，如果想要升官发财的话，可将他交给国民党东北军，若是为国家、民族和西北军的前途着想，就应该帮助他去见杨虎城。

党县长马上态度十分坚决地表示，自己非势利小人，决不会把他交给东北军。但长武县离西安有三百多里，途中特务和关卡很多，也不知道杨虎城的态度，万一有个闪失，实在担待不起。

汪锋想了一下说，可以将他当作“要犯”，押送到西安去交给杨虎城，有什么事情的话，也不会受牵连。

党伯弧同意这个办法，让特务把汪锋押进县城关了起来。

第二天一早，党伯弧派了几个兵拿着枪，将汪锋捆着，用汽车送往西安东关西北军军法处。

到了西安后不久，杨虎城看过了毛泽东的信，在新城办公室里约见了汪锋。

见面后，杨虎城的态度十分冷淡。他说，他和他的部下都认为红军没有诚信，杨部孙蔚如在汉中驻防，与红四方面军已经达成了秘密协议，并按协议向红军提供了帮助，但红军在不通知孙蔚如的情况下突然进攻汉中，使杨部遭受了很大的损失。

杨虎城要汪锋对此事做出解释。

汪锋说：“将军是军事家，汉中是个盆地，红军若想消灭孙部，可守住隘口，围而聚歼，绝对不会是一路平行推进。红军那次行动目的，是进攻汉中威胁天水，天水是胡宗南的老巢，调动其回防，以便红一方面军和红四方面军会合。事实上红军突袭汉中也取得了预期效果，胡宗南部确实回撤。同时，也正是由于红军信守了协议，才使孙部不受牵制，防止了胡宗南部进入汉中，孙部才有了发展的机会。”

同时，汪锋向杨虎城陈述了红军的抗日主张和联合的目的。

杨虎城的态度渐渐地缓和了下来，并将他的机要秘书王菊人介绍给了汪锋，说自己公务繁忙，由王菊人代表他商谈具体的合作方式，随后结束了会谈。

王菊人也是大革命时期的共产党员，在渭华起义中和汪锋相识，虽然现在已脱党，但思想上倾向革命。

汪锋住在军法处，处长张依中是大革命时期的共产党员，跟他早就认识，时常向他打听刘志丹等人的情况，暗示想重新入党，且对他非常照顾，提供了不少方便。汪锋除了和王菊人会谈外，也时常外出，去找杜斌丞等人，宣传红军的抗日主张，获得杜斌丞的赞许。

有一天，张依中私下告诉汪锋说，他的活动已引起外界注意，杨虎城已经下令，如果他被国民党方面抓捕，一定要抢回来，抢不回来的话，也只能交死人，要汪锋一定注意安全。

大约过了一个月，汪锋在和王菊人进行了多次商议后，确定了合作的四个协议：

> 一、双方各守原防，互不侵犯，必要时可以事先通知，放空枪，打假仗，以应付环境。
>
> 二、双方可以互派代表，在杨处建立电台，紧密联系。
>
> 三、十七路军在适当的地点建立交通站，帮助红军运输必要物资和掩护中共人员的往来。
>
> 四、双方同时做抗日准备工作，先从部队进行抗日教育开始。

之后，杨虎城又约见了汪锋一次，气氛很好，是礼节性的，主要是告别。

杨虎城说，有个朋友要托汪锋带上一道走，还向他介绍了护送他们的副官庞子杰，但杨虎城并不知道庞子杰是汪锋领导下的中共党员。

在归途中，汪锋知道了跟着的人叫王世英，也是中共党员。可是他们一进入根据地就被当作探子捆了起来，直到有人认出汪锋是原红二十六军的政委时，才被释放。

1936 年 8 月，汪锋和叶剑英、彭雪枫、边章伍、潘汉年、吴自立、刘鼎、刘克东等八人化装成南京大员，来到了西安。叶剑英和其他人去做东北军的工作，汪锋和刘克东在阎揆要团部设立了电台，直接和中央联络，先后受叶剑英和周恩来的指挥，在西安经历了西安事变的全过程。

由于中共和杨虎城部达成了协议，双方在战场上实际已经停火。而东北军在连连遭受打击时，却看到西北军进退有序，不受损失，这使张学良猜到了杨虎城与红军已经有了秘密协议，加上东北军内部一些部下在红军和地下党的感召下，抗日情绪日益高涨，不愿再打内战，促使了张学良的思想发生变化，转而主动地去找共产党、找红军，走上了抗日的道路。最后和杨虎城一起，发动了西安事变。

西安事变发生后，南京的何应钦要借此发兵打内战，在中共中央的斡旋下，蒋介石答应停止内战，一致抗日，张、杨二人释放了蒋介石，西安事变才得以和平解决。

为了支援张学良、杨虎城，以彭德怀为前敌总指挥的红军主力已南下关中，驻泾阳县云阳地区，以观时局的变化。

西安事变和平解决，国共实现第二次合作，联合抗日。国民党中央军进驻西安，杨虎城部驻防渭河以北，由共产党员许权中任旅长的十七路军独立旅驻防耀县县城。

独立旅移防前夕，汪锋给驻商洛的红七十四师安全送完冬装，在西安向周恩来汇报，同时请示说："据我们掌握，从延安到西安再到蓝田，路途有两个卡子，一个是耀县，由雷天一民团把守；另一个是蓝田油房街，由秦颂臣民团把守。雷、秦二人均为顽固反共分子，对我们的来往人员十分不利。为了疏通这条交通线，我建议必须立即将这两个家伙搞掉。"

周恩来问道："他们都是杨虎城将军管辖的民团，搞掉好不好？"

汪锋说："如果现在不把他们搞掉，以后就不好办了。雷、秦并不都忠于杨将军。"

周恩来听了汪锋的解释，叮咛说："要以不影响大局为原则。秦颂臣目前影响还不很大，可以暂时放一放，就别动他了，先解决雷天一。"

汪锋向周恩来告辞后，赶往灞桥，独立旅刚刚过了灞河，向耀县移动。

汪锋赶上部队，过了渭河。

途经高陵县时，汪锋和许权中、阎揆要、方仲如等商量好了除掉雷天一的具体行动方案。

1937 年 2 月 9 日下午，独立旅全部进驻耀县县城，旅部驻西街小学。

阎揆要团负责旅部安全和对雷天一民团的警戒，韩子芳团负责解除民团武装，查抄雷天一的住处。独立营负责警戒县城西街以北的半个县城，以防雷天一民团破坏。

为此，许权中和汪锋吩咐方仲如到独立营营部，召集营长李锦锋、副营长王汝昭，一连连长李醒吾、副连长吴凤德做了精心布置。

李锦锋营长说："耀县不光有雷天一，还有个陈克敏，是雷天一的分队长，在红军游击队干过，叛变后投靠了雷天一，干了许多坏事，我们要一起收拾他。"

方仲如听后，向汪锋和许权中做了汇报，汪、许表示同意。汪锋还说，我在照金时，就知道陈克敏是个坏家伙。

独立旅参谋长韩忠麟，与雷天一有过一段同学之谊，许权中派韩忠麟以新到驻军旅长的身份会见耀县当地军政官员，以举行春节联欢宴请名义，邀请雷天一"入瓮"。

2月10日上午，韩忠麟前往城内城隍庙雷天一住处“请”雷天一，说明来意，雷天一很高兴，寒暄一阵，便带了几个随从随韩忠麟来到旅部。

雷天一一行一进小学大门，随从即被安排在另一处“休息”。雷天一由韩忠麟带往所谓的许旅长房间。

雷天一走进房间四下一瞅，空无一人，只觉蹊跷不妙，即欲转身离去。就在这一瞬间，早已埋伏在房门后的枪手举枪射击，一声枪响，雷天一负伤跌倒，爬起来欲跑，又是几声枪响，雷天一终于命归西天。

就在雷天一毙命的同时，韩子芳团解除了雷天一民团武装，抄了雷天一的家。

雷天一是耀县小王嘴人，生长在地主家庭，上过中学，毕业后闯荡江湖，善于投机钻营。1929年曾在耀县国民党党部任职，参加过陕西讨逆军甄寿珊部，任毕梅轩团三营营长。1931年夏，甄寿珊部被杨虎城收编，被改编为陕西省警备师，师长为马青苑。在此期间，在第三营开展兵运的耀县籍共产党员张邦英向雷天一做工作，打算发展其打起红旗走革命道路，雷天一以“现在力量很小，为时太早，先借别人的窝，长自己的羽毛，等羽毛丰满时再说”婉言拒绝。但是，雷天一在表面上仍同情革命，他明知张邦英是共产党人，既不声张，也不追究加害。后来，张邦英另有任务离开雷天一营，雷天一也未加挽留和纠缠。

1932年秋末，马青苑部起内讧，雷天一失势，带七八个人和家眷潜回耀县家中，又被杨虎城驻军缴械，押往西安。时隔不久，雷天一又回到耀县，当上了民团团长。1933年7月21日，王泰吉率驻耀县骑兵团起义时，收缴了县城内保安团、民团武器，所部改编为西北民众抗日义勇军。雷天一借口时任中共耀县县委书记的张邦英在其部做过兵运工作，张邦英向自己讲过打起红旗参加革命一事，只是那时羽毛未丰，现在想续前缘，参加西北民众抗日义勇军。雷天一还主动与张仲良、陈学鼎接近，终于骗取了王泰吉的信任，当上了西北民众抗日义勇军一个大队的大队长。然而，雷天一却临阵反叛，向国民党当局告密，做出镇压义勇军的勾当。

西安事变爆发后，雷天一对事变不满，对张杨二人的八项主张不屑一顾，旅省的老同学回县组织各界人士参加救国会他也不予理睬。西安事变和平解决后，雷天一暗通关节，拥护蒋介石。诡计多端的雷天一，却万万没料想到，一心攀龙附凤想当个"大旅长"的美梦，竟被汪锋、许权中等共产党人刹那间彻底打破了，还搭上了性命。

也几乎就在同一时间，李锦锋带独立营迅速赶到耀县北大街西庵陈克敏住处。

一进门，陈克敏发现来者不善，忙从枕下摸枪，前边的几个战士箭步跃上炕，用膝盖顶住陈克敏的身子，枪口对准陈克敏的头，厉声道："不许动！"后边的战士们眼疾手快取走陈克敏枕下的手枪。

陈克敏一看大势已去，孤身难支，反抗无用，乖乖让老婆打开柜子，交出八支长枪。

一声枪响，陈克敏走完了他罪恶的人生之路。

陈克敏曾担任陕甘游击队特务队中队长，打死了队长程双印，叛变投敌。后来又投机革命，被收编为三支队，驻守龙家寨。其匪性不改，被雷天一的美人计和高官厚禄吸引，又一次叛变革命并带领反动民团与红军作对。当得知习仲勋要带政治保卫队去北梁的消息时，他带民团埋伏于路途的高崖和密林中，发起突袭，使习仲勋负了重伤。之后，他带国民党军特务团由后山崾岘一条石缝攀上寨内，突破前沿阵地，使薛家寨失守，继而杀害许多游击队员和革命群众。

除掉雷天一、陈克敏以后，独立旅又消灭了夏老幺民团大部。咸榆大道上的这个"卡子"，终于被消除了。

第四十七章

陈炉火焰

为了保卫西安事变的胜利成果，加紧红军的建设和训练，为抗日战争做好准备，应杨虎城的请求，数万红军南下，急速开抵关中。

1936 年腊月二十五，贺龙率领的红二方面军从泾阳县云阳镇，移驻耀州同官县陈炉镇、上店及富平县底店乡康庄村一带。

陈炉镇位于同官县东二十里山坳中，窑炉陈列，层层叠叠，古朴壮观。陈炉镇包括北堡坡子、东堡上街、西堡水泉头、永寿堡四个堡子，以及所辖的立地坡、上店、马窠、湾里等古陶瓷遗址。陈炉在历史上归黄堡镇管辖，当黄堡镇的耀州窑制瓷在元朝衰落后，从明朝开始耀州窑制陶中心逐渐转移到陈炉，在明朝鼎盛时期陈炉有四万制陶人。1912 年初，陈炉镇街道有商号三十五家，农历每月有三天集会，热闹非凡。耀州的大老碗就产自陈炉镇。

同官县早期有一批有志青年韦志奇、冯又文、寇俊等先后进入三原省立渭北中学、省立第三师范求学，加入渭北青年社，又相继加入中国共产党。之后冯又文、韦志奇、寇俊回到同官，以同官第一高级小学教师的身份作为掩护，帮助党文杰、党柏山建立了中共同官县党支部，冯又文任党支部主席，韦志奇任组织委员，寇俊任宣传委员。同官县党支部除执行中共陕西省委指示外，还发展了雷炎坤、王少文、杨华亭等中共党员。

1927年3月,中共陕甘区委在西安成立,西路特派员耿菊人扮作商人,以推销书籍之名赴同官县巡视,来到第一高级小学联系冯又文、韦志奇等人,秘密建立中共同官特别支部。之后,冯又文出任同官县教育局局长,韦志奇为第一高级小学校长,寇俊前往中共三原县委工作。

中共陕甘区委和国民军联军驻陕总部研究决定,派刘含初和李子洲在改组西北大学的基础上成立西安中山学院,刘含初任院长。7月,冯玉祥在陕西"清党"反共,刘含初被通缉。8月13日,刘含初从中部(黄陵)来到宜君石堡村探望岳父母,准备安排好家眷后启程奔赴苏联。15日下午,陕北军阀井岳秀部杨衮带领七八名匪兵突然闯了进来,刘含初迎上前去怒斥,敌人扣动扳机,刘含初身中数弹牺牲,年仅三十二岁。

1928年1月,中共三原中心县委书记张性初派郝祖义和其爱人黄侠仙来同官,帮助恢复整顿党的组织,并调查陈炉陶瓷业工人的生活情况。郝祖义通过冯又文被安排在县立第一高级小学任教,成立了中共同官支部。在国民党黑暗统治的环境下,因与上级党组织失去联系,同官支部一度停止活动。

在镇联保主任高少峰的积极协助下,贺龙部队的驻防得到了妥善安置,司令部设在镇上清凉寺县立第二高级小学内,政治部驻在水泉头,卫生部驻在马家科,后勤部驻在咀头,红军战士都分散住在陈炉镇的群众家。后来贺龙怕影响学生学习,主动把司令部移到湾里村任志树家里。

高少峰,陈炉镇人。高小毕业后考取三原省立第三职业学校瓷业专科,结交了田正义、贠符谦、任子诚等共产党员,受《中国青年》《向导》《共进》等进步刊物的影响,眼界大开,思想进步,后经贠符谦介绍加入中国共产党。冯玉祥在陕西大肆捕杀共产党人,迫使他回乡,遂与党组织失去联系,先后在同官县教育局、县立第一高级小学任职,1929年大年馑,不得已辞职回家,以贩瓷谋生。

红二方面军进驻陈炉后,高少峰向贺龙讲明自己的党籍情况,贺龙、关向应将其介绍到红二方面军政治部,经副部长颜金生介绍,他重新找到了党组织。

1937年3月8日，红二方面军在陈炉镇上街梁财主家的静守堂内，召开了中国工农红军第二方面军党员代表大会。参加代表大会的有贺龙、关向应、甘泗淇、任弼时、王震、颜金生、廖汉生、李贞、李井泉、彭绍辉、梁仁芥、廖明、杜立裕等。任弼时做了政治报告，代表大会总结了抗日民族统一战线工作，选举了出席陕甘宁边区党代会的代表。

贺龙驻防陈炉镇期间，在红二方面军的推动下，陶瓷工人成立了工人抗日救国会，讨论了改良瓷业、增加工资、取消头儿捐、借粮等问题。红二方面军曾派出薛少卿、贾武祥等深入群众，在同官县城、黄堡、红土和陈炉等地，建立了十一个党的支部，发展了五十三名党员，并在陈炉镇建立了中共同官临时工作委员会。

时值陈炉瓷业萧条时期，加之春荒，人民生活十分困难。红二方面军让部队请群众做饭，一块吃饭，把筹集的原粮发给群众加工，部分归群众所有。西安事变后，国共联合抗日，国民党同官县县长田在养也前往陈炉镇，主动帮助红二方面军解决粮草给养问题。

陈炉二高的事务员王子文，主管学校的后勤工作，放假时留校看门。一天晚饭后，贺龙来到王子文房内，问到高利贷的情况，王子文说："这里土地贫瘠，一般亩产八九十斤，而佃户交租为一斗四十斤。高利贷月息为百分之五，有的人家有急事，加十、十五、二十利息的现象都有，穷人生活很苦。"

贺龙说："所以，我们要搞共产主义，不许人压迫人、人剥削人。在我们苏区，人民只交公粮，再无其他别的负担。土地按人分配，不许买卖，不许收租。大家组织起来，共同劳动。只有共产党才能救中国。"

一天饭后，贺龙又到王子文房里闲聊，调查民情。王子文说道："岓峪村有一户穷苦人家，户主名叫赵有，在他爷爷时借了李克敏家的一点债，由于'驴打滚'的利不停地翻番，祖孙三代还不清这笔债，把祖上的全部土地抵押给姓李的，仍然债台高筑，李家还是分文不让，迫使赵有父子辈辈给他家做牛做马，穷得炕上没被子，连一张芦席都买不起。"

王子文问："像这样的事情红军管不管？"

贺龙回答:“红军当然管。现在压倒一切的政治任务是抗击日本侵略者,我们可以对地主老财客气一点,叫他免了这笔阎王债。要不是抗日迫在眉睫,像这种压迫穷人的地主老财,我们可以把他杀掉。这就叫政策,叫调动一切积极因素,共赴国难。”

之后,红军派出余化龙在周家村、罗寨、屽峪村搞抗日救亡宣传工作,很快说服李克敏免了赵有的债。这件事在同官一带影响较大,地主老财们纷纷主动减租减息,再也不敢向穷人硬要地租地债了。

王子文把自己对红军和贺龙的感激之情,告诉冯又文、韦志齐、高少峰后,大家不谋而合,决定给贺龙赠送金匾“人民救星贺青天”,表达陈炉人民对红军的感激之情。王子文经李达、高少峰介绍,加入中国共产党。

红二方面军供给部部长谢耀文身染重病,王子文将他接到自己家中,请来地方名医为他诊治,还让家人为他做饭煎药,精心看护。谢耀文因病情严重去世后,他又用老父亲的棺木把谢耀文安葬在那坡店庙旁,供群众悼念。

1937 年 4 月 17 日,红二方面军司令部离开陈炉镇,移驻富平庄里镇,留下贾武祥、薛少卿继续搞地方工作。

高少峰与贺龙交情极好,红二方面军离开陈炉时,贺龙将自己最心爱的一支德国造手枪送给高少峰留作纪念。这支手枪是贺龙在国民革命军当团长时用过的,从平江起义直到长征胜利,这支枪从没离开过他的身边。高少峰接过贺老总赠的枪,感慨万分,下决心一定将革命进行到底。

红二方面军离开陈炉镇后,中共同官工委书记张沧州也被调走,转由贾武祥负责。省委民运部长赵伯平前来整顿党组织,贾武祥调去云阳,李特生被派遣来陈炉镇负责同官工委工作。王子文将李特生安置到陈炉小学任教,以教书为掩护,开展党的地下工作。李特生被调走时,将同官县地下工作及党员名单,全部交给了王子文。

1938 年初,韩学理来同官县任工委书记,王子文为组织委员。

1938 年 5 月,同官县工委决定派王子文担任陈炉联保主任。高少峰一面向同官县长举荐王子文，一面动员各方绅士向县长进言推荐。县长知道王子文家是财东，绝不会与共产党有关系，遂起用王子文为陈炉联保主任。念及高少峰在陈炉任职期间，能够使一方百姓平安，为政清廉，县上遂将其调回县政府，主管社仓、救济灾民和鳏寡孤独救助工作。

之后，高少峰任国民党同官县参议员。1949 年 4 月铜川县全境解放，高少峰主动将家中余粮全部送到县人民政府，后历任铜川县人代会常务副主席、副县长、副市长。1976 年 1 月因病去世，享年七十岁。

王子文打入敌人政权机关，出任国民党同官县陈炉镇联保主任，用名王郁斌，以合法身份为党控制了县东南地区，向陕甘宁边区选送青年干部崔天育、王宏仆、罗浩文、景文华等人，并想方设法保护了侯炳奕、和凯国、高录顺等红军家属及地下党同志。

中共陕西省委以设在泾阳县云阳镇的八路军一一五师留守处名义开展工作。1935 年 7 月，中共鄂豫陕省委率领红二十五军离开陕南鄂豫陕根据地去陕北，原鄂陕、豫陕两特委于 1935 年 9 月 9 日在商县梁家坟合并，成立新的中共鄂豫陕特委，书记为郑位三。同时合并鄂陕游击总部和豫陕游击师，组成红二十五军第七十四师，师长陈先瑞，政委李隆贵。西安事变和平解决后，鄂豫陕特委根据中央军委指示，率红七十四师从陕南商洛地区先后移驻长安县大峪口、泾阳县云阳镇。1937 年八九月，红七十四师编入八路军一一五师序列奔赴抗日前线，特委随之撤销。特委机关和红七十四师未编入一一五师的少数人员，组成一一五师留守处。

1937 年年底，中共陕西省委和一一五师留守处人员，从云阳迁往关中分区淳耀县的安社村，仅留省委常委、统战部部长汪锋率省委警卫营两个连并配备电台留在云阳，主要负责与中条山抗战前线的原杨虎城旧部第三十八军中共工委及第四集团军中共组织联系。

两三个月后，汪锋率警卫营也迁到安社村，与陕西省委会合。为配合关中分区、关中警备司令部和警一旅向东线进行自卫反击战，开辟关中分区的耀县庙湾、柳林、瑶曲等新解放区，陕西省委机关计划北上，迁往照金。

这时，照金镇及其以北地区属于游击区，由国民党地方反动武装张彦宁民团驻守。张彦宁民团几次企图南下安社村袭击陕西省委，都因事前暴露未敢下手。陕西省委决定拔掉这个“钉子”，由汪锋率警卫营执行。

汪锋首先想到的是智取，其方案获得陕西省委同意后，汪锋指挥警卫营化装成国民党地方民团，选派两个人事先前往照金进行侦察。

一位姓黄的侦察员是位老战士，化装成国民党军副官，持有一份公函，盖有另一民团公章和民团团长张庆生的私章。印章是汪锋让陕西省委干部雷荣用肥皂刻制而成的。

“黄副官”和另一侦察员到达照金镇，对守卫哨兵言称：“这一带共产党、土八路近日活动猖獗，我们要派人前来照金加强防务力量，需要马上见张彦宁团长，协商防务事宜。”

守城哨兵一看公函，信以为真，二话没说，放“黄副官”二人入内。

这时，化装成民团的警卫营也赶到了。

“黄副官”二人进了镇子后，径直来到张彦宁住处，张彦宁准备会见时，身边的“军师”劝说：“你先不要着急，这事很难说，究竟是国民党还是共产党，我先去看看再说。”

经提醒，张彦宁顺口便说：“行，你先去看看。”

这位“军师”还是汪锋的同学，见过“黄副官”二人，未看出破绽，便回报张彦宁。

“黄副官”二人来到张彦宁面前，还未等张彦宁开口询问，只见这位“军师”得意地在张彦宁面前逞能：“不用说，一看黄副官，就是咱们的人。”

“黄副官”上前向张彦宁行过礼，就在张彦宁客气让座之时，“黄副官”二人拔出手枪，活捉了张彦宁和他的“军师”，随即向警卫营发出了信号。

警卫营立即冲入，缴了民团的枪械，拿下照金镇。

随后，中共陕西省委机关搬迁到照金镇。

谈国帆在临潼期间，按照中央和省委的指示，在王志温等协力配合下，采取一买枪、二造枪、三靠支援、四改造利用非法武装、五统战即争取团结国民党地方武装力量领导人等办法，使临潼栎阳、交口地区党的地下武装力量迅速发展壮大，成为一支有长短枪一千多支、手榴弹四十多箱、防毒面具五套等装备较全的抗日武装力量。

这支武装在谈国帆、王志温等领导下，以拔钉子、斩黑手、反间计、针锋相对等斗争策略，果断地处决了当地坚决反共且有民愤的国民党骨干分子十多名，保护了地下党组织许多同志的安全。

栎阳、交口地区被人们赞誉为小边区，引起了国民党陕西省政府主席熊斌的惊恐。

1943年8月3日，熊斌密令第十区咸阳专员、保安司令温良儒，省保安副司令徐经济等带领省保安团两个大队、保安处特务队和咸阳、泾阳、高陵、临潼等县警察、便衣以及渭北十二镇保甲武装三千余众，对交口、栎阳地下党组织领导人与武装，进行疯狂“围剿”。

时任十区保安副司令的薛宏斋，事前向谈国帆通报了消息，国民党在扑空后将谈国帆、王志温等家中的房屋拆毁，并将财物洗劫一空。国民党在枪杀了地下党员齐玉平和王益田等五名群众后，点燃了李永瑞家的麦草垛，李永瑞已怀孕七个月的妻子也未能幸免于难。

解放战争时期，谈国帆任中共渭北工委书记、渭北总队司令员兼政委，率领部队转战渭北，与敌周旋，给蒋介石、胡宗南军以有力钳制和打击，配合了西北野战军进军关中、解放西安的战斗。中华人民共和国成立之后，谈国帆先后任三原、咸阳分区司令员，西北军区动员部长，后转业到地方任陕西省政协副主席等职。

第四十八章

收复关中

1947 年 3 月，胡宗南亲自到洛川进行作战部署，向中共中央驻地延安大举进犯。

趁关中敌人相对减少的有利时机，联防军司令部根据彭德怀司令员的指示，决定由联防军代司令员王世泰率警一旅三团、二团和警三旅五团南下关中，先收复关中分区失地，然后以关中分区为依托，在敌人后方开展游击战。

联防军司令部同时决定由警一旅三团一、三营共六百余人组成先遣队，任命警一旅参谋长刘懋功为先遣队指挥，关中地委副书记杨伯伦为先遣队政委，主要任务是会合在关中分区的南线指挥部消灭敌人的有生力量，恢复地方政权，配合保卫延安的主力部队作战。

3 月 16 日，即敌人大举进犯延安的第三天，收复关中分区战役正式打响。先遣队从旅部驻地黄陵县上畛子出发，从敌四十八旅驻地正宁县山河镇西侧偷越封锁线，经湫头原、三嘉原继续南下至阳坡头，再向东南前进到赤水县中嘴，越过摩天岭抵达照金附近。沿途到处是敌人的正规军和据点，先遣队只好白天隐蔽，晚间行军。

先遣队经侦察得知，占据淳耀县重镇柳林和庙湾的是还乡团和保安队，兵力不强，于是先遣队决定先打庙湾，再取柳林。

先遣队向庙湾之敌发起突然攻击。敌保卫队一个连在先遣队猛攻下惊慌失措，放弃据点向耀县逃去，庙湾即被收复。

先遣队南下急行军二十余公里，中午到达柳林后，突然向柳林外围之敌发起进攻。防守柳林的还乡团抵抗一阵后，便向墓坳塬方向仓皇撤退。先遣队乘势攻入镇内，敌大部被歼，少数逃窜，柳林即告收复。

先遣队及时南下，于当晚宿营于柴场子、白林、杨原西村一线。

由耀县增援柳林之敌八十三旅两千余人追踪而来，先遣队迅速向西转移。下午二时，部队经高山槐撤向高尔原时，迎面与国民党陕保四团三百余人相遇。

高尔原右为石山，是部队西进的必经之路。

在三面受敌的紧急情况下，先遣队指挥员当机立断，急令配合作战的南线指挥部三营九连占领高地，阻击侧后之国民党八十三旅，主力部队迎头痛击正面之敌。以先遣队三营九连向南抗敌，一营和七连从正面向敌人发起猛烈攻击，连克三个山头阵地后，敌人便溃不成军。除一百余残敌潜逃外，其余全部被俘、被歼，八十三旅也被击退。

先遣队西行七十余里到达桃曲河，准备在此宿营。随后接到赤水县政府报告：国民党陕保七团一营当日侵占照金西边的铁王镇，企图建立据点和政权。先遣队当即决定，趁敌人立足未稳将其消灭。遂令部队午夜出发，到达铁王镇时，南线指挥部一个连夺取街西碉堡，堵敌西逃；一个连向南警戒；一个连向通润方向警戒，防敌增援；先遣队以警三团二营为主攻，第一步夺取城墙，而后配合该团一营及南线指挥部消灭街内之敌。

战斗打响后，先遣队和南线指挥部同时从东、北、西三个方向向敌人发起攻击。不到半个小时，警三团三营九连首先从北边冲入镇内土围子，敌人一个重机枪连机枪都未来得及架就全部被俘，城墙被九连控制。警三团三营七连和南线指挥部也顺利拿下镇东、西碉堡。面对解放军的突然袭击,敌人一边拼死抵抗,一边向镇北巷突围,被警三团一营堵回,遂又掉头经桥上向西突围,遭到南线指挥部的迎头痛击。

刘懋功、葛海洲指挥警三团一、三两营趁机向敌后和两侧猛插,将敌分割包围,激战两个小时便结束了战斗。包括敌淳化县两个保安队在内,铁王镇战斗共毙伤敌人八十余人,俘虏五百余人。

这次战斗是先遣队南下关中之后打的较大的一个胜仗,粉碎了敌人在这里建立据点和政权的企图,震慑了占据赤水地区的敌军。照金地区及其周围的马家山、蒋家山、十里原、官庄、土桥等其他据点的敌人,为了逃避被歼的命运,纷纷逃往别处,赤水全县遂被收复。

铁王镇战斗后,先遣队正准备横扫封锁线残敌,扩大战果,却接到高锦纯旅长转来的彭德怀、贺龙急电:由联防军代司令员王世泰统一指挥警三旅五团、骑六师和警一旅作为游击兵团南下关中作战。令先遣队急速北上,拔除沿途据点,打通主力部队南下关中的通道。

接到命令后,刘懋功、杨伯伦率部北上进入正宁县,再经石门关进抵职田镇北长舌头原后掌村,并在此研究决定先拿下位于正宁县三嘉原的细嘴子据点。

该据点是联防军主力部队南下的必经之地,位于三嘉原伸出的狭长地带、鞍部顶端凸起的山嘴上,其东、西、南三面都是悬崖绝壁,仅东北面有一条数米宽的小道可以进出。敌人在接近碉堡的最窄处挖了一条深宽各一丈的横断壕沟,人员进出用吊桥接送。盘踞在这里的是近百名还乡团匪徒组成的保安团,他们在外号叫"活阎王"的团总带领下,奸淫掳掠,无恶不作,当地群众对其恨之入骨。为了长期侵占该地,他们负隅顽抗,修筑了子母碉堡群,火力可以相互支援。

对此,先遣队令警三团副团长李荣芝带一营担任主攻,令三营预伏在后掌村至神崖沟方向,警戒和抗击职田镇可能来援之敌。

警三团对细嘴子发起进攻。由于敌人占据有利地形,部队只能进行枪战、炮战,无法接近敌人据点。刘懋功果断命令部队,一边同敌人进行火力战，一边用挖沟壕的办法，一步步接近敌人据点。第三日，先遣队通过沟壕逼近敌人碉堡，敌人开始动摇，遂派人连夜送信给细嘴子以北的湫头据点，请求支援，但信被先遣队截获。

先遣队旅、团首长将计就计，令一营三连连长贾德全化装成国民党正规军营长，全连换成国民党军服，从湫头方向一路鸣枪打炮。周围据点的一、二连齐放空枪，佯装向两侧退却，在西坡子西边布下口袋阵。贾德全利用敌地方部队怕正规部队的弱点，指挥三连冲向碉堡，并命令出来迎接的敌团总回去带人一起追击“共军”。当敌人冲出据点进入口袋阵后，贾德全一枪把敌团总击毙，并迅速带领全连从后面包抄上去，一、二连从两面夹击。九十六个匪徒无一漏网，其中九十人被击毙，六人被俘虏。

智取细嘴子战斗刚一结束，驻旬邑职田镇之国民党正规军五个连向先遣队发起报复性反扑。先遣队旅、团首长令三营一个连占领长舌头、后掌村地区，令新正县独立营占领雷庄至后掌村之间地区，联合从正面抗击敌人，令一营和三营另外一个连从敌人侧后迂回攻击。敌一部分被歼，其余狼狈逃窜。新正县独立营营长高步云，在战斗中不幸牺牲。

细嘴子战斗的胜利，给职田镇窜犯之敌以沉重打击，使驻守在附近据点的敌人闻之惊恐，驻湫头之敌正规军遂弃城向旬邑县城逃跑，驻原上之敌也退到了山河镇内，先遣队圆满完成了保障主力部队南下关中的任务。

先遣队与南下的主力部队胜利会师，联防军代司令员王世泰，关中地委书记兼政委、留守兵团警备第一旅旅长高锦纯率旅部、警二团、警三团二营，以及警三旅五团和关中地委机关，重新回到了阳坡头西坡村。

当日，南线指挥部报告：有四五百名敌人正在照金搜山“清剿”。王世泰随即决定由警一旅参谋长刘懋功、政治部主任左爱率警三团和警二团南下迎敌，同时南线指挥部和两个营也归其指挥。

敌五百余人从石门关沿戴家山梁向照金一带行进。

刘懋功、左爱、葛海洲等旅团长首先研究决定：警三团二营进至小原子、马曲一线，控制山梁，堵截敌人，防其沿河川经连家河向旬邑逃窜；警三团一营和团炮兵连后置于二营左侧，占领小原子至郭家掌一线，打击敌侧背，防敌登原向职田方向逃窜；警卫团三营和警二团进至七界石前梁山头，防敌向七界石方向窜犯，待敌通过后，断敌退路。

敌军是国民党八十三旅二四八团三营，共六百余人，有全套的美式装备。他们仗着人多和武器装备精良，以为这一带没有解放军正规军，只有游击队，所以大摇大摆地行进，丝毫没有戒备。

当敌人先头部队进至小原子村边时，二营六连抢先占领该村南原畔有利地形，向敌人开火。敌营长并未意识到自己已进了伏击圈，只当是游击队的袭击骚扰，就指挥全营向小原子高地发起攻击。

六连指战员机枪、步枪、手榴弹一齐向敌人开火，敌败下阵来，又反复组织冲锋。四连、五连占领有利地形，配合六连打退了敌人进攻，激战一个多小时，敌人也未能接近小原子一步。敌方这才意识到碰上了解放军的正规军，并已经陷入了埋伏圈。

在退路被截断的情况下，敌军孤注一掷，集中火力，妄图打开一个缺口突围，同时又用一个连的兵力向小原子左翼包抄，企图分散三营的兵力。因敌我兵力火力相差悬殊，六连阵地逐步被敌人突破，指导员王良牺牲，崾崄被敌人占领，敌人号叫着向原畔扑来。

在这危急关头，三团副团长李荣芝率四连堵住了敌人。一营也及时赶到，并猛攻敌人右翼。团长葛海洲指挥炮兵连从两个方向对杜梨树附近的敌指挥所炮轰，敌营长被当场炸死，副营长被炸成重伤。四连紧接着又把炮火转向敌群。在炮火打击下，敌失去指挥，乱了阵脚。

经过三个多小时激战，警三团以伤亡三十余人的代价，干净利落地消灭了装备精良的国民党八十三旅二四八团三营。

小原子战斗，是收复关中的又一次重大胜利，给占领关中地区的敌人以沉重打击。

在收复关中失地作战中，警一旅从1947年3月20日打庙湾第一仗开始，到4月4日小原子大捷为止，在短短半个月时间内，转战二百五十余公里，七战七捷，歼敌两千余人。残存据点之敌闻风逃遁，企图长期控制关中分区政治、军事中心马栏镇的敌陕保六团也弃地逃跑，敌整团整营的正规军再也未敢轻举进犯。

至此，关中分区的淳耀、赤水、新宁、新正全部收复，分区党政机关恢复正常，收复关中失地比原计划时间缩短了一半。

1947年3月下旬，三原陵前镇逢集，黄子文、黄子祥、郭立三和孙志正一起，在粮店掌柜张先成的卧室会商起义。黄子文请由关中分区突围出来的淳耀县保安科长兰子敬去陕甘宁边区赤水县老麻地，向渭北工委书记、渭北总司令员谈国帆汇报准备起义的计划。谈国帆将陵前起义的准备情况，报告了关中地委。

1947年5月，黄子文、兰子敬、孙志正和淳耀县柳林校长孙一君，在陵前乡西合村兰子敬家再次会商起义计划。兰子敬传达上级指示，说起义部队叫自救军，活动地在哪里都行，具体计划在阴历三月初八，利用陵前乡大寨堡汉圣母庙会之机，以邀请三原县县长张法杰及西阳乡、长孙乡、马额乡、富平县淡村乡、泾阳县鲁桥乡乡长赴会看戏为诱饵，将他们扣压，宣布起义。

会后，孙一君把起义计划向淳耀县县委书记郭进亭做了汇报，并同淳耀县教育科长田志杰到赤水县，分别向关中军分区南线指挥部政委吕剑人和关中分区专署保安处长任成玉做了汇报，并电告中央西北局书记习仲勋。

警一旅攻打耀县时，乡丁赵庭江到陵前乡第一中心小学通知孙志正："耀县打炮了，黄乡长请你回乡公所。"

孙志正回到乡公所，黄子文说："我带自卫队去马额镇伺机收缴马额乡自卫队的枪，你在家动员在乡的自卫队员到乡公所集合。"

孙志正即派乡丁李家谋，到各保通知自卫队员到乡公所集合，并叫第三保保长孙景元守在乡公所电话机旁，监听马额乡的动态。

黄子文从马额乡回到侯家堡，在城门前老池西畔对孙志正说："马额乡乡长安仲阳不上网，我请大哥黄子祥去做工作。"

当晚，黄子祥到马额乡，对安仲阳讲："仲阳，我们住在一起，八路军来了，要打一起打，要走一起走，互相有照应。"

安仲阳听了黄子祥的话后，将马额乡自卫队三十多人，带到马额乡坡子堡和陵前乡自卫队住在一起。

深夜，黄子祥请安仲阳到陵前乡自卫队部议事。安仲阳到后，即被下了枪。接着，又请马额乡李怀西议事，如法炮制。最后将马额乡自卫队全部缴械，活捉了敌乡长安仲阳等三十多人。

部队在陵前镇张贴了陕甘宁晋绥联防军司令部、政治部的布告，收缴了被警一旅打散的敌骑一旅军官驳壳枪一支，还捉了两名电话员。

傍晚，起义部队一百多人集中到小道口村进行整编，兰子敬代表党组织讲了话。那一夜，部队经孙村、洪水、嘴头向陕甘宁边区淳耀县爷台山前进。

早饭时，部队行进到淳化县方里区常社村。孙志正同慕天祥去淳耀县崔家原妻哥吴怀玉家，请当地同志给中共渭北工委书记、渭北总司令员谈国帆送去孙志正、慕天祥署名的信，报告陵前起义部队已到爷台山前常社村。

谈国帆、张中涛等人经崔家原到爷台山碑子嵝崄，接到黄子文、黄子祥率领的起义部队到达淳耀县崔家原的消息。

中央西北局书记习仲勋即电报慰勉部队，并下达部队的活动方针："环境好时，部队到渭北平原活动；环境坏时，部队拉回边区休整。"

关中地委组织部陈元方根据上级指示，根据陵前起义写了《黄子文起义始末》，向上级做了报告。

在淳耀县姚家河，渭北工委组织部长张中涛宣布，起义部队编为渭北总队第一支队，黄子祥任支队长，黄子文任副支队长，慕天祥任参谋主任，孙志正任政治主任。这时，兰子敬前往马栏，向地委书记赵伯平做了汇报。

渭北总司令员谈国帆带一、二支队，在陵前小道口与国民党董风文保安团相遇，黄子文指挥一支队利用地形，向敌反击，打死打伤二十余人，俘虏七人，余敌仓皇逃窜。

战斗结束后，黄子文与刘学成、刘汉成一边打扫战场，一边观察侯家堡乡公所的动静。当他们走到村北的大槐树下时，一颗子弹射中了黄子文的头部。

刘学成见黄子文倒下了，吃惊地抱起他，一面与刘汉成给他包扎伤口，一面大声呼喊："二哥，二哥你醒醒！二哥你醒醒啊！"

他见黄子文没有言语，脸色渐渐转白，血从伤口流出，渗满了包扎布，洒在了地上。刘学成心如刀绞，泪水盈眶。

他见谈国帆向北走来，忙喊："谈司令，二哥受了伤，不会说话了！"

谈国帆急忙跑上前来，他见黄子文伤情严重，马上找到黄子祥和二支队队长杨汉山商议后，立即抬着黄子文向北转移。

6月26日，黄子文在转移途中，牺牲于耀县境内的烟当村，年仅三十九岁。

黄子文，生于1909年，三原县武字区陵前乡甘涝池村人。自幼就读于本村初小，后考入民治学校和县立中学。1925年秋前往上海，在中华职业学校上学。次年经上海大学张资平介绍，加入了中国共产党，参加了上海第三次武装起义，后赴黄埔军校武汉分校学习军事，还曾到湖北黄安、麻城一带搞过农民运动。之后回陕任中共三原县委委员，在武字区开展农民革命斗争。他家较为富裕，为了筹集革命经费，不惜变卖家产，甚至用苦肉计，让地下共产党员假扮成国民党匪军把自己捆绑起来进行拷打，逼着他母亲将家中积攒的钱拿出来解救自己。

1929年春，关中饥荒，黄子文在武字区成立了地方筹赈委员会并任主任。他带头捐粮七石，筹赈会筹粮八十余石，使三千多个贫苦农民分到粮食，免除了饥饿。后任中共三原特支书记，三原驻军头目魏凤楼将黄子文与其兄黄子祥逮捕入狱，经党组织和群众营救获释。后任渭北灾民自救军政委，被组织派往天津中共北方局工作。次年初到山西从事兵运，任晋西游击队政委，后西渡黄河进入陕北，与谢子长、刘志丹会合，改编为西北抗日反帝同盟军。

1932 年，黄子文任中国工农红军陕甘游击队政治主任，回到武字区成立渭北游击队，任渭北特委宣传部长、富耀革命委员会主席。在讨论红四方面军入陕后的革命形势问题上，黄子文与杜衡发生了分歧，因对杜衡“马上组织全陕武装暴动”的口号提出批评，杜衡便以“右倾机会主义”为由，停止了黄子文的一切工作。

次年 2 月，黄子文在西安看病期间，师党委以“打了败仗”为由，开除了他的党籍。

之后，黄子文任陕甘边游击队总指挥部总指挥、红二十六军四十二师政治处主任。

陕北“肃反”，黄子文与刘志丹、习仲勋等被“左”倾路线执行者关押于瓦窑堡。毛泽东率中央红军到达陕北，黄子文等获救出狱，被安排在兵工厂工作。次年春调任中央红军学校政治教员，后到陇东任庆阳县抗敌后援会主任，后请假回到武字区，在自家旧窑洞里办起了兵工厂，为根据地各路游击队修理枪支，制造手榴弹。

黄子文忍辱负重，默默为党工作，经过长期准备，发动了陵前起义。

黄子文牺牲后，广大指战员无不伤心落泪，大家怀着万分悲痛的心情，将黄子文安葬在他曾经战斗过的凤凰山下。

1948 年 11 月 10 日，中共关中地委在马栏为黄子文等烈士召开了隆重的追悼会，关中地委书记赵伯平主持了公祭，对黄子文的一生给予了公正的评价。在追悼会上，赵伯平宣读了中共西北局关于恢复黄子文党籍的决定。

三原解放后，党组织将黄子文的灵棺移于陵前乡甘露池村。

陵前起义震动很大，它是在革命最困难的时期，在胡宗南侵犯边区关键时刻发生的，好似在敌人心脏插了一把尖刀，给了敌人沉重的打击，牵制了敌人的兵力，为解放三原、西安充实了武装力量。

第四十九章

光照耀县

1947年，耀县为国民党陕西第三行政专署所在地，驻有国民党第十师八十五旅第二后勤部、野战医院和陕西省保安第七团，以及存放弹药、被服、粮食等军用物资的军火库两处，是胡宗南进攻陕甘宁边区的后方供给基地。

在西北人民解放军牵制胡宗南主力部队，酣战于陕北青化砭、羊马河、蟠龙镇之际，警一旅三团、警三旅五团趁国民党后方空虚，自陕北急行军挥戈南下，准备攻打耀县。

解放军进入耀县境内庙湾、柳林一带后，随即严密封锁消息，宿营休整，原地待命。经常过往耀县的关中地委交通员孙光明，陪同化装成农民的部队作战科科长前往耀县，在城内找到地下党联络点的翟松山等，对县城地形、交通、重点建筑、敌军驻防及兵力分布情况进行侦察了解。

柳林、照金等地干部带领民兵、群众，先期奔赴耀县以南敌占区富平县境，拔掉电杆，破坏铁路桥梁，提前截断耀县与西安之通信联络，使耀县守敌处于孤立无援的境地。

1947年5月4日傍晚，耀县东城门进来一队国民党士兵，队列中还夹杂着几副伤兵担架。士兵们说部队在陕北遭到“共军”袭击，他们这是往后方运送伤员。其实，这是由解放军先头部队伪装而成的国民党军。他们所抬的担架，是用棉被裹着的八二炮，担架上的“伤兵”怀里抱着重机枪。由于进城的士兵大都一副垂头丧气的败军模样，耀县驻军对自己的“兄弟”并没有过多盘查，直接安排他们在城里歇息了。天黑下来后，耀县驻军邀请这支进城的“国军兄弟”去南街关帝庙剧场观看秦腔《盗虎符》。

戏散场后，已是夜半时分，看戏的群众四散回家，城里到处响起敲门声、呼叫声、狗吠声。突然，夜色中枪声大作，突袭耀县的战斗打响了。

解放军攻城作战指挥部，设在耀县塔坡原省立中山中学西北隅的几孔窑洞里，西北人民解放军四纵司令员王世泰，亲临耀县前线指挥战斗。在夜色的掩护下，一队队左臂扎着白毛巾的解放军战士，自城北锦阳川一带迅速开往耀县。

警三旅五团一营副营长王胜福，带领二、三连架设云梯，攀上耀县东北角城墙。团长郭应春随部队登上东门城墙指挥战斗，副排长李应般带一挺机枪掩护突击队，从东城门楼沿城墙向南，接连打掉敌人八个工事。

黑漆漆的夜里突然枪炮隆隆，耀县守军一时不知发生了什么事。国民党陕西第三行署专员阎崇师，仅上任六天，以为城内保安团同胡宗南军发生内讧，急忙带护兵出外巡视。

阎崇师疾步走到西城门附近，扯着嗓子大喊：“你们不要打枪，我是专员！”

解放军战士在城墙上应声答道：“专员请上城来！”

阎崇师急匆匆来到城墙上，解放军战士迅速夺下其护兵手里的驳壳枪。

阎崇师以为这些士兵仍是他派守城防的保安团团丁，怒冲冲嚷道：“你们反了？我是专员兼保安司令，你们竟敢缴我的枪！”

解放军连指导员傅子良说：“我们是人民解放军，为什么不敢缴你的枪？”

阎崇师惊愕无语，只好战战兢兢地束手就擒。

战斗进行到拂晓时，解放军已完全控制了耀县四面城墙，后续部队也迅速涌入城内，向敌人勇猛冲杀，展开了激烈的巷战。解放军的冲锋号，伴随着黎明的曙光吹响了。三营七连冲进敌保安七团团部，活捉了敌保安七团副团长。三营九连占领了城内邮电局、银行等地。

次日上午10时，解放军基本控制了整个耀县县城，与主力部队陕北蟠龙镇大捷遥相呼应。

耀县一战，我军歼敌第十师八十五旅第二后勤部、辎重营、野战医院和省保安第七团团部等一千四百余人，生俘敌专员、少将保安司令阎崇师，敌八十五旅野战医院上校副院长欧阳斌，敌保安七团副团长等人，缴获迫击炮一门，轻重机枪七十余挺，步枪一千五百余支，各种子弹二十五万发，军衣三千余套，骡马一百余匹，电台四部，以及面粉、布匹、罐头等大量军用物资。

奇袭耀县，西北人民解放军自陕北飞兵南下，彻底摧毁了胡宗南进攻陕北军火物资的重要补给据点耀县。这是陕甘宁边区军民反击国民党胡宗南部猖狂进犯，由内线防御转向外线进攻取得的重大胜利，攻城部队受到西北人民解放军总部通电嘉奖。解放军的赫赫威名，八百里秦川为之震动。

当第三路游击队再次解放照金后，又一次被俘逃脱的张彦宁，就一直退缩在小丘和寺坡一带，担任国民党西和联保保长和国民党西爱乡乡长。国民党军队每次进攻苏区根据地，他都充当着敌军的急先锋，深入苏区，烧杀抢掠，无恶不作。

寺坡位于耀县小丘乡北部，耀照公路穿村而过，是北上照金、南去小丘的交通要道。

1947年2月中旬，国民党胡宗南部重兵占领陕甘宁边区关中分区后，敌主力部队和地方民团开始在淳耀县境内反复进行“清乡”“扫荡”，强迫当地群众移民并村，建立保甲组织。

同年下半年，国民党军队在寺坡的高山上修筑碉堡，以此作为据点，国民党保七团二大队八中队和耀县反共自卫队驻守于此。敌人白天到白瓜、照金一带“清乡”，晚上住在碉楼上。

国民党保七团中队长马化龙和反共自卫队队长张彦宁，常常带领手下在淳耀县一带为非作歹，边区军民提起这两个人，个个咬牙切齿，恨之入骨。中共淳耀县委决定拔掉这两个在边区烧杀抢掠、为害一方的“毒钉”。

淳耀县委书记郭进亭和县长封正宝等人周密谋划，提出三个歼敌方案，经过实地侦察，认为先夜间偷袭引蛇出洞，再途中围歼的方案最可行。

淳耀县保安科副科长张德英联合县警卫队队长朱伯顺等，分头进入实地侦察，摸清了敌碉堡附近的地形，依据地理环境，选择独石村以北、寺坡以南的嵝崄作为伏击地点。

1947 年 10 月 7 日，张德英等人将侦察到的情况，向县委书记郭进亭做了详细汇报，他认为要取得歼敌的全面胜利，关键在于成功偷袭敌碉堡，否则，途中围歼的计划就会落空。淳耀县委召开会议，准备调动照金、柳林区民兵和庙湾游击队，联合淳耀县警卫队共同作战，力争全歼寺坡守敌。

敌人的碉堡建在寺坡最高的山峁上，丈余宽的壕沟边有梢柴作障，碉堡四周建有四五个小地堡，地势险要，工事坚固，易守难攻。

黎明前，县独立营突击队员在连长陈金满的率领下匍匐前进，神不知鬼不觉地除掉山峁上小地堡和碉堡前的哨兵后，以极快的速度接近敌碉堡，将一捆捆手榴弹飞快地扔了进去。

碉堡里响起山崩地裂般的爆炸声，刹那间火光冲天，正在碉堡内沉睡的敌人被惊醒，顿时乱作一团。守候在碉堡外的我方迫击炮手，在县长封正保的亲自指挥下，朝着敌碉堡开炮，敌碉堡一角被炸飞。

游击队仅有的一发炮弹吓得敌人胆战心惊，马化龙、张彦宁知道游击队没有大炮，分析围攻碉堡的可能是共产党的主力部队，便下令队伍向小丘撤退。敌兵争先恐后冲出碉堡，仓皇向南逃窜。

拂晓时，仓皇南逃的马化龙、张彦宁进入伏击圈。淳耀县警卫队联合占虎、柳林、照金区四百多名民兵，在张德英、王建清指挥下，同时开枪射击敌人。暴雨般的子弹嗖嗖射向敌人，惊魂未定的敌人被打得晕头转向。

封正保县长一声令下，嘹亮的冲锋号吹响了，战士个个奋勇当先，冲向敌人。当地群众听到号声，扛着镢头，拿着长矛，成群结队赶到战斗现场，勇敢地加入了歼敌队伍。被围困的敌人，后有追兵，南有阻击，东边是险崖，便不顾一切地向西奔逃，却再次陷入游击队的包围圈。

张彦宁见势不妙，慌乱中带人顺沟逃窜，被警卫队战士朱耀龙当场击毙于草丛中。

寺坡一战，张彦宁、马化龙被击毙，俘敌六十九人，缴获机枪三挺、步枪五十四支、驳壳枪一支，子弹一万多发、手榴弹二百多枚、骡马三匹、面粉三百多袋，并摧毁了国民党西爱乡乡公所。

此次战斗，淳耀县军民无一伤亡，创造了无伤亡而战绩卓著的模范战例，受到关中军分区传令嘉奖。1947 年 10 月 17 日，《关中报》刊载了战例通讯，发表了《向淳耀县民兵游击队看齐》的社论，极大地鼓舞了淳耀县军民的斗争士气。

第五十章

解　放　了

1948 年 2 月下旬至 3 月初，西北野战军在宜川、瓦子街战役中歼灭了敌人有生力量后，根据彭德怀司令员的指挥，又不失时机地组织了黄龙山麓战役，并决定夺取宜君县城，控制咸榆公路。

西北野战军副司令员张宗逊率领第一、第四纵队进驻宜君县五里镇和雷原一带，伺机攻打县城。雁门游击支队第一大队副政委刘斌汉带领部分战士到南区一带侦察敌情，配合部队行动。

1948 年 3 月 9 日，第一纵队从城北面进攻，第四纵队从榆五川、孟埔原一带经牛家庄绕到县城东南面进攻，部分兵力绕到城南咸榆公路上，堵死敌人的南逃之路。

国民党宜君县长韦孟若带县政府工作人员和部分地方武装从西北方向弃城而逃。拂晓，警三旅五团控制了城南制高点，第一纵队炸开北门攻入县城，宜君全境解放。

1948 年 3 月 23 日，毛泽东率中央和军委机关在吴堡川口东渡黄河，离开生活和战斗了十三年的陕北，前往西柏坡。

正当西北野战军向关中西府挺进，决心夺取胡宗南的补给基地宝鸡的时候，延安守敌整编十七师弃城南逃。

1948年4月22日，西北野战军光复延安。在被胡宗南占领一年一月零三天后，延安又回到了人民的怀抱，陕甘宁边区党政军机关迁回延安。

在毛泽东转战陕北的四百多个日日夜夜里，习仲勋或协同彭德怀指挥作战，或与贺龙、林伯渠一起经略后方，全力支援前线。习仲勋谈到这段经历，总要引用毛泽东的一句名言：战争之伟力最深厚的根源，存在于民众之中。

在夺取全国革命胜利的前夜，习仲勋就住在延安王家坪毛泽东住过的窑洞里，这里的灯光常常亮到深夜。

1948年冬，淮海战役打响，蒋介石预感不妙，急电西北胡宗南部抽兵驰援中原。

为配合淮海战役，牵制胡宗南部增援中原战场，西北野战军在彭德怀总司令的指挥下，从11月15日起，向集中在渭北的胡宗南主力发起猛烈进攻，继荔北战役后，又发动了蒲城、富平、铜川、耀县战役。

西北野战军四纵十二旅和一纵独一旅（二师），奉命攻打铜川军台岭。

军台岭，四面低凹，三面临沟，东面陡壁，居四周群山之顶峰，为铜川东南之屏障，也是国民党封锁陕甘宁边区、控制陇海铁路咸铜支线的重要据点。

军台岭守军为国民党暂二旅（二五四师）七六二团一营、二营和迫击炮排，约五百人，由一名副团长指挥。七六二团团部和三营驻守店子坡以备增援。国民党守军利用岭上突出的山头拼成三个碉堡群，共有大小碉堡三十九个。其主峰一号阵地周围修成丈余高的峭壁，凡易接近之处都挖有丈余宽的深壕。阵地与阵地、地堡与地堡之间，均以网状交通壕贯通。其防御前沿设有铁丝网，并埋有八百余颗地雷。

11月18日晚，西北野战军先头部队在当地老乡的带领下，冒雨向军台岭进发。

部队走到军台岭东边一个山峁上时，营长李志义询问老乡："这里离军台岭还有多少路?"

老乡回答："不远了，从这里上去不到半里路。"

李营长和老乡的交谈声惊动了敌哨兵。只听两声枪响，一位老乡应声倒地。李营长情急中扑过去用自己的身体掩护倒地的老乡，哪知另外一位老乡也被击中。

见此情形，部队立即向敌人还击，迅速冲过军台岭山口，在岭西的山坡上隐蔽起来。雨越下越大，战士们的衣服全淋湿了，但他们毅然趴在冰冷的山坡上，密切监视着军台岭守敌的一举一动，直到19日傍晚，兄弟部队赶来，他们才转移到军台岭附近的高俭村吃饭休息。

在围困敌人的三天三夜里，白天，战士们隐蔽在灌木丛中，饿了啃几口冰冷的干粮，渴了吞一口地上的积雪。夜里，战士们冒着刺骨的寒风守在阵地上，腿脚都冻麻冻肿了。

23日凌晨，一纵独一旅冒雨向军台岭开进。独一旅一团、三团在猛烈炮火的掩护下，不顾敌人三面火力的严密封锁，迅速排除地雷，开辟进攻道路，仅十分钟就突破敌前沿阵地。两个团向二号阵地发起进攻，担任主攻的是三团一营三连。积雪掩埋了标识地雷的记号，冲在前面的战士不小心踩到敌人埋下的地雷上，不幸倒在血泊中。好在炮兵及时赶到，向敌人前沿阵地集中发射炮弹，引爆了敌人埋下的一连串地雷。班长李五经抱起十几颗手榴弹冲向铁丝网，手榴弹四面开花，敌人二号阵地被攻破。在攻打三号阵地时，一团二营从正面攻击，一营则绕至侧后，前后夹击，在纵横交错的地堡群中穿插歼敌。当二、三号阵地均被攻克后，两团会合，即向一号阵地发起总攻，以山炮猛烈轰击敌碉堡群，激战于当日天黑时结束。

军台岭一战，全歼守敌两个营，一个迫击炮排，毙敌一百五十人，俘敌副团长以下官兵三百一十六人，缴获迫击炮八门，轻重机枪三十挺，冲锋枪、步枪一百八十四支，子弹六万余发，电台一部。此次战役不仅对配合整个西北冬季战役起到了积极作用,而且为解放铜川奠定了基础。

1949年1月,西北战场的国民党胡宗南部被迫转入战略退却,原分守同官、蒲城、大荔的第十二、二十、二十八、三十师和陕西保安第四旅等主力,集结于耀县、富平、三原等地准备逃跑。1949年2月1日,西北野战军改称中国人民解放军第一野战军(简称第一野战军)。为打乱敌军的退却部署,第一野战军决定发起春季战役,命令第四军向同官、耀县之敌进攻,以扩大渭北新解放区。

习仲勋出席了在澄城武庄召开的中共第一野战军第一次代表大会,做了《关于接管城市的问题》的报告,部署接收、建立秩序和发动组织群众工作。

根据形势发展的需要,部队番号改称为西北军区,贺龙仍为司令员,习仲勋为政委。第一野战军和西北军区在彭德怀、贺龙、习仲勋等的领导下,向盘踞在关中的胡宗南部发起强大的春季攻势。

2月17日,习仲勋、贺龙和由前线回到延安的彭德怀、王震一起,东渡黄河,前往西柏坡,参加了中共七届二中全会。

第一野战军第四军取道宜君、哭泉,分路向同官、耀县进军,第十一师进至同官外围。

国民党同官驻军和县政府官员仓皇向耀县方向逃窜,人民解放军顺利进入同官县城,首次解放了同官。铜川县民众自卫团副团长郭清廉率两个中队,携武器向陕甘宁边区同官县政府投诚。第一野战军第四军第十师在配合第十一师攻占同官后,继续南下追击逃敌,共击毙、伤、俘国民党军第二十师五百三十一人,于20日当天解放了耀县县城。

铜川的解放,使国民党当局大为震惊。国民党《建国日报》连发三次社论,认为"铜(川)耀(县)为关中北面之屏障,又为西安用煤主要产源,铜耀失守,不仅关中感受威胁,人心震惊,而西安煤源顿告断绝"。陕西省参议会电请胡宗南出重兵,收复铜耀。

胡宗南纠集国民党军十一个师的兵力,在青海马步芳八十二军二四八师马德胜的配合下，在连占淳化县城、铁王镇、凤凰山等地之后，向渭北反扑。集结于耀县柳林南原的第一野战军主力，主动后撤。

第一野战军奉命在耀县墓坳一带，阻击敌军。二十九团集结于墓坳以南的项牛、吕村一带，二十八团集结于南村，三十团隐蔽于高山槐一带，师部驻墓坳西村。

马德胜部骑兵二四八师共四个团从淳化出发，拂晓到达后，企图抢占战略要地高山槐。马德胜二四八师是马步芳的先头部队，善用骑兵远程奔袭，集团冲锋，战斗力极强。两军交火后，马德胜便命令骑兵以快制胜，企图抢占高山槐。第一野战军三十团先放过敌骑兵前锋，随即向敌骑兵尾部猛烈射击，敌人被冲散，首尾不能兼顾。三营战士迅速占领山头，以猛烈火力压制敌骑兵的进攻。

紧接着，马德胜部骑兵又向南村第一野战军二十八团一营阵地发起冲锋。敌人利用南村一带的平坦地势，以骑兵进行整营整团的轮番冲锋。一营战士早就做好防御准备，在阵地前及其两翼布置了严密的火力网，只等敌人前来。当敌骑兵冲入阵地后，一营战士的排子枪、排子炮一齐猛烈射击，打得敌人措手不及，惊慌逃窜。

敌人遂转向项牛村，向第一野战军二十九团三营阵地发起攻击。双方激战四个小时，三营战士浴血奋战，连续打退敌骑兵五次冲锋，伤亡惨重。

战至午后，二十九团开始向有利地形撤退，马德胜部趁机集中大批骑兵，突破阵地防线，直扑墓坳西村，第一野战军指挥部被击退。二十九团炮兵连长强兴发发现墓坳村边的土围子里，几个敌军官拿着望远镜不停地东张西望，便命令炮兵朝土围子方向开炮。土围子里驻着国民党二四八师指挥部，师长马德胜被炮弹击中，当场毙命，师参谋长被炸成重伤。敌军群龙无首，顿时乱作一团，攻势锐减。第一野战军趁机全线反击，将其压到中底、吕村一带。

夜里，第一野战军集中兵力分割包围，全歼马德胜部三个连，共毙伤敌军千余人,获战马五百多匹。因敌军有骑兵优势,凶悍善战,不少战士壮烈牺牲。敌军残部向耀县方向溃逃。

3月12日,国民党军侵占耀县城。国民党部队从耀县反扑上来,一路沿孙家原经文明原、安村向北,一路沿川道北进,占领了同官县城,陕甘宁边区同官县政府和县大队暂撤至红土一带。

黄堡镇长史志章,早年就读于陈炉镇小学,在安村教过书,由堂兄史剑伯介绍加入中国共产党。同官县委在他家中开会,让他打入敌人内部,经张炎隆等四处活动,他出任黄堡镇长。次年正月黄堡解放,组织指示他暂且不要暴露身份,他收集枪支,向人民政府移交了手续。之后敌人反扑过来,占领了黄堡镇。组织让他留下,并第二次出任黄堡镇长,保护了党员家眷和群众的安全,设法压缩摊派的军粮军款,清除了欺压百姓的敌方所长。敌人西逃后,他设法逃了出来。

刚解放,史志章被安排在西北军政委员会公安部工作,后申请退职,回到家乡务农,任县政协委员。

4月21日,毛泽东主席、朱德总司令发出了《向全国进军的命令》。第一野战军发起了解放关中的陕中战役,从北向南挺进。陕中战役前夕,胡宗南把驻守铜川的九十军等主力部队南撤到三原、咸阳一带,妄图保住西安。

4月27日,第一野战军四军趁机追歼敌人,在同官县游击大队的配合下向同官开进,第二天再次解放同官县,并于同日再次解放耀县县城。

1949年5月1日,同官县人民政府正式改名为铜川县人民政府。

5月20日,西安解放。

习仲勋乘吉普车从延安来到西安城,暂住在原陕西省政府的新城大院,后在建国路原西安市市长王友直公馆住宿办公。中央决定,组成新的中共中央西北局,彭德怀、贺龙分任第一、二书记,习仲勋任第三书记并主持日常工作。

6月,第一野战军相继取得扶眉战役、兰州战役的胜利,一路挺进青海、宁夏、陇南和陕南。

1949 年 10 月 1 日，中华人民共和国宣告成立。

照金，这块地处陕西铜川耀县西北部山区的穷乡僻壤，鲜艳的五星红旗迎风飘扬。

天亮了。

一队吆骡子贩瓷器的脚客从这里路过，都口口相传：

共产党胜利了！

中国人民解放了！

结　语

百年中国,悲欣交集。20世纪30年代以来,为挽救民族危亡,众多仁人志士舍生忘死,铸剑为犁,用理想和情怀照亮神州大地。他们的精神力量,生生不息,永放光芒!

从1932年初春,中国工农红军陕甘游击队进入照金,点燃革命根据地的星星之火,到迎接中央红军到延安,赶走日本侵略者,推翻国民党反动统治,建立新中国,经历了十七年的艰难岁月。这十七年来,活跃在照金地区的无数革命先烈用热血和奇志书写了中国历史上壮丽的篇章,给曾经苦难深重的中国带来了曙光和希望……

照金的故事,其生命力是旺盛的,还在生根、发芽、开花、结果。照金精神,代代流传,永不泯灭。

2011年10月动笔
2015年12月三稿
2016年11月修改
2017年7月修订
照金一南凹一三爻

参考书目

1. 中共铜川市委,中共陕西省委党史研究室. 照金革命史[M]. 北京:中央文献出版社,2013.

2. 中共铜川市委,中共陕西省委党史研究室. 铜川革命史话[M] . 北京:中央文献出版社,2013.

3. 焦斌,和谷. 人民英雄刘志丹[M]. 西安:陕西少年儿童出版社,1984.

4. 陈江鹏,和谷. 李子洲传[M]. 西安:陕西人民出版社,1985.

5. 陈江鹏,和谷. 拓荒者的脚印[M]. 西安:未来出版社,1985.

6. 胡绳. 中国共产党的七十年[M]. 北京:中共党史出版社,1991.

7. 埃德加・斯诺. 西行漫记[M]. 北京:生活・读书・新知三联书店,1979.

8. 尼姆・威尔斯. 续西行漫记[M]. 北京:生活・读书・新知三联书店,1991.

9. 罗斯・特里尔. 毛泽东传[M]. 北京:中国人民大学出版社,2006.

10. 迪克・威尔逊. 周恩来传[M]. 北京:国际文化出版公司,2011.

11. 李建彤. 刘志丹[M]. 北京:工人出版社,1979.

12. 白黎. 刘志丹传[M]. 北京:解放军出版社,1992.

13. 张锋. 谢子长[M]. 北京:中国文史出版社,2005.

14. 贾巨川等. 习仲勋传上卷[M]. 北京:中央文献出版社,2008.

15. 戴茂林,赵晓光. 高岗传[M]. 西安:陕西人民出版社,2011.

16. 张邦英. 片断回忆[M]. 北京:中国社会出版社,2007.

17. 毕兴，贺安华. 阎红彦传略[M]. 成都：四川人民出版社，1987.

18. 张晓初等. 马明方传略[M]. 西安：陕西人民出版社，1990.

19. 张策. 我的历史回顾[M]. 北京：改革出版社，1997.

20. 思涛. 刘澜涛生平纪事[M]. 北京：中国文史出版社，2010.

21. 布赖恩·克罗泽. 蒋介石传[M]. 北京：国际文化出版公司，2010.

22. 经盛鸿. 胡宗南大传[M]. 北京：团结出版社，2009.

23. 徐剑铭、冷梦、李丽玮. 血沃高原：黄罗斌传记[M]. 北京：解放军文艺出版社，2006.

后 记

自幼在家乡，我常听祖辈们叙说北山照金闹红的故事，令人心生敬意。以种地为生的先人，也常吆骡子驮炭贩盐运瓷器，途经耀州、照金至甘肃省一带，沿途流传的照金革命故事乡人耳熟能详。识文断字后，我涉足文学写作多年，对家乡周边的史迹兴趣日渐浓厚，撰写一部反映照金革命根据地历史作品的念想常常浮上心头。

20 世纪 80 年代初，我参与撰写过《人民英雄刘志丹》《开拓者的脚印》《李子洲》，在创作电视剧《铁市长》时，与友人钟平筹划《照金烽火》剧本之事。时至 21 世纪初，我又试图圆梦，却几经周折，没有起色。花甲之年，我重新踏勘照金旧地，访问当地贤达，搜集阅读亲历者的回忆录和史志资料，梳理来龙去脉，几番补充修订，终成此长篇纪实文学《照金往事》。

我理解的纪实文学，素材必定来源于史实，但有别于历史研究者对史料的细部考证和材料罗列，写作上避免猜测、夸张、粉饰、矫情和大而无当的抽象阐述，只是运用真实生动的形象与情景、对白与内在语境及简洁的叙说，把事情讲明白。但是在本书写作时我还常常感到文思不逮，难以做到完美。

我在写作本书时，对繁复的事件和人物做了详略有致的处理，对不同版本的一些歧义之处做了相对合理的甄别。为保证史料的真实性和准确性，一些篇章引用或借鉴了《习仲勋传》《王世泰回忆录》、张秀山《我的八十五年：从西北到东北》、周维仁《贾拓夫传》《吴岱峰回忆录》、张邦英《片断回忆》《黄子文》、谭生彬《我和红二十六军》、中共西安市委党史资料征集研究办公室《惠子俊传略》、刘约三《照金根据地和红二十六军的创建及南下的失败》，徐剑铭、冷梦、李丽玮《血沃高原：黄罗斌传记》及曾曦《北有照金》《李妙斋轶事》等叙述段落文本，因受行文风格限制，未能一一注明出处，在此深表敬意和谢意。

感谢对书稿史实提出更正修订意见的中央、省、市、区党史研究专家，对关心和支持此书写作和出版的有识之士致意。

和　谷

2017年7月第三次修改于西安三爻